Werner Bauknecht

TATORT PLATANENALLEE TÜBINGEN

Schwabenkrimi

Oertel+Spörer

Tja, mit so etwas muss man heutzutage rechnen. Das macht das Ganze zwar nicht besser, aber so kann man es zumindest in eine gewisse kulturelle Umgebung setzen. Und die heißt: Völlig egal, wer oder was auf der Strecke bleibt – Hauptsache es führt mich zum Erfolg.

Mich. Immer nur mich.

Sven Raiser war als Schüler auch kein Kind von Traurigkeit gewesen. Aber seine Streiche und die seiner Klassenkameraden waren verglichen mit der heutigen hinterhältigen Energie seiner Schüler und Schülerinnen nichts als Lausbubenstreiche. Er war auf dem Weg nach Hause. Er ging nach dem Unterricht gerne noch einen kleinen Umweg über die Platanenallee. Die lag zwischen den beiden Neckararmen und führte zu seiner Linken an Tübingens touristischer Schokoladenseite vorbei – nämlich entlang der Neckarmauer bis hin zum Hölderlinturm. Streich, fand Raiser, traf das Vergehen seines Schülers eigentlich nicht präzise. Viel mehr handelte es sich um einen astreinen Betrug. Beschiss.

Im Grunde hatte er sich das Lehrerdasein damals, als er sich für dieses Studium entschied, anders vorgestellt. Ganz anders. Schöner. Besser. Vor allem: Befriedigender. Er war dieser Vorstellung des engagierten Pädagogen, der seine Schüler und Schülerinnen zu besseren und klügeren Menschen macht, völlig erlegen. Noch im Studium glaubte er fest an eine, nun ja, eine Art Berufung. Ja, er war der festen Auffassung, zum Lehrer berufen zu sein.

Nein, dieser Meinung über sich und seinen Beruf war er nicht mehr. Das hatte sich schnell geändert. Da war nichts von Leichtigkeit in der Zusammenarbeit mit den Schülern zu spüren. Eigentlich gab es nicht einmal eine Zusammenarbeit. Klar, manche machten mit im Unterricht, manche wollten gute Noten und mühten sich entsprechend. Bei anderen fragte er sich, was sie überhaupt auf dem Gymnasium zu suchen hatten. Was sie überhaupt auf einer Schule machten.

Gegenseitiger Respekt war nicht vorhanden. Die Schüler respektierten ihn nicht und er nicht die Schüler. Er war den Schülern als Lehrer suspekt und als Mensch unangenehm. Das spürte er täglich.

Einbildung? Eher nicht. Wenn er im Lehrerzimmer die Kollegen und Kolleginnen reden hörte, war ihm das klar. Vielleicht gab es manchmal einen Kollegen, der bei den Jugendlichen gut ankam. Für ihn war das Arschkriecherei. Und diese Kollegen und Kolleginnen wurden eben nicht offen, sondern insgeheim gehasst und verspottet.

Doch das, was er heute entdeckt hatte, war tiefkriminell.

Raiser blieb einen Augenblick stehen und atmete tief durch. Links von ihm, der er Richtung Neckarbrücke marschierte, leuchtete der Hölderlinturm. Bei Nacht waren Strahler auf den runden Anbau gerichtet: das Türmchen.

Als gebürtiger Tübinger hatte es lange gedauert, ehe er das erste Mal den Turm und das Zimmer besichtigte, in dem der Dichter 36 Jahre lebte. Manchmal unterzeichnete der seine wirren Gedichte dieser Zeit mit Namen wie Scardanelli. Raiser hatte oft erlebt, dass echte Tübinger zwar wussten, dass der große Hölderlin hier gelebt und gewohnt hatte, dass er hier gestorben war. Aber das genügte den meisten auch schon. Besichtigt hatten den Turm die wenigsten. Und wer hatte schon »Hyperion« gelesen? Oder, selbst wenn es diesbezüglich Versuche gegeben hatte – wer hatte ihn verstanden?

Raiser lächelte bei dem Gedanken stumm vor sich hin.

Nein, aus seinen Klassen hätte den »Hyperion« wahrscheinlich keiner begriffen. Er sah schon, wie sie das Buch nach wenigen Seiten in die Ecke schleuderten: Sie hätten vermutlich kein Wort verstanden von dem, was sie lasen. Wie dumm die Menschen geworden waren.

Und für dumm hatte dieser vermaledeite Schüler, dieser Jens Kahler, ihn heute auch gehalten. Doch Raiser hatte ihm auf den Kopf zugesagt, dass er betrogen habe. Er hatte ihn gleich nach der Klassenarbeit zu sich nach vorne geholt, während die anderen in die Pause gingen.

»Du hast dir die Aufgaben zu dem Test heute von meinem Computer gezogen«, hatte er gesagt.

Doch der Junge leugnete nicht einmal.

Sagte kein Wort. Und grinste.

Fast hätte Raiser die Fassung verloren und ihm eine reingehauen. Voll auf die Zwölf hatte man früher dazu gesagt. Aber er behielt die Kontrolle über sich. Das kostete ihn viel Anstrengung. Der Junge bemerkte das und sein Grinsen wurde breiter. Frecher.

»Null Punkte«, sagte Raiser und wandte sich ab.

Er spürte, wie ihn jemand an der Schulter festhielt, und drehte sich um. Der Schüler hielt ihn noch immer an der Schulter.

»Finger weg, aber sofort.«

Raiser spürte, wie er rot anlief im Gesicht. Sein Zorn wurde grenzenlos.

»Sie können mir gar nix beweisen«, meinte der Junge. Sein Grinsen war aus dem Gesicht gewischt. Nun sprühten seine Augen voller Wut.

»Kann ich. Ich wusste schon vor der Klausur, dass du mich gehackt hast, aber ich wollte schauen, wie weit du gehst. Jetzt weiß ich es. Ich habe deine IP-Adresse zurückverfolgt. Du machst es einem leicht.«

Der Junge stand vor ihm zitternd vor Wut. Der Lehrer genoss das.

»Ich werde mit deinen Eltern sprechen müssen. Und mit dem Direktor. Ob es da noch zur Versetzung reicht?«

Der Junge schwieg. Raiser triumphierte. Das war ein echter Wirkungstreffer, das mit dem Vater und dem Schulleiter.

»Das geht nicht«, sagte der Schüler dann, flüsterte fast.

Raiser antwortete nicht.

»Das können Sie nicht machen«, fuhr der Junge fort.

»Eben. Das geht nicht, das war doch bloß ein Ausrutscher.«

Raiser drehte sich um. Vor ihm stand ein Mädchen. Eine Schulkameradin des Jungen. Vielleicht seine Freundin? Der Lehrer wusste es nicht. Es war ihm nie aufgefallen, dass die beiden sich besonders gut kannten. Sie musste hereingeschlichen sein und dem Gespräch zugehört haben.

»Du solltest dich da nicht einmischen, das geht nur ihn und mich etwas an«, sagte Raiser.

Er musste stumm lächeln, als er noch einmal an die Situation dachte. Mittlerweile war er auf Höhe der kleinen, geschwungenen Brücke, die zum Uhlanddenkmal führte in der Uhlandstraße. Die Tübinger Straße der Gymnasien. Ah, nannte man sie nicht den Indianersteg, die kleine Brücke?

Schließlich hatte er die beiden weggeschickt. Aber er hatte keinen Zweifel daran gelassen, dass er in der Sache nicht nachgeben würde. Zumindest mit den Eltern des Jungen würde er reden.

Der Schrei kam unvermittelt.

Laut war er, drängend. Und er klang, als sei der Mensch, von dem er stammte, nicht weit entfernt von ihm. Tatsächlich waren es vielleicht gerade mal dreißig Meter, die zwischen ihm und Raiser lagen. Der sah nämlich in kurzer Entfernung, wie zwei Menschen miteinander rangen, und der eine der beiden gerade schreiend zu Boden ging. Der andere warf sich auf ihn. Hob die Hände, schloss sie zu Fäusten, ließ sie auf Körper und Gesicht des unten liegenden Mannes heruntersausen.

Raiser war jetzt noch etwa 15, 20 Meter entfernt.

»Hören Sie sofort auf, den Mann zu schlagen«, rief er. »Lassen Sie ihn los, sonst passiert was. Sie sind ja wahnsinnig.«

Raiser schwieg. Schloss ruckartig seinen Mund. Was machst du denn, dachte er erschrocken, was mischst du dich denn da ein? Das geht dich doch nichts an. Lass bloß die Finger weg. Du bist doch eigentlich ein Feigling.

Sara Kessler spürte den Schmerz noch immer. Sie strich sich mit den Fingerspitzen der rechten Hand über ihr Auge. Ganz leicht bloß. Aber auch das reichte bereits, um leicht zusammenzuzucken. Ja, dieses Mal hatte Wolfgang richtig gut getroffen. Stark und präzise. Hatte ihr Auge mit seiner geballten Faust voll erwischt. Manchmal, wenn er richtig betrunken war, traf er nicht so präzise. Da streifte er sie öfter mal bloß und ließ es danach bleiben. Aber heute Abend hatte er Gefallen daran gefunden, sie als Punchingball zu benutzen. Gleich der erste Schlag gegen ihre Brust saß perfekt. Sie war zurückgetaumelt. Für ihn hatte das wohl wie eine Einladung ausgesehen. Denn er folgte ihr nach, holte erneut aus und traf sie an der Schulter. Der dritte Schlag schließlich war der auf das Auge.

Der Klassiker der verprügelten Frau. Der Schlag, den man am nächsten Tag immer unter einer großen Sonnenbrille verstecken musste. Also im Film zumindest. In der Wirklichkeit kam man so nicht durch den Tag. Da glänzte das Veilchen auf dem Auge, und die Fragen kamen. Ehrlich gesagt, konnte sie sich nicht so recht erklären, warum sie immer log. Warum sie nicht einfach zugab, dass ihr Mann ihr eine reingehauen hatte und dass er das regelmäßig tat. Dabei ahnte sie, dass sie den anderen – ihren Freundinnen, Nachbarn, den Kindern – erzählen konnte, was sie wollte – sie wussten bereits Bescheid, ihre mitleidigen Blicke sagten alles.

Vielleicht, überlegte sie, wäre meine Scham noch größer, wenn ich es vor den anderen aussprechen würde. Wenn ich schweige, dann tun alle so, als wäre nichts. Obwohl wir es alle besser wissen.

Sara Kessler war ziellos über die Neckarbrücke gegangen. Dann stieg sie die Stufen in die Platanenallee hinab. Vielleicht war es die Dunkelheit, die Abgeschiedenheit, die sie anzog.

Einfach mal ihre Ruhe haben.

Nachdenken. Wie geht es weiter? Was kann ich tun? Kann ich überhaupt etwas tun, um diesem Leben zu entkommen? Ausweg Karibik? Zu ihrem Vater auswandern nach Jamaika? Ausgerechnet zu dem, der sie beide hatte sitzen lassen damals. Der es in dem kalten Land nicht ausgehalten hatte mit einer Frau und einem Kind, die er kaum verhalten konnte mit seinen Gelegenheitsjobs. Der immer sagte, als Dunkelhäutiger bekomme er keine besseren Jobs in diesem Land. Und der schon morgens anfing zu trinken.

Sonst hielte er dieses Leben nicht aus, hatte er behauptet. Und hatte dann den nächsten Job verloren. Und eines Tages war er weg. Es gab nur noch eine einzige Nachricht von ihm – eine Karte aus Jamaika. Es ginge ihm gut, stand darauf. Und das war es dann.

Die Lampen von der gegenüberliegenden Neckarmauer leuchteten herüber. Sie betrachtete ihren eigenen Schatten, der sie zu begleiten schien. Der Schmerz im Auge ließ nach. Sie konnte wieder klarer denken. Aber selbst das führte zu keiner Antwort auf die Frage: Was konnte sie als Nächstes tun? Der Abend, die Nacht waren nicht endlos. Was geschah danach? Was erwartete sie zu Hause?

Entschuldigungen, vermutlich. Wenn Wolfgang das Auge sah am Morgen, wenn er wach war und nüchtern, entschuldigte er sich höchstwahrscheinlich. Und würde dann sagen, sie habe ihn aber auch zu sehr provoziert. Da habe er ganz kurz mal die Nerven verloren.

Zuerst konnte sie den Schrei nicht genau herleiten. Erst beim zweiten Mal entdeckte sie, nicht weit entfernt, wie zwei Männer miteinander rangen. Einer der beiden, der Kleinere, schlug auf den anderen ein. Oder war das ein Messer in dessen Hand? Es war zu weit weg und zu dunkel, um das genau zu erkennen. Aber das Schreien des einen Mannes dröhnte in ihren Ohren.

Sie ging ein paar Schritte auf die beiden zu. Inzwischen lag der Größere der beiden Männer auf dem Boden, der andere lag auf ihm. Der unten Liegende winselte nur noch. Ein hohes Winseln, bei dem Sara eine Gänsehaut bekam.

»He, du, lass den Mann los, aber gleich«, rief Sara spontan.

Sie hatte nichts überlegt, die Worte sprudelten aus ihr heraus. Mit einem Indianergeheul bewegte sie sich in Richtung der beiden Kämpfenden. Sie hatte Lust, sich in diese Auseinandersetzung einzumischen. Was konnte ihr schon noch passieren?

Seit der blöden Pandemie hatte Jens Pflüger abends nichts mehr zu tun. Das Lokal, in dem er bediente, hatte geschlossen. Lockdown. Tagsüber gab der Chef im Straßenverkauf Mahlzeiten durch eine kleine Luke an der Eingangstür heraus. Damit versuchte er, ein paar Euro für die Pacht zusammenzukratzen. Ein Tropfen Wasser auf den heißen Stein, hatte er selbst gesagt. Er kassierte Unterstützung vom Staat, Corona-Hilfen. Aber auch das reichte nirgendwo hin. Zumindest reichte es nicht aus, um Pflüger zu beschäftigen. Aber wenigstens hatte sein Chef eine Aufgabe. Immer noch besser, als zu Hause zu sitzen und TV-Nachmittagsserien anzugucken. Oder in Amazon Prime herumzustöbern, ob man nicht einen Film oder eine passende Serie fand.

Jens Pflüger hatte leider gar nichts zu tun. Er hatte auch kein Amazon-Abo. Und sein TV-Bildschirm mit den 24 Zoll war so klein, dass es kein Vergnügen war, sich da Filme anzuschauen. Er war auch nicht der große Leser, der jetzt all die Bücher las, die er sich schon immer vorgenommen hatte. Nee, das war nicht sein Ding. Sein Ding war die Gastronomie. Natürlich nicht der Teil, bei dem er als Kellner oder Aushilfskoch herumkasperte. Er sah sich langfristig in der eigenen Kneipe. In der eigenen Bar. Kein großes Gourmet-Angebot, kleine Häppchen bloß. Dafür tolle Drinks, gute Musik, viel Atmosphäre und ein hippes Publikum. Na ja, hip. Nicht so was wie die Parvenüs, die von Papis Kohle lebten und den großen Zampano mit der großen Klappe spielten. Also eher coole Typen und Frauen. Solche, die einen guten Spruch, einen speziell gemixten Drink liebten und auftraten wie Billy Bob Thornton. Der coole Billy Bob.

Er war eine Weile am Neckarufer gestanden und hatte hinüber geschaut auf die Mauer und die beleuchteten Fenster der Häuser an der Neckarfront.

Es war schön ruhig. Er konnte träumen. Den eigenen Gedanken nachhängen. Nein, dachte er, mit 30 Jahren ist man noch nicht zu alt, um zu träumen. Er sah ein hell erleuchtetes Lokal vor sich, im Hintergrund rauschte das Meer und der Mond ging unter. So ein Kitsch, musste er selbst leise lachen.

Der Schrei ließ ihn zusammenzucken. Er kam unerwartet, mitten in seinen karibischen Sonnenuntergang hinein. Jens musste sich erst orientieren. Er drehte sich einmal im Kreis und wartete. Dann kam erneut der Schrei. Jens kniff die Augen zusammen und starrte in die Tiefe der Platanenallee. Ein schmaler Lichtschein fiel auf die Flaniermeile zwischen den beiden Platanenreihen.

Dort sah er zwei Menschen, zwei Männer offensichtlich, die miteinander kämpften. Einer der beiden fiel gerade zu Boden und der andere kniete sich über ihn. Der Mann, der unten lag, schrie erneut. Pflüger machte ein, zwei schnelle Schritte in Richtung der Männer. Dann blieb er abrupt stehen. Das geht mich nichts an, dachte er.

Wieder ein Schrei, dann ein lautes Gestöhne.

Ich halte das nicht aus, stellte Jens fest. Ich muss handeln. Er bewegte sich auf die Männer zu, immer schneller werdend.

»Lass den Mann in Ruhe«, rief er.

Aus dem Augenwinkel nahm er wahr, dass von der anderen Seite, links neben ihm, sich ebenfalls jemand auf die beiden Kämpfenden zu bewegte. Und auch von vorne, aus dem dunklen Teil der Allee heraus, eilte eine schattenhafte Gestalt auf die Szene zu. Merkwürdig, dachte Jens.

Die drei standen stumm vor dem Mann, der reglos auf dem Boden lag. Sie sahen einander an, wie um herauszufinden, ob sie sich kannten. Das wäre nichts Ungewöhnliches in einer Kleinstadt wie Tübingen. Doch offensichtlich gab es kein Erkennen.

»Er kommt doch nicht zurück?«, fragte Sara Kessler vorsichtig und schaute sich um.

Die beiden Männer schüttelten gleichzeitig den Kopf.

Als sie zu dritt auf den Mann zugekommen waren, der dabei war, den am Boden Liegenden zu malträtieren, war der aufgesprungen und starrte auf die auf ihn zu stürmenden Unbekannten. Vielleicht bildeten sich die drei dieses Starren auch nur ein. Der Mann war jedenfalls ganz offensichtlich unsicher, ob er stehen bleiben und sich den Dreien stellen oder ob er verschwinden, ob er fliehen sollte. Mit einer schnellen Bewegung bückte er sich plötzlich, zerrte an dem Mann auf dem Boden herum, versuchte, ihn zur Seite zu schieben. Er benutzte nur eine Hand, die linke – in der anderen konnten die dem Mann zu Hilfe eilenden Drei ein Messer erkennen. Alle drei sahen es gleichzeitig. Doch für alle war es zu spät, um jetzt kehrt zu machen, Messer hin oder her. Noch immer zerrte der Mann hektisch am Körper des Mannes, an seiner Kleidung, trat ihn mit dem Fuß, um ihn so beiseitezuschieben. Aber der Körper bewegte sich kaum.

Man konnte förmlich miterleben, wie der Mann mit dem Messer nach einer Lösung der Situation suchte. Schließlich schien er sie gefunden zu haben. Die Übermacht der drei auf ihn zustürmenden Mitbürger war ihm ganz offensichtlich zu groß. Er ließ von dem Mann am Boden ab, fuchtelte einmal in Richtung der drei Fremden, die nur noch wenige Schritte von ihm entfernt waren, und rannte dann einfach weg. Mit einigen schnellen, langen Schritten verschwand er im dunklen Teil der Allee.

Und nun standen die drei vor dem Mann am Boden. Stumm sahen sie einander an.

»Ob er wohl noch lebt?«, fragte Sara Kessler.

Raiser zuckte mit der Schulter. Keine Ahnung, bedeutete das wohl.

»Wir könnten ja mal nachschauen, ob er noch atmet«, meinte Pflüger zaghaft. »Ist einer Arzt?«

Keine Antwort.

»Man könnte den Puls fühlen«, schlug Kessler vor.

»Oder die Halsschlagader.«

Raiser bückte sich, bewegte seine Hand vorsichtig in Richtung Kopf des Mannes. Währenddessen hatte Pflüger seine Smartphone-Taschenlampe auf den Mann gerichtet. Im grellen Licht sah das Rot des Blutes auf seinem Gesicht wie eine künstlich aufgetragene Signalfarbe aus. Der Mann lag leicht seitlich, sein Körper wurde von einer dicken, langen Jacke zu einem großen Teil bedeckt. Er zeigte keinerlei Anzeichen, dass er noch leben könnte.

Raisers Hand hatte den Hals des Mannes erreicht. Er legte den Finger auf dessen Halsschlagader. Dort ließ er sie eine Weile liegen.

»Da ist nichts mehr«, sagte er schließlich, und zog die Hand zurück.

»Und jetzt?«, fragte Kessler.

»Polizei.«

»Und was ist das hier?«

Raiser deutete auf eine Tasche, die unter dem Oberkörper des Toten hervorragte. Man sah nur eine Ecke der dunkelbraunen Tasche und ein Lederband. Raiser streckte zögerlich seine Hand nach dem Band aus.

»Sollten wir damit nicht warten, bis die Polizei kommt?«, schlug Kessler vor.

»Ich habe sie ja noch nicht mal gerufen«, sagte Pflüger.

»Was jetzt – soll ich nun in die Tasche mal reinschauen oder nicht«, sagte Raiser ganz ungeduldig. Er kniete noch immer vor dem toten Mann.

Pflüger gab sich einen Ruck.

»Ja, schauen Sie mal«, meinte er, »vielleicht ist ja etwas drin, das man schnell retten und in Sicherheit bringen muss.«

»Was könnte das wohl sein«, sagte Kessler leicht ironisch, »ein verderblicher Sahnekuchen zum Beispiel?«

»Kommen Sie mir bloß nicht so«, erregte sich Pflüger, »ich will bloß helfen. Sie können sich auch vom Acker machen, wenn es Ihnen nicht passt.«

»He Leute«, tönte Raiser vom Boden her, »nun mal langsam, wir wollen keinen Zoff. Ich schlage vor, ich schnappe jetzt mal die Tasche, dann schauen wir rein und danach rufen wir zügig die Polizei. Okay?«

Die beiden anderen nickten stumm. Das konnte Raiser in der Dunkelheit zwar nicht sehen, aber als keine Wortmeldung kam, betrachtete er das als Zustimmung. Also zerrte er an der Tasche, auf der der tote Mann lag. Aber ganz so einfach war das nicht, das Gewicht des Toten lag prall auf der Tasche. Also stand Raiser auf und schob ihn mit dem Fuß etwas beiseite, bis die Tasche endlich frei war. Am Lederband zog er sie zu sich her und öffnete den Reißverschluss. Es handelte sich um eine Art Sporttasche. Eine, die man vielleicht zu einem kleinen Workout mitnahm, um sich danach duschen, abtrocknen und eincremen zu können.

Pflüger richtete den Strahl der Smartphone-Lampe auf die Tasche. Der Verschluss ließ sich nur schwer öffnen. Raiser setzte die Tasche auf dem Boden ab und riss dann am Reißverschluss. Er zerrte so lange, bis er ihn mit einem Schwung aufbekam. Ihre drei Köpfe schoben sich über die Tasche und

Pflüger leuchtete sie aus. Nach dem ersten schnellen Blick richteten die drei sich auf und sahen einander schweigend an. Dann, wie auf Kommando, starrten sie erneut in die Tasche.

Raiser griff hinein und zog ein Bündel Geldscheine heraus, das er den anderen vor die Nasen hielt.

»Unglaublich«, sagte Kessler.

»Was ist das denn?«, fragte Pflüger.

»Geld«, antwortete Raiser.

Kessler sah ihn verächtlich an.

»Das sehe ich auch«, sagte sie dann, »aber wo kommt das her?«

»Sie sind doch danebengestanden.«

»Ja, klar, aber wo hat der Mann das her?«

Pflüger lachte verächtlich.

»Sind Sie eigentlich irre? Woher sollen denn wir das wissen? Denken Sie auch mal nach, ehe Sie reden?«

Sogar im Schein der grellen Lampe aus Pflügers Handy konnte man sehen, dass Frau Kessler rot anlief. Sie ballte die Fäuste zusammen.

»Nun hören Sie mir mal zu, ehe Sie sich völlig zerstreiten«, ging Raiser zwischen die beiden, »was doch viel mehr interessiert, ist, was wir jetzt machen.«

»Was wir machen? Was sollen wir denn machen?«

»Ja, genau«, ergänzte Pflüger die beleidigte Sara Kessler, »welche Möglichkeiten sehen Sie denn?«

»Wir könnten das Geld ja mal zählen«, schlug Kessler vor.

»Das macht dann schon die Polizei«, meinte Raiser.

Alle drei schwiegen eine Weile. Raiser hielt noch immer den Stapel mit den Geldscheinen in der Hand.

»Wir könnten ja trotzdem mal zählen«, fing Kessler plötzlich an, »einfach aus Neugierde. Das kann uns ja keiner verbieten.«

»Genau«, warf da Raiser gleich ein, »mich würde auch interessieren, wie viel Geld in der Tasche ist. Ich habe daran auch nur ein rein akademisches Interesse.«

Kessler grinste Pflüger an und der feixte zurück.

»Ja, ja, rein akademisch«, meinte Pflüger dann, schnappte sich die Tasche und klappte sie auseinander. Der Strahl der Lampe fiel auf den Inhalt, und bei dessen Anblick schauten die drei sich mit großen Augen an. Fast gleichzeitig griffen sie alle drei in die Tasche, dabei fiel sogar Pflügers Smartphone hinein. Doch ihm war wichtiger, was er in der Hand hielt – alle drei umfassten mit der Hand jeweils ein dickes Bündel Geldscheine.

»Mannomann«, flüsterte Kessler nach einer kurzen Schweigepause, »da haben wir ja was tolles gefunden.«

»Na ja – gefunden würde ich nicht gerade sagen«, meinte Raiser, ebenfalls flüsternd.

»Warum flüstern denn alle«, flüsterte Pflüger, »der Mann hier ist doch tot, er kann uns keinesfalls hören.«

»Aus Ehrfurcht«, sagte Kessler, »weil ich noch nie so viel Geld gesehen habe. Und Sie beide? Haben Sie mit so viel Geld zu tun?«

Die zwei schüttelten den Kopf.

»Und nun?«, fragte Pflüger. Es lag etwas bittendes, lauerndes, drängendes hinter seinen Worten, wenn man genauer hinhorchte.

»Polizei?«, fragte Raiser ganz leise, sodass man ihn kaum hören konnte.

Der Klang des Wortes verstummte. Pflüger und Kessler schauten sich kurz an. Dann nahm Pflüger sein Smartphone aus der Tasche, das die Geldscheine beleuchtete, die die Tasche fast vollkommen ausfüllten. Als er das Gerät in der Hand hatte, schoss Raisers Arm nach vorne und umfasste Pflügers Unterarm.

»Nicht telefonieren«, sagte er hastig, »wir sollten uns vielleicht erst mal beraten.«

»Ich wollte nicht telefonieren«, antwortete Pflüger. Er richtete den Strahl der Lampe erneut in die Tasche.

»Seht nur mal hin, wie viel Geld da liegt. Das sind sicher Hunderttausende. Und die liegen einfach so herum, neben einer Leiche. Die kann ja nun wirklich nichts mehr damit anfangen.«

»Na ja, aber irgendjemand gehört das Geld doch. Und wenn es Erben gibt?«

Pflüger schaute Raiser mitleidig an.

»Erben? Sie glauben doch wohl nicht, dass das rechtmäßig erworbenes Geld ist? Alleine schon die Umstände. Da bringt einer einen anderen um und flüchtet dann. Und bei dem Toten liegen paketweise Geldscheine in einer alten Tasche.«

»Das sieht jedenfalls nicht so aus«, fuhr Kessler fort, »als hätte der Mann gerade was von der Bank abgehoben oder als wenn er kurz mal shoppen gehen wollte. Außerdem – bei dem Coronascheiß hat ja sowieso kein Geschäft so richtig geöffnet.«

»Dann müsste die Polizei erst mal feststellen, woher das Geld überhaupt stammt.«

»Aber nur, wenn sie es überhaupt bekommen.«

Es schien fast so, als seien die beiden anderen erleichtert, dass Raiser das aussprach, was sich als Thema bereits turmhoch zwischen ihnen aufgebaut hatte. Vorsichtig, leicht unsicher, sahen sie einander an. Dann grinsten sie. Als sei einem von ihnen ein guter Witz gelungen. Oder so, als sei ihnen eine Last abgenommen worden.

»Tja, ich sehe schon«, sagte Pflüger, noch immer breit grinsend, »wir haben jetzt einiges zu besprechen.«

Der Erste Polizeihauptkommissar Christian Löffler war wie gerädert, als das Läuten des Smartphones ihn mitten in der Nacht weckte. Dabei hatte er am frühen Abend noch seinen Trainingslauf durch den Schönbuch, dieses Waldgebiet vor den Toren Tübingens, mit Hängen und Würgen absolviert. Es war ein langer Lauf gewesen, um die zwei Stunden mit vielen Steigungen und kräfteraubenden Bergabpassagen. Dabei war seine Motivation derzeit eine höchst fragile Konstruktion. Denn durch Covid-19 gab es keine Wettkämpfe, und er hatte lernen müssen, dass es ein wichtiger Antrieb für seine Lauferei war, sich auf etwas vorzubereiten. Doch dieses Ziel fiel derzeit flach.

Als Klingelton hatte er »Lago« von der Band Cat Sun Flower eingestellt: Sanfte Gitarre und verhärmte Trompete im Hintergrund. Passend zu seiner Stimmung und zum Spätherbstwetter. Zumindest hatte die sanfte Musik ihn nicht gleich mit einem Paukenschlag in die Wirklichkeit zurückgeholt, direkt aus einem Traum. Um was es in dem ging, wusste er aber schon nicht mehr.

Ruhig hörte er dem Kollegen am anderen Ende zu.

»Ich komme«, sagte er, und stieg aus dem Bett.

In der elterlichen Villa in Lustnau hatte er ein Appartement mit eigenem Bad. Dort stieg er schnell unter die Dusche und zog sich dann zügig an. Den Kollegen hatte er gebeten, auch die anderen beiden Kommissare, Monika Berger und Franz Wasmaier, anzurufen. Letzterer war neu in der Abteilung. Nachdem Kommissar Gert Stammler nach dem letzten Fall schwer verletzt wurde – die Täterin hatte ihn abgestochen, und er verbrachte viele Tage im künstlichen Koma –, brauchten sie vorübergehenden Ersatz für ihn.

Berger hatte zwar eine Wohnung in Tübingen, übrigens in einer gemeinsamen WG mit Löfflers Immer-noch-Ehefrau, doch nach dem Vorfall mit Stammler übernachtete sie immer wieder in der Villa von Löfflers Familie. Sie war bei dem Überfall mit dem Messer auf den Kollegen dabei gewesen und hatte es miterlebt.

»Manchmal«, hatte sie berichtet, »nachts, wenn ich alleine bin, wache ich schreiend auf und sehe die Frau, wie sie Stammler mit dem Messer in die Brust sticht. Ich halte das kaum aus.« Da Berger früher schon bei den Löfflers gewohnt hatte, hielten die ihr immer ein Zimmer frei.

Auch Stammler wohnte bei Löffler. Nachdem seine Frau ihn damals verlassen hatte, wusste er nicht wohin. Also nahm sein Chef ihn kurzerhand auf – und seitdem hatte sich daran nichts geändert.

Wasmaier war neu in Tübingen. Er war aus München gekommen. Der Liebe wegen hatte er sich ins Land der Schwaben beworben. Die Liebe war gegangen, er war geblieben. Löffler hatte sich bei der Auswahl für ihn entschieden, weil er auch Läufer war. Ein guter sogar. So konnten die beiden immer wieder gemeinsam zu einem langen Wald- oder kurzen Tempolauf aufbrechen.

Löffler kam in die Küche. Er knipste das Licht an und stellte zwei Tassen unter den Kaffeeauslauf. Cappuccino.

Er wartete.

Die Tür ging auf und Berger stand vor ihm.

»Scheiß Uhrzeit«, sagte sie bloß.

Dann schlurfte sie zur Kaffeemaschine, nahm zwei Tassen und reichte Löffler eine. In ihre schüttete sie haufenweise Zucker. Dann trank sie, egal wie heiß das Getränk war.

»Worum genau geht es denn?«, fragte sie dann.

»Viel weiß ich auch nicht. Der Kollege sprach von einer Leiche in der Platanenallee. Vermutlich Stichverletzung, meinte er. Aber wir sollen seine Vermutung bloß nicht an den Gerichtsmediziner weitergeben, an Markus. Der würde ihm sonst den Kopf abreißen.«

Professor Markus Kürner war einer der besten Freunde Löfflers, seit der gemeinsamen Schulbank schon. Aber er war arrogant, aufbrausend, rechthaberisch, hoch qualifiziert, schlagfertig und Berger seine Lieblingsfeindin. Die beiden waren wie Hund und Katze.

Was Kürner gar nicht mochte: Wenn man ihm in seine Arbeit pfuschte. Da reichte bereits eine bloße laut ausgesprochene Mutmaßung, und er war auf hundertachtzig.

»Was ist mit dem neuen Kollegen?«

»Der kommt direkt«, sagte Löffler.

Schweigend tranken die zwei ihren Cappuccino. Dann gingen sie nach draußen, durch die große Halle Richtung Ausgang.

»Wie ging es mit dem Einschlafen?«, fragte Löffler, ehe er die Türe öffnete.

»Es hat gedauert. Aber plötzlich war ich hinüber. Bis dann dieser blöde Anruf wegen des Toten kam.«

»Sie werfen sich aber nichts ein, oder?«

Berger blieb abrupt stehen, nur wenige Meter vor dem Auto.

»Was ist das für eine Frage?«, sagte sie, »Sie kennen mich doch. Ich will nichts in meinem Körper haben, was da nicht hingehört. Und da meine ich vor allem Tabletten, Pülverchen und alles, was mit Drogen zu tun hat. Ich kann mit solchen Sachen nicht umgehen, also fange ich gar nicht erst damit an.«

Löffler war über ihre heftige Reaktion erstaunt. Und er war noch erstaunter, als ihm auffiel, dass die gut aussehende Monika Berger mit diesem engagierten Redegewitter noch attraktiver aussah, als sie es ohnehin schon tat.

Löffler fuhr, mit der Kollegin an seiner Seite, durch Lustnau in Richtung Gartenstraße. An deren langem Ende fuhr er über die Neckarbrücke und parkte den Wagen auf dem

Gehsteig, direkt neben den Treppen, die in die Allee führten. Oben empfing ihn bereits ein Kollege, der den Treppenabgang absperrte. Als Löffler ihn sah, griff er in seine Jackentasche und holte seine OP-Maske heraus und legte sie an. Auch Berger hatte sich ihre Schnabelmaske umgebunden.

Als sie beim Ort des Geschehens ankamen, hatte die Polizei bereits den Ort abgesperrt, an dem die Leiche lag. Löffler näherte sich langsam dem am Boden liegenden Mann. Der wurde von einer Lampe hell erleuchtet. Ebenso wie das ganze Umfeld der Tat.

»Komm bloß nicht zu nahe heran«, sagte der Mann, der am Boden neben dem Toten kniete, und Löffler den Rücken hinstreckte, »sonst verwischst du noch die Spuren. Ich könnte wetten, man hat dich aus dem Bett geholt und du bist noch nicht Herr deiner Sinne.«

Der Mann wandte sich um und grinste Löffler an. Es war der Gerichtsmediziner Markus Kürner. Im Grunde überließ er solche Einsätze an Tatorten seinen Kollegen oder Assistenten. Nur wenn er genau wusste, dass Löffler zuständig war, kümmerte er sich höchstpersönlich um die Leichen.

»Man sieht sich privat ja sonst kaum«, meinte er, »und während Corona schon gar nicht. Da machen wir halt ein Meeting bei einer Leiche – besser als nix. Und ich bringe den Schampus.«

Er winkte Löffler zu sich her.

»Na, was gibt es denn so Wichtiges?«, fragte der, als er neben dem noch immer knienden Gerichtsmediziner stand.

»Erste Ergebnisse«, antwortete Kürner, »auf die bist du doch sonst immer so scharf. Und heute kann ich ausnahmsweise damit dienen.«

Er deutete auf den Oberkörper des vor ihm liegenden Mannes. Er mochte wohl um die 40 oder 50 Jahre alt sein. Kürner hatte die Jacke, die der Mann trug, aufgeklappt. Auf der Brust des Mannes sah man im Schein der hellen Lampe etwas Dunkles. Einen Blutfleck. Eindeutig.

»Er wurde erstochen«, berichtete Kürner, »allerdings hat man vier Mal auf ihn eingestochen. Einer der Stiche traf ihn ins Herz. Ich denke mal, die Klinge war nicht länger als etwa 15 Zentimeter. Das spricht für ein normales Klappmesser. Auch die Breite der Klinge deutet darauf hin.«

Kürner wartete auf ein Lob.

»Da hast du echt schnell gearbeitet, Markus«, lobte Löffler.

Kürner strahlte. Trotz seinem Renommee und seinem hohen Ansehen im Kollegenkreis – Lob und Bewunderung waren die Schwächen des fast zwei Meter großen Mediziners.

»Ich habe noch mehr«, fuhr er dann fort, »der Mann wurde zuvor ins Gesicht und auf den Körper geschlagen. Es hat also eine Auseinandersetzung mit einem oder mehreren anderen Personen stattgefunden. Es gibt etliche Hämatome, aber die muss ich später untersuchen, bei mir im Labor.«

Berger gesellte sich zu den beiden Männern.

»Die Kriminaltechniker haben ihre Arbeit schon gemacht, und die meinen, es hätten sich insgesamt fünf verschiedene Personen hier getroffen«, berichtete sie, »das würden die Fußspuren zeigen.«

Kürner lachte hämisch. Er mochte keine Konkurrenz.

»Wenn unser CSI das sagt, muss es ja wohl stimmen«, lästerte er, »beim letzten Toten schrieben sie in ihren Bericht, der Tote, den man im Wald gefunden habe, sei von Nagetieren, wahrscheinlich Hamstern, angefressen worden. Dabei konnte jeder nicht blinde Depp sehen, dass das Wildschweine waren. CSI, dass ich nicht lache.«

»Das stimmt doch nicht, das hat man bloß rumerzählt«, unterbrach Berger den Arzt. »Das war als Witz gedacht.«

Kürner richtete seinen Oberkörper auf. Seine Lieblingsgegnerin war da, das gefiel ihm.

»Sind Sie dabei gewesen?«

»Nein«, schüttelte Berger den Kopf, »aber ich habe es halt gehört.«

»Ah so«, wurde Kürner jetzt süffisant. »Der Freund eines Freundes und dessen entfernte Bekannte haben es also gezwitschert, und die Kommissarin glaubt das gleich alles. Wenn Sie so Ihre Tatverdächtigen verhören, bleiben unsere Gefängnisse leer.«

Löffler erkannte, wo dieser Schlagabtausch hinführen würde. Aber er war zu müde, zu schwach und hatte schlicht keine Lust, sich diese Streitereien erneut anzuhören. Er kannte das schon alles aus den vergangenen Jahren.

»Pass auf, Markus«, ging er dazwischen, »das können wir ein anderes Mal besprechen. Die Frage für mich ist: Wie viele Täter oder Täterinnen waren an der Sache beteiligt?«

Kürner switchte um zur Sachebene.

»Ich meine, aber das nur nach dem ersten Augenschein, dass einer zugestochen hat, man kann den Verlauf der Stiche genau nachverfolgen. Das Ganze ist bei einem Kampf passiert, eindeutig. Die beiden haben miteinander gerungen, einer hatte das Messer, der andere musste daran glauben.«

»Warum denken Sie«, fragte Berger, »dass es ein Mann war und keine Frau?«

Man konnte genau sehen, welche Überwindung es den Mann neben dem Toten kostete, keinen zielgerichteten Angriff auf die Kommissarin abzusetzen. Doch Kürner riss sich zusammen.

»Es gibt Hämatome auf der Brust und an den Armen des Mannes, die eher von einem kräftigen Mann stammen als von einer Frau. Es gibt natürlich auch Frauen, die diese Kraft in den Händen und Fäusten haben. Doch hier spielt auch die Größe des Gegners eine Rolle. Man sieht das an der nur relativen Höhe der Hämatome und an der der Stiche. Alles spricht für einen Mann. Allerdings wird es wohl einer von geringerer Körpergröße sein. Aber mit großer Kraft. Falls ich noch was anderes herausfinde, lasse ich es euch wissen. Aber erst nach der Obduktion.«

Löffler deutete auf die Fußabdrücke rund um den Toten.

»Aber wo kommen die dann her?«, fragte er, »waren das die Zuschauer, oder was?«

Kürner grinste.

»Ist doch nicht erlaubt in der Pandemie, was glaubst du denn? Zuschauer. So was.«

»Das ist mein Stichwort«, sagte da der junge Mann, der zu den beiden Kommissaren stieß.

Franz Wasmaier war fast dreißig Jahre alt, hatte aber das Gesicht eines Teenagers. Er hatte etwas Flaum am Kinn. Er sagte immer, er züchte da einen Bart, wenn sich die anderen darüber lustig machten. Er hatte sich eine kleine Altbauwohnung in der Ammergasse in Tübingens Stadtmitte genommen. Die war zwar teuer, aber er war froh, überhaupt etwas gefunden zu haben. Zum Dienst und zu manchem Tatort kam er mit dem Fahrrad, ein eigenes Auto hatte er gar nicht. Berger nannte ihn daraufhin einen »hundertprozentigen Tübinger«, dem jetzt nur noch fehle, zu allem und jedem seinen Senf dazuzugeben – am besten in der Leserbriefspalte der lokalen Tageszeitung.

»Und was ist Ihr Stichwort?«, fragte Löffler, während er Wasmaier die Hand gab zur Begrüßung. Eigentlich ein fast unverzeihlicher Fehler in der Pandemie, wie so manche Corona-Wächter vermutlich bemängeln würden. Aber Löffler tat das aus Reflex, an das körperlose Begrüßen konnte er sich nicht gewöhnen.

»Ich habe mit der Spurensicherung gesprochen wegen der Fußabdrücke«, erklärte Wasmaier, »und die meinte, die seien womöglich später dazugekommen. Also die Menschen dazu, beziehungsweise die Abdrücke, beziehungsweise …«

»Franz«, sagte Berger und legte ihre Hand auf seinen Unterarm, wohl um ihn zu beruhigen. »Wir verstehen dich. Aber was bedeutet das – später dazu gekommen?«

»Die von der KTU meinen, die hätten sich in den Kampf eingemischt. Es sieht so aus, als führten die Spuren von drei verschiedenen Richtungen genau auf den Ort des Kampfes zu.«

Löffler überlegte eine Weile.

»Das könnte bedeuten«, meinte er dann, »dass die dem einen, also dem Toten, vielleicht zu Hilfe kommen wollten, aber zu spät waren.«

Berger nickte.

»Das kann gut sein. Die Frage ist dann bloß: Wo sind die Helferlein abgeblieben?«

»Vielleicht hatten sie keine Maske auf und haben sich aus Angst vor einem Bußgeld verpisst, ehe die Polizei kam«, meldete sich Kürner, während er seine Tasche einpackte.

Berger verdrehte die Augen – und zwar so, dass Kürner das sehen konnte.

»Wer hat den Toten denn gefunden?«, fragte Wasmaier.

»Die beiden da drüben«, sagte der uniformierte Polizist, der den Tatort bewachte. »Sie haben auf der Wache angerufen und dann hier gewartet.«

Löffler und Berger gingen zu der Bank, die zwischen zwei der riesigen Platanen stand. Dort saßen ein Junge und ein Mädchen, beide etwa 17 Jahre alt. Eine Polizistin stand bei ihnen.

»Na, ihr zwei«, begrüßte sie Löffler, »da habt ihr wohl einen Heidenschreck gekriegt, als ihr den Mann da gesehen habt. Ich bin übrigens Kommissar Löffler und das ist meine Kollegin Berger.«

Die beiden hatten ihre Masken auf. So konnte Löffler nur die Augen der beiden erkennen, denn über ihren Kopf hatten sie eine Kapuze gezogen. Es wurde langsam eiskalt in dieser Novembernacht.

»Nee«, sagte das Mädchen, »man hat ja nicht gesehen, dass der Mann tot ist.«

»Er lag ja bloß da«, fuhr der Junge fort, »er hätte ja auch schlafen können. Oder so.«

»Wie heißt ihr zwei denn?«, fragte Berger.

»Wir?«

»Na ja, euch habe ich gefragt. Oder sind hier noch andere zwei in der Allee?«

Die Polizistin in Uniform grinste heimlich.

»Nee, klar, wir sind die zwei. Also ich heiße Tim Kölbel …«

»… und ich bin die Antonia Wasmer.«

»Aber das haben wir Ihren Kollegen schon gesagt.«

Berger deutete hinter sich auf den Tatort.

»Was habt ihr denn genau gesehen? Erzählt doch mal von ganz vorne.«

»Wie? Noch mal?«

Kölbel verdrehte die Augen.

»Ihr wisst schon, dass es um Mord geht? Also, von vorne.«

Der Junge hob resigniert die Arme.

»Also, wir zwei kamen die Treppe von der Neckarbrücke herunter. Mit den Funzeln in der Allee und den Leuchten von der Neckarmauer her kann man hier abends noch gehen und auch was sehen.«

»Als wir halb unten waren«, übernahm die Freundin, »habe ich den dunklen Klumpen mitten auf dem Weg liegen sehen. Zuerst dachte ich, es wäre bloß ein leerer Mantel, den einfach jemand da hingeschmissen hat.«

»Aber ich habe gleich gesagt, da liegt jemand darunter«, fuhr der Junge fort. »Das hatte sich so komisch ausgebeult.

Und eigentlich wollten wir einen Bogen um das Ding, also den Mantel und so, machen. Andererseits haben wir überlegt, wenn da wirklich jemand liegt, braucht er oder sie vielleicht Hilfe. Also sind wir hingegangen. Aber erst mal ganz langsam.«

»Und da haben wir den Kopf gesehen. Da war klar, dass hier ein Mann liegt.«

Die beiden schwiegen.

»Seid ihr denn richtig dicht zu ihm hingegangen«, fragte Berger, »habt ihr nachgeschaut, ob er noch lebt? Ob er atmet?«

Wasmer sah ihren Freund an. Doch der wich ihr aus.

»Na ja«, sagte sie dann, »ich habe den schon mal berührt. Am Hals. Also an der Schlagader. Das habe ich im Film gesehen. Aber da war nichts. Außerdem habe ich mich ein wenig geekelt. Haben Sie schon mal einem Wildfremden nachts in einer Allee an den Hals gegriffen? Also mir hat das gereicht.«

»Ja, mir auch, und deshalb habe ich die Polizei gerufen«, ergänzte Kölbel.

Die beiden schwiegen wieder.

»Das habt ihr richtig gut gemacht«, sagte der Hauptkommissar, »das war die absolut perfekte Aktion von euch. Kompliment.«

Man konnte förmlich sehen, wie verlegen die zwei Teenager wurden.

»Aber nun sagt mal – ist euch denn irgendetwas aufgefallen? Ich meine, bevor ihr bei dem Mann angekommen seid? Oder danach, solange ihr auf die Polizei gewartet habt? Waren da irgendwelche anderen Leute in der Allee? Oder gab es sonst etwas Ungewöhnliches?«

Kölbel schüttelte den Kopf und Wasmer nickte.

»Was nun? Was gesehen oder nicht?«

»Also mir könnte etwas aufgefallen sein«, murmelte das Mädchen etwas unsicher. »Ich glaube, ich habe da Leute gesehen, die verschwunden sind, kurz bevor wir die Treppe hinuntergegangen sind.«

Berger schaute Kölbel an.

»Und was ist mit Ihnen? Haben Sie auch jemand gesehen?«

Langsam nickte der Junge, ganz bedächtig und offenbar höchst unwillig.

»Warum haben Sie uns das nicht gleich erzählt?

»Wegen der einen Person, die da wegrannte.«

»Was war mit der?«

Wasmer und Kölbel betrachteten sich gegenseitig für einen Moment.

»Na ja«, begann Wasmer, »eine der Personen war wahrscheinlich dunkel.«

Berger wartete.

»Dunkel?«, fragte sie dann, »was bedeutet dunkel?

Wieder tauschten die beiden Blicke.

»Nun«, druckste Wasmer dann herum, »eine Person hatte ziemlich sicher schwarze, also zumindest dunkle Hautfarbe. Ich meine, sie hätte natürlich auch von der Sonnenbank kommen können …«

»Sonnenbänke kann man derzeit nicht besuchen«, sagte Wasmaier laut.

Die beiden jungen Leute zuckten förmlich zusammen.

»Ja, klar«, fuhr Kölbel fort, »ich meine ja nur, ich will ja nicht als Rassist gelten, aber ich denke schon, dass die eine Person schwarz war. Muss man da nicht People of Colour sagen? Also so ein People ist davongerannt. Und außerdem noch mindestens zwei weitere. Also weiße Menschen. Und alle in verschiedene Richtungen. Ich meine, sie sind nicht zusammen weggerannt, so wie eine Clique, die zusammengehört.«

»Sie meinen also«, fragte Berger nach, »dass sie nicht irgendwie zufällig da spazieren gingen, sondern dass sie direkt von der Stelle aus, an der die Leiche lag, dass sie sich von da aus in alle Richtungen davonmachten?«

Beide nickten eifrig.

»Sie haben das also beide beobachtet?«

Nicken.

»Und eine Person davon war also schwarz? Und die anderen?«

Das Paar schaute sich anmit fragenden Blicken an.

»So genau konnte man das nicht sehen«, sagte Wasmer, »aber wir denken schon, dass es zwei weiße und eine schwarze Person waren. Also so leicht schwarz, aber ins Weiße übergehend.«

»Mann oder Frau?«

»Die hatten alle Mützen oder Kapuzen auf, bei dem Wetter. Aber die schwarze, fast weiße Person, könnte eine Frau gewesen sein.«

Wasmaier seufzte. Immer wenn er sich aufregte, verfiel er in sein bayrisches Kauderwelsch.

»Was habt's ihr denn immer mit dene schwarz-weiß Sachen? Schwarz is schwarz, nachat, da gibt's doch koane zwei Meinungen.«

»Da muss man vorsichtig sein«, meldete sich Kölbel, »da ist man ganz schnell beim Rassismus heutzutage.«

Berger stöhnte laut.

»Na schön, ihr zwei«, mischte sich nun auch Löffler ein, »der Kollege wird eure Aussage aufnehmen. Aber das machen wir am besten morgen. Ihr kommt morgen früh ins Präsidium in der Konrad-Adenauer-Straße. Der Kollege gibt euch einen Termin.«

Der Uniformierte ging auf die beiden zu und zückte seinen Schreibblock. Die Kommissare suchten derweil den

Leiter der KTU. Als sie zu Sven Meister kamen, packte der gerade seinen Koffer zusammen. Als er die drei Kommissare kommen sah, unterbrach er seine Arbeit und wartete auf sie.

»Schön«, begrüßte er sie, »dass ihr mich nicht vergessen habt. Vielleicht kann ich euch ja ein wenig helfen.«

Meister war relativ neu in der KTU. Sein Vorgänger, Peter Mayerhofer, war an einer Überdosis gestorben. Er hatte morgens noch einen Tatort gemeinsam mit den Kollegen besucht. Er war schon seltsam entrückt herumgestanden. Das wurde aber erst später berichtet. Dass er Drogen nahm, war allgemein bekannt. Man dachte dabei an Amphetamine, an Uppers und Downers, an Medikamente, die ihn wach machten und an solche, die ihn nachts schlafen ließen.

Nichts Besonderes also.

Das ließ man durchgehen, der Job war hart genug.

Aber er war ein echter Junkie, wie sich bei der Obduktion herausstellte. Seine Frau hatte ihn schon vor Monaten gemeinsam mit den beiden Kindern verlassen. Das wusste bloß keiner. Mayerhofer tat so, als ginge er nach Feierabend heim zur Familie. Dabei verbrachte er die Abende in einer angemieteten Bruchbude mit einem Schuss, einer kalten Pizza und Musik von Miles Davis. Irgendwann, ein paar Tage nach seinem plötzlichen Herztod aufgrund einer Überdosierung, fand ihn ein Einbrecher. Der hatte die Bude geknackt und dort den Toten gefunden. Er zog Mayerhofer alles ab, was einen gewissen Wert hatte. Geld, Uhren, ein paar Ringe, darunter sogar den Ehering und außerdem eine wertvolle Erstpressung von »Kind of Blue« von Miles Davis.

Dann rief er von unterwegs die Polizei und erzählte von dem verblichenen Mayerhofer.

»Immerhin ein Einbrecher mit Stil und Geschmack«, kommentierte Löffler die Situation. »Respekt, in der Situation eine Schallplatte mitzunehmen. Und dann noch die Polizei zu rufen.«

Meister war so eine Art Nachwuchsstar unter den Tatort-Spezialisten. Er hatte zu dem Mordfall »Krypto« in Hamburg die entscheidenden Hinweise gegeben. So konnte damals der Dreifach-Killer identifiziert und schließlich gefangen werden. Damit hatte Meister auch schnell seinen Spitznamen »Krypto« weg, nach dem Namen der Sondereinheit, die damals nach dem Killer suchte. Nach Tübingen hatte er sich von Norddeutschland her beworben, weil seine Freundin hier studierte. Sie suchten gemeinsam eine Wohnung, fanden eine sauteure auf dem Österberg, und Meister zog alleine ein. Denn seine Freundin hatte nur zwei Tage zuvor einen Mann, einen Doktoranden der Germanistik, kennengelernt. Und der fuhr studienhalber für das Goethe-Institut ein Jahr nach Schanghai und sie packte ihre Koffer gar nicht erst aus in Tübingen, weil sie sich umgehend dem neuen Mann anschloss.

»Das ist Tübingen«, hatte Berger das kommentiert.

Seitdem stürzte sich Meister in die Arbeit. Wie auch nicht, nachdem wegen Corona fast alle Kneipen und Gaststätten geschlossen waren und es gar nicht so einfach war, neue Leute kennenzulernen. Und man wusste ja nie genau, was für eine möglicherweise böse Überraschung sich hinter einer Maske verbarg.

»Da wohne ich eben die horrende Miete ab«, sagte Meister achselzuckend zu Berger, als sie ihn fragte, wie er denn die Abende verbringe.

Meister wartete, bis alle drei Kommissare zusammen waren.

»Also Folgendes haben wir bisher herausgefunden.«

Meister machte eine kleine Sprechpause. Er liebte die Aufmerksamkeit der anderen. Löffler hätte ihn dafür am liebsten am Kragen gepackt und geschüttelt. Aber er war inzwischen lebenserfahren genug, um zu erkennen, dass das nichts am Verhalten Meisters geändert hätte. Also setzte er seinen Gleichmut Meisters rhetorischen Spielereien entgegen. Und freute sich heimlich darüber, dass Meisters Freundin abgehauen war – sie hatte es ganz sicher nicht länger mit dem Schwätzer ausgehalten. Lieber Schanghai als Meister.

Schließlich war Meister so weit, dass er reden konnte.

»Es haben sich, außer dem Toten, noch drei weitere Personen am Tatort befunden. Die Fußspuren liegen da wie ein offenes Buch. Soweit man erkennen konnte, sind diese drei aber irgendwann auseinandergestoben in drei unterschiedliche Richtungen. Sternenförmig, sozusagen. Einfach weggerannt. Aber keiner davon zur Neckarbrücke hoch, alle sind hinter den Bäumen abgetaucht.«

»Und die drei haben den Toten umgebracht?«, fragte Berger.

Meister setzte sein wissendes Lächeln auf.

Dafür hätte Löffler ihn liebend gern in den Neckar gestoßen.

»Das glaube ich eher nicht.«

»Wie bitte? Warum liegt dann ein mausetoter Mensch zu unseren Füßen?«

»Es gab noch einen vierten Beteiligten am Tatort. Und wir glauben, dass er das gewesen ist. Das mit dem Umbringen.«

Die Polizisten sahen sich erstaunt an.

»Und das sagen Ihnen die Fußspuren?«, fragte Löffler.

Meister nickte.

»Ich erkläre es Ihnen. Die Profile der Schuhe von den Dreien, die am Schluss das Weite suchten, waren fast wie eine geometrische Figur um den Toten angeordnet. Sie bewegten sich so gut wie gar nicht. Sie standen da, schauten den Toten an und haben wohl irgendwas besprochen. Denn geholfen haben sie ja wohl nicht, nehme ich an. Sie haben keine Polizei gerufen, keinen Krankenwagen, keine anderen Menschen zu Hilfe geholt.«

Der Spurensucher machte eine kleine Pause. Dieses Mal weniger, um sich in der Sonne seiner schönen Ausführungen zu präsentieren, sondern eher, um Luft zu holen. Er hatte hektisch und schnell gesprochen. Er freute sich über seine gute Arbeit.

»Dann gab es«, fuhr Meister schließlich fort, »die Profile der Leiche. Also die Schuhe und ihre Abdrücke. Die waren verwischt, und sie überlappten sich mit einem fünften Profil. Es gibt bei dieser Zusammensetzung nur den Schluss, dass die beiden Profile, also die beiden Männer, gegeneinander gekämpft haben.«

»Männer?«, fragte Wasmaier.

Der KTUler nickte.

»Die Schuhgröße lässt auf einen Mann schließen.«

Mittlerweile hatte sich der Gerichtsmediziner zu der Gruppe gesellt.

»Da kann ich auch noch was beitragen«, polterte Kürner mit seiner Donnerstimme los, »denn ich habe etwas Interessantes an seinem Unterarm entdeckt.«

Alle wandten sich ihm zu. Sie schwiegen, warteten, bis es weiter ging.

»Wir haben keine Tasche oder einen Beutel oder Rucksack am Tatort gefunden. Aber er muss etwas Derartiges bei sich gehabt haben. Denn an seinen Armen sieht man deutliche Spuren dafür, dass man ihm eine Tasche oder etwas Ähnliches weggerissen hat. Vielleicht liegt der Grund für all das hier«, und damit deutete Kürner auf die Leiche am Boden, »in dieser Tasche. Jemand wollte sie ihm wegnehmen, er wehrte sich, der andere killt ihn und haut ab.«

»Ja«, unterstützte Meister den Kollegen, »das wäre denkbar.«

»Na, wenn KTU und die Medizin sich derart einig sind«, meinte der Mediziner lachend, »dann kann es wohl keine zweite Meinung mehr über den Tathergang geben.«

»Da kann ich auch noch was drauflegen«, übernahm wieder der Mann von der Spurensicherung.

»Denn so, wie der Tote lag, kann man ihn nicht umgebracht haben. Er wurde bewegt. Das sieht man an den Blutspuren. Das Blut liegt neben dem Mann auf dem Boden. Er liegt auf dem Rücken, das Messer drang in seinen Brustkorb ein. Damit also Blut auf den Boden kommt, müsste er auf dem Bauch gelegen haben. Tut er aber nicht.«

»Sie meinen«, nahm Löffler den Gedanken auf, »er lag auf dem Bauch, die Tasche unter ihm und damit schwer erreichbar. Deshalb haben sie ihn weggeschoben, auf den Rücken gekullert, damit die Tasche frei wurde. Dann haben sie sie geschnappt und sind verschwunden.«

Berger trat vor.

»Und die mit der Tasche«, sagte sie, »haben zuvor den verjagt, der den Mann tatsächlich umgebracht hat. Dann haben wir es hier gleichzeitig mit Mord und Raub zu tun, verübt von unterschiedlichen Menschen aber mit gleichem Tatort.«

»Ist wohl ein wenig zu kompliziert für Sie«, neckte da schon wieder Kürner. Aber ein strenger Blick von seinem Freund Löffler ließ ihn verstummen.

»Gibt es denn mittlerweile einen Namen zu dem Toten?«, fragte Wasmaier.

Alle schauten sich an.

»Nein«, gab dann Meister zu, »wie haben nichts gefunden, was uns irgendwie zu seinem Namen führt oder zu sonst einer Identifikation. Vermutlich waren Ausweise, Kreditkarten und das andere Zeug alles in der Tasche.«

»Na schön«, sagte schließlich Löffler, »dann suchen wir jetzt mit Gesicht, Fingerabdrücken und DNA in unseren Dateien. Ich will endlich wissen, mit wem wir es hier zu tun haben.«

Er nickte Berger zu. Gemeinsam gingen sie zum Auto und fuhren in das Präsidium in der Konrad-Adenauer-Straße. Im Rückspiegel sah der Hauptkommissar, wie der Kollege Wasmaier auf das Fahrrad stieg. Löffler hupte ihm zu. Der Bayer winkte. Er war zum echten Rad-Tübinger geworden.

Was sollte ich tun? Sie waren zu dritt. Von allen Seiten kamen sie auf mich zugestürmt. Ich hatte zwar das Messer in der Hand – aber gegen drei? Wer weiß, was das für Leute waren? Das Risiko war groß, dass sie mich einfach schnappen und dann die Polizei rufen. Und dann? Mord? Totschlag? Egal, auf jeden Fall Knast. Und das nicht zu knapp. Also flüchtete ich erst mal.

Einfach rein in die dunkle Allee. Die Chance, dass die drei oder auch nur einer mir folgen würde – null. Warum sollten die das riskieren? Ich hatte zuerst noch mit dem Messer herumgefuchtelt. Also wussten sie, dass ich bewaffnet war.

Zunächst rannte ich erst mal, bis ich außer Atem war. Dann lehnte ich mich, in vollkommener Dunkelheit, an einen dicken Baum. Eine Platane vermutlich, ich war ja in der Platanenallee. Im westlichen Teil der Allee, jenseits des Silcherdenkmals, das mitten in einem Rondell steht, geht die Allee in das sogenannte Seufzerwäldchen über. Hier, an diesem Ort für Liebespaare war es tatsächlich zappenduster. Hier fühlte ich mich zumindest sicher genug, um kurz durchzuatmen.

Ich wartete. Die drei würden sicher die Polizei rufen. Und bald würde es hier wimmeln vor Gesetzeshütern, Kommissaren und Kommissarinnen, Spurendienst, Notärzten und Gerichtsmedizinern.

Und als Erstes würden sie das Geld sicherstellen. Den schönen Batzen Geld. Immerhin hatte Simon Ortmann dafür sterben müssen. Durch mich. Was mir aber keineswegs leidtat. Ortmann war selbst schuld. Ich wollte nur das Geld und nicht sein Leben. Irgendwie hat er die falsche Entscheidung getroffen. Falsche Priorität gesetzt. Und jetzt ist er mausetot.

Das Blöde ist nur, dass er zwar nicht mehr unter uns weilt, ich aber das Geld trotzdem nicht habe. Alleine der Gedanke daran, ihn für nichts abgestochen zu haben, macht mich wütend. Und ich beginne zu schwitzen. Wenn ich wütend bin, schwitze ich meistens. Mein vegetatives Nervensystem. Unkontrollierbar.

Ich wollte noch abwarten, bis ich das erste Martinshorn hörte. Dann wollte ich mich auf den Neckarzipfel verziehen, mich dort kurz verstecken, dann von der Ostseite her auf die Neckarbrücke und schließlich durch den Fußgängertunnel, ab in die Altstadt.

Dieser Corona-Mist machte es schwieriger unterzutauchen. Keine Kneipen, die geöffnet haben, keine Restaurants, nicht mal eine Weinkneipe – alles dicht. Seit Monaten. Dann musste ich wieder völlig alleine durch die Stadt pirschen, war ja sonst keine Sau unterwegs. Untertauchen in der Menge einer voll besetzten Altstadtkneipe – Pustekuchen. Niemand unterwegs, keine Passanten, nicht mal die Studenten. Wozu auch? Es gab ja kein Ziel.

Aber ich hörte keine Polizeisirenen. Es gab keine Polizeiautos. Es gab eigentlich überhaupt keine Polizisten. Nicht mal ein Rettungswagen oder das Rote Kreuz. Stille. Ich kapierte.

Die drei hatten überhaupt keine Polizei oder einen Arzt gerufen. Die hatten vermutlich die Tasche gesehen und waren schwach geworden. Die Versuchung war für sie zu groß gewesen. Menschlich, das Ganze. Und für mich nicht von Nachteil. Mit Polizeieinsatz hätte es für mich nicht gut ausgesehen. Es hätte Menschen gegeben, die mich möglicherweise identifizieren könnten. Die mich gesehen haben und meine Beschreibung liefern könnten.

Vor allem aber: Das Geld wäre weg gewesen. Irgendwo auf einer Polizeiwache und dann in einer Asservatenkammer oder wer weiß, wo die Geld lagern. Jetzt aber war die Kohle noch auf dem Markt. Und das bedeutete, dass ich noch nicht aus dem Spiel war.

Aber ich musste jetzt schnell sein.

Zügig bewegte ich mich wieder zurück in die Allee. Da hin, wo mein alter Kumpel Simon lag. Ich musste die Spur aufnehmen. Wie heißt es so schön: Ich muss dem Geld folgen. Und das hieß, ich musste die Leute aufspüren und identifizieren, die es mir weggenommen hatten.

Ich rannte förmlich durch das Seufzerwäldchen zurück, mich immer im Schatten haltend. Schon von Weitem erkannte ich, dass die drei gefallenen Engel abgezogen waren.

Sollte ich erst noch zu Ortmann gehen und schauen, ob sie die Tasche vielleicht übersehen hatten? Nein, das war Unsinn, denn ihr schneller Abgang machte nur Sinn, wenn sie selbst etwas zu verbergen hatten. Und was könnte das wohl anderes sein, als dass sie sich die Tasche mit dem Geld gekrallt hatten. Um das Geld an mich zu nehmen, musste ich die Gauner finden.

Kurios: Ein Totschläger verfolgt drei Diebe.

Von der Neckarbrücke herab kam ein Pärchen. Sie gingen langsam, vorsichtig, die Treppen hinab. Sie durften mich nicht sehen. Ich schlug mich auf die rechte Neckarseite,

Richtung Uhlandstraße. Dort ging die Brücke hinüber in die Uhlandstraße. Noch während ich mich da hin orientierte, sah ich, dass auf der anderen eine Gestalt rechts abbog in Richtung Wildermuth-Gymnasium. Ich überquerte rasch die schmale Brücke, den Indianersteg, drückte mich an den Autos vorbei, die das Rondell um das Uhlanddenkmal restlos zugeparkt hatten, und schaute nach rechts.

Tatsächlich entdeckte ich, in Höhe der Uhlandhalle, eine dunkle Figur, die sich zügig und zielstrebig auf der Straße westwärts bewegte, sie dann überquerte und weiterging Richtung Anlagensee. Schnell querte ich ebenfalls die Uhlandstraße und folgte der Figur auf dem asphaltierten Teil des Sees.

Der Lichtschein einer der Laternen fiel auf das Gesicht der Person, die sich daran machte, einmal um den See zu laufen. Es war ganz offensichtlich eine Frau. Eine schwarze Frau, so wie es aussah. Vielleicht täuschte mich auch die Dunkelheit in der Hautfarbe. Es fielen Schatten auf ihr Gesicht. Aber ganz sicher war es eine Frau. Ich hielt genügend Distanz zu ihr, und bewegte mich immer am Rand des Wegs. Dort wuchsen Bäume, Gebüsch wucherte. Selbst wenn die Frau sich umdrehte, würde sie mich nicht auf Anhieb entdecken.

Was wollte ich tun, wenn ich sie einholte? Was konnte ich tun, falls ich herausfand, wo sie wohnte? Es sah so aus, als habe sie nichts bei sich, keine Tasche, keinen Rucksack, nicht mal eine jener kleinen Damenhandtaschen, in denen gerade mal ein Lippenstift und ein Kondom Platz fanden. Das bedeutete, dass sie das Geld nicht bei sich hatte.

Wie hatten sie das gelöst? Einer übernahm die gesamte Kohle, bewahrt es auf und dann verteilen sie alles? Das setzte allerhand Vertrauen voraus, wenn man bedachte, dass die drei sich zuvor nicht kannten. Davon gehe ich zumindest aus. Na, umso besser. Denn wenn es tatsächlich so gelaufen war, konnte ich davon ausgehen, dass sie die Namen ausgetauscht hatten. Und das bedeutete, die Frau vor mir konnte mir genau das sagen, was ich wissen musste. Nämlich Namen und Adresse der anderen zwei.

Jetzt war klar, was meine Aufgabe war, wenn ich der Frau gegenüberstand. Ich machte mich auf den Weg. In der Tasche meines Mantels fühlte ich das Messer.

Der Mann heißt Simon Ortmann«, sagte Wasmaier, als er aus den Räumen der KTU zurückkam.

»Und woher weißt du das so plötzlich?«, fragte Berger.

Der Kollege grinste.

»Die Jungs vom Spurendienst haben einfach vergessen, in der Hosentasche des Toten nachzusehen. Zum Beispiel, ob da ein Ausweis drin steckt. Tat es aber. Und auf dem Ausweis steht sein Name, seine Adresse und sonst noch ein paar Sachen.«

»Na super, wenn wir alle so schlampig arbeiten würden.« Berger rollte mit den Augen. Dann schnappte sie sich den Ausweis, den Wasmaier ihr entgegenhielt.

»So, so, 44 Jahre alt ist der Typ«, las sie vor, »und er wohnt in der Ammergasse, also mitten im Zentrum. Weiß man denn schon, was er von Beruf gewesen ist?«

Der Kollege schüttelte den Kopf.

»Ich schaue gleich nach in unserer Datenbank«, meinte er, »und dann brauche ich erst mal einen Kaffee. Mensch, es ist drei Uhr morgens und ich habe mir auf dem Fahrrad den Arsch abgefroren.«

»Wir können auch noch mal nach Hause«, sagte da Löffler, der aus seinem Büro zu den anderen heraustrat. »Es gibt jetzt nichts zu tun für uns. Wir wollen mal abwarten, was die Obduktion ergibt und dann, welche Spuren uns die KTU auf den Tisch legt. Die Kollegen in Uniform gehen gerade durch die Stadt und suchen nach Zeugen. Zwei haben wir ja schon, das Pärchen. Aber die haben keine Gesichter gesehen, können sich auch an keine Klamotten erinnern. Nur über eine Sache sind sie sich sicher – eine der Geflüchteten ist eine Frau mit schwarzer, zumindest dunkler Hautfarbe. So, das ist schon alles, mit dem wir arbeiten können. Sie, Wasmaier, gucken jetzt mal, was dieser Ortmann beruflich gemacht hat, und sein Umfeld gehen wir morgen durch, wenn wir die Leute auch erreichen können.«

Löffler ging zur Tür. Dann blieb er stehen und drehte sich noch mal um.

»Hören Sie, Wasmaier«, sagte er, »sollten wir nicht morgen früh beziehungsweise natürlich heute früh noch ein kleines Läufchen machen, ehe wir uns auf den Fall stürzen? Ich hole Sie ab und wir laufen von Ihrer Wohnung nach Hirschau und wieder zurück über Unterjesingen? Duschen dann bei uns.«

»Und mein Rad?«

»In den Kofferraum, ich nehme den Van.«

Der Kollege dachte kurz nach.

»Okay, dann um halb acht bei mir.«

Löffler schaute Berger an.

»Nein, nein«, winkte die ab, »ich bleibe hier und gehe in meine Wohnung. Ich komme dann wieder rechtzeitig ins Präsidium. Rufen Sie mich einfach an, wenn Ihr Lauf zu Ende ist, okay?«

Löffler setzte sich in den Wagen und fuhr nach Hause. Dort schwamm er ein paar Runden im Pool, dann setzte er sich im Bademantel an den Rand des Schwimmbeckens und trank eine Tasse Kaffee.

Er googelte in seinem Smartphone. Simon Ortmann. Er tauchte gleich auf. Philosophischer Ratgeber und Welterklärer stand da. Er hatte eine eigene Website. Auf seiner Seite sah man das Foto eines Mannes mit gepflegt struppigem Bart, wie ihn einst Friedrich Nietzsche trug. Ein Geäst, das auf der Oberlippe begann und über den ganzen Mund bis fast zum Kinn reichte. Man fragte sich unmittelbar, wie der Mann jemals eine ganze Mahlzeit durch das buschige Gestrüpp hindurch in den Schlund bekam. Ein Zitat thronte über dem Foto. »Tatsachen gibt es nicht, nur Interpretationen.« F. Nietzsche. Nun, das war ein klares Bekenntnis zur philosophischen Richtung Ortmanns. Löffler fragte sich, ob er tatsächlich den Weg zum philosophischen Übermenschen lehrte. Das wäre heute dann womöglich ein IT-Social-Media-Tycoon, ein Influencer oder sein weibliches Gegenstück oder, pandemiebedingt, gleich ein Virologe. Löffler lächelte in sich hinein bei dem Gedanken.

Die Praxisräume waren in der Ammergasse, nicht weit weg vom Ammerschlag, einer Traditionskneipe in der Altstadt. Die es vielleicht bald nicht mehr geben würde, wenn nicht endlich wieder Gäste zugelassen wurden. Durch Covid-19 war das Lokal, wie fast alle anderen Gastrobetriebe auch, seit bald eineinhalb Jahren mehr oder weniger geschlossen.

Auf seiner Website zeigte Ortmann ein Foto seiner Praxis. Wer etwas Ahnung hatte von Fotografie, der konnte gleich erkennen, wie der Fotograf bei der Aufnahme mit seinen Objektiven beschissen hatte. Alles wirkte nämlich größer, als es vermutlich in Wirklichkeit war. Ein lichter Raum, weitläufig, anheimelnd und vertrauenerweckend. Sogar die berühmte Couch hatte der Fotograf ins Bild gestellt. In der Realität waren das aber vermutlich nicht mehr als acht, neun Quadratmeter. Und der Fotograf höchst wahrscheinlich Ortmann selbst.

Es waren eine Telefonnummer und die Mailadresse hinterlegt. Und das Angebot, man könne sich in Notfällen 24 Stunden am Tag, auch an Wochenenden, bei Ortmann melden. »Scheuen Sie sich nicht, mich zu kontaktieren – denn es geht um Ihr Leben.« Wow, dachte der Hauptkommissar, da kommt der Altruismus ja mit einem ganzen Blasorchester zur Unterstützung daher. Er fragte sich, ob Ortmann tatsächlich Kunden hatte. Oder sagte man Patienten dazu? Oder Leidende? Wer würde auf so eine Aufforderung antworten? Wer fand diese Seite überhaupt? Auf der anderen Seite leben wir in einer Zeit, überlegte Löffler weiter, in der Hilfe in allen Bereichen nötig ist. Vielleicht war Ortmanns Konzept ein ganz einfaches: Zuhören.

Plötzlich schlangen sich ein Paar Arme um seinen Hals. Er strampelte mit den Beinen, der Stuhl, auf dem er saß, kippte nach hinten und auf einmal lag der Kommissar auf dem Boden. Die Arme um Löfflers Hals hatten sich gelöst. Er war befreit. Auf dem Boden liegend schaute er nach oben. Ein Gesicht beugte sich über ihn. Ein Gesicht, das er sehr gut kannte.

»Maria«, sagte der Hauptkommissar, und seine Stimme krächzte dabei, »bist du irre geworden? Wolltest du mich tatsächlich erwürgen?«

Er lag immer noch auf dem Boden, auf dem Rücken wie eine Schildkröte. Maria Stein reichte ihm ihre Hand und er zog sich mit einem Schwung daran hoch. Er trug einen Bademantel. Der klappte vorne auf, Löffler war nackt darunter. Schnell zog er den Stoff wieder zusammen. Maria lächelte ihn an.

»Wie schamhaft du bist«, kiekste sie, »als wenn ich das erste Mal einen nackten Mann sehen würde.«

Maria war die Freundin seines Vaters. Allerdings war sie auch eine Schulfreundin von Löffler Junior. Bis zur Abiturklasse saßen sie im selben Klassenzimmer. Zu Beginn hatte Löffler damit Probleme, dass sein Vater nun mit ihr zusammen war. Sie wohnte fast in der Löffler-Villa. Aber mittlerweile gehörte ihr Anblick zum Alltag, und im Grunde hatte Christian längst vergessen, wie jung sie war im Vergleich zu seinem Vater. Maria Stein war freie Journalistin. Sie hatte immer genügend zu tun. Also, schloss der Junior daraus, war sie gut in dem, was sie tat. Es gab eine klare Absprache: Sie hielt sich aus Löfflers Fällen heraus. Und das funktionierte bestens.

»Was sollte das denn?«, fragte der Polizist, noch immer etwas atemlos, »ich dachte, jetzt ist es aus. Hast du überhaupt eine Ahnung, wie stark du bist?«

Sie lachte.

»Ach komm, ich wollte dich doch bloß überraschen. Das hat ausgesehen, als wenn du gerade alle Probleme der Welt gleichzeitig lösen wolltest. Ist denn etwas passiert, dass du hier allein herumsitzt und den verzweifelten Philosophen gibst.«

Löffler ließ sich in seinen Stuhl zurückfallen.

»Wo ist denn mein Vater«, fragte er, »er lässt dich doch sonst nie aus den Augen. Bist du geflüchtet?«

Sie lachte.

»Das würde dir so passen. Aber nein, er schläft. Heute war sein Pokerabend, und er hatte zu viel Rotwein.«

»Ich hoffe, er hat die Villa nicht verzockt.«

»Spielt er so schlecht?«

Löffler lachte.

»Schlecht? Hundsmiserabel. Als Kind hat er mir immer erzählt, dass er sich sein Studium mit Pokern verdient hätte. Als ich älter wurde und ein paar seiner Kommilitonen von damals kennenlernte, haben sie mir andere Geschichten berichtet. Er musste sogar, weil er nicht mehr bezahlen konnte, den anderen die Bude fegen und das Geschirr in der WG abwaschen.«

»Tja, dein Vater zweifelt halt nie an sich selbst. Und dann wird die Wahrheit eben manchmal gezwungen.«

Löffler stand auf und schnappte sich ein Handtuch von dem Stapel auf der Bank, die an der Wand stand.

»Woran arbeitest du?«, fragte Maria.

Der Kommissar hatte inzwischen erfahren, dass er ihr trauen konnte. Trotz ihres Berufes.

»Ein Mann wurde getötet. In der Platanenallee. Eine Art freier Philosoph. Irgendwie undurchsichtig die ganze Angelegenheit. Einige Leute scheinen darin verstrickt zu sein. Oder auch nicht, wir wissen noch gar nichts darüber. Aber wer ersticht schon einen Philosophen in Tübingen? Obwohl, Philosoph? Eher Lebensberater, würde ich sagen …«

Maria schwieg. Schien zu überlegen.

»Ortmann? Heißt der Mann Ortmann? Simon Ortmann?«

Löffler verharrte. Blieb stehen und sah die Frau misstrauisch an.

»Woher hast du den Namen?«

»Ich kenne den. Ich habe mal eine Geschichte über den Ortmann geschrieben. Der hat seine Praxis in der Altstadt. Ist der totale Scharlatan, aber niemand kann ihm böse sein. Von Beruf ist er, glaube ich, ursprünglich Dekorateur. Aber dann habe ihn eine Erscheinung besucht, nachts, und die habe ihm gesagt, er sei eine Art Erlöser für seine Mitmenschen. So etwas wie ein Helfer in der Not. Und da hat er gekündigt und eine Couch in sein Wohnzimmer gestellt und ein Schild an die Hauswand genagelt. Und schon war er philosophischer Lebensberater.«

»Hast du das so geschrieben?«

Sie schüttelte den Kopf.

»Ich habe den Artikel nie geschrieben. Das ging nicht. Er tat mir leid. Wenn ich das so geschrieben hätte, wäre das sein Ende gewesen. Niemand hätte ihn ernst genommen. Aber ich dachte mir, ein paar Menschen, denen es schlecht geht und Ansprache brauchen – warum nicht bei ihm?«

»Du bist ja ein regelrechter Gutmensch. Passt zu Tübingen. – Was war privat los mit dem Mann? Ehefrau? Kinder? Partner?«

Sie dachte kurz nach.

»Er hatte so eine Art Mitbewohner. Eine schräge Existenz. Er war irgendwie aus gutem Haus, und ist dann abgestürzt. War wohl gleichzeitig ein Patient von Ortmann. Den Namen habe ich vergessen. Vielleicht lebt er da gar nicht mehr, ist ja schon mehr als ein Jahr her.«

»Ja, mal schauen.«

»Gibt es denn gar keine Spuren? Anhaltspunkte? Zeugen? Ich meine – wer bringt einen wie Ortmann um? Der ist doch so gut wie gar nicht vorhanden. Hat kein Geld, keine Beziehungen, vermutlich nicht mal richtige Feinde.«

»Na ja, mindestens einen oder eine schon.«

»Eine?«

»Zwei Zeugen haben eine Frau am Tatort gesehen«, sagte Löffler, »vermutlich dunkle Hautfarbe. Außerdem zwei andere Personen, über die wir nichts wissen.«

»Das ist doch immerhin was. Ihr habt schon Fälle gelöst mit weniger Informationen.«

Löffler betrachtete sie misstrauisch, ob sie ihn aufziehen wollte. Aber sie guckte ihn derart treuherzig an, dass er ihr den Spruch abnahm.

»Ich gehe schlafen«, sagte er schließlich, »morgen gucken wir uns mal Ortmanns Praxis an.«

Sie tätschelte seinen Arm.

»Das wird sicher spannend. Ich schwimme mal noch ein paar Runden, ich kann jetzt noch nicht ins Bett. Ich schreibe nachher an meinem Buch weiter.«

»Ach, du schreibst ein Buch? Worüber denn? Eine Autobiografie etwa?«

Löffler grinste.

»Nee, nee, mein Lieber, da habe ich noch Zeit. Ich schreibe einen Krimi, was denn sonst in dem Haus? Und die Hauptperson ist eine Frau, eine Kommissarin.«

»Und die sieht aus wie du, oder?«

Sie lachte.

»Eine gewisse Ähnlichkeit mit mir hat sie schon. Aber ich werde ihren Charakter einen wenig aufpäppeln müssen, damit sie zu den Guten zählt.«

»Wenn du Hilfe brauchst – du weißt, ich bin der Fachmann. Auch bei einer Fachfrau. Notfalls kannst du immer noch Berger ins Boot holen.«

Sie dachte einen Augenblick nach.

»Ich recherchiere gerade für einen Artikel«, sagte sie dann langsam, »vielleicht brauche ich da deine Hilfe.«

»Worum geht es denn?«

Sie überlegte kurz.

»Das sage ich dir ein anderes Mal, wenn wir mehr Zeit haben.«

Löffler zuckte mit den Schultern.

»Wie du meinst, gib mir Bescheid.«

Damit verließ er den Pool-Raum und ging in den ersten Stock in seine Wohnung.

Er wollte noch eine Weile zur Ruhe kommen.

Löffler legte Nick Cave in den Player.

Old School, dachte er, als er den Silberling in der Hand hatte. Aber er konnte sich weder von seinen Vinylplatten noch von den CDs trennen. Blöde Downloads und Streams, dachte er. Ich brauche etwas in der Hand, um Musik zu hören.

Dann hörte er die Anfangstöne von »Into my arms«.

Annemarie Heim, oder Heimchen, wie man sie in der Abteilung nannte, hatte im Lauf der Jahre einen wahren Urwald gezüchtet. Sie hatte ihren Arbeitsplatz in der Büroecke nach Westen hin und konnte von dort aus das Gebäude des Tübinger Landratsamts betrachten. Alle anderen Himmelsrichtungen blieben für sie, die Sekretärin der Kommissare, verschlossen. Ihre Palmen, Sträucher, Gräser oder was immer sie zum Wachsen gebracht hatte, schimmerten wie eine grüne Insel aus einer grauen Landschaft heraus. Die graue Landschaft war das Büro von Berger und Wasmaier. Löffler hatte ein eigenes Zimmer direkt daneben.

Heim war früh gekommen. Sie kam immer früh. Wegen der Pflanzen. Sie hatte es sich nämlich angewöhnt, sich mit ihnen zu unterhalten. Davon, war sie überzeugt, würden sie besser wachsen und vor allem gesund bleiben. Und für sie und ihr seelisches Gleichgewicht sei das auch besser, betonte sie.

Da es ihr unangenehm war, wenn ihr die anderen bei ihren Gesprächen zuhörten, hatte sie es sich zur Gewohnheit gemacht, als Erste ins Präsidium zu kommen. Zu Hause hielt sie nichts mehr, nachdem ihr Ehemann mit der Nachbarin durchgebrannt war.

»Plötzlich war er morgens nemme do«, hatte sie erzählt. »Aber an Brief hot er gschriebe. Es läg nicht an mir, sondern an der Nachbarin. Die wär halt attraktiver als i. Ond jünger. Ond sie hot auch mehr Geld. Punkt, weg war er. Der Mann von der Nachbarin isch dann mit seim Auto gegen an Pfeiler gfahre. Jetzt liegt halb gelähmt im Pflegeheim. Ond mein Mann hot noch onser gemeinsames Konto abgeräumt. Ond dann soll i net mit Pflanze schwätze?«

Als der Hauptkommissar also gegen neun Uhr ins Büro kam, war Heim schon lange da. Sie hatte Kaffee gemacht, gut gelüftet und die Zeugenaussagen der Nacht bereits den Kommissaren auf die Schreibtische gelegt.

Löffler war voller Tatendrang. Er war mit dem Kollegen eine Stunde gelaufen, gegen Ende hatten sie sich ein kleines Rennen geliefert. Löffler war etwas schneller als Wasmaier. Aber wenn der erst mal richtig trainierte, dann würde es richtig eng für den Hauptkommissar werden. Trotzdem freute es ihn, dass sein Kollege seine Laufleidenschaft teilte.

Löffler las noch mal, was das Pärchen berichtet hatte. Nein, überlegte er, so richtig viel anfangen konnte man damit nicht. Die ganze Angelegenheit war sehr merkwürdig. Was konnte das zu bedeuten haben? Dass drei Personen um den toten Mann herumstanden und sich dann aus dem Staub machten. Sich in verschiedene Richtungen vom Tatort entfernten. Das sah klar nach einer Verabredung aus. Nach einem Plan. Hatten sie ihn zu dritt getötet? Hatten sie ihn einfach nur gefunden und wollten mit der Sache nichts zu tun haben? Hatten sie den Toten bestohlen und trafen sich später, um die Beute zu verteilen? Aber was gab es bei Ortmann zu holen? Sie mussten dringend in Ortmanns Wohnung.

Zehn Minuten später trafen Berger, und gleich danach Wasmaier ein. Er trug seine Maske auch zum Radfahren. Löffler hatte ihn zu Hause abgeliefert. Er wollte lieber dort duschen, und dann mit dem Rad zum Dienst kommen. Die Maske, die sei aber gegen die Kälte, meinte er. Im Büro zog er die weiße Schnabelmaske dann ab. Das hatten sie so verabredet, nachdem sie sich regelmäßig selbst auf Covid-19 testeten.

»Hören Sie, Wasmaier«, sagte Löffler, noch ehe der seinen Radlerhelm ausgezogen hatte, »ich fahre mit Berger in die Wohnung von Ortmann. Schauen Sie mal alles durch, was wir über ihn haben. Es gibt auf jeden Fall eine Akte, das habe ich gerade beim schnellen Durchgucken entdeckt. Sehen Sie doch mal, was das ist. Und dann suchen Sie alles über ihn, auch in anderen Quellen.«

»Also im Internet rumgurken?«

»Genau.«

Noch ehe die anderen etwas sagen konnten, war er schon durch die Türe verschwunden. Berger blieb nichts anderes übrig, als ihm auf dem Fuß zu folgen.

Löffler fuhr zügig durch den Schlossbergtunnel und kam in der Weststadt beim Elektronikmarkt heraus. Von da waren es noch zwei Minuten in die Ammergasse. Sie parkten neben dem Tabak- und Zeitschriftenhandel. Gleich daneben war das Haus mit Ortmanns Praxis.

Als Löffler ausstieg, stand auf einmal ein Mann vor ihm, der aufgeregt mit den Armen fuchtelte. Erschrocken trat der Polizist einen Schritt zurück und stand nun mitten auf der Ammergasse. Zum Glück fuhr hier nur selten ein Auto durch.

»Sie könnet hier net parken«, sagte der fuchtelnde Mann, »so wird ja mein ganzes Ladenfenster verdeckt.«

Löffler trat einen Schritt vor.

»Hannes«, sagte er dann, »du bist das ja. Na, das ist aber keine nette Begrüßung.«

Der Mann war überrascht. Dann schaute er genauer hin und ein Grinsen lief über sein Gesicht.

»Ja, sag mal«, stellte er dann fest, »das bist ja du, Christian. Auch mal nicht beim Laufen im Wald oder im Stadion. Kneipe ist ja nicht in diesen Zeiten.«

Hannes Wössner war ein alter Freund des Kommissars. Er war einige Jahre älter als Löffler und eine Art Urgestein Tübingens.

»Na ja, Hannes«, meinte Löffler lachend, »morgens um diese Zeit wäre ich auch ohne Corona nicht in der Kneipe. Du vielleicht?«

Der lachte bloß und zog eine Zigarette aus seiner Packung. Er zündete sie an, während der Polizist ihn dabei beobachtete.

»Was machst du denn hier?«, fragte Wössner.

»Ich besuche einen Nachbarn von dir.«

»Du weißt aber schon, dass ich hier nicht wohne, oder?«

Er wohnte in der Weststadt, Richtung Kliniken. Sozusagen zentrumsnah. Seit ein paar Jahren jobbte er in dem Tabakladen. Inzwischen hatte er ihn übernommen. Eine Weile hatte er auch als Schauspieler gearbeitet. In zwei Gerichtsshows spielte er einmal den Angeklagten und ein anderes Mal den Zeugen. Es gab auch ein, zwei Soloauftritte oder im Duo, dann beendete er seine Karriere wieder.

»Schön, dass ich dich hier treffe«, fiel Löffler ein, »kannst du mir denn etwas über diesen Ortmann sagen, der hier seine Praxis hat?«

»Ich verpetze keinen«, sagt Hannes und grinste.

Der Polizist lachte.

»Tust du auch nicht, er hat ja nichts verbrochen. Denke ich.«

Hannes überlegte einen Augenblick. Dann nahm er einen tiefen Zug aus der Zigarette. Es war merkwürdig, dass er noch rauchte. Denn in seiner Freizeit gab es reichlich Sport für ihn. Klettern, laufen oder gleich ins Gym – er hielt sich fit. »Du bist fitter, als du es zu deiner aktiven Fußballerzeit gewesen bist, und die liegt 30 Jahre zurück«, pflegte Löffler zu ihm zu sagen.

»Der Ortmann war eigentlich unsichtbar«, sagte Hannes dann. »Der war ganz ruhig, hat gegrüßt und war weg. Manchmal, wenn er Kippen oder eine Zeitung gekauft hat, hat er erzählt, dass er mal Rockmusiker werden wollte, aber weil er keinen Takt halten konnte, hat er hingeschmissen. Sagte er. Gitarre hat er gespielt.«

»Mich würde eher etwas aus Gegenwart interessieren. Zum Beispiel, ob er eine Freundin, Frau oder sonstige Partnerin hatte. Oder einen Partner. Und ob er mit jemand Streit hatte. Du als Zigarettendealer musst das doch wissen, heutzutage seid ihr doch wie Friseure – euch sagt man alles, auch das ganz Private.«

Wössner lachte laut. Er lachte so heftig, dass er sich am Rauch seiner Kippe verschluckte und heftig husten musste.

»Super Beschreibung für meinen Job. Ich als Müllhalde meiner Kunden – nicht schlecht. Aber ernsthaft: Der Ortmann hatte mit Frauen nichts, aber au gar nix. Ich meine, mit Männern au net. Der war mehr so … asexuell. Also ganz ohne Trieb. Denk i mal.«

»Keine Besuche, keine Feinde, kein Streit?«

Hannes schüttelte den Kopf. Doch dann schien ihm noch etwas einzufallen.

»In letzter Zeit kam dauernd so ein Typ aus der Haustür. Also aus Ortmanns Haustür. Das war bestimmt einer seiner Patienten, so wie der aussah. Ich glaube, der hat sogar manchmal bei ihm übernachtet. Ich hab den Ortmann mal gefragt, ob er einen Untermieter hat. Wegen dem Typen, dem Irren. Er sagte bloß, das sei eine harte Nuss, den könne man nicht mehr alleine unter Leute lassen. Er habe ihm einen Platz auf seiner Couch eingerichtet. Aber den würde er mit Sicherheit auch noch hinkriegen. Nur er schaffe das. Mit Einzeltherapie. Denn in der Psychiatrie würde der völlig zerfallen.«

Kommissarin Berger hatte sich inzwischen zu den beiden Männern gesellt.

»Ah, die Moni«, begrüßte Wössner die Kommissarin, »wenn ihr alle unterwegs seid, dann handelt es sich wohl um was Ernstes. Oder ihr langweilt euch und macht einen Stadtbummel.«

Dann schien er zu begreifen, dass das hier kein Höflichkeitsbesuch und keine Routinesache war.

»Mist«, sagte er, »ihr seid ja bei der Mordkommission oder wie das heute heißt. Und wenn ihr nach Ortmann fragt – ist dem Kerl denn etwas passiert? Muss ich mir Sorgen machen um einen Stammkunden?«

Löffler nickte.

»Ganz unter uns – er ist tot. Letzte Nacht. Erstochen in der Platanenallee. Das bleibt aber erst mal unter uns, klar? Wir müssen zunächst in aller Ruhe das Umfeld abklopfen. Wenn es also noch etwas gibt, was du uns sagen kannst – immer heraus damit. Je mehr wir über den Toten wissen, desto eher können wir was über den Täter herausfinden.«

Hannes steckte vor lauter Aufregung gleich die nächste Zigarette an.

»Ich bin dann sozusagen ein Zeuge«, erklärte er nach dem ersten Zug, »ich habe den ja fast jeden Tag gesehen. Früher, also vor Corona, auch nachts in den Kneipen.«

»Und was war er für ein Typ?«

Hannes lächelte vor sich hin.

»Ein Irrer«, sagte er dann, »ein Gescheiterter, der eigentlich schon abgestürzt war. Aber dann kam ihm die Idee mit der Lebenshilfe. Also dieser philosophische Klimbim. Ihr glaubt nicht, wie wahnsinnig die Tübinger sind, die haben dem die Bude eingerannt. Hab ich mit eigenen Augen gesehen. Und manchmal hat er mir erzählt, was die von ihm wollten. Unglaublich.«

Berger drängte sich vor.

»Sag mal, was denn zum Beispiel.«

Hannes überlegte einen Moment. Dann schien ihm etwas einzufallen.

»Er hat mir mal von dem Mann erzählt, den er von einem animalischen Zauber erlösen musste. Animalischer Zauber – genau das sagte er. Mann aus gutem Hause, Tübinger Halbhöhenlage Richtung Sand. Verkorkste Professoren, verkorkste Kinder. Dieses Kind, auch schon um die dreißig Jahre alt, sagte Ortmann, hatte jede Nacht einen im wahrsten Sinne des Wortes kafkaesken Traum. Kam wahrscheinlich daher, weil sein Vater ihm schon als Kind Kafka-Geschichten vorgelesen hat. Schauriges Zeug, sagte Ortmann. Der Vater wollte ihn wohl früh mit der Literatur bekannt machen. Na egal, jedenfalls hat sich im Verlauf vieler Jahre irgendwas festgesetzt im Gehirn des Sohnes. Und als er dann zu Ortmann kam, war er endgültig in seine Parallelwelt abgetaucht. Träumte jede Nacht, dass er am nächsten Tag als Käfer erwacht. Und morgens glaubte er dann tatsächlich, er sei ein Käfer. Bis zum Mittag schaffte er es nicht aus dem Bett. Erst dann legte sich der Glaube und er funktionierte wieder als Mensch bis zur nächsten Nacht.«

Hannes machte eine Pause und schüttelte den Kopf, als könne er selbst kaum glauben, was er erzählte. Dann wieder ein heftiger Zug an der Kippe und er fuhr fort.

»Als er zu Ortmann kam, war er völlig am Ende. Ortmann sei seine letzte Chance, heulte er, wenn er ihm nicht helfen könne, bringe er sich um. Erst Ortmann und dann sich selbst. So hat mein Nachbar mir das berichtet. Der ging dann erst mal mit ihm in die Kneipe und sie becherten mächtig. Aber egal, wie besoffen der Mann auch war – er kam auch in dem Zustand nicht vom Käfer los. Ortmann wäre das eigentlich egal gewesen, aber er wollte den Auftrag nicht aufgeben, weil die Bezahlung mit Erfolgsbonus so hoch war, wie sonst bei fünf anderen Kunden zusammen. Also überlegte er sich was.«

Wieder machte Hannes eine Pause. Eine ausgedehnte Pause.

»Hannes«, mahnte Löffler.

»Nun sag schon, wie es weiter ging«, wetterte Berger, der das alles ebenfalls zu lange dauerte.

»Neugierig?«, fragte Hannes grinsend.

»Wenn du nicht gleich weitererzählst, erschieße ich dich«, drohte Berger und tat so, als greife sie zu ihrer Waffe.

Hannes seufzte.

»Also gut«, ergab er sich schließlich, »nach ein paar Treffen, bei denen klar wurde, dass der Mann völlig durch den Wind war, kaufte Ortmann ein Maikäferkostüm. Fasnetshäs, sozusagen. Das färbte er dunkel ein, dass es weniger nach Maikäfer als nach bedrohlichem Käfer aussah. Das gab er bei der nächsten Sitzung dem Kunden nach Hause mit und befahl ihm, das Ding abends anzuziehen, wenn er sich ins Bett legte. Dann würde er zum Käfer werden, sobald er einschlief. Und morgens, wenn er aufwachte, brauchte er nur das Kostüm abnehmen und er würde zum Menschen. Er drehte also die ganze Verwandlung um. Er erklärte dem Mann, es sei doch egal, wenn er bei Nacht ein Käfer sei, das sehe ohnehin keiner. Aber morgens würde er zum Menschen, und so könne er ganz normal weiterleben. Er dürfe nur nie vergessen, das Kostüm auszuziehen. Und das hat dann geklappt. Irre, oder?«

»Hast du dir das gerade ausgedacht«, fragte Löffler misstrauisch.

»He, Christian, ich bin doch nicht doof, so was denkt sich doch keiner aus. So was passiert in der Wirklichkeit oder gar nicht.«

Löffler lachte.

»Jetzt wirst du auch noch zum Philosophen. Deine Nachbarschaft hat dir nicht gutgetan.«

Berger zupfte ihn am Ärmel.

»Gehen wir jetzt mal in Ortmanns Wohnung?«

»Ja, tun wir. Sag mal Hannes, hast du einen Schlüssel von Ortmann? Sozusagen von Kumpel zu Kumpel.«

Der schüttelte den Kopf.

»Nein, das nicht. Aber ich weiß, wo sein Ersatzschlüssel deponiert ist. Den habe ich immer benutzt, wenn er krank war und ich ihm Kippen und Zeitungen brachte. Rechts von der Wohnungstür ist ein kleines Schränkchen im Gang. Unter dem linken Fuß liegt der Schlüssel.«

Tatsächlich fanden die beiden Kommissare den Türschlüssel. Berger schloss auf und sie gingen hinein. Es roch muffig in den Räumen. Und verraucht. Es war dunkel in der Wohnung, nur erhellt von dem wenigen Tageslicht, das die zugezogenen Vorhänge zuließen. Eine Studentenbude typisch für die 1970er- und 1980er-Jahre. Heute nostalgisch und reif für ein Museum. Es fehlte nur der Flokati und die Fototapete. Löffler öffnete die Tür, die vom Wohnzimmer – oder was immer es für ein Zimmer sein sollte – abging. Dahinter ein lichter Raum, aufgeräumt, ein Fenster auf Zug gestellt trotz der Herbstkälte draußen und ein Geruch nach Vanille.

In dem Raum stand ein langes, schwarzes Sofa an der Längswand, daneben ein Ledersessel. Nur ein kleiner Tisch befand sich sonst noch in dem Zimmer. An der Wand ein Regal, vollgepackt mit Buchrücken und aufgestapelten Zeitschriften. Ein Laptop lag im Regal und eine kleine Musikanlage, an der ein USB-Stick an der Seite herausragte. Nicht mal ein Aschenbecher war zu sehen.

»Arbeitszimmer«, meinte Berger.

»Behandlungszimmer«, meinte Löffler. »Irgendwie ist er ja doch so was wie ein Arzt. Oder?«

Berger nickte und durchstreifte suchend den Raum.

»Hier sieht es auch aus wie nach einem Mord, bei dem der Täter danach den Tatort penibel genau gereinigt hat.«

Es war klar, dass die Polizisten hier sein Behandlungszimmer betreten hatten. Es schien, als sei es eine andere, eine reine und blitzsaubere Welt, die hier neben dem täglichen, schmutzigen Einerlei her existierte. Sogar ein Duftspray stand im Regal. Ansonsten war nichts Persönliches in dem Raum, abgesehen von einem Rahmen an der Wand, in dem das Ortmann-Diplom steckte. Offensichtlich mit einer Art Goldbrokat beschrieben. Leuchtend an der Wand. Wie eine Kriegsbeute. »Meister des Lebens« stand da. Und darunter: »Lebensrettung und -erfüllung«. Und unterzeichnet war dieses Pamphlet mit »Von der Universität des Lebens«.

Löffler deutete auf dieses Bild im Rahmen, lächelte dazu, während Berger den Kopf schüttelte.

»Unglaublich«, sagte sie, während sie sich an die Stirn tippte.

Sie gingen beide zurück ins Wohnzimmer.

»Keine Spur einer Frau«, meinte Löffler.

»Nein, sieht nicht so aus, als habe hier eine gewohnt. Jedenfalls liegen keine Utensilien herum, die darauf deuten lassen. Ich schaue mal ins Badezimmer.«

Dort, in einer Art Kabuff, das gerade mal Platz für eine Dusche und ein Waschbecken hatte, hingen ein paar Handtücher hinter der Tür an Plastikhaken. Neben dem Waschbecken stand ein schmales Regal. Da lagen Zahnbürsten, Kämme, Bürsten, Handcremes und Rasierschaum neben einem Nassrasierer. Es lagen zwei Rasierer da. Auch die Zahnbürsten ließen auf eine weitere Person im Haushalt schließen. Doch wegen des Rasierers nicht unbedingt auf eine Frau.

»Warum nicht, Frauen rasieren sich auch, bloß an anderen Stellen als die Männer«, sagte Berger zu ihrem Chef, als der darauf hinwies.

Löffler grinste.

Berger wurde rot im Gesicht. Und ärgerte sich darüber, dass sie immer bei Löffler rot wurde. Ausgerechnet.

Und bei Kürner sowieso. Gab es da keine Therapie?

»So war das nicht gemeint. Ich meinte bloß, dass Frauen sich auch rasieren. Okay, sie bekommen normalerweise keinen Bart, aber …«

»Lassen wir das«, unterbrach sie Löffler, »ich habe schon kapiert, was Sie meinen. Trotzdem sollten wir mal herausfinden, wer der Gast im Hause Ortmann war. Und dann noch, wen wir über seinen Tod verständigen müssen. Eltern, Geschwister, Verwandte. Mal schauen, was es da gibt.«

»Was ist mit dem Kleiderschrank? Haben Sie da schon nachgesehen?«

Löffler schüttelte den Kopf. Der Schrank stand an der Wand im kleinen Flur zur Eingangstüre. In der Wand war an der Stelle eine kleine Einkerbung, eine Art Lücke, in die der Schrank geschoben war. So störte er nicht im engen Flur. Löffler öffnete die Holztür des Schranks. Er schaltete seine Smartphone-Lampe ein und leuchtete in den dunklen Innenraum. Berger stellte sich neben ihn und öffnete die andere Schranktüre. Auch sie benutzte ihr Handy.

Auf dem Boden des Schranks stapelten sich Unterhosen und Socken, in einer Ecke lag ein Stapel mit T-Shirts in unterschiedlichsten Farben. An einem Bügel in der Ecke hing ein Sakko, darunter eine Stoffhose. Daneben aber waren Damenblusen, Röcke, Shirts, Damenhosen und sogar ein weit ausgeschnittener Damenpulli über die Kleiderbügel gelegt.

Berger nahm eine der Blusen von dem Bügel und roch daran.

»Das ist Kenzo Flower, das kenne ich«, sagte sie dann, »eine Freundin von mir benutzt das. Ist mir persönlich etwas zu blumig.«

»Tja, dann hat unser Heilsbringer auch ganz säkulare Gelüste«, meinte Löffler, und deutete auf die Kleider, »sozusagen von der Höhenluft ins erotische Nirvana.«

Auf einmal hörten sie ein Geräusch, das wie ein Husten klang. Ein unterdrücktes, menschliches Husten.

Es kam aus einem Kabuff neben der Eingangstür. Das lag unterhalb der Treppe, die in den nächsten Stock führte.

Beide Polizisten schauten sich überrascht an. Dann gingen sie auf den Verschlag zu und öffneten die schmale Tür.

Dahinter, gut sichtbar bei dem Tageslicht, lag eine Figur auf dem Boden. Bei näherem Hinschauen war erkennbar, dass es sich um einen Mann handelte, der auf ein paar ausgebreiteten Decken lag, und die Polizisten vom Boden liegend aus anblinzelte.

»Ach, haben wir Sie aufgeweckt?«, fragte Löffler süffisant, »aber wenn Sie schon mal wach sind, dann können Sie uns auch sagen, wer Sie sind.«

»Und Sie – wer sind Sie?«

Der Mann krächzte förmlich, hatte eine belegte Stimme. Eine, die man bekam, wenn man lange Zeit nichts getrunken, keine Flüssigkeit zu sich genommen hatte und der Rachenraum völlig ausgetrocknet war.

»Wir sind die Guten«, meinte Berger lächelnd, »und wer Sie sind, müssen wir noch herausfinden. Also – wie heißen Sie?«

Der Mann mühte sich, sich zu erheben. Aber es war eng im Verschlag, und er hatte Mühe sich aufzurichten. Aber irgendwann stand er dann doch, leicht taumelnd und sich am Türrahmen festklammernd. Er schaute die beiden Kommissare erwartungsvoll an. Spinnweben hingen über dem

Eingang, einige hatten sich auf den Schultern des Mannes abgelegt.

»So«, begann Berger das Gespräch, während sie den Mann am Unterarm anfasste und ihn vorsichtig Richtung Wohnzimmer geleitete, »nun sagen Sie uns doch mal, wer Sie sind, wie Sie heißen und was sie da unten auf dem Boden gemacht haben.«

Der Mann stolperte neben Berger her ins Zimmer. Dort setzte er sich, mit Unterstützung der Kommissarin in einen Sessel und blieb dort hängen wie ein kraftloser Mehlsack. Erst allmählich, so kam es den Polizisten vor, realisierte er, wo er sich überhaupt befand.

»He«, rief er plötzlich und versuchte dabei vergeblich aufzustehen, »was machen Sie in Ortmanns Wohnung? Ihr seid zwar von der Polizei, aber einfach in eine fremde Wohnung – das könnt auch ihr nicht machen.«

Berger drückte ihn im Sessel nieder.

»Ganz ruhig, mein Freund. Sagen Sie der Polizei erst mal, was Sie in der Wohnung zu suchen haben. Vielleicht sind Sie ja eingebrochen und wir haben Sie dabei entdeckt.«

Der Mann lachte ein hyänisches Lachen.

»Ich wohne hier«, rief er dann, »zumindest ein bisschen. Zumindest mehr, als Sie beide. Und ich schmeiße Sie jetzt hinaus. Außerdem tragen Sie keinen Mund-Nasen-Schutz.«

Diese fast zusammenhängenden Sätze erschöpften ihn dermaßen, dass er zutiefst geschwächt in seinen Sessel zurücksank. Berger ging in die Knie vor ihm. Sie legte beruhigend ihre Hand auf die seine. Er schaute sie erstaunt an.

»So«, sagte die Kommissarin, »jetzt reden wir mal normal. Sagen Sie uns doch zuerst, wer Sie sind und wie Sie heißen, okay?«

Der Mann nickte ermattet.

»Ich heiße Franz Mark.«

»Soll das ein Witz sein? Das ist ein Maler. Blaue Reiter.«

»Sie Bildungsbürgerin. Mich schreibt man mit k am Ende, nicht mit c.«

»Gut, gut«, wehrte Berger ab, »und jetzt sagen Sie mir, was Sie in Ortmanns Wohnung suchen. Sie wohnen hier doch nicht wirklich.«

Mark grinste.

»Nee, das nicht, aber ich bin häufig hier. Sie müssen das verstehen. Simon Ortmann ist mein Meister. Er erklärt mir die Welt und mein Leben. Manchmal schleiche ich mich in seine Wohnung, auch wenn er nicht da ist. Alleine seine Aura gibt mir die Kraft zum Überleben.«

Löffler setzte sich auf den zweiten Sessel und sah den Mann ruhig an.

»Was haben Sie in dem Kabuff gemacht?«, fragte er Mark, »haben Sie sich da selbst eingeschlossen oder ist etwas Merkwürdiges passiert gestern?«

Mark dachte nach.

»Ja«, fiel ihm wohl plötzlich ein, »da kam ein Mann zu Ortmann, gestern Abend, und mein Meister hat mich weggeschickt. Ich solle mich verstecken. Und das habe ich gemacht. Im Kabuff.«

»Und warum sind Sie dort geblieben? Hat Ortmann Sie nicht wieder herausgeholt?«

Ortmanns Patient schüttelte den Kopf.

»Nein, er ging weg nach dem Streit. Mit dem Mann. Nachdem es ganz laut geworden war.«

»Ach ja? Warum haben sie denn gestritten?«

Wieder überlegte der Gefragte eine ganze Weile.

»Ich würde sagen«, antwortete er schließlich den Polizisten, »dass es hauptsächlich um Geld gegangen ist. Also eigentlich ging es wohl nur um Geld, genau gesagt. Der Mann wollte das Geld, und Ortmann wollte es nicht hergeben. Genau genommen, hat Ortmann davon gesprochen, Geld jemandem zurückzugeben. Der andere Mann fand das aber gar nicht gut. Und so haben sie einander angebrüllt. Sogar mein Meister hat gebrüllt. So kenne ich ihn gar nicht. Aber wenn Sie Genaueres wissen wollen, schlage ich vor, Sie fragen Ortmann einfach selbst.«

»Ortmann ist tot.«

Mark zuckte regelrecht zusammen, als er das hörte. Ein Drama spielte sich auf seinem Gesicht ab: Von ungläubigem Staunen über Erkenntnis hin zu Begreifen und dann flossen sogar ein paar Tränen über seine Backen. Und das in weniger als einer Minute. Da staunten sogar die beiden Kommissare.

»Warum?«, fragte Mark schließlich.

»Weil ihn jemand getötet hat. Und wir sind hier, um nach demjenigen zu suchen.«

»Ist er in der Wohnung?«, fragte Mark, und schaute sich vorsichtig um.

»Nicht unbedingt«, meinte da Berger, »aber wir suchen nach Spuren, die uns zu dem Täter führen.«

»Und wenn es eine Frau war?«

»Dann finden wir die auch – aber es war wohl ein Mann, wie es den Anschein hat.«

Mark erhob sich mühsam aus dem Sessel. Er ging ein paar Schritte ziellos durch das Zimmer.

»Ich habe mich nicht mehr aus dem Kabuff getraut«, flüsterte er fast, »nachdem die beiden so gestritten hatten. Und dann bin ich eingeschlafen. Und als ich aufgewacht bin, habe ich mich immer noch nicht getraut, weil ich nicht wusste, was mich draußen erwartet. Erst als Sie gekommen sind, konnte ich den Raum verlassen.«

Die Kommissare gaben ihm etwas Zeit.

»Nun denken Sie mal nach«, übernahm schließlich wieder Berger, »ob Sie die andere Person nicht doch gekannt haben. Die Stimme vielleicht. Oder hat Sie sonst etwas an jemanden erinnert, den Sie kennen. Sie wollen doch, dass wir den Mörder von Ortmann finden, oder?«

Mark dachte nach.

»Nein«, antwortete er dann ganz langsam, »eigentlich nicht. Er ist ja sowieso tot. Und, ganz ehrlich, er konnte mir ohnehin nicht mehr helfen. Eigentlich bin ich bloß bei ihm geblieben, weil er mir leidtat.«

»*Er* tat *Ihnen* leid?«

»Aber ja, er ist eigentlich gescheitert an mir. Und wissen Sie – Ortmann ist ja nicht nur einmal im Leben gescheitert. Und da wollte ich ihn nicht noch mal bis tief in sein Innerstes treffen, wenn ich ihm sage, dass er an mir versagt hat.«

Völlig beglückt lächelte Franz Mark die Kommissare an.

»Wenn ich mal fragen darf«, mischte sich Löffler ein, »was fehlt Ihnen denn? Ich meine – woran ist Ortmann bei Ihnen denn gescheitert?«

Der Mann schaute ihn misstrauisch an. Dann aber schien er sich überlegt zu haben, dass die Frage nicht unbedingt eine Falle darstellte.

»Ich hatte einen Bruder, der im Baggersee ertrunken ist. Ich war dabei und habe zugesehen, ohne ihm zu helfen. Darunter habe ich sehr lange gelitten. Die Frage war ja: Hätte er überlebt, wenn ich eingegriffen hätte? Andererseits konnte ich erstens nicht schwimmen und zweitens habe ich meinen Bruder nicht gemocht. Er war der Liebling der Familie, nachdem er auf die Welt kam, und ich spielte die zweite Geige. War nicht angenehm. Nachdem also mein Bruder abgesoffen war, hat mir Gott und die Welt eingeredet, ich sei schuld an seinem Tod. Dabei war ich damals gerade mal acht, neun Jahre alt. Es war ja auch nicht mein Problem, dass mein Bruder meinte, er müsste von einem Baum aus in den See einen Köpfer machen. Mal ehrlich – hätte ich versucht, ihn zu retten, wäre ich vielleicht abgesoffen. So, und jetzt, 20 Jahre danach, habe ich das Problem noch immer. Das Schuldproblem, meine ich.«

»Und Ortmann hat Sie therapiert?«

Der Mann lachte.

»So könnte man das auch nennen. Denn eigentlich brauchte man mich nicht zu therapieren, ich bin mit mir im Reinen. Aber Ortmann ging so sehr in der Sache auf, dass am Ende ich ihn therapiert habe. Er hat förmlich darum gebettelt, dass ich ihn immer wieder besuche. Er hatte ja sonst auch niemand. Nicht mal sein Sohn kam noch vorbei.«

Löffler unterbrach Mark.

»Er hat einen Sohn?«

Mark nickte.

»Ja, irgendwie schon, keine Ahnung, wie er das damals hingekriegt hat. Es gab sogar eine Frau dazu, logisch. Aber die kenne ich nicht.«

»Und wie heißt der Sohn? Auch Ortmann? Haben Sie eine Ahnung, wo der Junge wohnt?«

Der Mann schüttelte den Kopf.

»Nicht genau, er kam ein paar Mal her und traf sich mit Ortmann. Aber eigentlich haben sie sich meistens gestritten. Der Junge wollte Geld, Ortmann gab ihm keins. So einfach war das. Und dann ist der Junge davongerannt und hat seinen Vater verflucht. Bis er dann ein paar Wochen später wieder auftauchte.«

»Der Name.«

Mark schüttelte bedächtig den Kopf.

»Ich glaube, den habe ich nie gehört. Das heißt – den Vornamen schon, aber das war eher so ein Spitzname. So was wie … ich habe es, er heißt Diego. Wie San Diego, aber so heißt ja schon dieses Verona-Pooth-Geschöpf. Krank. Aber egal, geht mich ja nichts an. Immer noch besser als Kuala Lumpur.«

»Diego also?«

»Ja«, nickte Mark, »Ortmann konnte das selbst nicht begreifen, wie man ein schwäbisches Kind Diego nennen kann. Hat sich immer wieder aufgeregt darüber. Ich verstehe bloß nicht, warum er sich bei der Namensgebung nicht schon gewehrt hat. Aber egal, geht mich ja nichts an.«

Löffler deutete auf den Kleiderschrank im Flur.

»Da drin hat es jede Menge Frauenkleider. Wer ist denn die Glückliche, die es mit dem großen Meister treiben durfte?«

Mark machte ein überraschtes Gesicht.

»Frauenkleider?«, fragte er, »davon weiß ich nichts. Ich habe hier noch nie eine Frau gesehen. Aber ich bin ja auch nicht immer hier. Aber Ortmann ist ein Mann, in so einem Männerleben können schon Frauen vorkommen.«

Löffler schüttelte den Kopf.

»Na hören Sie, wollen Sie mir erzählen, dass Sie keine Ahnung haben, wer die Frau ist? Sie gehen hier ein und aus, und wollen kein weibliches Wesen gesehen haben? Das ist unglaubwürdig, mein Lieber. Also – raus mit der Sprache.«

Wie um sich zu entschuldigen, hob Mark seine Hände hoch.

»Ehrlich«, sagte er, »ich habe keine Ahnung. Mit mir hat er nicht darüber gesprochen und gesehen habe ich auch niemand. Aber der Meister war halt ein Geheimniskrämer, über sich hat er fast nie etwas erzählt. Jedenfalls nichts Intimes, wenn man so sagen kann. Leider – ich kann Ihnen nicht weiterhelfen.«

»Und wer könnte etwas darüber wissen, über diesen erotischen Aspekt des Toten? Gibt es da jemand?«

»Nicht, dass ich wüsste. Er stand niemand so richtig nahe. Ihm waren nur seine Patienten wichtig, würde ich sagen. Und Frauenbesuche? Nicht dass ich wüsste. Und gewohnt hat hier ganz sicher kein weibliches Wesen.«

»Na schön, dann schicken wir die Spurensicherung her, sie soll sich mal um die Kleider kümmern und auf Spuren untersuchen. Vielleicht können wir herausbekommen, wer sie ist.«

»Oder es sind mehrere«, warf Berger ein, »sie sollen mal die Größen überprüfen.«

Die beiden Kommissare schauten sich noch einmal gründlich in der ganzen Wohnung um. Dann waren sie schließlich fertig damit.

»Und Sie waren die ganze Zeit hier im Raum? Im Kabuff?«, fragte Berger, ehe sie gingen.

»Klar, einsam und alleine.«

»Und wo wohnen Sie in Wirklichkeit? Zu Hause, bei der Familie? Oder schlafen Sie immer in dem Kabuff da hinten?«

Mark verzog das Gesicht.

»Das ist ein Witz. Meine Familie hat Geld. Ich habe eine eigene kleine Wohnung in unserem Haus. Da lässt man mich wohnen.«

»Lässt? Aus Gnade?«

Angewidert sah der Mann erst auf Berger und dann zu Löffler hin.

»Er«, sagte er dann, und deutete auf den Hauptkommissar, »er kennt meine Familie doch. Oder, Löffler, du warst doch schon bei uns zu Hause. Willst du dich nicht mehr daran erinnern? Oder waren wir so unwichtig für euch, dass du alles vergessen hast?«

»Ehrlich gesagt«, meinte Löffler, und ging einen Schritt auf Mark zu, »habe ich dein Gesicht tatsächlich vergessen. Aber der Name fällt mir wieder ein. Und wenn dir jetzt der Name von Ortmanns Sohn wieder einfällt, können wir endlich gehen. Na?«

Mark überlegte kurz.

»Okay, er heißt Kratzer, wie seine Mutter. Diego Kratzer. Aber wo er wohnt, weiß ich wirklich nicht. Und außerdem – irgendwas sollte die Polizei ja auch leisten. Dafür werdet ihr schließlich bezahlt.«

»Wir werden ihn schon finden«, sagte Löffler, ohne weiter auf Marks Geschwätz einzugehen. »Und du solltest dich nicht zu weit von Tübingen entfernen, vielleicht brauchen wir dich noch mal.«

Mark verdrehte die Augen.

»Das ist ja wirklich aus allen Krimiserien zusammengeklaut. Dass ich so einen Spruch mal in der Wirklichkeit hören darf – Ortmann hätte sich bepinkelt, wenn er das mitgekriegt hätte. Er sagte immer, wenn man so einen Spruch erst mal hört, dann sind die Figuren endgültig in die Realität übergesprungen, dann ist das Leben wirklich bloß noch Schmierentheater.«

»Wie auch immer – nicht wegfahren.«

Die beiden Kommissare stiegen die Treppen hinab. Draußen begegneten sie erneut Hannes Wössner, der sich gerade eine neue Zigarette angesteckt hatte. Erwartungsvoll sah er den beiden entgegen.

»Habt ihr den Killer gefasst?«, fragte er und zog an der Kippe.

Berger schüttelte den Kopf.

»Der Mann hat behauptet«, flüsterte Löffler Richtung Wössner, »du hättest Ortmann auf dem Gewissen. Er kann es sogar beweisen.«

Hannes Wössner trat einen Schritt zurück. Dabei fiel ihm die Zigarette aus dem Mund und auf den Boden. Dort ließ er sie achtlos liegen.

»Spinnt der Typ? Ihr glaubt ihm das doch nicht, Christian, das könnt ihr doch nicht glauben.«

Hannes Wössner war offenbar tief getroffen.

»Aber Hannes«, meinte Löffler, »du bist doch schon mal vor Gericht gestanden, damals, im Fernsehen, bei Barbara Salesch.«

Dessen Gesicht heiterte sich auf. Denn tatsächlich hatte er vor Jahren einmal bei einer TV-Gerichtsshow den Angeklagten gespielt. Die Nummer konnte man sich heute im Archiv bei Youtube anschauen.

»Willst mich verarschen, was«, war Wössner nun beruhigt, »willst mich an meine alten Sünden erinnern. Dabei musste ich nach dem Auftritt damals sogar Autogramme schreiben. Ich könnte wetten«, und bei den Worten blitzte eine Mischung aus Schalk und Genugtuung in Wössners Augen auf, »du musstest noch nie Autogramme geben.«

Löffler lachte.

»Und was ist nun mit dem Typen da oben«, deutete Wössner auf das Stockwerk über ihren Köpfen, »konnte er weiterhelfen? Ich meine, er kannte den Ortmann sicher am besten. Wenn er …«

»Sag mal«, unterbrach ihn Berger ungeduldig, »ist dir heute Nacht irgendwas aufgefallen? War da was in Ortmanns Wohnung, oder vielleicht auch bloß vor dem Haus?«

Hannes Wössner schüttelte mitleidig den Kopf.

»Du solltest eigentlich wissen, dass ich hier nicht wohne, sondern nur arbeite. Um halb sieben mache ich den Laden dicht.«

»Stimmt, sorry, hatte ich vergessen. Und was ist mit Frauenbesuch bei dem Ortmann? Weißt du da was darüber?«

Wössner nickte.

»Ja, das ist merkwürdig. Ich habe da manchmal eine Frau aus der Türe kommen sehen, die immer ganz vermummt war. Man konnte das Gesicht nicht erkennen.«

»Woher willst du dann wissen, dass es eine Frau war?«

Hannes Wössner war entrüstet.

»So was fragst du ausgerechnet mich? Das ist eine persönliche Beleidigung. Wenn ich dir sage, es war eine Frau, dann war es eine. Punkt.«

Löffler klopfte seinem Kumpel lachend auf die Schulter und drehte sich dann um und marschierte Richtung Auto. Berger folgte ihm.

»Wenn noch was ist – melde dich«, sagte der Hauptkommissar, »egal was es ist, wir brauchen alles, jede Info ist wichtig. Okay?«

Wössner nickte, die beiden Polizisten stiegen ins Auto, Hannes steckte sich eine Zigarette an und der Pkw fuhr die Ammergasse entlang Richtung Haagtor-Parkplatz.

Im Rückspiegel sah Löffler, wie Franz Mark aus dem Haus trat.

Natürlich hatte ich mir das anders vorgestellt. Nicht nur die Sache mit Ortmann. Damit fing ja alles an. Alles das, was jetzt danach kommt, nun ja, irgendwie hat Ortmann Schuld daran. Hätte er sich nicht gewehrt, hätte ich ihm nicht weh tun müssen. Na ja – wehtun. Klingt ganz schön harmlos. Vermutlich hat er nicht mal mehr gespürt, wie ich ihm das Messer reingerammt habe. Ging ja auch ganz schnell.

Und jetzt, wenige Stunden später, stehe ich hier an der Steinlach und halte meine blutigen Hände ins Wasser, in dem Bach hier.

Und das bei fast völliger Dunkelheit. Und bei Eiseskälte. Das Wasser hat vielleicht drei, vier Grad. Oder, wie viel immer so ein Bach im Winter hat.

Dabei muss ich mich auch noch im Schatten halten, damit mich kein zufällig Vorbeikommender sieht. Ich habe mir diese Coronamaske weit über das Gesicht gezogen. Darunter erkennt einen eh niemand mehr. Nicht mal bei Tageslicht. Seit über einem halben Jahr sieht man ohnehin nur noch halbe Gesichter. Menschen ohne Münder. Beim Sprechen wird genuschelt. Die Ausschau nach Partnern oder Partnerinnen erfolgt fast nur noch über die Augenfarbe, hat ein Freund zu mir gesagt. Da könne man eine Fresse haben wie eine Muräne – solange die Augen strahlten und nicht blutunterlaufen seien vom Weinen oder vom Saufen, so lange sendeten Augen mehr aus als verkümmerte Worte hinter FFP2-Masken.

Mir konnte das recht sein. Mit meiner Mütze auf dem Kopf und der Maske, war ich ein unbekannter Niemand am Ufer der Steinlach.

Natürlich könnte man mich jetzt fragen, ob das mit Sara Kessler wirklich nötig gewesen war.

Antwort: Klar, ging nicht anders.

Freude jedenfalls hat mir das keine gemacht. Überrascht hat es mich allerdings schon, zu sehen, wozu ich fähig bin. Alles eine Frage der Selbsterhaltung. Und der Gier, zugegeben. Der Gier nach Leben. Da entwickeln wir Menschen eine unheimliche Kraft, die auch ins Böse umschlagen kann. Es bringt einen dazu, anderen weh zu tun.

Sehr weh.

Als die Frau ihre Haustüre öffnete, war ich ganz dicht bei ihr.

Sie hatte nicht bemerkt, dass ich mich ihr mit langen, leisen Schritten genähert hatte. Sie fühlte sich sicher, weil sie direkt vor ihrem Haus stand. Nur noch ein Schritt, mochte sie denken, und sie war erst mal in Sicherheit.

Ich male mir das nur aus. Das, was sie so dachte.

Immerhin hat sie den Mord an einem Menschen miterlebt. Sie hat den Toten in der Allee gesehen. Und sie hat gemeinsam mit zwei anderen einen perfiden Plan ausgeführt – nämlich, einen Toten zu bestehlen.

Ich drängte sie in den Hausgang des Vierfamilienhauses. Dazu hielt ich ihr mein Messer direkt an die Kehle. Befahl ihr leise, keinen Ton zu sagen, nicht zu schreien und sich nicht zu wehren.

Sie gehorchte.

Ich schob sie vor mir her.

»Wo wohnst du? Im ersten Stock?«

Sie nickte.

»Rechte Wohnung?«

Die Frau schüttelte den Kopf. Ganz vorsichtig, damit das Messer sie nicht verletzte. Okay, also links, wusste ich jetzt. Ganz langsam stiegen wir die Treppen nach oben. Steintreppen. Lautlose Steintreppen, die jeden Schritt verschluckten.

Im ersten Stock schob ich die Frau zur linken Wohnungstür.

»Wohnst du alleine?«

Sie schüttelte den Kopf. Ich spürte ihr ängstliches Zittern. Sie hatte Angst davor, etwas falsch zu machen. Das Messer drückte ich ihr unentwegt gegen die Kehle.

»Ist jemand in der Wohnung?«

Die Frau flüsterte ein paar Worte. Ich konnte sie nicht verstehen.

»Noch mal – ist da jemand in der Wohnung?«

»Mein Mann, aber der ist besoffen und schläft.«

Ich war zugegebener Maßen etwas ratlos. Irgendwie war ich der festen Überzeugung gewesen, dass die Frau alleine wohnte. Und jetzt tauchte da ein Mann auf. Ich hatte mir keine Gedanken darüber gemacht, was ich tun könnte, wenn etwas Unerwartetes geschah.

So etwas wie das Auftauchen eines besoffenen Ehemannes.

»Schläft er fest? Wacht er auf, wenn wir in die Wohnung gehen?«

»Nein«, sagte sie mit zitternder Stimme, »wenn er so viel Alkohol intus hat wie heute, dann schläft er durch. Er schnarcht dann immer. Ich kann dann nicht schlafen, weil ...«

»Keine Geschichten jetzt«, unterbrach ich sie, »schließ die Tür auf – aber leise, ganz leise.«

Sie drehte den Schlüssel im Schloss – leise, ganz leise –, dann schob sie sie auf. Vor uns war ein langer Flur, an dessen Ende lag die Küche. Sie war beleuchtet. Die Deckenlampe brannte.

»Ist da jemand drin?«, fragte ich.

Sie schüttelte den Kopf.

»Nein, nein, mein Mann hat bloß vergessen, das Licht zu löschen. Er dachte wahrscheinlich ...«

»Keine Geschichten jetzt«, mahnte ich erneut.

Mir war klar geworden, dass ich mich in eine schwer kontrollierbare Situation gebracht hatte. Ich hätte niemals in die Wohnung gehen dürfen. Das war viel zu gefährlich. Zu unberechenbar. Was, wenn der Ehemann plötzlich da stand? Was, wenn er eine Waffe hatte. Es musste ja keine Pistole sein, ein langes Küchenmesser genügte da schon.

Ich ärgerte mich.

Der Ärger hinderte mich am Nachdenken. Am Suchen nach einer Lösung. Ich wurde nervös. Dabei merkte ich, wie ich das Messer immer fester an die Kehle der Frau presste. Sie keuchte. Wand sich unter meinen Armen. Ich schubste sie zum Küchentisch. Sie stützte sich ab auf der glatten Oberfläche. Dann ließ sie sich auf den Stuhl am Tisch fallen und rieb sich den Hals.

»Was wollen Sie eigentlich von mir?«, fragte die Frau nach einer kurzen Zeit des Schweigens.

»Können Sie sich das nicht denken?«

Sie schwieg.

»Wo ist das Geld?«, fragte ich.

»Haben Sie den Mann getötet?«

»Wo ist das Geld?«

»Ich habe es nicht.«

Ich holte aus und gab ihr eine Ohrfeige. Ihr Kopf wurde dabei auf die Seite geworfen, so heftig war der Schlag. Ich setzte instinktiv nach und hielt ihr den Mund zu, damit sie nicht schreien konnte. Ihre Augen waren weit geöffnet und starrten mich an.

Nach einer Weile löste ich meine Hand von ihrem Mund.

Sie schluchzte. Aber nur ganz leise.

»Wer von euch hat das Geld?«

»Die anderen haben es«, sagte sie mit leiser Stimme, »die anderen.«

»Warum nicht Sie?«

»Ich hatte Angst wegen meines Mannes. Ich wollte nicht, dass er etwas davon findet, bei ihm weiß man nie.«

»Und wann wollten Sie Ihren Anteil abholen?«

Sie schwieg. Aus ihrer Tasche zog sie ein Taschentuch und schnäuzte sich.

»Also?«

»Mit dem Geld wollte ich weg von meinem Mann, ich halte das nicht mehr aus, wie er mich …«

»Keine Geschichten«, unterbrach ich sie scharf. »Ich will nur wissen, wie Sie zu dem Geld kommen. Holen Sie es bei den anderen ab?«

Sie nickte.

»Sie vertrauen diesen Leuten? Kannten Sie die denn schon vorher?«

Sie schüttelte den Kopf.

»Aber Sie haben ihre Namen, oder?«

Abermals nickte sie stumm. Ihre Augen irrten durch den Raum. Vielleicht wäre es ihr ganz recht, wenn jetzt ihr verhasster Ehemann auftauchen würde. Erwacht aus seinem Vollrausch. Und bereit, sich auf mich zu stürzen. Aber ich fürchtete mich nicht. Ich hatte das Gefühl, mit jedem, mit allem fertig zu werden. Eine ungeheure Kraft schien in mir gewachsen zu sein. Eine, die mir den Glauben daran gab, jedes Problem lösen zu können.

Das Gefühl vollkommener Allmacht.

»In diesem Fall«, flüsterte ich, und brachte meinen Mund nahe an ihr Ohr, »bitte ich um Namen und Adressen. Und zwar sehr, sehr schnell.«

Die Frau zitterte. Fast sah es aus, als könne sie sich nicht so recht dafür entscheiden, mir zu helfen. Das fand ich merkwürdig. Mit einem Messer an meinem Hals würde ich meine besten Freunde verraten. Denn einen intakten Hals habe ich nur einmal, Freunde finde ich immer wieder, oder etwa nicht?

Doch schließlich nickte die Frau und deutete auf ihre Handtasche. Ohne das Messer von ihrem Hals zu lösen, griff ich nach der Tasche und drückte sie ihr in die Hand. Sie stöberte darin herum, konnte aber nichts finden, weil sie sich nicht traute, den Kopf zu senken und auf die Tasche zu schauen. Sie fürchtete, sich am Hals zu verletzen. Das fand ich natürlich albern. Und nicht hilfreich – deshalb zog ich das Messer zurück und gab ihren Kopf frei.

Kurz darauf reichte sie mir einen Zettel.

Darauf standen zwei Namen und die Adressen dazu.

Jens Pflüger und Sven Raiser stand darauf.

»Wer von den beiden hat denn nun das Geld?«, fragte ich.

Langsam wurde ich ungeduldig, ich musste das hier zu Ende bringen. Außerdem war ich müde, es war eine lange Nacht gewesen mit viel Aufregung.

Und mit meinem ersten Mord.

Als Einstieg, sozusagen.

»Ich weiß nicht genau«, sagte die Frau, »sie wollten es unterwegs noch besprechen. Ich sollte mich in zwei Tagen bei einem der beiden melden, dann wollten wir einen gemeinsamen Treffpunkt ausmachen. «

Ich schüttelte den Kopf.

»Wie kann man bloß derart vertrauensselig sein«, sagte ich zu der Frau, »die zocken Sie doch ab, da werden Sie kein Geld sehen.«

»Glaube ich nicht.«

»Sie meinen nicht, dass sie Sie vielleicht betrügen?«

»Nein, tun sie nicht, das sind korrekte Männer.«

Einen Moment zögerte ich noch.

»Schade, dass Sie das nicht mehr herausfinden werden«, sagte ich leise zu Sara Kessler.

Sie schaute mich mit großen Augen an.

Du blödes Riesenrhinozeros«, brüllte der Mann den beiden Polizisten entgegen, als sie aus dem Auto stiegen. Mit dem ausgestreckten Zeigefinger deutete er auf Christian Löffler. Der Mann war etwa 40 Jahre alt und trug einen Norwegerpulli und auf dem Kopf eine bunte Wollmütze mit Bommel.

»Was haben Sie denn für ein Problem?«, fragte die Kommissarin Monika Berger, »einen Clown haben Sie jedenfalls nicht gefressen.«

Der Mann betrachtete sie misstrauisch.

»Soll das ein Witz sein?«, fragte er dann.

»Eigentlich schon. Aber manchmal auch nicht. Was wollen Sie eigentlich von uns?«

Der Mann schien kurz vergessen zu haben, wieso er die Besucher derart lautstark empfangen hatte. Doch dann fiel es ihm offenbar wieder ein.

»Mein Kaninchen, mein Hase, meine Lara – ihr habt sie gekillt«, brüllte er nun wieder. Dabei ging er unmittelbar vor dem Wagen der beiden Kommissare in die Knie.

Sie standen direkt vor dem Haus Weißdornweg 14 auf Waldhäuser-Ost in Tübingen. Das wohl höchste Gebäude Tübingens mit seinen 21 Stockwerken warf einen tiefen Schatten auf die Menschen darunter.

Der Mann erhob sich wieder und trug etwas in seiner Armbeuge. Damit ging er auf Löffler zu und blieb vor ihm stehen.

»Daran sind Sie schuld. Sie haben sie erschreckt und jetzt hat sie einen Herzstillstand. Infarkt. Tot. Aus. Meine kleine Lara.«

Er trug einen schneeweißen Hasen in seinen Händen und streckte das Tier dem Kommissar entgegen. Ganz offenbar bewegte es sich nicht mehr.

Löffler trat einen Schritt zurück.

»Was habe ich denn mit dem Hasen zu tun?«, fragte er dann, »umgefahren habe ich ihn jedenfalls nicht. Und was macht ein Hase überhaupt hier auf der Straße? So ein Tier gehört in den Stall oder auf eine Wiese.«

Der Mann schaute Löffler geradezu erschüttert an.

»Dieses Tier«, und damit schob er den toten Hasen direkt vor das Gesicht des Kommissars, »hat das Recht, sich im Freien zu bewegen. Ebenso wie Sie. Und so lange es auf dem Gehsteig hoppelt, kann niemand etwas sagen.«

»Er war aber nicht auf dem Gehsteig, sondern auf der Straße«, mischte sich Berger ein, »und jetzt bringen Sie das Vieh weg, ehe es anfängt zu stinken.«

Der Mann wurde bleich.

»Wie kann man nur so herzlos sein«, flüsterte er kraftlos, »das melde ich der Polizei. Irgendjemand muss hier zur Rechenschaft gezogen werden.«

Berger hielt dem Mann ihren Ausweis vor das Gesicht.

»Wir sind die Polizei, Mordkommission. Und wenn Sie jetzt nicht gleich mal hier verschwinden, nehme ich Sie mit. Wer sagt denn, dass Sie den Hasen nicht selbst gekillt haben? Das wäre dann Mord, zumindest Totschlag. An einem Lebewesen. Das wird teuer.«

Ruckartig drehte der Mann sich um, rannte zur Eingangstür und drückte sie auf. Dann war er verschwunden.

Das Haus Weißdornweg 14 wurde im Zuge der Erweiterung des Tübinger Häusermarkts Ende der 1960er-Jahre erbaut. Der neue Stadtteil Waldhäuser-Ost, WHO genannt, entstand vorwiegend, um dem Personal der Kliniken und den Studenten Wohnmöglichkeiten zu schaffen. Inzwischen bewohnen den Stadtteil etwa 3 800 Menschen. Zu Beginn hatte das Hochhaus noch eine Sauna im 20. Stock, die Abkühlung erfolgte auf der Dachterrasse des Gebäudes. Von dort aus konnte man die gesamte Schwäbische Alb sehen, bei gutem Wetter sogar die Burg Hohenzollern in Hechingen. Inzwischen war die Sauna schon seit Jahrzehnten verschwunden. Wie Bienenwaben sahen die kleinen Balkone der einzelnen Wohnungen aus, wenn man das Gebäude von Waldhausen, dem 500 Meter entfernten Weiher aus, betrachtete. Das Gebäude war anonym. Viele ältere, alleinstehende Menschen wohnten in dem riesigen Haus. Die Hunde- und Katzenbesitzerdichte war besonders hoch.

Die Eingangstür war nur angelehnt. Berger wollte ins Innere gehen, als sie sah, dass Löffler draußen stehen blieb.

»Wie sollen wir eigentlich die Wohnung finden«, fragte ihr Kollege, als er die Klingeln vor der Türe sah. »Das sind ja Hunderte von Knöpfen, und an manchen steht nicht mal ein Name oder man kann ihn kaum mehr lesen.«

»Wir haben Glück«, deutete Berger zur Straße hin, »die Post ist im Anmarsch.«

Tatsächlich fuhr der DHL-Wagen vor und parkte direkt vor dem Gebäude.

»Sie kommen wie gerufen«, empfing ihn Berger, »Sie können uns helfen.«

»Wobei?«, fragte der Mann, der trotz der Kälte eine kurze Hose trug.

»Wir suchen eine Wohnung, eine bestimmte Wohnung«, erklärte Berger, »es handelt sich um die Familie Kratzer. Diego Kratzer. Wo finden wir die?«

Der Mann gab keine Antwort, öffnete stattdessen die Schiebetür an der Seite seines Wagens und begann kleine Päckchen auszuladen. Er ignorierte die beiden Kommissare gekonnt.

»Hallo«, drängte Berger, »ich rede mit Ihnen.«

»Aber i schwätz net mit Ihne, au scho gmerkt?«

Dann fuhr er fort, seine Briefe und Pakete auf einen kleinen Wagen zu laden. Die beiden Polizisten ignorierte er völlig.

»So«, sagte Löffler schließlich entschlossen, »jetzt beenden wir diese Geschichte hier mal. Ich bin Hauptkommissar Löffler von der Mordkommission, das hier ist meine Kollegin Berger, und wenn Sie jetzt nicht schlagartig kooperieren, dann lasse ich Sie wegen Behinderung in einem Mordfall festnehmen. Ist das klar?«

Der Postler stand mit offenem Mund vor den beiden Kommissaren, ein Päckchen in der einen Hand, einen Packen Briefe in der anderen. Er brauchte einige Zeit, ehe er sich von dem Schock erholte.

»I han ja net gwusst, dass Sie Polizischte send«, brachte er dann gepresst über die Lippen, »sonscht hätt ich Sie jo glei unterstützt. Aber so ganz ohne Uniform – do woiß ja koiner, dass Sie Bulle sind. Also Polizischte, meine ich. Ond außerdem …«

»Egal, was wir sind«, unterbrach ihn der Kommissar, »so, wie Sie, behandelt man keine anderen Menschen, die freundlich eine Frage stellen. Ist das klar?«

Der Mann nickte eifrig.

»Glasklar«, sagte er.

»Und was ist nun mit diesem Diego Kratzer. Oder überhaupt mit der Familie?«

Vertraulich kam der Postler näher auf die Kommissare zu.

»Nix mit Familie. Die Frau isch alloi mit dem Kerle. Ond des isch et oifach, wie man so hört. Der macht eigentlich, was er will, ond die Frau ka nix dagege mache.«

»Das wissen Sie genau?«

»Ich woiß alles in dem Haus«, sagte der Mann stolz, und deutete Richtung Haus, »gucket Se bloß amol, wie viel Leut dort auf mi wartet.«

Tatsächlich konnte man durch die Glasfront des Foyers in dem Haus ein Dutzend Menschen sehen, die dort herumstanden, und ganz offensichtlich auf den Mann mit den Briefen warteten.

»Na, dann sagen Sie uns doch mal, wo dieser Kerl mit seiner Mutter wohnt. Dann können Sie Ihre Fans beglücken.«

»Ha, em elften Stock wohnen die, die Wohnungsnummer könnet Se auf dem Klingelschild lese.«

Damit verschwand der Mann fast tänzerisch in Richtung seiner Jubelfans.

Im elften Stock empfing die beiden Kommissare ein dunkler Gang, als sich die Fahrstuhltüre öffnete. Berger drückte den Lichtschalter.

Die Lampen gingen an, der Flur war hell erleuchtet. Ein Teppichboden dämpfte ihre Schritte, als sie den Gang entlang gingen und die Namen auf den Klingelschildern oder den Türen lasen. Die Wohnung der Kratzers war am Ende des Ganges.

Löffler drückte die Türklingel. Als sich auch nach dem dritten Mal drücken nichts bewegte, klopfte er mit der Faust gegen die Tür.

»Glauben Sie«, fragte Berger leicht genervt, »dass jemand in der Wohnung beim Läuten nicht öffnet, aber wenn man die Tür halb eintritt, schon?«

In diesem Augenblick ging die Türe auf, und ein junger Mann stand vor ihnen. Er sah aus, als habe man ihn geweckt und aus dem Bett geworfen. Als er Löffler und Berger sah, trat er einen Schritt zurück.

»Wer seid ihr denn?«, fragte er misstrauisch, »kommt ihr etwa von Markus? Ihr könnt ihm gleich sagen, dass ich kein Geld habe. Und wenn ihr mir den Kiefer brecht, habe ich immer noch kein Geld. Kann ich jetzt weiterschlafen?«

Der Junge drehte sich um und wollte zurück in die Wohnung. Im Umdrehen drückte er die Türe zu. Doch ehe er sie ganz zuziehen konnte, stellte Löffler seinen Fuß dazwischen. Er stieß die Türe auf und platzierte sich dicht vor dem Jungen.

»Keine schlechte Idee, das mit dem Kiefer«, sagte er, »aber eigentlich sind wir da, um so etwas zu verhindern. Wir kommen von der Polizei, ich bin Hauptkommissar Löffler, das ist meine Kollegin Berger. Und wer, zum Teufel, ist eigentlich Kieferbrecher Markus?«

Der Junge schien schlagartig wach zu werden. Er stopfte sich sein T-Shirt in die Schlafanzughose und strich sich ein paar Haarsträhnen aus dem Gesicht. Fehlte nur noch, dass er sich mit Spucke Wangen und Stirn abrieb.

»Von der Polizei sind Sie? Und was wollen Sie von mir? Also ehrlich, das ist ja ein halber Überfall.«

»Markus. Wer ist Markus?«

Der Junge starrte Löffler nur stumm an.

»Na gut, dann beginnen wir mal von vorne. Sind Sie Diego Kratzer, dessen Vater Simon Ortmann heißt?«

Der Junge grinste.

»Ach, hat mein Alter etwas angestellt? Hat er einem Kunden erzählt er könne fliegen, und der ist dann aus dem Fenster gefallen, weil er den Scheiß geglaubt hat?«

Löffler schaute zu Berger und nickte ihr leicht zu.

»Nicht ganz so, aber so ähnlich«, fuhr die Kommissarin fort, »ihr Vater ist zwar nicht geflogen, aber tot ist er trotzdem. Erstochen, gestern Nacht in Tübingen. Ziemlich übel, wenn Sie mich fragen.«

Diego Kratzer war ganz weiß geworden im Gesicht. Er ließ seine Schultern hängen und es sah aus, als sei alle Kraft aus dem schmächtigen Körper entwichen.

»Das haut mich jetzt um«, sagte er dann, »ich habe immer geglaubt, so einer stirbt nie. Aber das denkt man doch immer – dass der eigene Vater irgendwie ewig da ist, oder? Aber erstochen? Wer macht denn so etwas?«

»Das wollen wir gerade herausfinden. Können Sie uns da nicht weiterhelfen? Stichwort Markus.«

Verdattert schaute Kratzer Berger an. Dann lachte er.

»So denken also Polizisten – dass ich einen kenne, dem ich Geld schulde und dass der dann … nun, was eigentlich … meinen Vater killt? Wow, das ist ein echt schräges Gedankenbild in euren Gehirnen.«

Löffler war mittlerweile an dem jungen Mann vorbeigegangen und stand im Wohnzimmer der Wohnung. Die Couch war ausgezogen, darauf lag zerwühltes Bettzeug. Kratzer hatte darauf wohl geschlafen. Es handelte sich um eine Zweizimmerwohnung, stellte der Polizist fest. Direkt nach der Eingangstür ging es geradeaus in eine kleine, schmale Küche mit einer Kochzeile. Ganz links lag das Badezimmer, daneben ein weiterer Raum. Die Tür war geschlossen, aber ziemlich sicher war das der Bereich der Mutter. Jedes der Zimmer schloss mit einer Fensterfront Richtung Waldhausen ab, davor verlief auf der ganzen Länge ein schmaler Balkon.

»Wo ist Ihre Mutter?«, fragte Löffler und wandte sich dem Jungen zu.

»Die ist auf dem Tübinger Marktplatz, sie hilft bei der Corona-Teststation. Ehrenamtlich. Sie hat ja sonst nichts zu tun.«

»Wieso das? Was arbeitet sie denn?«

Kratzer lachte unlustig.

»Eigentlich ist sie Köchin, aber die Corona-Apostel haben den Laden dichtgemacht, in dem sie normalerweise arbeitet. Jetzt hat ihr Chef den Mitarbeitern gekündigt, er hat ja selbst seit einem halben Jahr nix verdient. Und meine Mutter kassiert ein paar Euro vom Staat.«

Löffler stieß die Tür zu dem anderen Zimmer auf.

»He, dürfen Sie das?«, rief Kratzer und ging ein paar Schritte auf den Hauptkommissar zu. »Sie haben ja wohl kaum einen Durchsuchungsbefehl, oder wie das heißt, oder?«

»Brauchen wir das bei Ihnen?«

Der Junge war unsicher. Dann schien er eine Entscheidung getroffen zu haben.

»Ich schlage vor«, sagte er bestimmt, »Sie sagen mir jetzt, was Sie von mir wollen. Es hat doch keinen Sinn, hier ein zielloses Geschwätz zu führen. Kommen Sie«, deutete er auf die Tür zu seinem Zimmer, »wir gehen hier hinein, da können wir reden.«

Berger sah zu Löffler. Der nickte. Gemeinsam mit dem Jungen gingen sie in dessen Zimmer. An der dem Fenster gegenüber liegenden Wand stand ein Sofa, das unter Wäsche, Klamotten und Fernbedienung für Playstation oder Ibox begraben war. Rasch wischte Kratzer alles zu Boden und stieß es in die Ecke neben das Sofa.

»Hier können Sie sich hinsetzen, ich hole was zu trinken.«

»Nein, nein«, wehrte Berger schnell ab, »wir wollen nichts, danke für das Angebot.«

»Ist mir auch lieber so, sonst müsste ich Gläser spülen.«

Der Junge fläzte sich auf sein Bett und sah die Kommissare erwartungsvoll an.

Doch die schauten sich erst mal stumm in dem Raum um. An einer Wand stand ein fast leeres Holzregal. Nur eine Playstation mit Display war dort untergebracht. Und ein paar Ordner standen etwas wahllos verteilt da. Die Wand gegenüber war eine Fototapete. Ein Strand im Sonnenuntergang mit Palme, Sand und einem Segelboot weit draußen am Horizont. Siebzigerjahre-Kitsch. Es fehlte nur der Flokati-Teppich auf dem Boden. Vor dem Bild stand ein Schülerschreibtisch mit Lampe und Drehstuhl. Auf der Schreibtischplatte lag ein Notebook, daneben ein Drucker und stapelweise Papier. Das mussten Tausende von Seiten sein, die wie eine Mauer den Schreibtisch links und rechts abschlossen. Abriegelten. Schützten.

»Sie wohnen hier, und Ihre Mutter in dem anderen Zimmer?«, fragte Berger schließlich.

»Ja, wir teilen uns die Wohnung. Wie Bruder und Schwester.«

»Oder wie Mutter und Sohn, oder?«

Kratzer lächelte.

»Könnte man natürlich auch sagen.«

»Wie war denn das Verhältnis zu Ihrem Vater?«, übernahm nun der Hauptkommissar.

»Bestens. Könnte man sagen. Wir hatten nämlich keines. Er war ja schon weg, als ich noch klein war. Ich hatte also nie viel zu tun mit ihm.«

»Aber zum Anpumpen haben Sie ihn schon manchmal besucht, oder?«

Diego Kratzer lachte.

»Das hat ihnen dieses Geschöpf erzählt, das dauernd in der Wohnung rumgeschlichen ist. Aber er hat ja recht, ich bin bloß zu ihm gegangen, weil ich Kohle aus ihm rausleiern wollte. Aber der Geizkragen hat meistens dicht gemacht.«

»Und was haben Sie dann gemacht?«

Der Junge schaute Löffler fragend an.

»Ich meine«, erklärte Löffler, »haben Sie das so einfach hingenommen? Dass Sie abgeblitzt sind, ohne was aus ihm … rauszuleiern.«

Kratzer grinste.

»Ah«, sagte er dann, nun eher belustigt, »Sie meinen, ich hätte ihn dann aus Wut irgendwie angegriffen und ihn alle gemacht. Oder, wie man das sagt. Was natürlich Quatsch ist. Wozu sollte ich ihm was tun, wenn ich ein paar Tage danach wieder zu ihm konnte und er mir dann vielleicht etwas Kohle gab. So lief das bei uns nämlich, da können Sie das Geschöpf fragen, das bei ihm rumwohnt. Manchmal gab er was, meistens nicht. Man wusste das nie genau im Voraus. Aber Geld hatte er eigentlich immer genug.«

»Wann haben Sie ihn denn zuletzt besucht?«

»Gestern. Gestern Vormittag. Da habe ich mir in dem Laden unten ein paar Kippen gekauft, und dann bin ich hoch zu ihm.«

»Haben Sie ihn um Geld gefragt?«

Wieder lachte Kratzer.

»Na klar, das habe ich jedes Mal gemacht, da hat er quasi drauf gewartet. Irgendwie war er da ein klein wenig pervers. Ich meine, er hat das ausgenützt gegen mich und hat da Spielchen gemacht. Das war gestern auch wieder so.«

»Ach ja, und wie sah das aus – gestern?«

Diego Kratzer überlegte eine Weile. Berger war inzwischen aufgestanden und zu dem Regal an der Wand geschlendert. Ein paar Bücher lagen aufgestapelt auf dem obersten Regalbrett. Die Kommissarin stand auf die Zehenspitzen und griff nach ein paar der Wälzer. Sie blätterte ein wenig in ihnen herum.

Kratzer hatte es beobachtet, kümmerte sich dann aber nicht weiter darum.

»Hallo«, sagte Löffler scharf. »Ich habe was gefragt.«

»Sorry, klar ich weiß, ich habe es gehört, aber ich habe es gleich wieder vergessen. Die Polizei ist ja nicht jeden Tag im Haus wegen eines Toten, oder? Was war die Frage?«

Löffler seufzte ergeben.

»Wie war die Begegnung mit Ihrem Vater gestern?«

»Oh, er war eigentlich gut gelaunt, meine ich. Ich habe ihn gefragt wegen 5000 Euro, und er hätte sie mir fast gegeben. Aber dieser Typ bei ihm, der da in dem Spinnwebenloch manchmal übernachtet, dieser Franz, hat ihm irgendwas gesagt und plötzlich gab es keine Kohle mehr. Ich habe eine kleine Vase nach dem Arsch geworfen, aber sie ist gegen die Wand geknallt und kaputt gegangen. Da war mein Alter sauer und hat mich rausgeworfen. Punkt.«

Löffler überlegte eine Weile, während Berger ruhig weiterblätterte in Kratzers Büchern.

»Sagen Sie mal«, begann dann Löffler, »wozu brauchen Sie eigentlich das Geld? Wieso ist dieser Markus hinter Ihnen her, weil Sie ihm Geld schulden? Haben Sie ein Drogenproblem? Oder sind Sie ein Zocker? Ich meine, 5000 Euro ist ein schöner Batzen Geld, davon kauft man nicht bloß eine Stange Kippen.«

Es läutete. Alle drei im Raum zuckten zusammen, so überraschend und so durchdringend war der Klingelton.

Stumm blickten sich alle drei an.

»Wen erwarten Sie denn?«, fragte Löffler.

»Jedenfalls nicht die Polizei, denn ist schon da.«

»Gehen Sie zur Tür, öffnen Sie«, sagte Berger leise.

»Warum flüstern Sie, da draußen kann einen niemand hören, die Türen sind dicht.«

Diego Kratzer stand auf und bewegte sich zur Wohnungstüre. Die beiden Polizisten folgten ihm langsam. Während Kratzer die Türe aufzog, drückten sie sich gegen Wand, sodass man sie nicht sofort sehen konnte.

Mit Wucht wurde die Türe von außen aufgestoßen. Kratzer stolperte nach hinten, wäre dabei fast gefallen, nur die Wand, gegen die er prallte, rettete ihn davor.

»Diego, alter Schmierfink,«, dröhnte eine laute Stimme, »hast du mir etwas zu sagen? Oder können wir unser Geschäft gleich hier zu Ende bringen?«

Die beiden Polizisten sahen, wie sich eine massige Gestalt in den Vorraum der Wohnung schob. Sie blieb bei geöffneter Türe stehen und wartete darauf, dass Kratzer einen Ton von sich gab. Oder sich bewegte. Oder irgendein Zeichen gab, dass er in der Realität angekommen war. Doch der lehnte nur gegen die Wand und schaute abwechselnd in Richtung des Eindringlings und hin zu den Kommissaren. Das fiel schließlich auch der Gestalt im Türrahmen auf. Sie tat einen weiteren Schritt ins Innere der Wohnung, linste um die Ecke und sah dort die Polizisten stehen.

Einige Zeit starrten sich der Mann und die Kommissare schweigend an, ohne dass sich jemand bewegte.

»Darf ich vorstellen«, tönte da plötzlich Diego Kratzer, »die Polizei und Markus, mein Mäzen. Macht es euch nur alle schön gemütlich bei mir.«

Der Mann ignorierte die Polizisten. Er stapfte zu Kratzer und zog ihn mit einem Schwung am Hemdkragen nach oben. Dann drückte er ihn gegen die Wand.

»Nix da, Mäzen«, sagte dieser Markus, »ich bin deine Bank. Und die will ihr Geld zurück. Und zwar schnell. Und zwar ohne, dass ich dir hinterherrennen muss. Und zwar jetzt gleich.«

Kratzer ergab sich willenlos.

»Ähem«, mischte Berger sich da ein und trat neben den bulligen Mann, der den Hausherren gegen die Wand drückte, »jetzt beruhigen wir uns mal und lassen den jungen Mann hier los.«

Markus schaute auf die Frau, als nehme er ihre Gegenwart zum ersten Mal wahr. Dann ließ er den armen Kratzer los. Der rutschte an der Wand entlang, langsam auf den Boden. Markus drehte sich zu Berger und sah von oben auf sie herab.

»Mann«, meinte er dann und grinste breit dazu, »du bist ja eine echte Rakete. Suchst du einen neuen Job?«

»Ich glaube eher«, sagt Berger, »*du* hast bei der Berufswahl einen Fehler gemacht. Und als Banker gehst du nicht durch, eher als, nun ja, als Geldeintreiber vielleicht, der seinen Kunden den Arm bricht.«

Markus lachte dröhnend. Er schien bestens gelaunt. Fast so, als bringe die Polizei ihn zu Höchstleistungen im Bereich Gaudibursche. Jovial klopfte er der um einen Kopf kleineren Berger auf die Schulter, die erschrocken einen Schritt zurücktrat.

»So, nun ist es aber gut«, mischte sich Löffler energisch ein, »werden wir mal amtlich. Zeigen Sie uns mal Ihren Ausweis, und das sehr zügig. Wir sind hier nicht im Kabarett. Und Sie, Herr Kratzer, bewegen sich jetzt mal in Ihr Zimmer und warten da auf uns.«

Während Markus in seinen Taschen nach einem Ausweis nestelte, erhob sich der Hausherr langsam vom Boden und schlurfte in seine Behausung, die Türe ließ er offen. Erschöpft ließ er sich auf die Couch sinken. Währenddessen hatte Markus seinen Ausweis gefunden und gab ihn Löffler.

»Warum so ernst, Meister«, sagte er wohlgelaunt zu dem Kommissar, »die Zeiten sind hart genug, da sollten doch wir hier nett zueinander sein.«

Löffler überflog den Ausweis.

»Markus Zug«, las er laut vor, »Hanna-Bernheim-Straße. Sie wohnen also in dem neuen Güterbahnhof-Getto, richtig?

»Na, na, Getto«, beschwerte sich Zug grinsend, »so kann man das nicht sagen. Von meinem Fenster aus kann man den Neckar sehen, da fühlt man sich ja wie im Urlaub am Strand. Ihre Kollegin kann mich ja mal besuchen.«

Berger seufzte lautstark von hinten.

»Also«, sagte Löffler, während er Zug den Ausweis zurückgab, »was machen Sie hier bei Kratzer in der Wohnung? Was wollen Sie von ihm? Und vor allem – wie viel?«

Zug machte einen Schritt auf Kratzers Zimmer zu.

»Dieser Typ«, sagte er so laut, dass auch Kratzer ihn verstehen konnte, »schuldet mir 7000 Steine – und die will ich wieder haben. Beziehungsweise will ich 8000 Steine. Zinsen, versteht sich. Ich habe jetzt lange genug gewartet. Und es ist ja für mich gut, wenn die Polizei vor Ort ist, dann können Sie gleich dafür sorgen, dass der Typ die Kohle an mich abdrückt.«

Löffler ging hin zu Diego Kratzer, den das alles scheinbar nichts mehr anzugehen schien. Er sah aus, als meinte er, die Erwachsenen würden das schon regeln und ihm dann mitteilen, was zu tun sei.

»Haben Sie das Geld?«, fragte Löffler.

Der Junge schüttelte den Kopf.

»Und wofür haben Sie es gebraucht?«

Kratzer deutete auf seinen Schreibtisch mit den Hunderten von beschriebenen Seiten.

»Da drüben liegt ein Buch, das ich geschrieben habe«, meinte Kratzer leise, »und das will ich veröffentlichen.

Es gibt da einen Verlag, der würde das übernehmen, aber das kostet. Aber ich will unbedingt, dass das Buch herauskommt, also bezahle ich. Ich habe mir das Geld von Markus geliehen und dem Verlag gegeben. Jetzt warte ich darauf, dass sie mein Werk drucken.«

Löffler schüttelte fassungslos den Kopf.

»Wie kann man nur so blöde sein, und einem Druckkostenzuschuss-Verlag die Kohle in den Hintern schieben? Haben Buchautoren eigentlich von gar nichts eine Ahnung?«

Löfflers Eifer schien auch Kratzer wieder zum Leben zu erwecken.

»Was haben Sie denn für eine Ahnung«, rief er, »was wissen Sie schon über die Seele eines Schriftstellers. Der will nämlich das, was er schreibt, auch veröffentlichen, der will, dass die Menschen das lesen und vielleicht in ihr eigenes Leben mitnehmen.«

»Was für ein Buch ist das denn?«, fragte Berger, die inzwischen neben Löffler stand.

»He, Kratzer«, rief Markus Zug, noch immer bestens gelaunt, »das würde ich auch gerne wissen. In was habe ich eigentlich investiert? Porno läuft gut, und rechtsradikales Zeug auch. Da kannst du ja richtig verdienen.«

Diego Kratzer erhob sich für einen jungen Menschen ziemlich langsam und gebrechlich. Ein jetzt bereits erschöpfter 18-Jähriger dachte Löffler bei dem Anblick. Er war verwöhnt durch seine Laufclique. Da rannten auch die ganz Jungen mit, die spritzig waren, ehrgeizig, behände und kaum zu bremsen waren vor sportlichem Überschwang. Das hier, dieser Diego Kratzer, wirkte gramgebeugt und kraftlos.

Kratzer schlurfte zum Schreibtisch, schnappte sich einen Stapel Blätter, schlurfte zurück und reichte den Packen weiter an Löffler. Der blätterte sie lustlos durch. Er gab sie Berger.

»Ich kann jetzt kein Buch lesen«, sagte er, »sagen Sie einfach, worum es geht.«

»Das ist meine Autobiografie.«

Alle im Raum schauten sich erstaunt an.

»Deine Biografie, Kratzer?«, polterte dann Markus Zug los, »du bist grade mal volljährig, hast nichts erlebt und nichts gemacht außer dich ein bisschen zwischen den Beinen gekrault und ansonsten lebst du bei deiner Mutter – wer, glaubst du, soll so einen langweiligen Scheiß lesen? Langeweile haben die Menschen eh schon genug, und mit dem Covid-Mist sowieso. Mann, bist du behämmert. Da wird es echt Zeit, dass ich meine Kohle aus der Investition herausziehe, sonst ist die nämlich weg.«

»Es ist eine Autobiografie meiner Gedanken«, sagte Kratzer, und seine Wangen begannen sich zu röten, »es ist ein Ausflug in meine Seele, in mein tiefes Inneres. Meine Gedanken sind so tief und so reich, dass die Leser sich selbst darin entdecken. Und sie wachsen daran.«

Er war immer lauter geworden, hatte sich gestikulierend bei seiner Ansprache unterstützt und war dabei durch den Raum gegangen. Bis er vor Zug stand. Der schaute ihn nur lächelnd an. Dann klatschte er tonlos und nickte dem jungen Autor zu.

»Wow, so was wie Huckleberry Finn, oder? Und du bist Tom Sawyer, mein Junge. Da hast du ja mächtig zu berichten, bei dem Blick aus dem Fenster. Und dann schreibst du, wie du zu blöde warst, in der Schule versetzt zu werden. Und zu schüchtern, um Mädchen anzuquatschen, weil sie eh bloß über dich gelacht haben. Und am Schluss hast du dich in ein Schriftstellerleben hineingeträumt, aus dem du jetzt gleich erwachen wirst. Also, her mit meiner Kohle.«

Blitzschnell schnappte Markus Zug den Jungen am Oberarm und schüttelte dessen ganzen Körper durch. Löffler griff nach Zugs Arm und zog ihn weg, während Berger Diego Kratzer nach hinten stieß, aus der Reichweite seines Angreifers.

»Sind Sie nicht ganz dicht«, schrie Löffler den Geldverleiher an, »das ist Körperverletzung und ich bin Zeuge. Lassen Sie den armen Kerl in Ruhe, er hat gerade seinen Vater verloren.«

Zug sah den Kommissar erstaunt an. Er brauchte einige Zeit, um die Information zu verdauen.

»Ach«, sagte er dann, und zündete sich eine Zigarette an, »dann seid ihr deshalb hier. Hat der Junge den alten Oswald um die Ecke gebracht? Mann, das hätte ich ihm nicht zugetraut, dem Schlappschwanz.«

Löffler hatte sich beruhigt.

»Dann kannten Sie also den Toten, den Vater des Jungen hier?«

Zug lachte und zog dann wieder an seiner Kippe.

»Klar kannte ich den Oswald, war ein echt zugeknallter Typ. Aber clever, das glaubt man kaum. Machte immer auf Helfersyndrom, so richtig schleimig. Dann nahm er die Leute nach Strich und Faden aus. Ich will nicht wissen, was der Kohle auf dem Konto hatte.«

Löffler war einigermaßen erstaunt.

»Woher wissen Sie das denn?«, fragte er den Dauerraucher vor sich, »waren Sie ein Freund von dem Toten? Außerdem hieß er Ortmann, nicht Oswald.«

Da lachte Zug – laut und aufdringlich wie immer. Ein Hustenanfall unterbrach ihn, und es dauerte eine Weile, ehe er den Frosch aus dem Hals hatte und wieder normal reden konnte.

»Mann, Kommissarchen, das war ein Psycho«, prustete der Geldverleiher, »der hatte keine Freunde, nur Patienten. Und natürlich den kleinen Spinner, der ihm gefolgt ist, wie ein Hündchen. Der hieß doch irgendwie wie ein Fußballer. Genau, wie der Kaiser – Franz heißt der Typ.«

»Franz Mark?«

»Möglich.«

Berger war inzwischen langsam zurück zu ihrem Chef rübergeschlendert und lauschte der Unterhaltung der beiden.

»Sagen Sie«, mischte sie sich dann ein, »hatten Sie mal zu tun mit dem Simon Ortmann? Professionell, meine ich.«

Zug verzog das Gesicht. Man merkte, dass er kurz überlegte, ob er die Frage überhaupt beantworten wollte. Dann schien er sich einen Ruck zu geben.

»Na ja, so ein wenig schon. Hat nur nichts gebracht. Ich war mal schwerer Kleptomane. Das sieht man mir nicht an, klar, war aber so. Ich konnte in keinen Laden gehen, ohne irgendwas zu klauen, auch wenn ich das gar nicht brauchte. Schnürsenkel, Haarfestiger für Frauen, Hundefutter oder ein Buch über Schlangenzucht – all so ein Kram lag bei mir dutzendfach zu Hause herum. Als man mich erwischt hat, musste ich zur Strafe in Therapie. Als ich mich im Schwarzen Schaf besoffen habe, kommt plötzlich ein alter Kumpel auf mich zu, und der hat mir den Ortmann vorgestellt. Als Therapeut. Da dachte ich, ich kann mit dem was deichseln, dass er mir einen Schein ausstellt, dass er mich therapiert hat. Am nächsten Tag bin ich zu ihm gegangen. In sein Kabuff in der Ammergasse. Der Typ hat sich da schon nicht mehr an mich erinnert. Aber egal, ich habe ihm Geld geboten, dass er mir einen Wisch ausfüllt, den ich dem Richter schicken kann. Sozusagen meine bestätigte Heilung von Kleptomanie. Wollte er aber nicht. Nicht einfach so. Er müsse Bescheid wissen, dass ich auch tatsächlich therapiert sei. Als ich ihm sagte, ich sei gar nicht therapiert worden, guckte er blöde. Zusammen mit ihm musste ich dann durch ein paar Läden in Tübingen trotten. Er tat so, als würde er mich nicht kennen, und ich musste die Läden von vorn bis hinten durchqueren, während er darauf achtet, dass ich nicht klaute. Dann gingen wir zurück zu ihm. Inzwischen hatte er mir gestanden, dass er gar keine Zulassung als Therapeut hat. Also keine Entlastung für mich. Da habe ich ihm das ganze Zeug vor die Füße geworfen, das ich unterwegs geklaut hatte. Und da verlangte er tatsächlich Kohle von mir für seine Unterstützung. Da habe ich ihm eine gescheuert. Das war es dann, seitdem hatte ich keinen Kontakt mehr zu ihm.«

Eine Weile herrschte Schweigen im Raum. Das schien der Erzähler zu genießen. Er zog sich ein Zigarettchen aus der Packung und zündete sich die Kippe an. Es sah so aus, als wolle der Hausherr gegen die Raucherei protestieren. Aber dann winkte er doch bloß resigniert ab, stand mühsam von seinem Sofa auf und brachte dem Raucher eine gebrauchte Kaffeeuntertasse als Aschenbecher.

»Sie hatten also keinen Grund, dem Mann etwas anzutun«, meinte schließlich Berger mehr zu sich selbst als zu Markus Zug.

Der lächelte bloß vor sich hin.

»Wenn ich dem was tue, dann sicher nicht mit einem Messer«, sagte er dann, »das ist doch krank, jemand abzustechen. Wenn ich einen klar mache, dann nur mit meiner Hände Arbeit, ist doch wohl Ehrensache.«

»Ganovenehre«, meldete sich der Hausherr.

Zug lachte. Fehlte nur noch, dass er vor Freude in die Hände klatschte. Dennoch ging von ihm, alleine schon wegen seines grobschlächtigen, beeindruckend mächtigen Körpers, etwas Bedrohliches aus.

»Was ist nun mit meiner Kohle«, fragte der Geldeintreiber, und sah dabei Löffler an, »der Junge hier ist jetzt doch Erbe seines toten Vaters. Da muss doch was an Geld im

Haushalt gewesen sein. Das ist die perfekte Gelegenheit, um mir meine Kohle plus Zinsen zurückzugeben. Sie sind doch Polizist, kann ich das nicht in Ihre Hände legen? Ich zeige mich auch erkenntlich.«

Löffler trat dicht an den Mann heran. Er, fast genau so groß wie der Hüne, nur schmaler und hatte bei Weitem nicht dessen breiten Brustkorb. Dennoch zuckte Zug zurück, als der Kommissar so nah an ihn herantrat.

»Nun passen Sie mal auf«, sagte Löffler leise, »das Spiel ist hier jetzt zu Ende. Ich habe mir Ihre Kaspereien angehört, weil ich hoffte, es käme etwas Vernünftiges für unseren Fall hier heraus. Das war nicht der Fall.«

Der Polizist trat noch näher an Zug heran. Der trat einen Schritt zurück, und hatte nun die Wand im Rücken.

»Jetzt aber«, fuhr Löffler ebenso leise wie zuvor fort, aber ganz deutlich hörbar mit einer Drohung unterlegt, »sollten Sie sehr vorsichtig sein mit dem, was Sie sagen. Ich bin nämlich kein netter Mensch, wenn mein Gegenüber nicht nett ist. Und das sind Sie ganz sicher nicht. Sie sollten jetzt am besten verschwinden. Und zwar ganz schnell.«

Der so sehr von sich überzeugte Zug war sehr blass geworden. Unsicher schaute er den Kommissar an. Dann blickte er hinüber zu Berger, die das Ganze beobachtet hatte. Sie grinste. Schließlich gab er sich einen Ruck, bewegte sich von der Wand weg, und schlüpfte an Löffler vorbei Richtung Türe. Dort blieb er stehen und schaute zurück in die Wohnung.

»Ich muss das jetzt aber fragen«, sagte er tonlos und ohne jede Farbe in der Stimme, »aber bekomme ich mein Geld irgendwann zurück? Ich meine – immerhin habe ich es dem jungen Mann hier tatsächlich gegeben.«

Löffler schaute zu Diego Kratzer hinüber. Der nickte ihm zu, ganz leicht.

»Sie bekommen es, aber nur das, was Sie ihm auch gegeben haben, ganz ohne Zins. Das ist Ihre gute Tat fürs Himmelreich. Und jetzt raus hier.«

Zug drehte sich um und verschwand Richtung Treppenhaus.

»So, und jetzt zu Ihnen«, wandte sich Löffler dem Jungen zu, »Sie sagen mir jetzt mal ganz genau, wo Sie gestern Nacht waren, so zwischen 10 Uhr und ein Uhr früh.«

Löfflers Smartphone klingelte. Unwirsch zog er es aus der Tasche und schaute auf das Display, um den Namen des Anrufers zu lesen.

»Wasmaier«, sagte er zu Berger.

Er hielt sich das Telefon ans Ohr.

»Was gibt es?«, fragte er.

Dann lauschte er eine ganze Weile.

»Wo genau?«, fragte er schließlich. Kurz danach beendete er das Gespräch. Er schwieg eine Weile und schaute auf einen Punkt an der Wand.

»Was ist denn los?«, fragte Berger schließlich.

»Eine Tote«, antwortete ihr Chef, »eine Frau, ermordet, so wie es aussieht. Wir sollten da hinfahren.«

»Und was ist mit dem da?«, fragte die Kommissarin und deutete auf Kratzer.

Löffler griff in seine Jackentasche. Er holte eine Visitenkarte heraus. Die gab er dem jungen Mann, der inzwischen irgendwie abgeschaltet hatte. Vielleicht war ihm das alles zuviel. Es überforderte ihn, und sein Vater war tot. Auch wenn die beiden nicht gerade das ideale Vater-Sohn-Gespann waren, so hatten sie doch zumindest regelmäßigen Kontakt.

»Hier«, sagte Löffler und reichte Kratzer die Karte, »morgen früh um neun im Polizeipräsidium in der Konrad-Adenauer-Straße. Pünktlich. Dann schauen wir mal, was aus Ihnen wird.«

Phlegmatisch nahm der Junge die Karte und schob sie achtlos in seine Gesäßtasche.

»Los«, drängte Löffler dann seine Kollegin, »wir müssen los. Der Kollege ist ein wenig nervös, er hatte noch nicht so viele Mordfälle, ich will nicht, dass er was versaut.«

»Papa Löffler«, sagte Berger und grinste.

»So wie er Sie immer anschaut, hat er mehr Sehnsucht nach Ihnen als nach mir«, sagte Löffler und lachte breit.

Löffler wollte eine Abkürzung auf dem Weg in die Südstadt machen. Er fuhr durch die Mühlstraße von oben Richtung Neckarbrücke. Kurz vor der Biegung, neben dem Treppenaufgang zur Stadtmauer, überraschte ihn der Blitz.

»Was war das?«, fragte er seine Kollegin.

»Na was wohl«, gab die zurück, »es sollte doch inzwischen klar sein, dass man in die Richtung nicht fahren darf. Das war ein klassischer Verkehrsblitzer, jetzt sind Sie auf einem Foto verewigt. Das kommt in Ihre Akte.«

Sie grinste ihn von der Seite an, während er langsam über die Neckarbrücke fuhr.

»Den Strafzettel schmettere ich ab«, meinte Löffler, »wir sind im Einsatz, da kann man nicht einfach so blitzen. Es geht um Leben und Tod.«

»Ich dachte, die Frau in der Fürststraße sei bereits tot. Da hätten Sie sich doch Zeit lassen können, toter wird sie nicht mehr.«

Ihr Vorgesetzter lachte.

»Also auf Ihre Zeugenaussage kann ich dann wohl nicht vertrauen.«

Berger fühlte sich wohl in Gesellschaft Löfflers. Sie hatten immer was zu reden, konnten einander aufziehen, aber auch ernst miteinander reden. Immer wieder gab es Situationen, in denen es schien, als könnte mehr aus ihrem Verhältnis zueinander werden. Manchmal hatte sie die Hoffnung auch schon aufgegeben, ein anderes Mal – nun ja, manchmal sah sie halt mehr als bloße Freundschaft zwischen ihnen.

Löffler fuhr über die Blaue Brücke, die demnächst abgerissen werden sollte und dann neu aufgebaut wird. Dann hieß es, die ganze Innenstadt umfahren, um irgendwie über die Steinlach und die Bahngleise zu kommen. Er fuhr in die Hechinger Straße ein, dann bog er rechts ab und kam in die Fürststraße, die parallel zur Steinlach verlief. Schon aus einiger Entfernung sah er das Ziel – ein paar Polizeiautos und ein Notarztwagen parkten rechter Hand auf dem Grasstreifen zu dem Bach hin. Löffler stellte seinen Wagen dazu. Sie stiegen beide aus, querten die Straße und kamen durch einen schmalen Vorgarten zum Eingang in ein Mehrfamilienhaus.

Im Hausgang wartete bereits der Kollege Wasmaier auf sie. Er sah ziemlich bleich aus, seine Hosen waren mit dem Matsch bespritzt, den er sich bei seiner Bike-Tour von der Innenstadt bis fast nach Derendingen eingehandelt hatte.

»Es ist furchtbar«, sagte er zu den Kollegen.

»Was ist denn passiert?«, fragte Berger und legte eine Hand auf Wasmaiers Unterarm. Doch der konnte sich kaum beruhigen.

»Ein Frau. Tot. Vermutlich erstochen. Also irgendwas mit einem Messer, sagt der Gerichtsmediziner. Also quasi ermordet. Und da ist ganz viel Blut. Ich kann da kaum hinschauen.«

Löffler war währenddessen in den ersten Stock hochgestiegen und in die Wohnung eingetreten. Überall standen Polizisten in Uniformen, außerdem die Angehörigen der KTU in ihren komischen Schutzanzügen. Ihr Chef, Meister, winkte Löffler zu. Der reagierte, ging durch den kurzen Flur und landete in der Küche der Wohnung. Meister deutete auf den Boden. Dort lag eine Frau auf dem Rücken, um sie herum eingetrocknete Blutlachen. Das Blut lief von ihrem Körper weg und hatte sich über den Boden verteilt.

Man hatte der Frau die Kehle aufgeschnitten.

Sie lag da in einer Winterjacke mit Kapuze und einer warmen Hose, neben ihr lagen Handschuhe. Der Täter oder die Täterin hatten der Frau nicht viel Zeit gelassen, um sich umzuziehen. Sie musste entweder in einem Anfall von unkontrollierter Wut oder aber äußerst kaltblütig getötet worden sein. Löffler vermutete das Zweitere, alleine schon wegen des sauberen, klaren Schnittes in der Kehle der Frau.

»Was meinen Sie?«, fragte der Hauptkommissar den Mann von der KTU, »was ist hier passiert? Kann man jetzt schon etwas über den Ablauf sagen? Natürlich nur unter Vorbehalt.«

Meister stellte sich neben die Tote.

»So wie die Spuren hier liegen, gab es keinen Kampf«, sagte er und deutete vage durch den Raum. »Die wurde an dem Ort getötet, an dem man sie gefunden hat. Es gibt keinerlei Schleifspuren. Auch sonst ist der Raum aufgeräumt, es haben sich vermutlich nur der Mörder und die Tote hier aufgehalten. Es gibt keine Tatwaffe bisher, der Täter – oder die Täterin – muss sie mitgenommen haben. Aber wir sind noch nicht ganz fertig mit dem Ambiente, da suchen die Kollegen noch nach Spuren. Jetzt kommt erst mal die Gerichtsmedizin.«

Tatsächlich kam gerade Markus Kürner durch die Tür. Er duckte den Kopf, eine alte Gewohnheit bei seiner Größe, als habe er ständig Angst, sich irgendwo die Stirn aufzuschlagen.

»Was ist bloß los mit der Stadt?«, polterte er gleich los, »ist hier die pure Mordlust ausgebrochen? Reicht denen

Corona nicht mehr? Muss man jetzt pausenlos selbst nachhelfen, um die Gräber zu füllen? Und, wieso habt ihr alle keine Masken auf?«

Löffler seufzte resigniert.

»Markus, hier sind fast alle geimpft und manche auch noch getestet. Also lass die Kirche im Dorf und mach deinen Job. Hier«, Löffler deutete auf die Frau am Boden, »liegt deine Kundin.«

Damit schnappte er Wasmaier am Arm und zog ihn mit sich auf das an die Küche angrenzende Wohnzimmer. Berger folgte den beiden. Im Wohnzimmer herrschte ziemliches Durcheinander. Auf dem tiefen Tisch stand fast ein Dutzend leerer Bierflaschen, außerdem eine nur noch halb volle Schnapsflasche, irgendein Billig-Cognac. Der Aschenbecher quoll über. Gegenüber vom Fernsehschirm, einem riesigen Display, das an eine Kinowand erinnerte, stand ein Liegesessel, ein sogenannter Fernsehsessel. Überall auf dem Boden lagen Esskrümel, Kleidungsstücke und die Fernsehzeitschrift.

Im Fernsehsessel ruhte ein Mann.

Löffler betrachtete ihn eine Weile. Der Mann schlief, ein kleines, nicht sehr lautes Schnarchen summte durch den Raum. Der Schnarcher trug eine alte Sporthose und ein VfB Stuttgart-Trikot. Allerdings eines, dass das Team vor etwa 20 Jahren getragen hatte, schätzte Löffler. Auf dem Trikot dominierte noch der damalige Sponsor »Südmilch«.

»Wer ist der Mann?«, fragte Löffler.

»Der Ehemann«, antwortete Wasmaier leise, um den Mann vermutlich nicht zu wecken. »Er hat die Frau gefunden, sagte er. Dann habe er die Polizei angerufen. Ich konnte ihn noch nicht mal vernehmen. Als ich ankam, war er noch immer so besoffen, dass er kaum klar reden konnte. Dann ist er eingeschlafen. Hier auf dem Sessel.«

Es stank in dem Raum. Nach vergorenem Alkohol. Und nach Körperausdünstungen. Ein Gestank wie der von alten Fürzen hing in der Luft.

Wahrscheinlich waren es auch alte Fürze, dachte Löffler und hielt sich für einen Moment die Nase zu. Auch Berger neben ihm wedelte mit der Hand frische Luft in ihr Gesicht, ehe sie bemerkte, dass es alte Luft war, die sie in ihre Nase strömen ließ.

Der Hauptkommissar schüttelte den Mann an der Schulter, um ihn zu wecken. Aber so einfach war das gar nicht. Erst mit einer Ohrfeige gelang es, den Besoffenen in die Wirklichkeit seiner Wohnung zurückzuholen. Doch das bemerkte der nicht mal gleich. Denn er war offensichtlich höchst verwirrt darüber, in welcher Umgebung er sich befand. Er schaute sich langsam und vorsichtig um. Nach Löffler und Berger entdeckte er in der Küche nebenan die Polizisten und die Belegschaft der KTU. Es waren offensichtlich die Uniformen der Polizisten, die ihn am meisten beeindruckten. Denn er deutete nervös auf die Uniformträger und raunte kaum verständlich, etwas in Richtung Berger.

»Was?«, fragte die nach, weil sie nicht verstanden hatte.

»Ich war es nicht«, sagt er nun etwas lauter und deutlicher.

»Was waren Sie nicht?«,

»Egal was – ich bin es nicht gewesen.«

»Wissen Sie denn, was passiert ist? Wissen Sie, warum wir hier sind, warum Sie die Polizei gerufen haben?«

Der Mann blickte stumm und vollkommen ratlos zuerst auf Berger, dann auf Löffler und schließlich an die ihm gegenüberliegende Wand. Es sah aus, als krieche er tief in seine Gedanken, und als ob er auf seiner Suche auf das bloße Nichts stoße. Mit einem Mal verzog er das Gesicht zu einer Art Grimasse, zu dem, was dabei herauskommt, wenn man gleichzeitig Dinge erkennt, aber auch herausfindet, dass dieses Erkennen unangenehm ist.

»Es ist wegen meiner kleinen Schlampe, nicht wahr«, flüsterte der Mann verschwörerisch in den Raum. Er sprach mehr zu sich selbst, als zu irgendjemand anderem im Zimmer.

»Keine Ahnung, was sie wieder angestellt hat, aber wenn ich die Polizei gerufen habe, dann muss es schon sehr wild gewesen sein. Ich sollte sie einfach nur noch einsperren, aber dann brüllt sie mir das ganze Haus zusammen und die Nachbarn stehen vor meiner Tür. Erst letztens habe ich den Feigenbaum von gegenüber in den Arsch getreten, weil er mir sagen wollte, wie ich meine Frau behandeln soll. Der Feigenbaum, diese Null. Und dann der Name, das ist ja wie in einer Komödie. So was wie Apfeltasche. Dieter Apfeltasche, hahaha.«

Der Gerichtsmediziner erschien unter der Tür. Er winkte den Kommissaren, sie sollten zu ihm kommen. Er wirkte seltsam ernst.

»Sie bleiben hier ruhig sitzen«, sagte Berger zu dem Mann im Sessel, »und überlegen sich, was passiert ist. Und nachher erzählen Sie uns alles genau.«

Alle drei Polizisten bewegten sich ins andere Zimmer. Dort stand Kürner in seinen ganzen zwei Metern vor der Leiche der Frau. Ihr Gesicht war mit einem Tuch abgedeckt. Löffler war erstaunt, denn es war nicht Kürners Art, derart taktvoll vorzugehen. Der Realität kann man ins Auge sehen, sagte er immer wieder, und dazu gehört auch der Tod, und zwar in jeder Ausprägung – und dem kann man auch mal ins Gesicht schauen.

»Was hast du denn so Besonderes?«, fragte der Hauptkommissar.

Kürner ging leicht in die Knie, was irgendwie komisch aussah bei dem Zwei-Meter-Riesen. Er schob die Kleidung der Frau nach oben und legte ihren Oberkörper frei. Dann deutete er auf die dunklen Flecke an ihrer Seite und, als Kürner sie in die Seitenlage bugsierte, auf weitere Striemen und runde, faustgroße Flecken.

»Die Frau wurde geschlagen, und nicht erst heute. Man hat sie regelmäßig getreten, mit Fäusten traktiert oder sogar mit Tritten. Hier«, deutete er auf einen großen Fleck an der Seite, durch die Rippen drückten, »das muss von einem Fußtritt stammen. Und da wenige Menschen mit den Füßen so hochkommen, hat man sie wohl getreten, als sie am Boden lag.«

Berger beugte sich nach vorne, schaute genau hin, streckte die Hand aus, zog sie aber dann schnell zurück.

»Hat man sie getreten, ehe sie starb?«, fragte sie, sich Kürner zuwendend.

Der Mediziner seufzte resigniert.

»Hören Sie mir nicht zu?«, fragte er leicht genervt, »manchmal denke ich, ich rede gegen eine Wand. Ich sagte doch eben, dass das alte Verletzungen sind. Man hat sie ihr im Verlauf von Tagen, Wochen oder gar Monaten beigebracht. Ich weiß noch nicht, was man noch entdecken wird, wenn sie erst mal bei uns im Institut liegt und wir sie genauer untersuchen. Aber ich ahne es. Jedenfalls wurde die Frau misshandelt, und nicht erst seit heute.«

Wasmaier war neben die tote Frau getreten und starrte auf die Spuren, die die Schläge hinterlassen hatten. Er war bleich geworden. Berger stellte sich neben ihn und griff sich sein Handgelenk. Sie schaute hin zu Löffler, der ihr zunickte. Auch Kürner war plötzlich stumm geworden. Selbst er, der unter Kollegen und Freunden als ziemlicher Stoffel und Rüpel galt, schwieg, und schien irgendwie betreten zu sein. Aber das dauerte nicht lange. Dann kam er wieder in sein Kürner'sches Fahrwasser.

»Jedenfalls«, fuhr der Mediziner schließlich fort, »bezog sie offensichtlich regelmäßig Prügel. Aber so, dass man es ihr von außen nicht ansah. Soll heißen, man schlug ihr nicht ins Gesicht.«

»Und wer hat das getan?«, fragte Wasmaier.

Kürner schien einigermaßen irritiert.

»Woher soll ich das wissen, junger Mann?«, erklärte ihm der Arzt geduldig wie bei einem Kind, »das ist eigentlich eure Aufgabe, das herauszufinden. Hast du jetzt zwei Schnelldenker an der Backe«, wandte er sich an Löffler, »erst sie und nun der bajuwarische Jubelbursche. Na Prosit.«

Der Hauptkommissar winkte ab. Er hatte jetzt keinen Nerv für dummes Gequatsche. Wasmaiers Verhalten machte ihm Sorgen.

»Halten Sie doch die Klappe«, sagte der gerade zu Kürner. Dann machte er seine Hand los, die noch immer von Berger gehalten wurde. Mit ein paar Schritten bewegte er sich ins angrenzende Zimmer, in dem der Ehemann der Toten auf seinem Sessel saß. Er hatte inzwischen eine Bierflasche in der Hand. Löffler und Berger folgten ihrem Kollegen. Selbst Kürner ließ von der Leiche ab und stellte sich in den Türrahmen.

»Herr Kessler«, sagte Wasmaier zu dem Mann, »da drüben liegt Ihre tote Frau. Wissen Sie das eigentlich?«

Verdutzt schaute der Mann ihn an. Wolfgang hieß er mit Vornamen, das hatte ihnen einer der Polizisten inzwischen gesagt.

»Was für eine blöde Frage«, antwortete er unwirsch, »ich habe sie immerhin gefunden und euch Bullen gerufen. Da werde ich doch wohl wissen, dass sie drüben auf dem Boden liegt.«

»Was ist denn passiert? Ich meine, dass sie auf dem Boden liegt? Wie kam sie denn da hin? Sie als ihr Mann müssten das doch wissen, oder nicht?«

Berger schaute auf Löffler, der ihr langsam zunickte – er hatte verstanden. Wasmaier brachte eine unglaubliche Aggressivität in den Raum. Auch Kürner rührte sich nicht. Es sah aus, als schaue er bei einem Live-Drama zu und wolle sich nichts entgehen lassen. Aber keiner der drei mischte sich in das Gespräch mit den beiden ein.

»Gar nichts muss ich wissen, ich habe sie bloß gefunden. Wahrscheinlich ist die Alte einfach hingefallen und hat sich das Genick gebrochen. Zutrauen würde ich der Tussi das.«

»Man hat ihr den Hals aufgeschnitten.«

»Ach, sie ist in ein Messer gefallen?«

Wasmaier bebte förmlich. Berger schaute sorgenvoll zu Löffler. Doch der schüttelte nur langsam den Kopf. Abwarten, schien das zu bedeuten. Die Kollegin nickte.

Inzwischen hatte der junge Kommissar sich direkt neben Wolfgang Kessler gestellt. Er berührte den sich unter ihm im Sessel fläzenden Mann fast mit dem Oberschenkel. Der schaute zu Wasmaier auf, gerade so, als wolle er von ihm gelobt werden.

»Ihre Frau hatte etliche ältere Verletzungen. Sieht so aus, als habe man sie geschlagen, sagen unsere Mediziner. Die schauen sich das noch genauer an. Was meinen Sie, ist das möglich, dass man ihr was angetan hat? Ich meine – dass man sie über längere Zeit immer wieder malträtiert hat?«

»Malträ was? Was hat man sie?

»Haben Sie Ihre Frau geschlagen, immer und immer wieder?«, platzte es nun aus dem Polizisten heraus.

Kessler starrte den Kommissar nur stumm an. Er gab sich nicht mal den Anschein, als denke er über die Frage nach. Er tat nicht mal so, als habe er sie verstanden. Er hatte ein völlig leeres Gesicht. Dann, mit einem Mal, lächelte er. Aber es war kein freudiges Lächeln, eher eines, das sich zeigt, wenn man sich ertappt fühlt, aber trotzdem glaubt, man habe recht getan.

»Also Meister, so kann man das nicht sagen«, sagte Kessler, »immer und immer wieder – so war das nicht. Immer nur dann musste ich eingreifen, wenn mal wieder etwas schiefgelaufen ist. Das ist halt häufiger passiert. Statt mich zu unterstützen, wenn ich mal Sorgen habe, lacht sie mich aus. Das kann ich ja nicht auf mir sitzen lassen, da gibt es halt eine auf die Zwölf. Aber beschwert hat sie sich bei mir noch nie, also mache ich ja wohl etwas richtig.«

Wasmaier bebte förmlich, Löffler räusperte sich laut, Berger setzte einen Fuß in Richtung Wasmaier.

»Und gestern«, presste der förmlich aus sich heraus, »ist Ihnen der Gaul durchgegangen und Sie haben überzogen. Messer raus, Kehle durch und gut ist es, oder? Wie hat Ihnen das gefallen? Waren Sie zufrieden mit sich, als es vorbei war? Als Ihre Frau so dalag? War sie gleich tot oder hat sie noch geschrien, erzählen Sie doch mal.«

Kessler hatte große Augen bekommen. So langsam schien selbst er zu spüren, was da auf ihn zurollte.

»Sie spinnen wohl!«, schrie er den Polizisten dann an, »ich bringe doch keine um. Ein paar in die Fresse vielleicht, aber abstechen – was für ein Quatsch. Dabei habe ich meine Frau doch gerettet, als ihr Alter abgehauen ist an den Strand in die Karibik. So eine Schwarze, oder eigentlich eher Braune, hat es hier nicht leicht. Da habe ich ihr meinen Schutz und mein Haus geboten und sie geheiratet. Ich bin ein guter Mensch, das sehen Sie doch.«

»Und sie pausenlos verprügelt.«

»Zu irgendwas musste sie ja gut sein, nachdem sie mich zuletzt nicht mehr rangelassen hat. Außerdem hat sie …«

Kessler kam nicht weiter, denn Wasmaier war auf ihn zu gesprungen und hatte dem Sitzenden das Knie auf die Brust gesetzt, während er ihn am Hals würgte. Ein lautes Röcheln Kesslers begleitete die Aktion, die allerdings von den beiden anderen Kommissaren bereits erwartet worden war. Berger und Löffler warfen sich auf ihren Kollegen, und sogar Kürner war beigesprungen, zerrte an Wasmaiers Hemd, während die anderen dessen Hände von Kesslers Hals lösten. Schließlich lag er vor ihnen auf dem Rücken und sie hielten seine Arme fest gegen den Boden gepresst. Er zappelte noch mit den Füßen, dann erschlaffte er und alle Spannung fiel von ihm ab. Die Kommissare warteten noch eine kleine Weile.

»Können wir Sie jetzt loslassen?«, fragte Löffler, »ohne dass Sie wieder durchdrehen?«

Wasmaier nickte stumm.

»Können wir uns darauf verlassen?«, so Berger.

Wieder nickte der Kollege.

Dann ließen sie beide ihn los, während Kürner noch immer über ihm stand und ihn misstrauisch beobachtete.

Kessler rieb sich währenddessen den schmerzenden Hals. Erst langsam begriff er, was gerade passiert war. Er hatte einen roten Kopf und japste nach Luft.

»Mensch, das war ein klarer Mordversuch«, keuchte er dann.

Die anderen ignorierten ihn. Sie beobachteten Wasmaier, der sich langsam erhob. Er hielt den Kopf gesenkt und bewegte sich langsam durch den Raum zur Türe. Dort hatte sich inzwischen wieder der Gerichtsmediziner aufgebaut. Das heißt, er stellte sich in die Mitte der Tür, die er mit seiner Größe und seinem Umfang locker ausfüllte. Wasmaier hob den Kopf, sah, dass er an Kürner nicht vorbeikam und lehnte sich erschöpft gegen die Wand, direkt neben den Mediziner. Eine Weile sagte keiner etwas im Raum. Selbst Kessler war mit seinem Hals beschäftigt.

»Das war echt scheiße, oder?«, sagte Wasmaier in die Stille.

»Das war ein Mordversuch, ein Angriff«, rief Kessler, noch ehe die anderen im Raum etwas sagen konnten. »Ich zeige dich an, dich Polizisten, dich Killer. Das hat Folgen, dafür ziehe ich dich aus dem Verkehr. Ich seid meine Zeugen«, deutete er auf Löffler und die anderen, »ihr müsst aussagen, dass der Kerl mich angegriffen hat.«

Die Polizisten schauten Kessler mit großen Augen an.

»Kerl? Welcher Kerl denn?«, fragte Berger und schaute sich suchend in dem Raum um, »ich sehe keinen Kerl. Und wo kein Kerl ist, kann Sie auch keiner angegriffen haben, oder?«

Es dauerte eine Weile, ehe Kessler diese Worte begriffen hatte.

»Aber bitte«, rief er, nun etwas weinerlich, »schauen Sie doch meinen Hals an, schauen Sie *mich* an, da gibt es doch Spuren, Beweise. Ihr seid doch Polizisten, also macht was.«

»Ich bin Mediziner«, meldete sich Kürner, »und ich kann Ihnen versichern: Ich sehe nichts von einem Überfall oder Angriff. Ich sehe nur einen besoffenen Frauenschläger, der unglücklich gestürzt ist und sich wehgetan hat. Und jetzt jammert er herum und sucht einen Schuldigen.«

Kessler versuchte aufzustehen. Aber er war schon wieder so betrunken, dass er wie ein nasser Sack zurückplumpste auf den Sessel. Er versuchte es ein zweites Mal, aber da kam er nicht mal mehr mit dem Hinterteil in die Horizontale.

»Seht ihr«, krächzte er, »das habt ihr mit mir gemacht. Ich bin derart geschwächt, dass ich nicht mal mehr hoch komme. Ich mache euch alle fertig. Ihr … Polizistenpack … ihr.«

Berger und Löffler gingen gemeinsam zu dem betrunkenen Ehemann und zogen ihn an den Achseln nach oben. Er schwankte, aber die beiden hielten ihn fest. Er versuchte, sich loszureißen, aber die Polizeigriffe und seine eigene, alkoholbedingte Schwäche ließen ihn rasch ermatten. Zuerst wimmerte er, dann schrie er, zwar nicht laut, aber es genügte, die Kollegen aus der KTU neugierig ins Zimmer schauen zu lassen.

»Wenn ich noch einen Ton von dir Frauenschläger höre«, zischte Löffler ihm ins Ohr, »dann nehme ich dich in das nächste leere Zimmer hier mit, und dann stopfe ich dir so das Maul, dass du nie mehr schreien kannst. Hast du das verstanden, du Schläger?«

Kessler sah den Hauptkommissar mit großen Augen an, dann kapierte er die Worte. Schließlich nickte er heftig erst zu Löffler, dann zu Berger hin. Die beiden geleiteten den Mann zum Sofa an der Wand, dann setzten sie ihn dort ab.

»Und jetzt«, begann Berger, »erzählen Sie uns mal genau, was Sie von der vergangenen Nacht wissen.«

Kessler schloss die Augen. Eine Weile saß er ganz ruhig da. Dann hatte er sich entschlossen, zu sagen, was ihm noch einfiel.

»Also«, begann er, »als ich nach Hause kam stand Sara irgendwie blöd rum, dort, in der Küche. Ich hatte ein bisschen was getrunken mit ein paar Jungs, die ich kenne. Na ja, ich hatte Hunger, als ich heimkam. Denn während ich trinke, esse ich normalerweise nichts. Das versaut einem bloß die Sauferei.«

Er machte eine Pause. Dabei leckte er sich die Lippen. Vielleicht erwartete er, dass ihm irgendjemand einen Drink spendierte. Aber die Kommissare warteten geduldig.

»Aber sie hatte nichts zu Essen gemacht«, fuhr er fort, »und da stand ich da – nach einem langen Tag und Riesenhunger und es gab nichts. Wozu habe ich dann die Alte überhaupt geheiratet? Ich meine, das war gar nicht so einfach, eine Schwarze zu heiraten. Was glauben Sie, was meine Kumpels gesagt haben. Die haben mich von vorn bis hinten verarscht. Hast du dir eine Frau gekauft, hieß es. Oder: Was willst du denn mit der, die taugt doch eh nichts. Dabei konnte die besser Deutsch als die anderen alle zusammen. Aber sie hat mich nicht verstanden. Und so gab es halt manchmal was aufs Maul. Und bevor ihr alle jetzt was sagt – das ist alleine meine Sache und geht euch einen Scheiß an. Oder hat mich jemand angezeigt? Na also. Haltet euch aus meinem Leben raus.«

Berger schaute vorsichtig zu Wasmaier. Doch der verhielt sich ruhig. Er tat so, als höre er dem Mann gar nicht zu.

»Was ist heute passiert, das ist es, was uns jetzt interessiert«, unterbrach Löffler die Stille.

Kessler zuckte mit der Schulter.

»Nichts Besonderes, alles wie immer. Ich komme also heim, sehe, da gibt es nichts zu essen und ich gebe ihr ein paar hinter die Löffel. Sie flennt ein bisschen, setzt sich in die Küche und ich mich ins Wohnzimmer. Da habe ich noch was getrunken, dann bin ich eingeschlafen. Und als ich wach geworden bin, sehe ich, wie sie da auf dem Boden liegt und ganz viel Blut um sie herum.«

Eine Weile schwiegen alle. Sogar Kessler schien kurzzeitig bewegt zu sein.

»Mist, und wer kocht jetzt für mich und hält die Wohnung sauber? Alleine schaffe ich das nie. Die Alte macht sich von dannen und ich bleibe zurück im Gerümpel, das sie hinterlassen hat. Na Prosit.«

Kürner trat plötzlich aus seinem Türrahmen und machte ein paar Riesenschritte auf den Mann zu. Mit seiner enormen Größe überragte er den Sitzenden wie ein bedrohlicher Koloss. Der Mediziner stieß mit dem Zeigefinger gegen die Brust von Kessler.

»Wenn ich noch einen einzigen Ton von dir höre, indem du die Tote beleidigst, drehe ich dir eigenhändig den Hals um, du Penner. Ich habe es satt, mir diesen unsäglichen Mist anzuhören. Schade, dass auspeitschen verboten ist, sonst würde ich mir dich vornehmen.«

Kessler war bleich geworden. Die laute, rasselnde Stimme Kürners wirkte ohnehin schon bedrohlich. Aber wenn er sie tatsächlich auch noch für eine Drohung benutzte, dann kam sie daher wie Blitz und Donner gleichzeitig.

Kessler nickte und verschwand fast in seinem Sessel.

»Und jetzt, Herr Kessler«, übernahm Berger, »sagen Sie uns, ob Sie sich an irgendwas erinnern, was sonst in der Nacht passiert ist. An Töne, Geschrei, an Personen, an irgendetwas Ungewöhnliches.«

Tatsächlich konzentrierte sich der Gefragte und versuchte wohl, sich an die vergangene Nacht zu erinnern. Dabei verzog er das Gesicht, als würde ihm ein Zahn ohne Betäubung gezogen. Dann gab er auf.

»Ganz ehrlich – ich war einfach zu besoffen. Ich habe nur dagelegen und habe komatös vor mich hin gepennt. Kein Wunder, soll ich Ihnen mal aufzählen, was ich gestern gesoffen habe? Also es begann mit …«

»Behalten Sie das für sich«, sagte Berger scharf, »sagen Sie mir, was haben Sie unternommen, als Sie Ihre Frau gefunden haben. Aber ganz genau, jedes Detail.«

Am Ende kam heraus, dass er sich erst mal einen Drink eingoss, dann vorsichtig nach dem Puls der Frau fühlte, ihn aber nicht fand und deshalb sein Ohr an ihr Herz hielt. Folglich hatte er auch Blutspuren auf der Ohrmuschel. Kessler druckste eine Weile herum, als er zugeben musste, dass er erst mal eine Weile darüber nachdachte, ob er seine Frau getötet hatte. Dazu trank er ein Bier. Als er zum Schluss kam, dass das nicht zu ihm passte, einer anderen Person die Kehle durchzuschneiden, rief er die Polizei. Er sagte, er habe nichts berührt, außer den Unterarm und das Herz, und das auch nur mit dem Ohr. Auf Nachfrage, ob er denn irgendjemand wüsste, der etwas gegen seine Frau habe, jemand, der sie hasste oder ihr Böses wünschte, schüttelte er bloß den Kopf.

»Niemand außer mir hat ihr je was angetan, würde ich sagen«, meinte er etwas verdruckst.

Am Ende seiner Aussage standen die Kommissare zusammen in der Küche, während eine Kollegin Kessler eine Banane gab – das einzige Essbare im Haus.

»Den kann man ausschließen«, sagte Berger bestimmt, »so ein Schlappschwanz wäre der Frau nicht gewachsen gewesen, wenn es zum Äußersten gekommen wäre.«

Wasmaier wog den Kopf.

»Immerhin hat er sie regelmäßig verprügelt, ohne dass sie etwas machen konnte. Was ist, wenn er wirklich mal übers Ziel hinausgeschossen ist? Betrunken genug war er ja.«

»Ja, aber es gibt ja auch keine Spuren, die auf ihn deuten. Wenn er mit ihr hätte kämpfen müssen, wäre seine Kleidung voller Blut und er hätte Kratzer am Körper. Es wäre ein riesiges Chaos in der Wohnung. Und dass er sie kaltblütig von hinten schnappt, ohne dass sie eine Chance hätte, kann ich mir nicht vorstellen.«

»Es gibt keinerlei Kampfspuren«, mischte sich auch der Gerichtsmediziner ein, »der Täter muss die Frau vollständig beherrscht haben. Man kann sehen, dass es Kratzer an der Kehle gibt. Das heißt, man hat ihr erst eine Weile das Messer dagegen gehalten, sie mit sich geschleppt und sie erst zu einem späteren Zeitpunkt getötet. Das war absolut kaltblütig. Professionell fast, würde ich sagen.«

Sven Meister, der Mann von der KTU, stieß zu ihnen.

In der Hand hielt er ein Blatt von einem Baum.

»Seht mal«, sagte er, und wedelte mit dem Blatt, »was ich in der Kapuze des Mantels der Frau gefunden habe.« Die Kommissare schienen etwas ratlos.

»Ein Blatt von einem Baum?«, fragte Wasmaier.

Meister nickte.

»Aber nicht irgendein Blatt, meine Freunde, sondern ein ganz besonderes«, sagte er. Er genoss die fragenden Gesichter der Kommissare sichtlich. Nur der rustikale Kürner hatte keine Lust auf Spielchen.

»Hör zu, Meister«, sagte er burschikos zu dem Mann von der Spurensicherung, »wenn du was zu sagen hast, dann lass es raus. Und wenn nicht, dann verschwinde, wir haben hier ganz sicher keine Zeit für Partyspielchen. Also – was gibt es?«

Sven Meister war zusammengezuckt bei Kürners Ansage. Auch bei der KTU hatte der einen Ruf, dass mit ihm nicht gut Kirschen essen war. Und dass man sich am besten nicht mit ihm anlegte.

»Ja, ja, ist schon gut, ich wollte bloß einen Spaß machen.«

»Wie taktvoll von dir«, hakte Kürner nach, »angesichts einer Leiche, die dir zu Füßen liegt. Höchst sensibel.«

»Also, worum geht es jetzt genau«, unterbrach Löffler das Gezänk. »Du hast ein Blatt gefunden und das hat was? Mit unserem Fall zu tun? Oder stammt es von einer seltenen Baumart? Nun komm schon.«

Kürner hob das Blatt in die Höhe, sodass alle es genau sehen konnten.

»Das hier«, sagte er, und deutete auf das Blatt, »stammt von einer Platane.«

Er machte eine Pause.

Die anderen schauten sich etwas ratlos an.

»Dass zu der Jahreszeit noch Platanen blühen, ist ein Wunder – geht es darum?«, fragte Wasmaier.

Meister schüttelte den Kopf.

»Quatsch«, sagte er, »bei der Klimaverschiebung dauert es ewig, bis die Bäume alle ihre Blätter verloren haben. Die

Frage ist doch, wo es in Tübingen Platanen gibt. Und da fällt mir nicht viel ein. Es fällt mir aber ein, dass ich gestern erst in der Platanenallee war, und dort den Tatort einer Leiche untersucht habe. Und um die Leiche lagen Blätter von den Bäumen. Von den Platanen. Und außerdem haben doch Zeugen ausgesagt, dass mehrere Leute um die Leiche herumgestanden sind. Und zufälligerweise entdecke ich jetzt Blätter vom Tatort an einem anderen Tatort. Na, was löst das bei euch aus?«

Eine Weile ließen die Kommissare die Information sacken. Auch Sven Meister legte eine Kunstpause ein, ehe er fortfuhr.

»Wir haben der Toten hier schonmal die Schuhe ausgezogen und sie eingepackt. Es würde mich nicht wundern, wenn wir bei einem Vergleich der Profile der Sohlen, eine Übereinstimmung in der Platanenallee finden würden. Und das, meine Freunde, würde bedeuten, dass die Frau hier etwas mit dem Mord in der Allee zu tun hat. Na, was sagt ihr nun?«

Stolz wie Oskar blickte der Spurensucher sich in der Runde um.

»Ich muss schon zugeben«, sagte schließlich der Hauptkommissar, »dass das natürlich wahnsinnige Informationen sind. Die werfen ein völlig neues Bild auf die beiden Mordfälle. Ganz ehrlich, Sven, ohne deine Infos stünden wir ganz schön blöd da. Wer hätte aber auch ahnen können, dass die beiden Fälle zusammenhängen. Das ist wirklich unglaublich.«

Kürner wog den Riesenkopf hin und her.

»Nun wartet mal ab«, meinte er dann, »ob sich das auch so bestätigt wie unser Fährtensucher sich das vorstellt.

»Könnt ihr euch erinnern, was die beiden Zeugen, die Studenten, ausgesagt haben?«, warf Berger, nun ganz hektisch, dazwischen, »da war doch die Rede von einer schwarzen Frau, die bei der Dreiergruppe dabei gewesen sein soll. Nun, die Frau hier hat eine dunkle Hautfarbe.«

Löffler nickte.

»Ja, stimmt, ich erinnere mich daran. Und inzwischen glaube ich bei all den Indizien hier nicht mehr an Zufall. Die beiden Morde hängen zusammen und je schneller wir herausfinden, was da am Laufen ist, desto besser für alle. Wer weiß, was da genau dahintersteckt. Ich will nicht noch weitere Leichen in der Gerichtsmedizin liegen sehen. An dem Fall sind bisher vier Menschen beteiligt, und zwei davon sind tot, wenn ich das richtig sehe.«

»Fünf Menschen«, warf Wasmaier ein.

»Wie bitte?«

»Fünf Menschen mit dem Killer, meinte ich. Ich meine, den oder die müssen wir ja in das Muster einbauen, oder?«

Löffler nickte.

»Wenn du es so genau nehmen willst – ja, wir müssen den Killer mitdenken: In welchem Verhältnis stehen diese Menschen zueinander.«

»Aber immer vorausgesetzt«, warf Berger ein, »dass es tatsächlich Zusammenhänge gibt. So richtig viele Beweise dafür sehe ich eigentlich noch gar nicht. Das sind doch alles Mutmaßungen, weil Meister uns ein Blatt von einer Platane bringt. Das Blatt kann von sonst woher stammen.«

»Wenn du mir einen Ort in Tübingen zeigst, an dem Platanen stehen und die noch Blätter tragen – dann her damit«, sagte Meister laut zu den Kollegen.

»Kein Streit, Leute«, beschwichtigte Wasmaier, »wenn Meister die Schuhprofile geprüft hat, dann wissen wir Bescheid. Ganz im Ernst – wenn die tatsächlich übereinstimmen mit denen in der Allee, ja mei, dann legst dich nieder, dös war a echte Sach.«

Meister schaute Wasmaier erstaunt an, dann grinste er.

»A echter Bayer, das wusste ich ja nicht mal«, sagt er, »meine Frau ist auch aus Bayern, aus Olching bei München genau. Wenn du der Wasmaier bist, dann kommst vom Schliersee, oder net, da, wo auch der Markus, der Skiläufer herkommt.«

»Besprecht das nachher«, intervenierte Löffler genervt, »wir reden jetzt noch mal mit dem Ehemann.«

Gemeinsam stiefelten sie zurück zu Kessler, der inzwischen die Banane gegessen hatte und zu einem Schluck Bier übergegangen war.

»Sagen Sie«, begann Löffler, ohne lange um den Punkt herum zu reden, »kannte Ihre Frau einen gewissen Simon Ortmann? Einen Therapeuten aus der Tübinger Ammergasse?«

Langsam trübten sich Kesslers Augen ein. Vielleicht war er Alkoholmissbrauch am Vormittag nicht gewohnt. Sein Denken funktionierte augenscheinlich noch langsamer als zuvor. So brauchte es eine Weile, ehe er begriff, was man ihn fragte, und noch länger, bevor er antwortete.

»Therapeuten? Sie hatte keinen Therapeuten. Ich zahl der doch keinen Therapeuten, dafür habe ich ja meine Hand. Und den Namen habe ich noch nie gehört. In die Ammergasse gehe ich nicht, meine Kneipen sind das nicht.«

»Ich meine nicht Sie, ich frage, ob Ihre Frau jemand in der Ammergasse kennt, der Ortmann heißt.«

Er schüttelte den Kopf.

»Kenne ich nicht, kennt meine Frau nicht, kennt niemand.«

Langsam begann Kessler zu lallen. Löffler winkte eine Kollegin in Uniform zu sich.

»Ich schlage vor«, sagte er zu ihr, »Sie bringen den jetzt mal auf die Wache, als Zeugen, da soll er eine Aussage machen. Aber es gibt keinen Alkohol mehr für ihn, wenn er Sperenzchen macht, stecken Sie ihn in eine Zelle. Da kann er ausnüchtern.«

Die Frau rief ihren Kollegen zu sich. Gemeinsam geleiteten sie den etwas wackligen Kessler aus der Wohnung nach unten zum Streifenwagen. Kurz darauf gab es laute Stimmen. Löffler ging zum Fenster und schaute hinaus. Neben dem Streifenwagen stand Kessler, den Kopf vornübergebeugt, die Hand der Polizistin in Nacken. Er hatte sich auf die Straße neben dem Auto übergeben. Die Kollegin schaute nach oben, und entdeckte den Hauptkommissar.

»Immer noch besser als im Auto«, rief sie ihm zu, und lachte dabei.

Die Kommissare waren ins Präsidium gefahren. Wasmaier natürlich mit dem Rad. Löffler hatte vorgeschlagen, eine Art Brainstorming zu veranstalten. Und nebenher konnten sie darauf warten, was der Spurenvergleich mit den Schuhen der toten Sara Kessler ergeben würde. Aber für Löffler stand fest, dass es keine Überraschung geben würde: Die Frau war am Tatort in der Allee gewesen.

»Das flüstert mir mein Columbo-Gen«, sagte er lachend zu Berger. »Jetzt müssen wir nur noch schnüffelnd durch den Fall gehen und am Ende fällt uns der Täter in die Hände.«

Annemarie Heim war aus ihrem Dschungel aufgetaucht, und hatte für alle Kaffee gemacht. Zusammen saßen sie um Löfflers Schreibtisch.

»Ich fasse zusammen«, begann der Chef den Lagebericht, »wir haben zwei Tote, und vollkommen unerwartet kann sich herausstellen, dass die beiden Fälle zusammenhängen.

Die Verbindung zwischen ihnen ist aber völlig unklar. Was wir wissen, ist, dass die tote Kessler bei der Ermordung Ortmanns in der Platanenallee dabei war. Aber vermutlich war sie nicht alleine und sie war nicht an der Tat beteiligt, so zeigen es uns jedenfalls die Spuren. Was also hat sie dann überhaupt dort gemacht? Und die beiden anderen, die auch dabei waren – was ist mit denen? Und wer sind die?«

»Da gibt es nur zwei Möglichkeiten«, überlegte Berger, »entweder sie kennen sich und waren gemeinsam unterwegs und haben den toten Ortmann so gefunden – oder sie kannten sich nicht und waren zufällig zur gleichen Zeit am gleichen Ort.«

»Die Spuren sind klar, meine ich«, kam nun Wasmaier an die Reihe, »die Leute kamen aus verschiedenen Richtungen, und sie haben sich wieder in verschiedene Richtungen aus dem Staub gemacht. Das hat die KTU klar herausgefunden. Also kamen sie zufällig zu dem Mord dazu, und danach haben sie sich wieder aus dem Staub gemacht.«

»Nicht, ohne noch zuvor dem Toten irgendwas geklaut zu haben«, übernahm wieder Löffler, »und das könnte wirklich des Pudels Kern sein: Diese Sache verbindet die drei.«

Wasmaier räusperte sich.

»Vier, es sind vier«, sagte er dann, »denn, wenn wir richtig liegen, dann mischt der Mörder von Ortmann da auch noch mit. Denn wegen irgendwas muss der ja den Therapeuten umgebracht haben – warum nicht wegen der Sache, die die anderen geklaut haben.«

Alle schwiegen eine Weile. Sie sortierten das Zusammengetragene, jeder für sich.

»Wollt ihr euch nicht auch mal so eine Tafel zulegen, wie bei der Serie SOKO Stuttgart«, warf plötzlich Heim in die Runde, »da kann man die Namen auftauchen und verschwinden lassen, einfach mit einem Finger darüberwischen. Keine Farbstifte, keine Kreide, keine Reißzwecken und so Krimskrams mehr. Soll ich einen Beschaffungsantrag schreiben?«

Die Kommissare schauten irritiert zu Heim. Berger schüttelte den Kopf.

»Na ja, ich meinte ja bloß«, kam dann von Heim, »ihr habt gerade alle nichts gesagt. Ich dachte, dann sage ich etwas.«

Sie grinste.

Auch die anderen lachten. Die Anspannung löste sich etwas. Sie alle wussten, dass sie weit davon entfernt waren, in diesen beiden Fällen die richtigen Spuren gefunden zu haben. Sie hatten eine Ahnung, mehr nicht. Es war für sie alle nicht angenehm, vor einer Wand zu stehen, ohne zu wissen, wo die Türe war. Aber sie kannten die Situation. Es war nicht das erste Mal, dass sie in einem Fall von Mauern umgeben waren, und anfänglich keinen Durchblick hatten. Die Erfahrung sagte ihnen, dass es nur eines kleinen Funkens, eines kleinen Hinweises bedurfte, und die Lösung eines Falles begann sich vor ihnen auszubreiten.

Darauf vertrauten sie.

Löffler stand auf und schaute auf die Uhr.

»Ich gehe jetzt laufen, der Nikolauslauf steht vor der Tür, ich brauche noch eine Trainingseinheit, und die hole ich mir jetzt. Was ist, Wasmaier, sind Sie dabei? Ich mache nur langsam heute, sozusagen Jogging.«

Der Kollege winkte ab.

»Ich habe heute einen Impftermin, den kann ich nicht verpassen.«

»Na schön, dann gehe ich mal. Wer wartet denn auf die KTU-Ergebnisse?«

»Ich mache das, ich habe außer dem Impfen sonst nichts vor«, antwortete Wasmaier.

Löffler blieb an der Türe stehen und drehte sich um.

»Was ist mit Ihnen, Berger«, wollen Sie nicht gleich mitkommen? Ich fahre nach Hause und ziehe mich dort um.«

Die Kollegin schüttelte den Kopf.

»Nein, ich habe noch eine Verabredung, ich bleibe in der Stadt. Ich komme mit dem Bus oder mit dem Taxi nach Hause … also …. nach Lustnau, in Ihr Haus.«

Löffler machte ein betrübtes und enttäuschtes Gesicht.

»Keiner mag mich, alle lehnen mich ab, niemand mag mich – ich gehe in den Wald und weine mich aus«, sagte er.

Dann schloss er die Türe hinter sich.

Jens Pflüger linste um die Ecke. Es war noch dunkel draußen. Und kalt. Nicht wie bei einem normalen Winter, so kalt, eher wie bei einem Winter inmitten der globalen Klimakrise. Also eher zu warm für die Kälte.

Er legte einen kleinen Sprint ein, vielleicht zwanzig, dreißig Meter. Und dann dasselbe wieder zurück. Das genügte, um sich die Tageszeitung aus dem Briefkasten des Hausnachbarn zu schnappen. Rasch rannte Pflüger zu seinem eigenen Hauseingang und verschwand schnell wieder in seinem Apartment. Er wohnte seit Kurzem am Tübinger Neckarbogen, einem neu entwickelten Revier zwischen Bismarck- und Schaffhausenstraße, beginnend gleich beim Stauwehr Gartenstraße. Leider hatte er zu spät bemerkt, dass er sich mietmäßig übernommen hatte. Seit Corona steuerte er auf ein finanzielles Desaster zu. Aber keiner konnte ahnen, dass dieses blöde Virus die Gesellschaft jahrelang in Atem halten würde. Doch nach dem ersten Corona-Sommer war klar: Das würde ein Fass ohne Boden werden. Ein Lockdown jagte den anderen, so schnell konnten die Kneipen, Stadien oder Theater gar nicht öffnen und schließen, wie die jeweiligen Anordnungen dazu von oben kamen. Da hatte sein Chef in ein Hygienekonzept Tausende Euro investiert – und dann hieß es nur ätsch, ätsch, mach den Laden dicht. Tja, die Kohle fürs Personal steckte nun im Hygienekonzept und für Pflüger war nichts mehr übrig.

Er machte es sich an dem kleinen Tisch in der Küchennische des Apartments bequem. Zeitungslesen war ein schöner Start in den Tag, fand er. Dazu machte er Kaffee und Toast. Früher konnte er die Tageszeitung beim Job lesen, in der Gaststätte lag sie aus. Jetzt musste er sie klauen, weil er das Geld für ein Abo nicht ausgeben konnte. Auch den Kaffee hatte er geklaut. Im Supermarkt. Den besten und teuersten. »Wenn ich den Billigsten nehme und erwischt werde ist es genau so Diebstahl wie beim Teuersten – da nehme ich doch gleich den«, hatte er überlegt.

Er schaute aus dem Fenster und sah den träge fließenden Neckar.

Es lag Nebel auf dem Fluss. Der Anblick deprimierte ihn. Einiges deprimierte ihn in den letzten Monaten. Er hatte nie zur Melancholie geneigt und auch nicht zu schweren Gedanken. Corona, die Arbeitslosigkeit, der Mangel an Perspektive und das Scheißwetter hatten das verändert. Er fragte sich, was aus dem Land geworden war, das er nun schon fast dreißig Jahre kannte. Maskenmenschen liefen durch die Straßen, Fußgänger wechselten die Seite, wenn ihnen jemand entgegenkam, und das absurdeste von allem: Menschen gingen alleine im Wald spazieren und trugen eine Maske.

Viele ohne Job, ohne Geld und ohne Aussichten.

Und er mittendrin.

Zumindest sah das bis gestern so aus.

Das hatte sich gründlich geändert. Er sah Licht am Ende des Tunnels.

Aber eigentlich dachte er nicht so gerne an die Situation, die ihm sein unverhofftes Glück gebracht hatte. Ein Toter zu seinen Füßen ist nichts Schönes. Der Vorteil: Er hatte mit dessen Tod nichts zu tun. Und die beiden anderen, die da in der Platanenallee mit ihm standen, ebenfalls nicht.

Sie waren damit einfach Nutznießer einer unübersichtlichen Situation in schweren Zeiten.

Inzwischen war ein Tag vergangen.

Sie wollten sich in zwei Tagen treffen. Dann würden sie die Aufteilung vornehmen.

Jens Pflüger bekam eine Gänsehaut bei dem Gedanken daran, was ihn dort erwartete. Sein gesamter Körper kribbelte wegen der Vorfreude.

Und dann bin ich weg, dachte er.

Im Süden, in der Wärme. Und dort würde er sich dann endgültig niederlassen.

Er brauchte nur noch einen guten Namen für die Bar, die er aufmachen würde.

Etwas Internationales.

Da würde ihm schon noch etwas einfallen, das konnte warten. Jedenfalls würde er gleich morgen damit beginnen, spanisch zu lernen.

»Mann in der Platanenallee tot aufgefunden. Es handelt sich um ein Gewaltverbrechen«, las er im Lokalteil der Zeitung.

Ihm wurde heiß. Er schloss einen Moment die Augen und atmete regelmäßig, bis er wieder Normaltemperatur hatte.

Depp, dachte er, was geht es dich an. Du hast den Mann auch bloß gefunden, und da war er schon tot. Alles, was danach passierte, hatte mit dem Toten eigentlich nichts mehr zu tun. Rein technisch betrachtet. Okay, sie hatten die Tasche an sich genommen. Aber mal ehrlich: Ob die jetzt bei der Polizei vergammelte oder bei ihnen gut verwahrt lag und drei Menschen Lebensglück brachte, das war schon ein Unterschied.

Er las den ganzen Artikel.

Es stand nichts darin, was auf ihn oder die anderen schließen ließ. Eigentlich stand gar nichts drin, was irgendeinen Sinn machte. Zumindest dann nicht, wenn man selbst dabei gewesen war.

Es war von Zeugen die Rede, deren Aussagen noch geprüft würden.

Zeugen?

Pflüger fragte sich, wo es da Zeugen gegeben haben soll. Aber er machte sich kaum Gedanken darüber. Selbst wenn irgendjemand sie gesehen haben sollte, müssen diese Personen weit weg gewesen sein von ihnen. Sie konnten sie ganz sicher nicht beschreiben oder gar wiedererkennen.

Nein, er machte sich keine Sorgen.

Er blätterte weiter in der Zeitung.

»Frau mit Messer getötet«, las er eine Seite weiter.

Was ist eigentlich mit der Stadt los, dachte er, nicht mal Corona-Demos gab es in Tübingen, aber gleich zwei Morde an einem Tag. War Covid-19 zum Mördervirus mutiert? Befiel es Menschen und machte sie zu reißenden Bestien?

Der Ehemann hatte die Frau gefunden. Es gab noch keine Verdächtigen. Sie wohnte nahe bei der Steinlach, war spät nach Hause gekommen, der Ehemann schlief bereits. Als er aufwachte am Morgen, war sie tot. Bisher gibt es noch keine Spuren, Zeugen aus dem Umfeld würden verhört, wer etwas gehört oder gesehen hatte, solle sich doch bei der Polizei melden.

Irgendetwas machte Pflüger unruhig. Er wusste, dass die Frau, mit der zusammen er noch bei der Leiche in der Allee gestanden hatte, bei der Steinlach wohnte. Und sie waren alle spät nach Hause gekommen, also auch die Frau. War es möglich, dass es sich bei der Toten …? Nein, das wäre ein zu großer Zufall. Aber warum Zufall? Vielleicht steckte da mehr dahinter? Seine gute Laune war verschwunden. Auch die Vision von einer sonnendurchfluteten Bar an einem Strand verdunkelte sich und auch er selbst sah sich nicht mehr hinter einem Tresen stehen und karibische Drinks mischen.

Er stand auf und ging in sein großes Zimmer. Darin stand ein Bett, ganz in die Ecke geschoben, und der Rest war Wohnzimmer mit Regal und ein paar Büchern. Er schob eine Vase zur Seite. Darunter lag ein Papierschnipsel. Zwei Adressen standen darauf. Tatsächlich, die Frau, Sara Kessler, wohnte in der Fürststraße. Also sozusagen am Strand der Steinlach. Die Adresse zumindest passte. Sie hatte ihm eine Nummer gesagt, eine Handynummer. Sollte er dort anrufen? Sie wollten sich eigentlich morgen treffen. Aber was, wenn es sich um die Frau handelte, über die er in der Zeitung gelesen hatte? Was sollte er ihr sagen, wenn sie ans Telefon ging? Entschuldigung, ich wollte bloß mal schnell überprüfen, ob man Sie nicht aufgeschlitzt hat.

Na ja, warum eigentlich nicht? Vielleicht würde es ihr vielleicht sogar gefallen, wenn man sich Sorgen um sie machte. Ganz glücklich jedenfalls schien sie nicht zu sein. Soweit er das in der kurzen Zeit beurteilen konnte, die sie sich gegenübergestanden hatten.

Okay, entschied er sich, ich rufe an, ich muss Bescheid wissen, was da passiert ist.

Er suchte nach seinem Handy. Irgendwo unter dem Zeitschriftenstapel musste es liegen.

Es fiel auf den Boden, als er den Stapel versetzte. Pflüger gab Saras Nummer langsam ein. Es klingelte am anderen Ende. Es klingelte eine ganze Weile, aber niemand meldete sich. Dann schaltete sich die Mailbox ein. Er überlegte, ob er eine Nachricht hinterlassen sollte. Aber was konnte er schon sagen? Er konnte ja schlecht fragen, ob sie die Leiche sei, über die man berichtete. Und über ihre *Sache*, ihr gemeinsames Geheimnis, wollte er besser nicht mit einer Mailbox reden.

Er drückte das Gespräch weg und legte das Smartphone auf den Tisch. Es klingelte. Sein Handy läutete. Er zuckte zusammen vor Schreck. Er wurde angerufen. War das Sara, die zurückrief?

Das Klingelgeräusch machte ihn nervös. Er hatte ein merkwürdiges Gefühl. Es war keine Nummer auf dem Display. Sie musste unterdrückt sein. Mist, dachte er, ein Werbeanruf. Aber waren da die Nummern nicht meist zu sehen? Er drückte auf Empfang.

»Wer ist da?«, fragte er.

Am anderen Ende lachte jemand leise. Pflüger wartete. Er wollte zuerst die andere Stimme hören.

Wieder ein Lachen, dann ein heftiges Atmen.

»Okay«, verlor Pflüger dann doch die Geduld, »wer ist da und was soll das? Ich kaufe nichts und ich lasse mich nicht verarschen. Ich lege jetzt auf.«

»Würde ich nicht machen«, ertönte da eine gepresste Stimme, die nicht einmal eindeutig als männlich oder weiblich identifizierbar war.

»Ach ja, und warum nicht?«

Wieder ein Lachen.

»Sonst könnte ich doch den Gruß einer alten Freundin nicht loswerden. Ihren letzten Gruß, sozusagen. Ein letztes Adios von der Fürststraße an den Neckarbogen. Ist das nicht eine nette Geste?«

Pflüger stockte der Atem. Er musste sich hinsetzen, ihm wurde übel. Es kam ihm vor, als habe sich seine schlimmste Prophezeiung gerade erfüllt.

»Was haben Sie getan?«, flüsterte er fast in das Smartphone hinein.

Lachen.

»Na ja, ich spiele gerade Schnitzeljagd, verstehst du? Und die, die man dabei fängt, muss man doch ruhigstellen, oder? Und Sara ist jetzt ruhiggestellt. Aber die Jagd geht ja noch weiter. Du musst das eigentlich wissen, du bist doch auch im Spiel dabei. Die Frage ist jetzt, wer wen als Nächstes ruhigstellt.«

Jens Pflüger schloss einen Moment die Augen. Ruhig bleiben, sagte er sich, ganz ruhig bleiben.

»Sind Sie irre?«, sagte er schließlich, »wovon sprechen Sie überhaupt? Welche Sara? Ich glaube, Sie sind falsch verbunden.«

Die Stimme kicherte.

»Nee, nee, das denke ich nicht. Bei so viel Geld verbinde ich mich nicht falsch. Habt ihr überhaupt schon mal gezählt, was ihr euch unter den Nagel gerissen habt? Ich weiß es genau.«

Der Kellner schluckte. Das war eindeutig. Er geriet in Panik. Bilder türmten sich vor ihm auf. Er sah den Toten in der Allee. Die Tasche mit dem Geld. Das Blut auf dem Boden. Das Gesicht der nun toten Sara. Den Lehrer, der sich die Tasche über die Schulter warf und in der Dunkelheit verschwand. Und wieder das Gesicht Saras.

»Was wollen Sie eigentlich von mir«, fragte Pflüger – und wusste die Antwort.

Eiskalt nun die Stimme.

»Das Geld, und zwar jeden Cent.«

Fieberhaft arbeitete Pflügers Gehirn. Lohnte es sich noch, zu leugnen? Kannte die andere Person alle Fakten? War die Person vielleicht sogar der oder die Mörderin des Mannes in der Allee? Oh Gott, ganz sicher war er das. Und hatte er ebenso Sara getötet? Was würde mit ihm, Pflüger, passieren, wenn er das Geld erst mal ausgehändigt hatte? Dann gab es keinen Grund mehr, ihn zu schonen. Und auch der Lehrer wäre dran. Dabei konnte Pflüger gar nichts unternehmen – er hatte das Geld ja nicht, das lag bei dem dritten Mann.

Vielleicht war alles auch ganz anders, denn wer weiß – wollte ihn möglicherweise die Polizei reinlegen? Ihn aus der Reserve locken, herausfinden, was er wusste über den Toten und das Geld. Aber nein, da passte die tote Sara nicht hinein. Er spürte förmlich, wie ihm die Sache über den Kopf wuchs. Wie alles in seinem Kopf zerfloss, und er keinen klaren Gedanken mehr fassen konnte.

»Wenn Sie mich weiter belästigen, rufe ich die Polizei«, fiel ihm da ein, »die werden schon herausfinden, wer da andere Menschen bedroht.«

Wieder ein Lachen am anderen Ende.

»Das ist wirklich lustig«, sagte die Stimme vergnügt, »ich würde gerne Mäuschen spielen, wenn ihr der Polizei erklärt, wieso ihr dem toten Ortmann das Geld geklaut und ihn da einfach liegen gelassen habt. Eine nette Geschichte, die Polizei wird es freuen. Ist auch gut für eure Karriere und euer zukünftiges Leben. Zumindest für den Teil, der euch noch bleibt.«

»Geschwätz.«

Schneidend klar kam plötzlich die andere Stimme.

»Ich gebe euch noch ein bisschen Galgenfrist, und dann war es das. Von euch wird nicht viel übrig bleiben, wenn ich erst mal mit euch beiden fertig bin. Ihr wisst, was ich will. Und, ach ja, Pflüger – du bist ein Zeitungsdieb.«

Das Gespräch war beendet.

Der Kellner stand wie erstarrt, hielt das Smartphone mit seinen Händen umklammert und bewegte sich eine ganze Weile nicht. Dann erst verstand er den letzten Satz des Mannes: Der hatte ihn beobachtet, schon heute früh. Er war also ganz in seiner Nähe, vielleicht sogar vor dem Haus, irgendwo in einem Türeingang.

Pflüger stürmte zum Fenster und schaute hinaus. Aber er sah keinen Menschen, nicht einmal ein Auto fuhr die Bismarckstraße entlang. Der Neckar floss träge. Lautlos. Die Stille bedrückte Pflüger. Er fühlte sich alleine. Hilflos. Irgendjemand war da draußen, der ihn beobachtete. Heimlich.

Er fühlte sich ausgeliefert.

Schutzlos.

Gefährdet.

Ja, gefährdet, denn die Person – ein Mann? Eine Frau? – war gefährlich. Wenn er richtig lag, dann hatte sie nicht nur den Mann in der Allee, sondern auch Sara, die Frau, mit der zusammen sie den Deal ausgemacht hatten, getötet.

Den Deal, das Geld zu behalten und es aufzuteilen.

Den Deal, den er zu bereuen begann.

Dabei hatte alles so schön geklungen. Zukunftssicher. Und jetzt?

Pflüger schwitzte.

Als der Stein durch das Fenster flog, saß Maria Steinke am Schreibtisch in ihrem Arbeitszimmer im Erdgeschoss. Von da aus hatte sie einen guten Blick nach draußen in den Garten. Die Scherben des zerdepperten Fensters flogen ihr entgegen, ins Gesicht, auf die Brust, auf ihre Oberarme. Sie erschrak zu Tode, der Krach war enorm. Wie ein plötzlicher Donner, der die absolute Stille in dem Zimmer, die nur durch das Klappern von Marias Tastatur am Notebook untermalt wurde, dröhnte es in ihren Ohren. Sie warf sich instinktiv zu Boden. Die Hände hielt sie schützend auf den Kopf

Der große Stein kullerte über den Boden hinter ihr.

Fast hätte er sie ins Gesicht getroffen, er war nur Zentimeter daran vorbeigeflogen. Sie schaute sich auf dem Boden um, registrierte den Stein, stützte sich auf ihrem Schreibtischstuhl ab, stand auf und sah nach draußen, durch das Loch im Glas und starrte in vollkommene Dunkelheit. Sie hatte nur eine Tischlampe direkt neben dem Notebook angeknipst, ihr Schein trug nicht nach draußen. Für einen Moment hörte sie auf zu atmen, konzentrierte sich, versuchte, etwas zu hören, was von draußen zu ihr dringen könnte. Aber es herrschte völlige Stille. Kein Fußgetrampel, keine eiligen Schritte, keine Stimme, überhaupt kein Ton.

Sie nahm eine Taschenlampe aus der Schreibtischschublade. Damit leuchtete sie nach draußen, in den Garten. Dahin, von wo der Stein voraussichtlich geworfen wurde. Tatsächlich sah sie im Schein der Lampe Schuhabdrücke. Sie waren vielleicht fünf, sechs Meter vom Fenster entfernt. Bei genauerem Hinsehen konnte sie erkennen, dass die Spuren erst zum Fenster hinführten, und dann denselben Weg wieder zurück. Es war die Spur nur einer Person. Mit der Lampe leuchtete sie tief in den Garten. Die Fußspuren konnte man bestens verfolgen. Der Täter oder die Täterin war von der Straße vor dem Haus gekommen, durch das Gartentor in den tieferliegenden Garten eingedrungen und hatte von da kein Problem damit, den Stein in das hell erleuchtete Fenster ihres Zimmers zu schleudern.

Die Tür zum Zimmer wurde heftig aufgestoßen. Löffler Senior stand im Raum. Hinter ihm erschien sein Sohn Christian. Dann Christian Löfflers Tochter Jessica, die ebenfalls im Haus wohnte. Nur Beatrice, Löfflers Noch-Ehefrau, die von Hamburg nach Tübingen umgezogen war, um näher bei ihrer Tochter zu sein, hatte eine Edelwohnung in der

Tübinger Altstadt. Dort war auch Berger zeitweise eingezogen. Mittlerweile pendelte sie wieder zwischen der Löffler-Villa und der Altstadt.

»Was ist hier passiert, was ist mit dir los, bist du verletzt, wer war das, was ist überhaupt passiert?«

Löffler schob seinen Vater sanft zur Seite.

»Lass mal, Papa, so kommen wir nicht weiter, lass mal den Profi ran«, meinte er augenzwinkernd zum Senior.

»Und der Stein hat dich ganz sicher nicht getroffen?«, fragte Christian Löffler sicherheitshalber noch mal.

Maria Steinke schüttelte stumm den Kopf.

»Hast du denn eine Ahnung, wer das gewesen sein könnte?«, forschte Löffler.

Hilflos und ratlos hob Maria Schultern und Arme. Sie spürte, wie die Anspannung langsam von ihr abfiel. Ihre verspannten Muskeln lockerten sich. Sie setzte sich auf ihren Schreibtischstuhl, Löffler Senior trat zu ihr und legte ihr seine Hände auf die Schultern. Sie griff danach und umklammerte sie.

»So ein Scheiß«, sagte sie dann, »das kommt ja direkt aus der Klischeekiste – Steine werfen mit Botschaften daran.«

»Gab es das denn, eine Botschaft«, fragte Jessica.

»Keine Ahnung, ich habe noch nicht nachgeschaut.«

Die Tochter bückte sich, hob den Stein auf und zeigte ihn ihrem Vater.

»Da ist wirklich ein Stück Papier daran«, sagte Löffler erstaunt. »Wie bei einem Edgar Wallace-Film in Schwarz-Weiß.«

»Vielleicht hat der Hexer ihn geworfen«, antwortete Maria und lachte.

»Damit macht man keine Späße«, mahnte Löffler Senior, »was wäre passiert, wenn der Stein dich am Kopf getroffen hätte?«

Maria Steinke ging zu ihm hinüber, der noch immer im Eingang zum Zimmer stand, und nahm seine Hand. Daran zog sie ihn her zu sich und drückte sich an ihn.

»Schon gut, du hast ja recht«, sagte sie, »ich weiß nur nicht, wie ich mit so etwas umgehen soll.«

»Was steht denn überhaupt auf dem Zettel?«, fragte Monika Berger, die inzwischen ebenfalls eingetrudelt war. Sie hatte wohl die Löffler-Villa der Altstadt vorgezogen.

Der Hauptkommissar hob den Stein zum Gesicht und schaute auf den Zettel, der mit einem Gummi daran befestigt war.

»Unterstützer der Impfpflicht muss man ausradieren – sieh dich vor!«, las Löffler vor.

Alle im Raum schauten sich ratlos an.

»Kannst du uns das erklären?«, fragte Berger die Journalistin.

Die wog den Kopf hin und her.

»Ich weiß nicht so recht«, sagte sie dann, »es könnte mit meinen Recherchen zu einem neuen Artikel zu tun haben. Ich schreibe gerade für ein Magazin über Impfgegner, Impfbefürworter und den tiefen Graben zwischen beiden. Vielleicht bin ich einem Impfgegner zu nahegekommen und jetzt will er mich einschüchtern. Ich soll nichts Schlechtes über die Leute schreiben. Irgend so was könnte ja dahinterstecken. Sonst fällt mir dazu auch nichts ein.«

Löffler Junior nickte.

»Mit wem hast du denn geredet? Du hast doch bestimmt mit allen möglichen Leuten Gespräche geführt. Im Fernsehen kamen Bilder von so einigen Demos, auf denen es heiß herging. Da gab es ja einige Chaoten, die sich da eingeklinkt haben. Hast du solche getroffen?«

Maria schüttelte nach kurzer Überlegung den Kopf.

»Nein, eigentlich nicht. Klar waren da einige total verbohrt. Da wurden Chips in unser Gehirn verpflanzt oder Bill Gates baute eine Untergrund-Impfarmee auf. Aber die triffst du auch auf dem Weltwirtschaftsgipfel. Und mit den Rechtsradikalen habe ich gar nicht erst gesprochen, das bringt nichts.«

»Merkwürdig, dass man dir dann so einen Stein durchs Fenster warf. Und was war mit den Lockdown-Freunden? Die müssten doch alle für das Impfen gewesen sein.«

Maria nickte.

»Die waren teilweise härter drauf als jeder Ungeimpfte. Es gibt da so eine Internetgruppe hier, die heißt so was wie ›Wir sind Tübinger, und du?‹ Eigentlich posten die bloß schöne alte und neue Bilder von der Stadt. Aber mit Corona haben sie sich zu Blockwarten entwickelt, die sogar vermeintliche Verstöße gegen Coronaauflagen öffentlich anprangern. Die fotografieren zum Beispiel Jugendliche, die auf der Neckarmauer beim Hölderlinturm sitzen und beschimpfen sie dann als Treiber der Pandemie. Sie würden zu dicht nebeneinandersitzen.«

»Ich kenne die Seite der Gruppe«, mischte sich Jessica ein. »Die Administratoren haben alle Nicks, da kennt sie keiner. Ein Freund hat mal gepostet, man solle sich derzeit keine Sorgen machen, in den Tübinger Kliniken gebe es genug freie Betten auf Intensiv. Da haben sie ihn aus der Gruppe geschmissen, weil er Corona verharmlose. Die sind völlig irre. Es gibt da auch Regeln, wonach jeder oder jede, der die Strategie der Regierung kritisiert, sofort rausgekickt wird. Und ihr zweites Steckenpferd ist Boris-Palmer-Bashing. Jeder, der dem Bürgermeister an den Karren fährt, bekommt so eine Art Eisernes Kreuz verliehen. Richtig ekelhaft, diese Gruppe.«

Löffler wog den Stein in der Hand.

»Aber der Stein hier kommt ja eher von Menschen, die das genaue Gegenteil von denen vertreten.«

Maria dachte nach.

»Aber ich kenne solche Spinner eigentlich gar nicht.«

Löffler Senior nahm Maria am Arm.

»Egal jetzt, du legst dich jetzt ins Bett, es ist eh schon spät. Und lösen können wir die Sache heute ohnehin nicht mehr.«

»Und was ist mit der Polizei?«

Berger lachte.

»Die ist hier im Hause. In großer Zahl. Und die unternimmt jetzt auch nichts mehr. Den Stein geben wir morgen beim Tübinger CSI ab, vielleicht kann man ja ein paar Spuren sicherstellen. Wer so ein Ding wirft, rechnet bestimmt nicht damit, dass man Fingerabdrücke und DNA darauf prüft. Machen wir aber. Ausnahmsweise. Und jetzt bin ich müde.«

Sie drehte sich um und verschwand.

Ohne weitere Diskussion verschwanden die anderen ebenfalls und gingen in ihre Zimmer. Christian Löffler verpackte den Stein noch in eine Plastiktüte, die er aus der Küche holte. Dann ging er ins Bett, stülpte die Kopfhörer über und schlief zu der Musik von »Cat Sun Flower« ein.

Sven Raiser ging jeden Abend joggen. Fast jeden Abend. Das entspannte ihn nach dem Unterricht. So konnte er die Aggressionen herunterfahren, die sich tagsüber im Unterricht aufbauten. Wie er es auch drehte und wendete – die Zukunft lag nicht mehr im Lehrerberuf. Zumindest nicht seine Zukunft. Dass er einmal zu dieser Einschätzung kommen würde, hätte er sich nicht träumen lassen. Denn es hatte für ihn nie einen anderen Berufswunsch gegeben als den des Lehrers. Schon in der Grundschule hatte er Fragen danach, was er denn werden wolle, wenn er groß sei, immer gesagt: »Lehrer.«

Er hatte keine Ahnung, woher das kam. Sein Vater war Zimmermann, seine Mutter Hausfrau und Sachbearbeiterin bei einer Behörde, nachdem sie festgestellt hatte, dass sie ihn nicht mehr rund um die Uhr betreuen musste. Wichtiger war, Geld zu verdienen, um das Haus abzubezahlen.

Raiser hatte sich eine nagelneue Stirnlampe besorgt. Helles LED. Und federleicht an der Stirn zu tragen. Beim Laufen in der Dunkelheit konnte er 30, 40 Meter vor sich jede Wurzel, jede Vertiefung erkennen. Allerdings kannte er die Strecken, die er abends, bei Dunkelheit lief, in- und auswendig.

Er lief in letzter Zeit fast immer von seiner Wohnung in der Schloßbergstraße über die Kapitänstreppen zur Fußgängerunterführung und dann am Ende über die Alte Hirschauerstraße und die Rappenberghalde Richtung Hirschau. Er kam am Campingplatz vorbei. Der Platz war leer. Corona und die Wintermonate hatten dem Platz den Zahn gezogen.

Sven Raiser dachte an das Geld in der Tasche. Das könnte ein Neuanfang sein für ihn. Alles hinter sich lassen. Die Schule, die beschissenen Schüler und Kollegen und Kolleginnen, diese Stadt hier mit den Bürgern, die buchstäblich alles zu Tode diskutierten in Vorträgen, Bürgerinitiativen und Leserbriefen in der lokalen Tageszeitung.

Unerträglich.

Ja, das wäre es – diese Stadt, dieses Land verlassen für immer. Mit dem Geld in der Tasche und mit dem, was er sich im Lauf der Jahre angespart hatte, konnte er es in einem anderen Land lange aushalten. Und dann das Buch schreiben, das er schon lange plante, und, von dem er noch nicht eine Zeile geschrieben hatte. Dabei wechselte die Idee hinter dem Buch, das Thema, das Sujet in regelmäßigen Abständen. Aber er tröstete sich damit, dass ihm das richtige Thema genau dann einfiele, wenn er sich erst mal an den Tisch und vor das Notebook setzte und den ersten Satz schrieb.

Unmerklich hatte er beschleunigt, lief schneller als geplant. Das passierte ihm immer dann, wenn er in Gedanken versank und sich nicht auf die Strecke konzentrierte. Mittlerweile war er an der Neckarbrücke angekommen. Nach rechts ging es nach Hirschau, links über die Brücke und dann noch mal scharf links war der Weg zurück über den Radweg Richtung Tübingen, vorbei am Freibad.

Ja, überlegte er, das wäre in der Tat ein Ausweg für ihn. Sich in einem anderen Land, vielleicht im Süden, wo es mehr Sonne gab als hier. Er kannte sich, er wusste, dass er nicht viel Geld brauchte. Das brauchte er immer nur dann, wenn er in einer Beziehung steckte. Er hatte seine Freundinnen immer gerne eingeladen und ihnen Geschenke mitgebracht. Nicht so sehr, um sie zu bestechen oder sich als der große Gönner und Macker zu präsentieren, nein, viel profaner: Es gefiel ihm, wenn sie sich darüber freuten. Aber schon seit fast einem Jahr hatte er keine Beziehung mehr geführt. Scheiß-Corona, dachte er, damit kann man nicht einmal mehr Frauen kennenlernen. Ohne Kneipe, ohne Restaurants, ohne Sportveranstaltungen und Konzerte – da blieb nur der Arbeitsplatz. Doch so ein Lehrerzimmer war kein Heirats- oder Beziehungsmarkt. Die meisten der Kollegen und Kolleginnen waren eh verheiratet, und die, die es nicht waren – nun ja.

Langsam näherte er sich dem Freibad. Er war auf Höhe des Bolzplatzes, den man vor wenigen Jahren neu hergerichtet hatte, weil man Platz brauchte für die Freibaderweiterung, und deshalb den ursprünglichen Kickplatz dazu nutzte. Ein Radfahrer kam ihm entgegen. Seine helle Lampe blendete Raiser und er hielt sich die Hand schützend vor die Augen, bis der Radler vorbei war. Dann nahm er wieder Fahrt auf. Er rannte am Liegeplatz der Stocherkähne vorbei, am Ende davon war eine Ansammlung von Bäumen, ein kleines Wäldchen fast. Dann spürte er einen heftigen Schlag gegen seine Beine. Wie ein Stockschlag gegen die Schienbeine fühlte sich das an. Er stolperte und fiel zu Boden.

Reaktionsschnell stützte er sich mit den Händen auf dem Asphaltboden des Radweges ab. Die kleinen Kieselsteinchen, die sich im Lauf der Zeit auf dem Asphalt gesammelt hatten, drangen durch seine Haut. Es tat höllisch weh. Raiser blieb einen Moment ganz ruhig liegen. Der Schmerz wurde stärker, weil er sich darauf konzentrierte. Dann hörte er Stimmen. Was ist das denn, dachte er, ich habe mir doch den Kopf nicht angeschlagen. Wieso höre ich plötzlich Stimmen, so schlimm war der Aufprall nun auch nicht gerade. Er hörte einen Moment auf zu atmen, um in aller Stille zu lauschen, ob da tatsächlich Stimmen in seinem Kopf waren.

Als Nächstes spürte er einen heftigen Schlag gegen seinen Oberschenkel. Er schrie auf vor Schmerz.

Okay, sagte er sich, das spielt sich nicht in meinem Kopf ab, das ist ziemlich real. Und in dieser Realität hat mich jemand angegriffen und versucht, mich zu vermöbeln. Am Ende dieses Gedankens spürte er schon den nächsten Schlag. Dieses Mal gab es einen Tritt gegen die Brust. Er bekam kaum Luft, der Schmerz schnürte ihm die Luftröhre ab. Er hechelte nach Luft. Der nächste Tritt traf seine Niere. Dann spürte er eine Faust, die ihn auf dem Kopf traf.

»Au, hat der einen harten Schädel«, hörte er eine Stimme.

»Braucht er auch, er ist Lehrer.«

Raiser hörte ein Lachen. Ein Lachen aus mehreren Kehlen. Er versuchte krabbelnd auf die Beine zu kommen. Doch der nächste Schlag auf seinen Rücken warf ihn zurück auf den Boden. Er spürte den Sand, die Kieselsteine, die neben dem Radweg lagen, in seinem Mund. Sein Gehirn reagierte messerscharf: Er war alleine hier, einer Übermacht von Schlägern ausgesetzt. Es war dunkel und es würden wohl kaum Fußgänger hier vorbeikommen, nicht um diese Zeit und in der Jahreszeit.

Ich bin echt am Arsch, dachte er. Aber warum? Was sollte das? Er hatte ja nicht mal eine Geldbörse, ein Smartphone oder sonst irgendetwas Wertvolles dabei. Das mussten doch auch die blödesten Räuber und Diebe wissen.

Als hätten die Schläger ihm nur eine kleine Pause gegönnt, schlugen plötzlich mehrere Personen auf ihn ein. Sie trafen ihn am Kinn, in die Rippen, in die Seite und am Kopf. Er versuchte, die Arme hochzureißen, um sich zu schützen. Doch eine Hand riss sie weg von seinem Gesicht und schlug dann zu, genau auf seine Nase. Er fiel in sich zusammen.

Es hat ja doch keinen Sinn, dachte Raiser.

Eine Stimme tauchte neben seinem Ohr auf. Ganz leise zunächst. Er verstand die Worte nicht. Wieder bekam er eine Salve von Schlägen, die seinen ganzen Körper bedeckte. Er spürte keine Schmerzen mehr, wenn die Fäuste oder Tritte seinen Körper oder sein Gesicht, seinen Kopf trafen. Es war bloß noch wie ein heftiger Druck auf die Haut.

Erneut vernahm er eine Stimme. Er lauschte, er konzentrierte sich, er hob sein Ohr der Stimme entgegen.

»Das kommt davon, wenn man seine Schüler beim Schulleiter und bei den Eltern verpetzen will«, flüsterte die Stimme.

Raiser hob den Kopf, versuchte, ein Gesicht zu erkennen. Aber es war zu dunkel. Und als er den Kopf zum Gesicht hinwenden wollte, bekam er einen Schlag, der seinen Kopf auf den Boden zurückwarf.

»Siehst du«, fuhr die Stimme fort, »das passiert, wenn man sich mit seinen Schülern anlegt. Und davon gibt es noch mehr, wenn man nicht aufpasst. Oder, wenn man zum Beispiel versucht, einem Schüler wegen einer kleinen Verfehlung die Versetzung zu klauen.«

Ein heftiger Tritt traf Raiser in den Bauch.

»Ich hoffe«, flüsterte eine andere Stimme, »das ist angekommen. Sonst müssten wir uns noch mal um dich kümmern. Dann aber richtig, wenn du verstehst, was ich meine.«

Raiser begriff nicht gleich, was das zu bedeuten hatte. Aber er versuchte zu nicken. Irgendwie war ihm klar, dass das vielleicht ein Ende der Schläge bedeuten könnte. Doch er konnte den Kopf kaum bewegen. Also krächzte er ein heiseres Ja, dann ließ er sein Gesicht erschöpft auf den Boden gleiten. Er spürte auf seiner Wange die Kühle der gefrorenen Erde. Ja, dachte er, so will ich jetzt eine Weile liegen bleiben und ausruhen. Er hörte Schritte, die sich von ihm wegbewegten. Sie wurden immer leiser. Und bald hörte er gar nichts mehr. Er fühlte sich plötzlich sehr glücklich. Ja, überlegte er, ich liege hier, aber alles ist vorbei. Jetzt will ich nur noch eine Weile ausruhen, dann gehe ich nach Hause und freue mich, dass alles vorbei ist. Nur noch eine Weile liegenbleiben. Es ist so schön kühl hier auf dem Boden.

Löffler war ganz früh am Morgen ins Neckartal zum Joggen gelaufen. Quer durch Lustnau, dann die Lustnauer Steige hinab, durch das ehemalige Egeria-Viertel und dann Richtung Lustnauer Bahnhof. Kurz vor dem Bahnhof bog er links ab auf den Radweg nach Kirchentellinsfurt. Die flache Strecke nutzte er oft, um Tempo zu machen oder Intervalle in den Lauf einzubauen. Aber heute wollte er nur laufen und die schnittige, kalte Luft einatmen.

Das war häufig seine Methode, um über Dinge nachzudenken.

Zum Beispiel über die Morde an Ortmann und an Sara Kessler.

Dass diese beiden Taten zusammenhängen könnten, würde ein ganz neues Bild auf die beiden Fälle werfen. Zumindest könnte man dann von *einem* Fall sprechen.

Dennoch – spielte man mit so einem Gedanken, dann blieb immer noch die Frage, was diese beiden Fälle verbinden könnte. Ein Blatt aus der Platanenallee im Hoodie der Frau war nicht gerade der perfekte Hinweis auf Motiv und Täter oder Täterin. Aber klar, wenn die Frau bei dem Ermordeten in der Allee war, bestand da eine Verbindung. Außerdem, so die Zeugen, gab es noch zwei Personen, die mit der Frau zusammen waren. Der Ehemann war es bestimmt nicht. Aber wer dann? Und was sollten sie dort?

Nach allem, was die Kollegin Heim bisher recherchiert hatte, gab es im Leben Ortmanns kaum enge Beziehungen. Und jetzt sollten gleich vier bei seinem Ableben dabei gewesen sein: Der Mörder und die anderen, was immer sie da zu suchen hatten. So recht konnte der Hauptkommissar das alles noch nicht einordnen. Manchmal half ihm der Gedanke an den Aufsatz von Kleist »Über die allmähliche Verfertigung der Gedanken beim Reden«. Er brauchte Ansprache. Ein Gegenüber, das einfach nur zuhörte, ohne viel zu sagen. Eine stumme Wand sozusagen. Er schaute auf seine Garmin-Laufuhr. Oho, 4:14 Minuten auf den Kilometer. Das war deutlich zu schnell. So erging es ihm häufig, wenn er alleine lief – er war zu schnell. Löffler brauchte das Korrektiv durch die Laufgruppe. Aber so früh wollten die meisten nicht laufen, vor allem nicht im Winter. Im Sommer dagegen gab es etliche Gruppen, die schon Sonntagmorgens um acht Uhr ihre 25 Kilometer herunterrissen. Früher hatte Löffler da mitgemacht, jetzt war ihm Ausschlafen wichtiger.

Er hörte die Schritte erst spät.

Eigentlich erst dann, als sie genau neben ihm tapsten.

Erst zu dem Zeitpunkt, als Hannes Wössner neben ihm auftauchte.

Der Hannes, der gestern noch paffend sozusagen neben Ortmanns Wohnung gestanden hatte. Und der jetzt mal mir nichts, dir nichts zügig durch das Neckartal zischte.

»Was machst du denn hier?«, fragte ein überraschter Löffler. »So früh und so schnell.«

»Ich trainiere, was sonst?«

»Du? Ich dachte, du rauchst nur.«

»Aber nicht, während ich laufe, erst nach dem Training.«

Löffler lachte laut und gab Hannes einen Klaps auf den Rücken.

»Worauf trainierst du denn? Einmal ohne Pause durch die Altstadt joggen?«

»Spinnst du? Ich bereite mich auf den Nikolauslauf vor, was denn sonst?«

Löffler war über diese Information derart überrascht, dass er sogar für einen Moment stehen blieb. Dann nahm er wieder Fahrt auf, beschleunigte, bis er Hannes wieder eingeholt hatte.

»Du willst also 21 schwere Kilometer durch den Wald laufen, bergauf, bergab, und das als kaum trainierter Ex-Fußballer?«

Hannes nickte heftig und grinste den Polizisten an.

»Wette«, sagte er.

»Wette?«

»Ich habe mit Nobbe Walter gewettet, dass ich den Lauf schaffe. Und jetzt muss ich mich seit Wochen quälen wegen diesem Ausrutscher im alkoholisierten Zustand. Ich konnte einfach mein Maul nicht halten. Und dann habe ich die Wette auch noch auf einem Bierdeckel unterschrieben. Mit Zeugen. Nichts zu machen – das Laufen hier, oder wie ein Depp dazustehen, das sind die Alternativen. Da laufe ich doch lieber durch den Wald, bis ich kotze.«

Löffler lachte. Hinter ihnen klingelte es. Radfahrer. Löffler ging zur Seite, Wössner ebenfalls, um sie passieren zu lassen.

»Hopp, hopp«, hörten sie da eine Stimme, »keine Pause einlegen, der Nikolauslauf verzeiht nichts.«

Neben den beiden Läufern tauchten auf Fahrrädern Werner Puth und Thomas Müller auf. Zwei alte Freunde von Wössner und dem Hauptkommissar. Beide waren warm eingepackt in Daunenjacken, beide hatten sie E-Bikes.

»Ihr Weicheier kommt ja mit Rädern, bei denen man kaum treten muss, warum nehmt ihr nicht gleich einen Roller?«, neckte sie Löffler.

»Seit wann müssen Zuschauer leiden und schwitzen?«, fragte Puth und steckte sich locker eine Zigarette an, während er freihändig fuhr.

»Ich glaube es nicht«, stöhnte Hannes, »du kannst doch jetzt nicht rauchen. Ich laufe mir die Lunge aus dem Leib und baue mein eigenes Nikotin ab und du versaust hier die Luft. Ich glaube, ich muss mich gleich übergeben.«

»Wir wollen euch bloß moralisch unterstützen«, meldete sich Thomas Müller, der eine Art Russenmütze trug, die beide Ohren wärmte, »wer schlappmacht, kann aufs Rad steigen, auf den Gästesitz hinten.«

»Blödmann, das sind Mountainbikes, die haben keinen Sitz hinten«, beschwerte sich Hannes.

»Oh, da haben wir wohl die falschen Bikes aus der Garage geholt, so ein Pech aber auch.«

Die zwei Radler lachten hämisch und klatschten sich ab.

»Vielleicht sprecht ihr aber auch den neuen Mordfall durch«, begann Puth, um die zwei zu necken, »Hannes soll ja direkt dabei gewesen sein. Er konnte den Ortmann ja noch nie leiden, vielleicht sind dem Wössner die Sicherungen durchgebrannt, weil der Ortmann die Zigarettenmarke gewechselt hat. Hannes ist doch ein Gewohnheitstier.«

Hannes stöhnte laut.

»Herr, wirf Hirn ra«, sagte er laut.

Wieder feixten die beiden Radler auf ihren E-Bikes. Die zwei mussten tatsächlich kaum treten, fast schien es, als bewegten sich Räder von selbst.

»Kanntet ihr den Ortmann denn?«, fragte Löffler.

Die beiden schauten sich an. Dann nickten sie gemeinsam.

Inzwischen waren die vier an der Echaz-Schreinerei angekommen. Sie bogen links ab in den neuen Radweg, der Richtung Baggersee führte oder, in einem Bogen, zurück über die große Tankstelle, an der sie die Bundesstraße queren mussten. Dann, so Löfflers Plan, ging es die renaturierte ehemalige Kirchentellinsfurter Straße zurück nach Lustnau. Diese Straße, heute ein schmaler Weg für Spaziergänger, war, ehe die neue B 27 vierspurig durchs Neckartal gebaut wurde, die ehemalige Bundesstraße. Unterhalb der Neckarbrücke, die heute in den Ort führte, war damals noch der Kirchentellinsfurter Sportplatz gelegen, ehe er auf den Berg verlegt worden war.

»Was war der denn für einer?«, fragte Löffler.

»Ein übler Schwätzer und Scharlatan«, sagte Müller spontan. »Er hat mich mal darauf angesprochen, ob er nicht als Wunderheiler bei der Fußballabteilung vom SV 03 einsteigen könne. Er könne Sinne, Achillessehnen und Kreuzbänder gleichermaßen heilen. Ganzheitlich, sagte er, glaube ich. Nach Gesprächen mit ihm, würde das Team nur noch gewinnen und bleibe verletzungsfrei. Erst dachte ich, er wäre besoffen, dabei war er bloß irre.«

Die anderen lachten.

»Ja«, sagte Werner Puth dann, »so ähnlich habe ich ihn auch erlebt. Als ich den im ›Ammerschlag‹ getroffen habe, wollte er meine Mitarbeiter coachen. Durch Handauflegen und Zaubersprüche. Er nannte das Lebenshilfe. Und ›ökonomische Optimierung‹. Ich habe ihm ein Bier ausgegeben und ihn stehen lassen.«

Dann schien sich Werner Puth an etwas zu erinnern.

»Da fällt mir ein – ich habe ihn noch letzte Woche getroffen, völlig zerknirscht. Ich war auf dem Weg zum Italiener in der Bursagasse und bin den Weg an der Neckarmauer entlanggelaufen. Da saß er alleine auf der Mauer. Ich wollte mich eigentlich vorbeidrücken. Aber er hat sich mir einfach in den Weg gestellt und mich angequatscht. Er hätte einen Riesenfehler gemacht, er habe seinen Beruf verraten, sich selbst, seine Familie, seine Katze, alle, die ihm vertrauen. Was sollte ich machen – ich habe ihn gefragt, was passiert ist. Er habe sich vom Ruf des Geldes und durch falsche Einflüsterungen verführen lassen. Jetzt habe er eine Menge Geld, aber keine Ehre mehr. Und das Geld wolle man ihm auch noch wegnehmen. Ich habe ihm gesagt, dann sei doch alles wieder in Ordnung. Das Schandgeld sei weg, er wieder arm und jetzt solle er mich in Ruhe lassen. Daraufhin guckt er blöd und ich habe mich aus dem Staub gemacht.«

Einige Zeit liefen der Polizist und Hannes Wössner stumm nebeneinander her. Das Tempo wurde lahmer, Hannes keuchte, und trotz der kühlen Luft hatte er einen roten Kopf und Schweißtropfen auf der Stirn. Plötzlich blieb er stehen.

»Mir reicht es jetzt«, keuchte er, »ich laufe mich doch nicht zu Tode noch vor dem Nikolauslauf. Ihr könnt ja weitermachen, ihr Radler und der Polizeiprofi hier, ich trabe jetzt nach Hause.«

Er drehte sich um und joggte langsam, ganz langsam Richtung Lustnau zurück.

»Wir sollten ihn begleiten«, schlug Thomas Müller vor und lachte, »falls er zusammenklappt, können wir ihn über die Radstange legen und zum Arzt bringen.«

»Nee, den legen wir vor seinem Zigarettenladen ab und stecken ihm eine an, das pusht ihn wieder«, meinte Werner Puth.

»Ach«, sagte Christian Löffler, »ihr wollt mich hier alleine laufen lassen?«

Puth deutete auf die andere Seite der Brücke, unter der sie gerade durchfuhren. »Wenn du die alte Straße nimmst, kommen wir ohnehin nicht durch mit den Rädern. Da ist ja alles zugewachsen. Mach du das ruhig alleine, das bist du gewohnt. Wir gucken jetzt mal nach Hannes.«

Damit wendeten sie ihre Räder und bewegten sich wieder zurück über den Fahrradweg, auf dem sie auch hergekommen waren. Löffler zog weiter seine Runde und lief zügig über den Indianerpfad, immer parallel zum Neckar.

Er dachte darüber nach, was er mit der Information zu Ortmann anfangen konnte. Woher stammte denn das Geld so plötzlich? Wie kam ein Typ wie der Wunderheiler und Weltenretter zu großen Summen? Und wer wollte ihm das Geld wegnehmen. Anders gefragt: Wo war die Kohle hingekommen?

Hatte das etwas mit dem Überfall und dem Mord in der Allee zu tun? Immerhin war eines klar: Seine Tasche fehlte. Und das Geld hatten sie auch nicht gefunden – weder in seiner Wohnung noch auf seinem Bankkonto. Was lag näher als die Annahme, dass dieses Geld genau in der Tasche war, die man dem Toten geklaut hatte.

Löffler zog mit dem Tempo an.

Er wollte schnell nach Hause. Die neuen Informationen

musste er unbedingt mit den Kollegen besprechen. Denn er fühlte: Alleine kam er in der Sache keinen Schritt voran.

Oliver Burkert sah irgendwie aus wie Hulk. Wie der aus dem Film. Oder aus den Comics. Er hat einen viereckigen Schädel und einen viereckigen Oberkörper auf zwei dicken Beinen. Er sah finster aus. Das lag daran, dass er nie lachte. Er lachte nie, weil er niemals etwas lustig oder witzig fand. Und er verstand auch nicht, wie irgendjemand irgendetwas lustig oder zum Lachen finden konnte. Er jedenfalls brauchte das nicht, dieses Gesichtverziehen und eine grinsende Fresse. Glücklich war er ohnehin nur dann, wenn er an seinen Lebenstraum dachte. In so einem Augenblick entspannte sich zumindest sein Gesicht. Aber das merkten die Menschen nicht, weil er, wenn er an seinen Traum dachte, meist im Bett lag und ein paar schöne Gedanken zum Einschlafen brauchte. Da er keine Freundin hatte, lag er immer alleine im Bett.

Er konnte sich gar nicht vorstellen, wie es wäre, wenn da plötzlich eine Frau neben ihm liegen würde. Dann müsste er womöglich noch mit ihr reden, obwohl er müde war.

Nett sein.

Sex haben.

Und dann noch mal nett sein.

Er sah sich eher als einsamen Wolf. Unabhängig. Von allem und jedem. Und darin genau lag die Krux: Er hatte kein Geld. Er bezog gerade mal eine Frührente. Mit 33 Jahren. Das hatten die Ärzte so entschieden, nachdem er sich drei Mal die Kniescheibe gebrochen hatte. Damit könne er nicht mehr arbeiten, sagten die ihm, als er mühselig ins Krankenhaus hoppelte und das Gesicht vor Schmerzen verzog, als sie ihn abtasteten.

Geschafft, dachte er, als er das Krankenhaus verließ und die Krücken in ein Gebüsch bei der Straße warf. Das Problem war, dass er sich mit der Rente gerade mal über Wasser halten konnte. Überleben.

Da kam ihm die Geschichte mit Ortmann zu Ohren.

Vielleicht war es auch nur ein Gerücht. In der Stadt tauchten täglich Dutzende Gerüchte zu irgendeinem Thema oder einer Person auf. Ein Sommertag auf dem Marktplatz im Café – zehn neue Gerüchte. Doch das mit Ortmann war für Hulk ein gefundenes Fressen. Er hatte mit dem Arsch noch eine Rechnung offen. Am liebsten hätte er dem Blödmann eine Abreibung verpasst. Aber Hulk war auf Bewährung. Wegen Körperverletzung. Sein Gehirn funktionierte zumindest so gut, dass er das Risiko eines Knastaufenthalts wegen Ortmann nicht eingehen wollte.

Verdient hätte der Kerl aber ein paar auf die Zwölf.

Er hatte Hulk absolut bloßgestellt, als der gerade dabei war, in der Kneipe einer Frau von den Vorzügen des Singledaseins zu erzählen. Die Frau war angetrunken und hatte sich für Hulks Begriffe zu sehr an diesen gehängt. Ortmann hatte eine ganze Weile neben den beiden gestanden und einen Tee getrunken.

»Man wird alleine geboren und man stirbt alleine«, sagte Hulk, »und dazwischen sollte man nicht zu viele Kontakte zu anderen Menschen haben. Denn wenn man dann stirbt, hinterlässt man nur trauernde Menschen. Das sollte man diesen ersparen. Und deshalb bleibe man alleine – damit man die anderen nicht zerstört zurücklässt auf der Welt.«

Hulk richtete sich zufrieden zu ganzer Größe auf und wirkte dadurch noch mehr wie ein viereckiger Schrank. Die Frau neben ihm sah ihn ratlos an. Hulk verzog, wie üblich, keine Miene. Für ihn war das Gespräch erledigt. Er hatte der Tussi gezeigt, wo es lang ging.

»Das sagen alle, die keine Freunde haben«, sagte plötzlich der Mann neben den beiden.

Zuerst war Hulk nicht klar, dass er damit gemeint war. Er kannte Ortmann zwar vom Sehen, wusste aber nur, dass er als etwas verschroben galt, aber sonst sollte das ein harmloser Typ sein. Zuerst schaute Hulk sich um, um zu schauen, ob vielleicht noch jemand hinter ihm stand. Aber so langsam dämmerte ihm, dass Ortmann mit ihm gesprochen hatte.

»Quatschst du mich an?«, fragte er vorsichtshalber noch mal nach.

»Wenn du der bist, der aussieht wie ein IKEA-Schrank und der sich vor betrunkenen Frauen aufplustert – ja, dann hätte ich mit dir gesprochen.«

Ortmanns Stimme war laut geworden, ein paar der anderen Gäste waren auf ihn aufmerksam geworden und schauten neugierig herüber.

»Und was willst du mir sagen?«, überging der Riese erst mal Ortmanns Beleidigung. Er wollte cool sein, und da ging man nicht mit dem Schlagring auf einen anderen los, wenn zehn Zeugen danebenstanden.

Ortmann drehte sich leicht vom Tresen weg und stand nun Hulk genau gegenüber.

»Ich meine, dass du eine arme Sau bist, die versucht, den großen Maxe zu spielen. Keiner will was von dir wissen, weil du jeden wie Luft behandelst. Aber du weißt es nicht besser, da mache ich dir keinen Vorwurf, du bist halt verkorkst. Aber mich als Lebensphilosophen kotzt es an, dass du deine Defizite auf anderen Menschen abladst und sie zu Idioten machst. Aber du bist der Idiot, der ein richtig mieses Leben führt. Du bist der mit den Springerstiefeln. Kennst du den Song von den Ärzten? Aber ich glaube, für dich ist es zu spät, dir kann keiner mehr helfen.«

Ganz ruhig stand Ortmann vor Hulk, dessen Gesicht inzwischen puterrot angelaufen war. Die anderen Gäste kicherten und machten sich ganz offensichtlich über Hulk lustig. Und der stand nur da und bebte innerlich vor kalter Wut.

»Was ist das für ein saudummes Geschwätz«, war das Einzige, was er herausbrachte.

Ortmann wog den Kopf nachdenklich hin und her.

»Ich könnte dir natürlich meine Hilfe anbieten und dich wieder zu einem Menschen machen, der seinen Platz in der Gesellschaft findet. Aber ganz ehrlich – ich weiß nicht, ob ich, sogar ich, dieser Herausforderung gewachsen bin. Und außerdem – kannst du mich überhaupt bezahlen?«

Hulk schwurbelte das Gehirn. Wovon, zum Teufel, quatschte dieser Kerl? Machte der ihn jetzt blöd an, oder redete er einfach mit ihm? Irgendwie schaute dieser Typ ihn ganz ernst an, aber irgendwie sah es auch so aus, als mache er ihn zum Deppen. Die anderen Gäste in der Kneipe jedenfalls lachten heimlich, und es sah aus, als lachten sie *über ihn*. Und schuld hatte dieser komische Kauz, der ihn einfach nicht in Ruhe ließ.

»Der Mensch ist ein soziales Wesen, er braucht die anderen um sich herum. Sonst verkümmert er, sagt man. Schau mal dich an, du schaust ja schon aus wie eine vertrocknete Primel. Du nimmst auch immer mehr die Form eines Pakets an, ist dir das nicht aufgefallen? Bald verschickt man dich mit Amazon.«

Hulk nahm sein Apfelschorle-Glas und schüttete den Rest über Ortmanns Kopf. Aber der lächelte bloß und leckte sich mit der Zunge über die Lippen.

»Selbstbeherrschung, mein Lieber, Selbstbeherrschung«, sagt er ganz ruhig, »erst die Kontrolle über uns selbst macht uns zum Individuum. So gesehen bist du eine Amöbe.«

Die anderen Gäste im Lokal lachten nun lauthals. Längst standen Hulk und Ortmann im Mittelpunkt des Geschehens. Manche klatschten sogar, als Ortmann das Apfelschorle ungerührt an sich heruntertropfen ließ. Das irritierte Hulk, er schaute sich um, sah in höhnisch grinsende Gesichter und erkannte, dass er hier gerade zum absoluten Deppen gemacht wurde. Es gab für ihn zwei Möglichkeiten. Das zumindest erkannte er trotz seiner Wut und seiner zitternden Muskeln, die danach drängten, in das Gesicht vor ihm eine Faust zu schlagen. Wenn er diesen Typen schlug, wanderte er in den Knast. Wenn er ihn nicht schlug, wäre er der geprügelte Hund des Abends. Und das würde sich herumsprechen. In Tübingen sowieso. Knast oder Hund? Langsam stellte Hulk sein Glas auf den Tresen, wandte sich um und ging Richtung Ausgang.

»Halt.«

Er blieb stehen. Hulk drehte sich ganz langsam um und folgte dem Ton der Stimme.

»Du musst noch deine Apfelschorle bezahlen«, sagte Mario, der Barkeeper.

Hulk brauchte einen Moment, um zu realisieren, was der Mann von ihm wollte.

»Ach was«, sagte da Ortmann, »das geht auf mich. Man kann die arme Sau ja nicht völlig im Regen stehen lassen. Geh du ruhig nach Hause, Onkel Ortmann übernimmt das schon.«

Die anderen Gäste klatschten Beifall.

Hulk ging nach draußen und atmete Altstadtluft ein.

Er hätte morden können.

Er hatte sich im Lauf der Monate über Ortmann erkundigt. Und ihm war klar, dass der ein Scharlatan war. Er hatte ihn oft gesehen, wie er durch die Stadt spazierte, häufig mit dieser kleinen Ratte an seiner Seite. Franz Mark hieß der, und er sah aus, wie eine kleine Spitzmaus. Ständig taperte er neben dem großen Meister her, brachte ihm Getränke, wenn sie vor dem Wein-Beck auf dem Marktplatz saßen und es wegen Corona nur Selbstbedienung gab. Dass mit den beiden etwas nicht stimmte, sah ja wohl ein Blinder mit dem Krückstock, dachte Hulk. Pat und Patachon. Oder Dick und Doof. Zwar hatte Hulk diesen Ortmann hin und wieder in der Stadt getroffen, aber der hatte immer so getan, als könne er sich nicht an ihn erinnern. Ging einfach an ihm vorbei, ohne auf ihn zu achten. Übersah ihn.

Immer wieder hieß es gerüchteweise, der Ortmann scheffle massig Kohle mit seinem Vodoo-Zeug. Aber nicht nur damit, dass er ahnungslose Psychos ausnahm. Er soll dunkle Nebengeschäfte am Laufen haben. Erpressung, hieß es. So genau wusste keiner Bescheid. Aber Hulk hatte eines Tages die kleine Ratte beim Rauchen vor der Kneipe getroffen. Beide standen sie draußen auf der Straße bei eisigem Wetter und rauchten mit Handschuhen, die feucht wurden. Dabei telefonierte die Ratte nebenher. Klar, dass Hulk genau hinhörte. Immerhin war dieser Franz Mark der Adlatus des Mannes, den er am meisten auf der Welt hasste.

»Nein, das ist nicht normal«, sagte Mark in den Hörer, während er den Rauch eines Zigarettenzuges ausstieß. »Das kannst du ja ausnützen. Kriegst es ja perfekt serviert.«

Hulk trat näher, ohne dass es Franz Mark gleich auffallen musste. Hulk hatte es ein wenig an den Ohren. Es gab eine Phase in seinem Leben, als er sich der Welt durch laute Rockmusik über Kopfhörer entzog. Bis hin zu Death Metal reichte das damals bei ihm, Hauptsache laut. Als er nach eineinhalb Jahren die Kopfhörer wieder von den Ohren nahm, hatte er einen leichten Hörschaden.

»Nein«, rief Mark gerade in den Hörer seines Smartphones, »ich kümmere mich darum. Halt du ihn schön bei der Stange. Arbeitsteilung heißt das, das kennst du doch. Ich mache die Drecksarbeit.«

Der Adlatus stampfte mit dem Fuß auf wie Rumpelstilzchen. Hulk war überrascht über die Heftigkeit des unscheinbaren Typen. Der schien gerade zu explodieren.

»Überlass mir das Geschäft, verdammt noch mal, dazu bist du zu … komisch. Du bist ein schräger Heiliger, ich eher die Drecksau. Hör auf zu jammern.«

Er hörte eine Weile dem Mann am anderen Ende zu. Ein paar Mal, beobachtete Hulk, verdrehte er die Augen.

»Ich sage dir jetzt«, fuhr der Mann am Handy schließlich fort, »du besorgst das Seelenheil, und ich die Mücken. Und hör endlich auf, dauernd mit mir zu diskutieren.«

Das Gespräch war für Mark beendet. Er steckte das Handy in die Hosentasche und holte eine weitere Kippe aus der Packung, die er aus der Brusttasche seines Hemdes jonglierte. Als er sich die Zigarette ansteckte, sah er Hulk da stehen.

»Wie siehst du denn aus?«, fragte der Kleine und schaute Hulk neugierig an.

Hulk schluckte erst mal. Er war es nicht gewohnt, dass ein kleines, schmächtiges Bürschchen ihn gleich derartig überfiel.

»Ich hau dir gleich eine aufs Maul«, sagte er dann, und ärgerte sich darüber, dass seine Stimme in der Mitte des Satzes irgendwie wegsackte. Das passierte ihm manchmal, wenn er lange nicht geredet hatte.

»So siehst du auch aus«, erwiderte sein Gegenüber, »wie einer, der seinen Charakter im Gesicht trägt. Stupide und aggressiv. Aber jetzt gehe ich lieber.«

Und blitzschnell drückte er sich an Hulk vorbei und verschwand im Innern des Lokals.

Für Hulk war klar, dass er soeben den Menschen getroffen hatte, der es jetzt auf Platz zwei seiner persönlichen Hass-Charts geschafft hatte.

Dann hatte er vom Tod Ortmanns gehört.

Große Freude empfand er nicht dabei. Gefreut hätte er sich nur dann, wenn er Ortmann selbst um die Ecke gebracht hätte. Aber klar – Mord gehörte nicht auf seine Agenda.

Hulk hörte die Gerüchte, die über Ortmann im Umlauf waren. Im Suff habe er ein paar Mal von seinem »Schweinegeld« erzählt. So nannte er es tatsächlich. Warum, sagte er nicht. Der Bank könne man das gar nicht anvertrauen, das müsse man tief verstecken. Alleine schon moralisch, habe er öfter mal gesagt. Bisher hatte Hulk das für das Gelaber eines besoffenen Gehirns gehalten. Aber nachdem er den kleinen Mark gesehen und ihn mehr oder weniger belauscht hatte, war er doch etwas hellhörig geworden. Was, wenn dieser Franz Mark etwas über die Kohle seines Meisters wusste und er diese jetzt in die Hände bekam? Als heimlicher Erbe, sozusagen. Als Mitkonspirator und Gaunergehilfe. Denn für Hulk stand fest, dass das Geld – falls es denn tatsächlich existierte – nichts mit korrektem, steuerbereinigtem Einkommen zu tun hatte. Hier ging es um illegales Geld. Keine Frage.

Und diese Kohle, fand Hulk, stand ihm gut. Schmerzensgeld. Ja, so könnte man es durchaus nennen. Und das Verlockendste daran: Hatte er es erst mal in den Händen, konnte es keiner einklagen. Nicht der Ortmann-Adlatus, keine Ortmann-Familie, wenn es sie überhaupt gab und auch sonst niemand. Er rieb sich imaginär die Hände. Er musste sich nur an den Kleinen, an diesen Mark halten. Wenn einer etwas wusste, dann dieser unangenehme Drecksack, der ihn derart beleidigt hatte. Wäre doch gelacht, wenn so ein bisschen Gewalt gegen Drecksäcke Hulk nicht auf die Spur des Geldes bringen würde.

Er platzierte sich nicht weit von Ortmanns Wohnung in der Ammergasse und beobachtete die Eingangstür. Er wusste, es musste schnell gehen. Ortmann war gerade erst tot, aber wenn tatsächlich Geld da war, so war dies schneller verschwunden als eine Schneeflocke im Backofen. So vertrat er sich stundenlang die Füße an der Ecke des Plattenladens Rimpo am Haagtor. Er schaute abwechselnd ins Schaufenster des Ladens und zur Eingangstür von Ortmanns Haus. Im Plattenladen setzte man wieder auf Vinyl, nachdem man die schwarzen Scheiben so langsam wieder entdeckte. Tim- und Struppi-Figuren standen in der Auslage und eine Jubiläumsausgabe von »Let it be« von den Beatles. Riesige Alben-Kompilationen standen da. Sonderausgaben, die teilweise aus acht Vinyl-Platten, Büchern, Plakaten, T-Shirts und sogar CDs bestanden. Fehlte nur ein selbst gebackenes Brot von John Lennon.

Musik war Hulk völlig egal. Er kannte zwar die Beatles, hätte aber keinen einzigen Songtitel gewusst. Langsam wurde ihm kalt. Er wusste auch nicht so recht, was er eigentlich erwartete. Er brauchte einen Plan. Sein Plan war: Erst mal diesem Mark folgen, schauen, was er unternahm, und wenn das nichts brachte, ihm einfach eine vors Maul hauen. Ja, dachte Hulk, das macht Sinn. Er war zufrieden mit seinem Plan.

In dem Moment öffnete sich die Türe neben dem Zeitschriftenladen und Franz Mark trat heraus auf die Straße. Er trug einen Mantel und hatte einen Rucksack auf dem Rücken. Er schaute sich um, schien dann eine Entscheidung zu treffen und bewegte sich Richtung Haagtor. Also genau auf Hulk zu.

Der drückte sich an der Wand entlang um die Ecke und als er außer Sicht war, sprintete er ein paar Meter in die Haaggasse hinein. Dort verbarg er sich hinter einem Lieferwagen und beobachtete, wie Mark über den Parkplatz Richtung Schleifmühleweg marschierte. Er ließ genügend Abstand zu dem Mann, dann folgte er ihm. Es sah aus, als habe Mark ein ganz klares Ziel vor sich, wie ein Spaziergang sah das jedenfalls nicht aus. Hulk fragte sich, was er in dem ausgebeulten Rucksack mit sich schleppte.

Es ging immer weiter in der Straße, vorbei am »Saturn Elektromarkt« und auch am Café Coyote. Hulk überlegte, ob Mark auf dem Weg zur Arbeitsagentur war. Die hatte vor vielen Jahren das Gebäude übernommen, in dem einst das Softwareunternehmen Integrata residierte. Aber irgendwann waren die sang- und klanglos untergegangen. Doch Mark ließ das Gebäude rechts liegen, ging weiter Richtung ehemalige Gaststätte Zentrum Zoo. Hulk hatte Mühe, Deckung zu finden. Er hielt sich auf der der Arbeitsagentur gegenüberliegenden Seite. Dann bog der Verfolgte vom Gehsteig ab, nicht weit hinter dem Jobcenter. Durch eine Industriebrache ging es, am nördlichen Ende stand eine verlassene Halle. Niemand war zu sehen. Mark stand vor der Türe, zog dann einen Schlüssel aus der Tasche und öffnete damit die Eingangstüre. Dann verschwand er im Innern des Gebäudes.

Hulk war einen Moment unschlüssig.

Was wollte der Kerl in einer abbruchreifen Lagerhalle? Hier war doch keine Menschenseele. Oder war das gerade der Grund für Marks Aufenthalt – dass keine Sau in der Nähe war? Hatte er hier ein Lager, ein Versteck für die Kohle, die er sich von Ortmann geschnappt hatte? Wollte er sie jetzt zügig abholen? Oder besser: Hatte er sie im Rucksack dabei und verstaute sie jetzt in einem Geheimversteck?

Hulk wurde ganz nervös.

»Suchst du was?«

Hulk zuckte zusammen. Ihm war, als müsse gleich sein Herz stehen bleiben. Langsam fing er sich wieder. Er atmete ruhig und schaute dann zu Boden. Dort stand ein Junge mit einer Mütze wie Michel aus Lönneberga.

»Bist du nicht ganz dicht?«, polterte Hulk los, »mich derart zu erschrecken. Was willst du überhaupt hier, musst du keine Hausaufgaben machen?«

»So nicht, der Einzige, der nicht hierher gehört, bist du. Oder wohnst du neuerdings hier in der Gegend?«

Der Junge hatte sich breitbeinig vor den um eineinhalb Meter größeren Mann gestellt. Nein, dachte Hulk irgendwie bewundernd, Angst hat der Bursche keine. Eigentlich hatte er kurz überlegt, dem Kerl einfach einen Schlag vor die Brust zu geben, dass er ein paar Meter durch die Luft flog. Doch dessen Mut beeindruckte ihn.

»Nein«, sagte er stattdessen, »ich wohne nicht hier. Aber ich suche jemanden. Kennst du vielleicht einen Ortmann. Simon Ortmann. Oder kennst du so einen kleinen, unscheinbaren Typen, der gerade hier in die Halle reingegangen ist?«

Der Junge überlegte kurz. Dann schüttelte er den Kopf.

»Nee, einen Ortmann kenne ich nicht. Und so einen Kleinen auch nicht. Aber eine Frau kenne ich, die treibt sich hier manchmal rum. Heimlich. Keine Ahnung, was die hier macht. Hat mich bisher auch nicht interessiert. Interessiert dich das? Dann kann ich mich mal darum kümmern.«

Da musste sogar Hulk lachen.

»Nein, nein, lass mal. Hier«, sagte er, und griff in die Tasche, »ich gebe dir ein paar Euro, dann kannst du dir einen Döner kaufen. Oder deine Freundin einladen.«

»Typisches Erwachsenengeschwätz«, sagte der Junge und griff sich den 10-Euro-Schein. »Übrigens kommt die Frau immer alleine und sie geht auch alleine. Beziehungsweise«, legte er seine Stirn in leichte Falten, »ich sehe sie immer gehen und dann wieder kommen. Aber ich sehe sie nie kommen, gehen und wieder kommen. Merkwürdig.«

Hulk wurde es jetzt zu viel mit dem Jungen. Er musste ihn jetzt loswerden. Er musste nachdenken, was er als Nächstes tun konnte.

»Verschwinde jetzt«, sagte er unwirsch, und wedelte dabei mit den Händen, »ich muss hier was erledigen, da brauche ich dich nicht.«

»Mach was du willst«, meinte der Junge, »aber wenn der Zehner weg ist, komme ich wieder – versprochen.«

Dann trollte er sich über den Platz Richtung Sindelfinger Straße. Wenn diese Frau, überlegte er, als der Junge außer Sichtweite war, regelmäßig herkam, und Mark heute ebenfalls in das Gebäude ging, dann heckten sie bestimmt zusammen etwas aus. Die Frau war bei irgendeiner Sauerei seine Komplizin. Und das hatte sicher etwas mit Geld zu tun. Vielleicht nutzten sie das leer stehende Gemäuer als Versteck für die Kohle, die sie anderen abzockten. Ja, das musste es sein. Jetzt ging es also darum, den Kerl ruckzuck zu stellen, ehe er die Kohle untergebracht hatte.

Hulk marschierte im Stechschritt über die Straße, über den Vorplatz mit den losen Steinen und den Kieseln, und stand dann vor dem Eingang. Er hielt die Ohren an die Türe, lauschte, hielt den eigenen Atem an. Es war nichts zu hören. Totenstille.

Kurz entschlossen zog Hulk an der Klinke. Die Türe öffnete sich lautlos. Langsam ging er über die Schwelle, tastete sich mit dem rechten Fuß nach vorne, als könne er auf eine Mine treten. Es handelte sich, das sah er auf den ersten Blick, um eine leere, staubige Halle, in der früher sicher einmal Werkbänke und Regale gestanden hatten. Das konnte man an den Abdrücken auf dem Boden, an den Vertiefungen, an noch immer sichtbaren Eisenringen auf dem Boden erkennen. Im Hintergrund, an den Wänden, lagen kleine Büros, die alle Glasscheiben zur Werkshalle hin, hatten. Er sah weitere Türen, die vermutlich zu einem Lager, zu den Toiletten oder zu Aufenthaltsräumen führten.

Hulk war zunächst ratlos, wohin er sich wenden sollte. Die Büroräume waren nicht erleuchtet, lagen tot dar. Kein Mark war da zu erkennen. Also musste der sich in den hinteren Räumen befinden. Hinter irgendeiner der Türen, von denen Hulk nicht wusste, was sich dahinter verbarg. Langsam, jedes Geräusch vermeidend, durchquerte er die Halle. Staub wirbelte auf, von draußen dröhnte der Klang eines Automotors herein. Dann wieder Stille. Schließlich stand Hulk vor einer Türe. Auf dem Boden, im Staub des Bodens war deutlich zu sehen, dass sie in letzter Zeit auf- und zugegangen war.

Ich bin richtig, dachte Hulk selbstzufrieden. Langsam zog er die Holztür auf. Sie streifte den Boden, und der Sound klang in der leeren Halle wie ein Donnerschlag. Hulk blieb stehen und vergaß zu atmen. Er konzentrierte sich auf das Geräusch und darauf, ob er vielleicht noch andere Geräusche vernahm.

Alles war ruhig und er atmete durch. Er stapfte weiter durch einen Gang, der von einer staubigen Birne an der Decke beleuchtet wurde.

Aha, folgerte Hulk messerscharf, wenn die Birne hier brennt, muss sie jemand eingeschaltet haben. Also steckt dieser Franz Mark hier irgendwo. Jetzt fühlte er sich sicherer. Denn was konnte dieses Leichtgewicht ihm schon antun. Jetzt hieß es bloß noch, ihn zum Reden zu bringen. Das war der direkte Weg zur Kohle, davon war Hulk felsenfest überzeugt.

Am Ende des Ganges wartete eine weitere geschlossene Türe auf ihn. Im oberen Teil der Tür war eine Scheibe eingelassen. Verstaubtes Glas. Aber dahinter, das konnte man deutlich erkennen, brannte irgendeine Funzel.

Ehe er die Türe aufstoßen konnte, vernahm er Stimmen hinter der Tür. Er wartete. Die Überraschung darüber, dass Mark nicht alleine war, ließ ihn mitten in der Bewegung erstarren. Damit hatte er ganz sicher nicht gerechnet. Er musste sich dort mit jemand getroffen haben. Eine Art konspiratives Treffen. Hulk war sich jetzt sicher, dass er richtig lag mit seiner Vermutung: Hier sollte die Kohle weggebracht werden. Sie mussten sie aus der Wohnung Ortmanns geholt haben, um sie jetzt woanders zu verstecken. Oder sie einfach aufzuteilen – und ab dafür.

Na schön, dachte er, aber jetzt spiele ich auch mit. Und ich teile nicht gerne. Bei dem Gedanken musste sogar er vor sich hinlächeln.

Die Stimmen verschwammen miteinander. Aber eine der Personen in dem Raum hinter der Türe war eine Frau.

Was sollte das denn, überlegte Hulk, sollte das hier möglicherweise bloß ein Schäferstündchen sein? Traf sich Ortmanns Adlatus hier mit einer Frau, weil niemand etwas von ihnen beiden wissen sollte? Es hörte sich an, als würden die beiden streiten.

»Ich hau ab«, hörte Hulk durch die Tür. Das war Marks Stimme, ganz eindeutig. Dann hörte er, wie eine Türe zugeschlagen wurde. Und dann war es ganz still. Hulk war verwirrt. Die Verwirrung lähmte ihn. Er stand einfach nur da, und hatte keine Ahnung, was er als Nächstes tun sollte.

Die Zeit verging.

Im Raum nebenan fiel etwas zu Boden. Man hörte Schritte. Das brachte Hulk endlich zum Handeln. Er stieß die Türe auf und musste sich erst mal orientieren. Der Raum war wohl der ehemalige Aufenthaltsraum der Belegschaft. Frühstücksraum. Vesperraum. In der Mitte des Raums stand ein Tisch, dazu zwei Stühle. Waschbecken, Regale, Wandschränke – alles heruntergekommen, schmutzig, ausgefranst.

Das sah Hulk alles mit einem ersten schnellen Blick.

Die Funzel an der Decke leuchtete nur direkt in den Raum, in die Ecken reichte der Lichtschein schon nicht mehr. Aber Hulks Blick wurde gleich von den Möbeln, Schränken und Stühlen abgelenkt.

Ihm gegenüber, mit dem Rücken zur Türe, saß eine Frau. Sie hatte lange Haare, die über den Rücken fielen. Sie saß im Profil vor ihm, hatte aber den Kopf zur gegenüberliegenden Wand hingedreht. Die Frau trug einen Rock, der bis zu den Waden reichte. Sie hatte eine dicke Jacke gegen die Kälte um die Schultern, auf dem Tisch lag eine Wollmütze. Auch als Hulk bereits im Raum stand, drehte sie sich nicht zu ihm hin.

Hulk ärgerte sich.

»He du, wo ist dein Kerl hin, der Mark, hat er sich aus dem Staub gemacht?«, rief er in Richtung der Frau.

Die Frau gab keine Antwort. Sie fuhr sich nur mit den Fingern ganz langsam durch die Haare. Ansonsten schien sie auf die hintere Wand zu starren.

»Hörst du schlecht, du dumme Kuh, wo ist der Typ hin? Und wo ist die Kohle?«

Hulk ging einen Schritt auf die Frau zu. Er stand nur einen halben Meter hinter ihr. Er hätte sie mit dem ausgestreckten Arm berühren können. Auf einem Stuhl, der etwas abseits von dem Tisch stand, lag eine Hose. Und über der Lehne hing Franz Marks dicke Daunenjacke, die er vorher noch trug. Also ist der Kerl noch irgendwo, überlegte Hulk. Er kommt vielleicht gleich zurück, darauf sollte ich vorbereitet sein. Die Frau vor ihm bewegte sich.

»Das war ein Riesenfehler«, sagte sie.

»Meinst du mich, oder was?«

Hulk schnappte die Frau unter dem Oberarm und zog sie einfach zu sich her. Sie wehrte sich nicht und erhob sich aus ihrem Stuhl. Dabei drehte sie den Kopf und starrte Hulk ins Gesicht.

Vor Schreck ließ er die Frau los.

»Was soll das denn?«, fragte er.

Dann blitzte etwas in der Hand der Frau auf. Ein Strahl der Funzel war auf die fein glänzende Klinge eines Messers gefallen. Dessen Klinge fuhr in Hulks Körper, der dabei vornüber knickte.

»Was soll denn der Scheiß?«, fragte er mit schon brüchiger Stimme, »das war doch echt nicht nötig.«

Dann fiel er vornüber und landete mit dem Gesicht auf dem staubigen Boden. Aber das spürte er bereits nicht mehr. Die Frau hatte das Messer in Hulks Körper stecken lassen. Er begrub es unter seinem Körper. Ein letztes Mal wirbelte ein Atemzug Hulks Staubkörner auf dem Fabrikboden auf. Dann war alles vorbei.

Kaffee trinken im Büro. Der Oberstaatsanwalt Marek Bürger hatte in einem Anfall von überschwänglicher Dankbarkeit für den letzten gelösten Mordfall die Formel 1-Kaffeemaschine spendiert. Seitdem war das Ding im Dauereinsatz. Sogar Monika Berger, eigentlich Teetrinkerin, hatte sich auf die Maschine eingelassen und war zur Kaffeebohnentrinkerin mutiert.

Löffler stand an den Türholm zu seinem Büro gelehnt und trug eine Tasse mit dem Grateful-Dead-Logo, einem Totenkopfgesicht, vor der Brust. Wasmaier und Berger saßen auf ihren Schreibtischen und ließen locker die Beine baumeln.

»Ich will nicht so werden wie die Polizeidarsteller in Soko Köln oder Soko Stuttgart«, sagte Berger mit angeekeltem Gesicht. »Immer wenn die im Büro, im Präsidium sind, tragen sie Kaffeetassen durch die Gegend. Ist euch das noch nie aufgefallen? Früher haben sie kurz eine Packung Zigaretten durchgezogen und haben so den Fall gelöst, heute trinken sie literweise Kaffee und irgendwann kommt der Geistesblitz. Der Job ist aber nicht so.«

Wasmaier lachte. Bevor er etwas sagen konnte, öffnete sich die Türe und Sven Meister von der KTU kam herein.

»Störe ich beim Kaffeekränzchen?«, fragte er nach einem schnellen Blick in die Runde, »das erinnert mich an die Soko Stuttgart oder Soko Wismar, da stehen auch immer alle herum und trinken Kaffee. Spielt ihr jetzt in einer Serie mit.«

Er lachte selbst am meisten über seinen Spruch.

Als sich alle beruhigt hatten, ging Meister zum Kaffeeautomaten, schnappte sich eine der Tassen, die an den Henkeln aufgereiht an der Wand hingen, und goss sich einen Kaffee ein.

»So«, sagte er, nahm einen Schluck und setzte die Tasse auf dem Schreibtisch ab, »jetzt aber mal zu den wichtigen Nachrichten. Und zwar haben wir einen merkwürdigen Anruf bekommen. An das Handy der Ermordeten. Also von Sara Kessler.«

»Was war denn so merkwürdig an dem Anruf?«, fragte Berger.

»Na ja, merkwürdig ist vielleicht der falsche Ausdruck. Ich meine nur, dass jemand anrief, und als die Mailbox anging, hat diese Person nicht darauf gesprochen.«

Berger schaute etwas irritiert.

»Was ist denn daran merkwürdig? Ich zum Beispiel spreche nie auf die Mailbox eines Handys, niemals. Bin ich deshalb merkwürdig?«

»Merkwürdig ist, wenn das jemand merkwürdig findet«, meinte da Wasmaier.

»Ich weiß nicht, was mit unserem Lieblings-KTUler los ist, wenn er das schon merkwürdig findet.«

»Was sagt er dann, wenn etwas Merkwürdiges auch wirklich mal merkwürdig ist.«

»He«, unterbrach Löffler Wasmaier und Berger, »nun lasst es aber mal gut sein.«

Zu Meister gewandt blinzelte er dem verständnisvoll zu. Aber der lachte bloß.

»Das ist aber noch nicht alles«, fuhr er dann fort, »denn wir haben auch gleich mal den Anrufer ausfindig gemacht. Denn der Ehemann, das haben wir recherchiert, kannte den Anrufer nicht. Also war er ein Freund der Ermordeten.«

Berger winkte ab.

»Moment mal, so einfach ist das nicht. Was ist, wenn der Anrufer sich bloß verwählt hat. Oder wenn es einfach ein Callcenter war, das irgendjemand auf den Nerv geht, in dem Fall halt der Sara Kessler?«

Meister lachte wieder.

»Und genau deshalb bin ich hier. Denn glücklicherweise muss ich das nicht herausfinden, ihr aber schon. Seid doch froh, wenn ich euch Arbeit besorge. Sonst hängt ihr den ganzen Tag wie Süchtige an der Kaffeetasse. – So, jetzt bin ich aber weg.«

Er drückte die Tür auf.

»Halt, der Name«, rief Löffler.

»Pflüger, Jens Pflüger«, rief Meister zurück, ehe er die Türe hinter sich schloss.

Heim kam aus ihrem Dschungel heraus mit einem Blatt Papier in der Hand. Sie schwenkte es vor den anderen hin und her.

»Hier habe ich alles«, sagte sie, »das ist eine Mail. Meister hat mir die Ergebnisse geschickt. Der Pflüger wohnt in Tübingen, draußen am Neckarbogen in einem der neuen Häuser. Adresse ist Bismarckstraße, die Nummer steht hier auf dem Ausdruck. Telefonnummer auch. Jetzt muss ich zurück in meinen Wald.«

Damit legte sie den Zettel auf den Tisch, drehte sich um und verwand wieder hinter ihren Pflanzen. Löffler schnappte sich das Blatt Papier und las die Seite durch. Dann reichte er es weiter an Wasmaier.

»Was sollen wir mit der Info anfangen«, fragte Berger, nachdem sie das Blatt ebenfalls gelesen hatte.

»Ganz einfach – wir besuchen den Mann mal und fragen ihn, wieso er die Tote angerufen hat. Vielleicht erfahren wir etwas, was uns bei der Tätersuche hilft.«

Eine laute Stimme tönte hinter Heims Blätterwand hervor.

»Genau«, rief die Stimme, »denn mit eurer hemmungslosen Kaffeetrinkerei werdet ihr jedenfalls keinen Mörder fangen. Niemals.«

Die Polizisten schauten sich überrascht an. Von Heim kam eigentlich sonst nie ein Beitrag, der über die Vermittlung von Nachrichten hinausging.

»Die Stimme aus dem Dschungel«, sagte Berger laut, »Jane hat gerufen. Ist Tarzan gerade nicht zu Hause oder kommt King Kong angeflogen?«

»Löst den Fall«, sagte Heim knapp.

»Tja dann, wenn sie das sagt«, forderte Löffler die anderen auf, »dann gehen wir mal. Aber nicht alle drei, da genügen Wasmaier und ich. Sie, Frau Berger, würde ich um einen

Gefallen bitten. Einen persönlichen. Es geht um den Steinwurf gestern. Das lässt mir keine Ruhe. Ich weiß, das gehört nicht in unsere Zuständigkeit, aber trotzdem. Können Sie sich da mal ein wenig schlaumachen?«

Berger überlegte einen Moment, dann nickte sie.

»Ja, geht klar, ich fühle mich da auch ein bisschen in der Pflicht, ich war ja sozusagen dabei. Ich rede mal mit Maria Steinke. Okay?«

Löffler nickte. Dankbar. Die Tübinger Baustellen führten die beiden Kommissare zuerst nach Lustnau zur Neckarbrücke beim alten Egeria-Gelände, heute Alte Weberei genannt, und ein Neubaugebiet. Vor der Neckarbrücke ging es links hinein in die Schaffhausenstraße. Beim Stauwehr stellten sie den Wagen ab.

»Ich kenne mich hier kaum noch aus«, sagte Löffler zu seinem Kollegen.

»Ich eh nicht, ich komme aus Bayern«, sagte der.

Pflüger wohnte in einem der Neubauten, einem Appartementhaus. Wasmaier hatte sich unterwegs alles Wissenswerte über den Mann mit dem Smartphone aus der Kripo-Datenbank besorgt. Er war ein Mal auffällig geworden. Urkundenfälschung mit Bewährung. Das war aber schon fast zehn Jahre her.

Eine Weile mussten sie suchen, dann entdeckten sie das Haus in dem Pflüger wohnte. Sie läuteten. Warteten eine Weile, aber keine Reaktion. Wasmaier drückte erneut auf die Klingel.

»Der Mann ist Barkeeper«, sagte der Bayer, »aber die Kneipen haben geschlossen um diese Tageszeit. Oder meinen Sie, der pennt noch?«

»Barkeeper? In welcher Bar denn? Kennen Sie eine Bar, die in diesen Zeiten geöffnet hat? Die Politiker haben doch alles dichtgemacht und lassen die Gastronomen jetzt erst mal alle dafür büßen, dass sie den Bürgern in den letzten Jahren so viel Spaß in ihren Kneipen geboten haben.«

»So kann man das natürlich auch sehen.«

Die Sprechanlage knackte.

»Ja, wer ist denn da. Ich bin nicht zu Hause.«

Wasmaier unterdrückte ein Grinsen.

»Und wir sind auch nicht da, obwohl wir von der Kripo sind und gerne mit Ihnen reden wollen, Herr Pflüger. Machen Sie mal auf?«

Schweigen.

»Sind Sie ganz sicher von der Kripo? Woher weiß ich, dass das stimmt?«

»Schauen Sie mal zum Fenster raus. Haben Sie die Möglichkeit, uns am Eingang zu sehen? Dann halte ich Ihnen meinen Ausweis entgegen. Wäre das was?«

Schweigen.

»Na schön, ich glaube Ihnen«, kam dann die knarzende Stimme, »ich warte an der Wohnungstüre auf Sie.«

Der Türöffner schnurrte, die Polizisten gingen ins Haus.

Pflüger wohnte im zweiten Stock. Tatsächlich stand er bereits im Treppenhaus und schaute ihnen entgegen. Er trug eine graue Jogginghose, wie einer, der nie joggt. Und auch sonst keinen Sport macht. Als Oberteil trug er ein T-Shirt mit einem Bild von Kurt Cobain. Den konnte man kaum mehr erkennen nach unzähligen Waschgängen.

»Kann ich die Ausweise jetzt sehen?«, fragte der Hausherr.

Wasmaier hielt ihm den seinen entgegen.

»Wasmaier?«, sagte Pflüger, »sind Sie mit dem Skifahrer verwandt?«

»Ja, das ist mein Cousin. Wollen Sie ein Autogramm?«

Pflüger schüttelte den Kopf.

»Nein, nein, ich mag keine Heldenverehrung. Das macht mich schwach.«

»So, wie Cobain auf Ihrem Shirt?«

Pflüger schaute auf sein Shirt, als sehe er es zum ersten Mal. Dann strich er über das verwaschene Porträt des Nirvana-Sängers, der sich selbst mit dem Gewehr, das Gehirn herausgepustet hatte.

»Der?«, fragte Pflüger, »wer ist das denn? Ist der irgendwer?«

Löffler schob den Mann sanft in die Wohnung. Man sah, er wurde ungeduldig und hatte das Geplänkel satt. Pflüger folgte willig, Wasmaier schloss die Türe hinter ihnen.

Im Wohnzimmer, das gleichzeitig Schlafzimmer war, lagen stapelweise Zeitungen auf dem Tisch und dem Sessel. Der Fernseher lief mit leisem Ton. Ansonsten stand nur noch ein Kleiderschrank an der Wand und eine Couch in der Ecke. Die diente auch als Bett.

»Ich bin gerade erst eingezogen«, sagte der Hausherr, als er bemerkte, wie die Polizisten den Raum musterten, »lassen Sie uns in die Küche gehen.«

Er ging voraus, die anderen folgten.

Auf dem Küchentisch lag die Tageszeitung. Die Meldung der ermordeten Frau lag aufgeschlagen da, neben der Kaffeetasse Pflügers und einer Haferflockenschale.

»Wohnen Sie hier alleine?«, fragte Wasmaier.

»Sieht so aus, zu zweit würde man sich auf die Nerven gehen. Ist alles zu eng hier.«

»Heißt das, Sie haben keine Freundin? Oder heißt das, Sie haben eine, aber sie wollen nicht mit ihr zusammenziehen?«

Pflüger überlegte kurz.

»Vielleicht sagen Sie mir erst mal, wieso Sie mich überhaupt besuchen? Ein Beziehungsgespräch werden Sie ja wohl kaum mit mir führen wollen. Also: Was wollen Sie?«

Wasmaier ließ sich in den Sessel plumpsen. Er schien sich wie zu Hause zu fühlen. Er schaute sich um, ließ sich augenscheinlich Zeit. Und Löffler stand mitten im Raum und tat so, als sei er nicht da.

»He, was soll das«, meldete sich Pflüger, nachdem er eine Weile zugeschaut hatte, »soll das ein Spiel sein? Wollen Sie mich nervös machen? Wenn Sie nicht sofort sagen, was Sie von mir wollen, dann rufe ich die Polizei.«

Wasmaier grinste breit.

»Die ist schon da, haben Sie das vergessen?«

»Ich meine die richtige Polizei, nichts solche zwielichtigen Typen wie Sie es sind.«

Löffler räusperte sich. Dann trat er zu Pflüger hin.

»Also gut«, sagte er nüchtern und sachlich, »wir wollen von Ihnen wissen, was Sie mit Sara Kessler zu tun haben.«

Der Hausherr schaute den Kommissar stumm an. Man konnte förmlich sehen, wie es in seinem Gehirn rumorte. Es war nur nicht klar, ob er nach einer Lüge suchte oder ob er den Namen in seiner Biografie unterbringen wollte. Dann war er mit seiner Gehirnakrobatik fertig.

»Kenne ich nicht.«

Löffler lächelte.

»Das kann ich nicht glauben. Sie erhalten jetzt einen zweiten Versuch, nützen Sie ihn.«

Der andere schien irritiert. Wollen sie mich reinlegen oder wissen sie tatsächlich irgendetwas, schien seine Miene auszudrücken. Es ging wie ein Ruck durch Pflügers Körper – er hatte eine Entscheidung getroffen.

»Kenne ich nicht.«

»Das ist aber seltsam«, mischte sich Wasmaier ein, sich dabei noch immer in dem Sessel rekelnd, »wie kommt dann Ihre Nummer auf die Anrufliste Kesslers? Hat da ein kleiner Kobold Daten von Ihnen hinter Ihrem Rücken auf andere Handys verteilt?«

»Das muss ein Irrtum sein.«

»Dieser Irrtum hat uns geradewegs zu Ihnen geführt. Wir sind einfach der Nummer gefolgt, und jetzt stehen wir vor Ihnen. Komisch, nicht?«

Pflüger kaute auf seiner Unterlippe.

»Vielleicht ein Zahlendreher?«

»Der müsste dann allerdings ganz aktuell in Ihrem Kopf stattgefunden haben. Kommen Sie, heraus mit der Sprache, was haben Sie mit Sara Kessler zu tun?«

Pflüger gab sich einen Ruck.

»Okay, ich habe sie vor ein paar Tagen kennengelernt, und habe sie angerufen, um mich mit ihr zu treffen. Fragen Sie sie doch selbst. Sie kann Ihnen nichts anderes sagen.«

Löffler und Wasmaier wechselten einen schnellen Blick. Löffler nickte.

»Wo wollen Sie sie denn kennengelernt haben?«, fragte Wasmaier, und erhob sich leicht aus seiner bequemen Stellung im Sessel, »in einer Kneipe wird es wohl kaum gewesen sein, nachdem derzeit alles dicht ist, oder?«

»Das weiß ich selbst, ich bin ja in der Branche«, blaffte Pflüger, »ich habe auch gar nicht gesagt, ich hätte sie in der Kneipe kennengelernt.«

»Nein, haben Sie nicht, Sie haben gar nichts gesagt. Also bitte?«

»Na ja, es war eine Internetbekanntschaft. Wir haben uns im Internet geschrieben und sind uns so nähergekommen.«

»Sie haben die Frau also nie getroffen, oder?«

»Nein.«

»Dann zeigen Sie uns doch mal den Chat-Verlauf mit ihr, das würde uns nämlich wirklich interessieren. Bei ihr haben wir nämlich nichts gefunden«, versuchte Wasmaier es mit einem Trick.

Pflüger machte ein trauriges Gesicht.

»Schade, denn bei mir finden Sie auch nichts. Alles gelöscht. Wir dachten, wir wollen keine Spuren hinterlassen. Beim letzten Chat fanden wir heraus, dass wir doch nicht zusammenpassen, nicht mal im Internet.«

Löffler seufzte.

»Warum«, fragte er mit müder Stimme, »machen Sie es uns so schwer? Sie sind ein miserabler Lügner, und wir haben keine Lust, unsere Zeit mit solchen Amateuren zu vergeuden. Ein letztes Mal: Woher kennen Sie Sara Kessler?«

Pflüger wand sich. Das konnte man deutlich erkennen.

»Okay, okay, ich kenne sie von neulich Nacht. Ich habe sie in der Platanenallee getroffen und mit ihr geredet. Bloß ein bisschen. Sie hat mir erzählt, dass sie beobachtet hat, wie man einen Mann zusammengeschlagen hat. Ich war auf dem Heimweg, und sie hatte Angst, deshalb hat sie mich angesprochen. Und ehrlich, ich habe sie seitdem nicht mehr getroffen. Hat sie denn etwas ausgefressen? Also egal, was es ist – ich habe damit nichts zu tun. Ich habe mit der Frau einmal in meinem Leben geredet, das schwöre ich.«

Er machte eine Pause, um Luft zu holen.

»Aber«, fuhr er fort, »warum interessiert Sie das eigentlich? Ich weiß absolut nichts über die Frau, gar nichts. Sie ist schwarz, wohnt in Tübingen und das war es. Den Rest können Sie ja mit ihr besprechen.«

»Wenn Sie so schlau sind, dann können Sie mir sicher auch sagen, wie ich das machen soll mit einer toten Frau.«

Pflüger erstarrte.

»Dann habe ich heute Morgen doch richtig gelesen, ich meine, richtig kombiniert, als ich die Zeitung gelesen habe. Ich hatte so eine Ahnung, dass das die Frau sein könnte, die ich getroffen habe. Eine Art tödliche Vibration stand plötzlich im Raum, und ich dachte, das ist genau die Frau von der Allee. Wahnsinn.«

Die Polizisten gaben ihm eine paar Sekunden Zeit.

»Und was genau, Wort für Wort, haben Sie mit Sara Kessler gesprochen?«, fragte Löffler, »wir müssen alles wissen, immerhin suchen wir einen Mörder.«

»Oder eine Mörderin«, meinte Pflüger.

»Sie haben recht, Frauen sollten auch eine Chance haben zur engeren Auswahl von Killern zu gehören. Quotenkillerinne nennt man so was. Also, was ist nun?«

Wie die ganze Zeit über zierte Pflüger sich. Dann seufzte er tief.

Er hatte seine Geschichte beisammen.

»Ich habe die Frau neulich Nacht in der Uhlandstraße getroffen. Sie war ziemlich aufgelöst und hat mich direkt angesprochen. Erst dachte ich, das wäre irgendwie ein Trick oder eine Falle oder so. Aber außer ihr war weit und breit niemand zu sehen. Also blieb ich und habe ihr zugehört. Sie hat mir erzählt, sie käme gerade aus der Platanenallee und dort habe sie gesehen, wie ein Mann einen anderen schwer verletzt habe. Ich meine sogar, sie hat gesagt, er habe den anderen getötet. Und sie hätte aus Versehen zugeschaut. Dabei wollte sie bloß spazieren gehen. Ich habe ihr das eigentlich nicht geglaubt. Aber sie hatte nicht getrunken, ich habe ihren Atem gerochen. Dann hat sie mich Richtung Allee gezerrt, ich bin einfach mitgegangen. Über das kleine Brückchen. Dann hat sie mir schon von Weitem gezeigt, dass da einer auf dem Boden lag. Wir sind dann noch ein bisschen in die Richtung gegangen, aber dann war mir das zu spooky und ich habe umgedreht. Ich gehe doch zu keinem Toten oder halb Toten hin, mitten in der Nacht in der Allee. Ich habe sie mitgezogen. Dann sind wir zurück zum Anlagensee, und da haben wir ein bisschen geredet. Sie hat mir ihre Nummer gegeben und ich ihr meine. Das war es dann auch schon. Ich weiß ja nicht mal ihre Adresse. Und ich habe sie auch bloß angerufen, weil ich wissen wollte, ob es der Mann war, den sie gesehen hat, über den die Zeitung berichtete. So – das war's.«

Die Kommissare schauten sich an.

»Eine schöne Geschichte«, sagte dann Wasmaier, »ist sie Ihnen gerade erst eingefallen oder basteln Sie schon länger daran?«

»Das ist die reine Wahrheit und sonst gar nichts. Was wollen Sie überhaupt von mir? Sie kommen in meine Wohnung und machen mich blöde an. Werfen Sie mir etwas vor oder quatschen Sie einfach bloß herum? Also, konkret: Worum geht es hier eigentlich?«

Wasmaier erhob sich aus seinem bequemen Sessel.

»Es geht darum, dass Sie eine Frau, die gerade ermordet wurde, angerufen haben und wir wissen wollen, was Sie mit ihr zu tun haben. Die Frau ist verheiratet und wir wollen wissen, mit wem sie Kontakt hatte. Und wir wollen wissen, was Sie mit einer Ermordeten zu besprechen hatten. Und dann erzählen Sie uns eine Räubergeschichte, die kein Mensch glauben kann.«

»Ach ja? Was ist denn so unglaubwürdig daran?«

»Sie treffen mitten in der Nacht eine Unbekannte, die Sie zu einer Leiche führt. Aber Sie schauen sich die nicht mal an. Vielleicht hätten Sie ja helfen können? Vielleicht war der Mensch nur verletzt? Aber Sie hauen einfach ab mit der Frau im Schlepptau. Sie rufen keine Polizei, keinen Krankenwagen, Sie wollen von der Frau nichts wissen außer ihrem Namen. Und dann vergessen Sie wieder alles. Was für ein Schwachsinn.«

Pflüger hob resigniert die Schultern.

»So war es aber«, murmelte er verlegen.

»Was hat sie Ihnen über den Mann erzählt? Über den Mann, der in der Allee lag.«

Der Barkeeper zögerte. Überlegte.

»Eigentlich nichts.«

»Hat sie ihn gekannt?«

»Nein, hat sie nicht.«

»Und das wissen Sie so genau?«

»Sie hat es mir so erzählt.«

Wasmaier lächelte.

»Ach ja, einfach so erzählt. Ungefähr so: Da liegt einer, der ist vielleicht tot, aber wenn du mich fragst – ich kenne ihn nicht. Und Sie sind dann auch nicht hingegangen, um nach dem Mann zu sehen? Das sehe ich doch richtig.«

Pflüger nickte.

»Und Sie sind auch nicht später zufällig noch mal an ihm vorbeigekommen und haben ihm etwas weggenommen. Eine Tasche zum Beispiel.«

Pflüger schüttelte heftig den Kopf.

»Und Sie haben auch keinen weiteren Freund getroffen in der Nacht, einen Freund, den Sie gar nicht kennen mit dem Sie den Mann auch bloß angesehen haben, ohne ihm etwas weg zu nehmen«, mischte sich Löffler in das Fragespiel ein.

Wieder ein klares Nein von Pflüger.

»Wissen Sie«, fuhr Löffler ganz ruhig fort, »Sie sollten uns vertrauen. Und wissen Sie warum? Ich sage es Ihnen: Sara Kessler ist bereits tot, umgebracht wegen etwas, was mit dieser Geschichte in der Platanenallee zu tun hat. Und Sie haben auch etwas mit diesem Mann zu tun. Deshalb sollten Sie vorsichtig sein, Herr Pflüger. Sie brauchen Freunde in dieser Situation. Menschen sterben gerade, und wir wissen noch nicht ganz genau, was der Grund dafür ist. Aber wir haben schon eine Ahnung. Hoffentlich kommt unsere Erkenntnis nicht zu spät für Sie.«

»Wollen Sie mir drohen?«, wurde Pflüger laut und sein Gesicht färbte sich puterrot.

Löffler lächelte.

»Mit uns hat das gar nichts zu tun. Alles, was jetzt passiert, haben Sie sich selbst zuzuschreiben. Es sei denn, Sie reden mit uns. Was ist geschehen in der Allee? Und wer war mit dabei?«

Demonstrativ drehte Pflüger ihnen den Rücken zu.

»Herr Pflüger«, versuchte es Löffler ganz ruhig, »in der Allee ist ein Mann getötet worden. Sie haben den Mann gesehen. Ihre Bekannte, Sara Kessler, hat den Mann ebenfalls gesehen. Er heißt Simon Ortmann, vielleicht kennen Sie ihn?«

Noch immer mit dem Rücken zu den Kommissaren schüttelte der Angesprochene den Kopf.

»Wir vermuten, man hat ihn, als er auf dem Boden lag, beraubt. Es wurden drei Menschen beobachtet, die sich um den Toten versammelt hatten, dann sind sie schnell verschwunden. Hören Sie: Drei Personen, eine davon war nach der Beschreibung wohl Sara Kessler. Wer waren wohl die beiden anderen?«

Pflüger drehte sich zu ihnen. Er schaute sie ganz ruhig an. Es schien so, als habe er eine Entscheidung darüber getroffen, wie es für ihn in der Sache weitergehen sollte.

»Na ja«, meinte er zu den Kommissaren, »nachdem ich ja offensichtlich mit der ganzen Sache nichts zu tun habe, könnten Sie jetzt so langsam wieder gehen. Ich glaube nicht, dass Sie mich zu sich auf das Präsidium einladen werden, oder? Warum auch?«

Wasmaier seufzte.

»Sie machen einen großen Fehler, einen *gefährlichen* großen Fehler. Aber Sie sind alt genug, Sie müssen wissen, was Sie tun.«

»Herr Pflüger«, sagte Löffler eindringlich, »sagen Sie uns, was Sie von der Sache in der Allee wissen. Sagen Sie uns, wer die dritte Person war. Nur so können wir Sie alle schützen. Aber wir brauchen alle Fakten, alle Namen.«

»Ich würde jetzt gerne eine Tasse Kaffee trinken. Alleine, hier in meiner Wohnung.«

Die Kommissare gingen Richtung Wohnungstüre. Plötzlich blieb Löffler stehen und drehte sich zu dem Hausherrn um.

»Sagen Sie mal, Herr Pflüger, wovon leben Sie eigentlich? Sie sind doch Barkeeper, oder? Aber die Kneipen sind alle geschlossen wegen der Pandemie.«

»Ich komme schon zu Recht«, sagte Pflüger etwas widerwillig, »ich habe Ersparnisse.«

»Ersparnisse? Als Barkeeper? Wie macht man denn so was? Alleine diese Wohnung ist doch schon der reinste Luxus in Tübingen. Zahlen Sie Miete oder haben Sie sie gleich gekauft? Vielleicht mit Ihrem Trinkgeld?«

»Verarschen kann ich mich alleine, Herr Kommissar. Ich wohne hier zur Miete, und wenn die Lage sich nicht bald ändert, mit dem Scheiß-Corona, dann kann ich meine Miete nicht mehr bezahlen. So, wollen Sie sonst noch was wissen?«

Wasmaier war zu den beiden getreten.

»Haben Sie auch mal was richtiges gelernt?«, fragte er den Keeper, »oder ging der Schritt nahtlos von der Schule hinter den Tresen?«

»Hängen geblieben«, murmelte Pflüger kaum hörbar.

»Wie bitte?«

»Ich bin hängen geblieben«, wiederholte Pflüger, »eigentlich habe ich empirische Kulturwissenschaften studiert. Für eine Semesterarbeit über den Jargon der Kulturlandschaft Kneipe habe ich angefangen, im Storchen zu jobben. Vor Jahren schon. Aber irgendwie bin ich da in eine klitzekleine Alkoholabhängigkeit geschliddert. Und ehe ich da wieder herausfand, war ich exmatrikuliert. Dann bin ich ein paar

Monate nach Spanien gegangen und habe Strandurlaub gemacht. Als ich zurückkam, habe ich wieder einen Barkeeper-Job angenommen. Konnte ja keine Sau wissen, dass hier ein Virus auftaucht und dann die Regierung alles dichtmacht.«

»Sie haben also kein Geld mehr.«

»Das ist mein Geheimnis.«

»Wenn Sie sonst keines haben. Aber unter uns – was wollen Sie unternehmen, um wieder zu Geld zu kommen? Gibt es da Pläne?«

»Auf Wiedersehen die Herren Polizisten, ich brauche jetzt meinen Schönheitsschlaf.«

Damit drückte der Hausherr die Besucher Richtung Türe.

»Okay«, sagte Wasmaier, als sie beide zum Auto gingen, »der Kerl lügt wie gedruckt. Das ist ja wohl eindeutig.«

»Aber über seine Lügen haben wir im Grunde die ganze Wahrheit erfahren«, erwiderte Löffler, während er in den Wagen stieg.

»Wie bitte? Wie das?«

»Das nennt man Dialektik. Das lernen Sie auch noch, wir sind hier doch in Tübingen.«

Maria Steinke schien putzmunter zu sein als Monika Berger sie in der Löffler-Villa in Lustnau in der Küche traf. Sie saß am Tisch, trank Kaffee, wühlte sich durch die Smartphone-News und las parallel dazu die Tageszeitung.

»Gut überstanden, den Überfall?«, fragte die Kommissarin, als sie sich zu der Journalistin setzte.

Steinke lachte fröhlich.

»Du meinst den Steinwurf, der mich verfehlt hat? Ach komm, das gehört doch zum Geschäft, da denke ich nicht groß darüber nach.«

»Und die Warnung auf dem Zettel? Dass man dich ausradieren soll?«

Steinke winkte ab.

»Keine Ahnung, wie die auf die Idee kommen, ich sei für die Impfpflicht. Bin ich doch gar nicht. Aber in meinem Artikel ist meine Meinung eh nicht gefragt, ich recherchiere unabhängig, da kommen alle zu Wort. Ich weiß auch nicht, was man mir da unterstellt.«

Berger überlegte eine Weile, während Steinke ihr einen Kaffee eingoss.

»Deine Meinung zu dem Thema hat Gewicht«, sagte sie dann, »vielleicht will man einfach erreichen, dass du die richtige Seite wählst.«

»Ich wähle keine Seite, ich lasse einfach alle zu Wort kommen.«

»Das habe ich schon kapiert, aber vielleicht *will* man ja, dass du dich für eine Seite entscheidest.«

»Aber doch nicht so. Das wäre genau der falsche Weg, das müssten die doch kapieren. So schrecken die mich doch eher ab. Das käme ja in meinem Artikel vor – dass mich Impfgegner bedrohen und sich gegen das Gesetz stellen. Dass sie Andersdenkenden Angst einjagen.«

Berger schnippte mit dem Finger.

»Vielleicht ist es ja genau so, dass man das ins Kalkül zieht. Lass uns doch mal um die Ecke denken.«

»Na komm, das wäre ja wirklich dreist. Den Gegner niedermachen, indem man selbst dessen Straftaten begeht. Und mich damit manipulieren. Ist das wirklich denkbar?«

»Das musst du wissen, ich kenne mich in der Szene nicht aus. Du hast doch in der Zwischenzeit mit vielen Menschen gesprochen. Gibt es welche, die so fanatisch wären?«

Die Journalistin wog den Kopf hin und her. In dem Augenblick kam Löffler Senior herein. Seitdem er Start-ups als Berater zur Seite stand, wusste man nie, ob er im Haus war oder irgendwo unterwegs. Aber es gefiel ihm, von den Nachwuchsunternehmern und Nachwuchsunternehmerinnen gebraucht zu werden. Außerdem hatte er durch Beteiligungen an diesen Neugründungen auch gut verdient. Doch das stand bei ihm ohnedies nicht im Mittelpunkt. Ein paar Mal hatte er in ein Start-up investiert, um zu zeigen, dass er an die Idee glaubte. Wenn am Ende ein satter Gewinn für ihn herauskam – umso besser. Den Gewinn investierte er ohnehin gleich in das nächste Projekt.

»Fanatisch sind beide Seiten«, warf Löffler Senior ein, und setzte sich zu den beiden Frauen an den Tisch. »Das sind Glaubenskriege geworden, um Corona geht es da nicht mehr, nur noch um Positionen.«

Er goss sich eine Tasse Kaffee ein.

»Es gibt doch diese Internetgruppe«, sagte er zu Maria Steinke, »irgendwas mit echten Tübingern. Sind die nicht rigoros mit den Mitgliedern und führen sich ihnen gegenüber auf wie afghanische Taliban? Da fliegt man ja schon aus der Gruppe, wenn man sagt, man habe einen leichten Verlauf bei seiner Infektion gehabt. Da verharmlose man das Virus. Wer nicht stirbt, hat es nicht erlebt, sozusagen.«

Steinke nickte.

»Ja, das waren unangenehme Gespräche«, sagte sie, »irgendwie sektenartig. Die Administratoren haben sogar festgelegt, wie man sich der Pandemie gegenüber zu positionieren habe. Zumindest in den Posts der Gruppe. Sie haben mich bei meinem Interview streng angewiesen, was sie von meinem Artikel erwarten. Eigentlich haben sie mich sogar bedroht, wenn ich es noch mal überdenke. So nach dem Motto »Ungeimpfte sind Volksschädlinge«. Ja, denen würde ich so eine verquere Denkweise zutrauen.«

Berger überlegte kurz.

»Es müssen Menschen sein, mit denen du zu tun hattest, die dir einen Stein ins Zimmer werfen. Sonst macht das ja keinen Sinn, richtig?«

Steinke nickte.

»Damit schränkt sich der Kreis der Täter und Täterinnen massiv ein, würde ich sagen. Also, ich schlage vor, wir treffen uns mit den Administratoren dieser Tübinger Gruppe. Dann hauen wir da mal auf den Putz, das macht doch Spaß, oder?«

»Und ich?«, fragte Löffler Senior gespielt entrüstet, »ich darf da nicht mit? Kann ich nicht den Chefredakteur darstellen? Oder einen Virologen, der Karl Lauterbach mit Killerviren-Infos versorgt. Das wäre doch eine schöne Rolle für mich.«

»Warum nicht«, meinte Berger, »Sie sehen so seriös aus, dass man uns in Ihrer Begleitung alles abnimmt. Also, Maria, mach einen Termin mit den Leuten.«

Manchmal dachte Sven Meister, er wäre zu gut für seinen Job. Wäre er nicht sogar geeignet, die großen Rätsel dieser Welt zu lösen, anstatt Verbrecher zu jagen? Den Krebs besiegen, eine geheime Formel gegen die Kriege dieser Welt herausfinden oder das Coronavirus zum Verschwinden bringen – das wären passende Aufgaben für ihn.

Aber stattdessen saß er hier in seinem Kabuff in der KTU und las ein paar Zettel aus einer Handtasche einer Ermordeten durch und versuchte herauszufinden, wen die Frau gekannt hatte. Telefonnummern, Adressaufschriebe, Hinweise auf Daten zu irgendwelchen Menschen, die im Leben der Frau eine Rolle spielen könnten. Der Ehemann, dieser ständig besoffene Uhu, war da jedenfalls keine große Hilfe.

Über seine Frau wusste er schlicht gar nichts. Er war sich nicht einmal sicher, aus welchem Land sie und ihre Vorfahren kamen. So einem Typen einmal eine reinzuhauen – das würde den Tag zum Freund machen. Aber leider war das in seinem Job nicht drin. Obwohl, dachte er erheitert, es viel Spannung aus so einem Arbeitstag herausnehmen würde. Da wüsste man danach immerhin, dass man zumindest eine Sache an dem Tag richtig gemacht hatte.

Bei der Frau, Sara Kessler, befanden sich kaum persönliche Eintragungen. Sie hatte, so Meisters Eindruck, wenige soziale Kontakte hier in Tübingen. Frauenarzt, Bürgermeisteramt, Stadtverwaltung, Friseur oder Fitnessstudio. Als er dort anfragte, kannte man Kessler nicht. Vermutlich hatte sie sich da niemals gemeldet.

In ihrer Geldbörse fand Meister abgelaufene Bons auf Sonderangebote, Kassenzettel aus Discountermärkten oder Bäckereien. Außerdem die Visitenkarte eines Anwalts und eines Versicherungsmitarbeiters.

Unter die Falte des Münzfachs geschoben fand sich ein kleiner Zettel mit einer Telefonnummer. Nur eine Nummer, sonst nichts. Kein Name, keine Adresse, kein anderer Hinweis. Nur diese Handynummer.

Okay, dachte Meister, der Sache können wir ja mal nachgehen. Er überlegte, ob der die Nummer über die Kollegen im Präsidium ermitteln lassen sollte, oder ob er einfach die Nummer anrief. Ach was, Anruf war besser. Irgendwie näher am Fall und an der Lösung.

Er wählte die Nummer. Niemand ging ran. Dann kam die Mailbox. Ein gewisser Sven Raiser meldete sich und versprach, so schnell wie möglich zurückzurufen. Jetzt aber sei er verhindert.

Meister suchte in seinem Polizeisystem nach dem Namen Sven Raiser.

Okay, keine Vorstrafen, nie aufgefallen, keine Einträge. Dann rief er das Meldeamt auf. Da hatte er ihn. Einen Lehrer. Tübingen. Es gab eine Festnetznummer dazu. Er rief dort an.

Es dauerte eine Weile, dann wurde abgehoben.

»Hallo.«

Das war alles. Und es war eine Frauenstimme.

»Hier ist Sven Meister. Ich bin bei der Kripo in Tübingen. Kann ich Herrn Raiser sprechen?«

Ein langes Schweigen am anderen Ende.

»Woher weiß ich, dass Sie wirklich bei der Polizei sind? Sie könnten ja zum Beispiel jemand ganz anderes sein.«

»Ja, das stimmt. Ich könnte aber auch wirklich bei der Polizei sein.«

Schweigen.

»Stimmt. Ich weiß auch nicht, wieso ich so misstrauisch bin. Was wollen Sie denn von Sven?«

»Ich wollte ihn fragen, ob er eine bestimmte Person kennt. Und woher er sie möglicherweise kennt. Und es würde mich interessieren, wer Sie sind. Immerhin sind Sie ja in seiner Wohnung. Sonst könnten Sie ja wohl kaum seine Festnetznummer bedienen, richtig?«

»Oh, da spricht ja wirklich der Kriminalist. Aber ich weiß nicht, ob ich Ihnen das alles sagen kann.«

»Ich will Sie ja nicht verängstigen, aber ich sage Ihnen in aller Offenheit: Wenn Sie nicht mit uns hier am Telefon kooperieren, dann muss ich eine Streife in die Wohnung schicken, um Sie abzuholen. Wie wäre es jetzt, wenn Sie meine Fragen beantworten. Als Erstes, wer Sie eigentlich sind.«

Man hörte ein leises Seufzen am anderen Ende.

»Na schön, vertrauen wir uns mal gegenseitig. Ich heiße Tanja Raiser. Eigentlich bin ich die Ehefrau von Sven.«

»Eigentlich?«

»Ja, wir sind getrennt und wollen uns wahrscheinlich scheiden lassen. Darüber reden wir gerade. Also, nicht gerade, aber wenn Sven wieder richtig ansprechbar ist.«

»Was ist denn passiert mit Ihrem Sven? Hatte er einen Unfall? Ist er krank? Covid-19? Vom Fahrrad gefallen?«

Wieder ein leises Seufzen. Meister ging dieses schmierige Getue langsam auf die Nerven.

»Also?«

»Da müssen Sie Ihre Kollegen fragen. Man hat ihn überfallen und zusammengeschlagen. Aber so richtig zusammengeschlagen. Jetzt liegt er im Krankenhaus und wird behandelt. Ich hole bloß ein paar Unterlagen für ihn. Also eigentlich für das Krankenhaus. Krankenkarte und so, dann gehe ich ihn besuchen.«

»Wer ist es denn gewesen? Wer hat ihm das angetan? Kam er in eine Prügelei, oder was?«

Seufzen.

»Das muss die Polizei herausfinden. Ich weiß es nicht.«

Meister wollte nicht ganz unverrichteter Dinge das Gespräch beenden.

»Sagen Sie mal«, begann er vorsichtig, »kennen Sie eigentlich auch die Freunde und … sagen wir mal … Freundinnen Ihres Mannes? Können Sie mir vielleicht etwas zu jemand sagen?«

»Etwas zu jemand? Was könnte das denn sein? Zu wem wollen Sie denn etwas wissen? Mein Mann kennt doch kaum jemand, der war doch mit der Schule verheiratet, weniger mit mir. Also – um wen geht es denn?«

»Es gibt da eine Frau, Sara Kessler heißt sie, die hatte die Nummer Ihres Mannes in ihrem Portemonnaie. Also die Handynummer. Die gibt man ja nicht jedem oder jeder. Können Sie mir zu der Frau etwas sagen?«

Schweigen am Ende.

»Also, ganz ehrlich«, sagte die Frau dann, »ich habe den Namen noch nie gehört. Gibt es nicht was, was Sie mir zu ihr sagen können?«

»Na ja, sie ist schwarz, hat also schwarze Hautfarbe, wohnt aber in Tübingen. Sie ist ebenfalls verheiratet, so um die 30 Jahre alt. Kennen Sie so jemand?«

»Nee, ich kenne überhaupt keine Afrikaner. Und Sven auch nicht. Woher auch, wir bleiben unter Unseresgleichen, das ist am unkompliziertesten. Also, wenn mein Mann eine Schwarze kennen würde, dann wüsste ich das. Darüber würden wir reden.«

»Trotzdem hat die Frau die Handynummer Ihres Mannes bei sich. Kann das Zufall sein? Oder gibt es einfach Dinge, die Sie nicht wissen? Ihr Mann hat Geheimnisse, und das ärgert Sie jetzt.«

Es tat Meister in der Seele gut, der Frau das an den Kopf werfen zu können. Auch, ohne dass er sie persönlich, von Angesicht zu Angesicht kannte, hielt er sie für eine dumme Kuh, eine Rassistin und ganz allgemein für unerträglich.

»Was soll das denn heißen«, reagierte sie prompt auf Meisters kleine Spitze, »wollen Sie sagen, er hat was mit der Schwarzen und ich weiß nichts davon? So ein Schwachsinn. So eine hätte mir meinen Sven nicht weggenommen. Der ist Lehrer, der tut so was nicht. Und jetzt lege ich auf.«

Damit war das Gespräch beendet.

Na schön, überlegte der Mann von der KTU, jetzt liegt es an den Kollegen, hier was herauszubekommen. Sie sollen den Lehrer jetzt mal im Krankenhaus besuchen. Vermutlich wird er in der BG-Klinik auf dem Schnarrenberg liegen. Zusammengeschlagen klang stark nach Brüchen.

Er rief Hauptkommissar Christian Löffler an.

Jens Pflüger sah seine Felle davonschwimmen. Von seiner Anfangseuphorie war nicht mehr viel übriggeblieben. Noch vor nicht einmal 24 Stunden war er auf seinem großen Traum über die Wolken geritten und hatte schon damit begonnen, Skizzen anzufertigen, wie sein Lokal im Süden aussehen sollte.

Jetzt saß er in seiner Wohnung und schwitzte.

Angstschweiß. Schweiß der Erleichterung, weil die Polizisten weg waren. Schweiß, weil die Heizung in seiner Wohnung bis zum Anschlag aufgedreht war. In einem Anfall von »Wechsel in ein anderes Universum« wollte er die Hitze im Raum, weil ihn das an die Sonnenglut im Süden am Strand und an seine Bar erinnern sollte.

Ein virtuelles Entschweben in eine glückliche Zukunft.

Jetzt saß er auf den Trümmern, auf den spitzen Scherben einer falschen Entscheidung.

Er nahm die Warnung der Bullen ernst. Jetzt erst recht. Die Frau war also tot. Das war jetzt jedenfalls bestätigt. Es konnte niemals Zufall sein, dass man sie einfach so getötet hatte. Das war ein Tod, der mit dem Mann in der Allee zusammenhing. Davon hatte ihn alleine schon die Stimme am Telefon überzeugt.

War das der Killer? Hatte nicht seine Stimme wie die eines Wahnsinnigen geklungen. Eines Psychopathen. Klar hatte sie das. Das war ein Kerl, der das tat, was er versprach.

Oder was er androhte.

Und ja – gedroht hatte er ihm auf jeden Fall.

Er hätte sich vielleicht doch den Polizisten anvertrauen sollen. Mit ein bisschen mehr Schutz von dieser Seite würde er sich sicherer fühlen. Und irgendwie ahnten die auch etwas, ahnten, dass es da Verbindungen gab.

Irgendwelche.

Er musste nachdenken.

Also, zuerst mal war klar, dass er mit der Frau nicht mehr rechnen konnte. Die war tot. Klar war auch, dass sie dem Anrufer alles gesagt hatte, was sie wusste. Genutzt hatte es ihr nicht viel. Aber von ihr wusste der Kerl jetzt, wer die beiden anderen waren. Er fragte sich, ob der Mann den Lehrertypen, diesen Sven Raiser, auch schon kontaktiert hatte. Das wäre logisch gewesen. Denn Sara Kessler wusste eines nämlich nicht: Wer das Geld hatte. Das hatten die beiden Männer nach der Trennung erst entschieden. Nicht, um die Frau zu bescheißen. Es war einfach nur die Überlegung, wer die ganze Kohle am sichersten unterbringen konnte. Eine halbe Million oder mehr zu verstecken ist ja nicht gerade die einfachste Sache der Welt, auch wenn es sich so anhört.

Also musste der Killer weitersuchen.

Es gab ja nur zwei Möglichkeiten für ihn. Entweder hatte der Lehrer die Kohle – oder er, Pflüger. Und eines war ihm klar: Der Kerl würde nicht aufgeben, ehe er das Geld nicht hatte. Es ging einfach darum, wer die Sache hier überleben würde.

Und er war nicht gewillt, klein beizugeben.

Er hatte immer nur einen einzigen Traum gehabt. Und den ließ er sich nicht von einem Wahnsinnigen versauen. Außerdem hatte er eh nichts zu verlieren: Wenn er sich den Traum nicht erfüllen konnte in diesem Scheißleben, dann hielt ihn auch nichts mehr auf dieser Welt.

Na schön, er musste mit Raiser reden.

Zusammen würden sie schon eine Lösung finden.

Er suchte die Telefonnummer heraus, die er in die Hülle seines Smartphones geschoben hatte.

Er wählte Raisers Nummer.

Maria Steinke und Monika Berger, die Journalistin und die Kommissarin, warteten auf der Neckarmauer, oberhalb der Anlegestelle der Stocherkähne. Jetzt, im Winter, war das steinige Neckarufer leer. Die Kähne lagerten auf dem Platz neben dem Tübinger Schwimmbad. Der Wind blies, die beiden Frauen froren.

»Wann kommt die Tussi endlich?«, fragte Berger, und trat von einem Bein auf das andere um die Füße zu wärmen.

»Sie ist gerade mal zwei Minuten überfällig«, beruhigte Steinke, »sie wird gleich hier sein.«

»Wie heißt die überhaupt?«

Die Journalistin zuckte mit den Schultern.

»Keine Ahnung, ich kenne nur ihren Nick. Dog Alina. Und ihr Foto. Von dem weiß aber keiner, ob es tatsächlich ihr Gesicht oder irgendein Avatar ist. Ah, schau, da kommt jemand.«

Eine Frau mit Mütze bewegte sich entlang der Neckarmauer auf dem schmalen Durchweg. Sie kam von der Neckarbrücke her. Sie kam näher. Ihr Gesicht war von einer monströsen Corona-Maske bedeckt. An den Seiten des Coronaschutzes gab es Filter, durch die die Frau ein- und ausatmete. Man konnte gerade mal die Augen erkennen.

Sie blieb etwa fünf Meter vor den beiden Frauen stehen.

»Was ist mit Mund-Nasen-Schutz?«, rief sie ihnen zu.

»Wir sind im Freien«, antwortete Maria Steinke.

»Na und, das weiß doch das Virus nicht. Wenn Sie keinen Schutz aufziehen, bleibe ich hier stehen, solange wir reden.«

Sie gaben nach. Beide zogen ihre Maske aus der Tasche und befestigten sie über Nase und Mund. Danach kam die Frau näher, wirkte aber noch immer unsicher. Eineinhalb Meter vor den beiden blieb sie stehen.

»Abstand halten«, meinte sie, und deutete auf den luftleeren Raum zwischen ihnen. »Wer ist denn nun wer?«, frage sie.

»Ich bin Maria Steinke, Journalistin, und das hier ist meine Kollegin, eine Virologin, sie hat das Motto ›Ohne Wissenschaft wird's dunkel‹. Perfekt für die heutigen Zeiten, oder? Und wie heißen Sie?«

Vorsichtig schaute die Frau sich um. In ihrem weißen, dick gefütterten Daunenmantel sah sie aus wie eine wohlgenährte Raupe.

»Nennen Sie mich einfach Dog«, sagte sie, »so kennt man mich in den sozialen Medien und in meiner Gruppe. Ich bin da Administratorin. Manche nennen mich auch Dog Adrenalin, weil ich manchmal so emotional bin. Zum Beispiel, wenn ich auf Ungerechtigkeiten stoße.«

»Ach, wir reden dann von der Gruppe »Ich bin Tübinger/in – und du?«, oder?«

Die Frau nickte.

»Genau. Und da muss man manchmal ausmisten, man kann ja nicht jede Meinung gelten lassen. Das ist ein harter Job, ehrlich. All das Zeug lesen, was da täglich herein kommt – unerträglich und eklig.«

Sie schwieg plötzlich, unterbrach ihren Redefluss.

»Äh, wozu treffen wir uns noch mal? Was war der Grund unseres Treffens heute? Sie haben da am Telefon bloß Andeutungen gemacht. Worum geht es genau?«

»Oh, das hatte ich Ihnen eigentlich schon als PN geschrieben, also an ihre persönliches Nachrichtenkonto«, sagte Maria. »Wir brauchen Ihren maßgeblichen Rat in einer Recherche von mir. Es geht um Corona. Deshalb ist auch meine Kollegin dabei, sie kennt sich mit dem Virus aus.«

Dog sah sich vorsichtig um.

»Dann sind Sie bei mir genau richtig«, meinte sie mit leiser Stimme, »ich beschäftige mich intensiv mit den Verwerfungen in der Gesellschaft, die das Virus mit sich gebracht hat.«

Maria flüsterte nun auch.

»Und welche Verwerfungen könnten das wohl sein?«, fragte sie.

»Verharmlosung.«

»Verharmlosung?«

Dog betrachtete Maria mitleidig.

»Haben Sie noch nicht bemerkt, dass um uns herum die Welt untergeht«, fragte sie, »Menschen sterben wie die Mücken, eine Pandemie will die Welt ausrotten, unsere Freunde und Nachbarn werden dahingerafft und manche wollen es nicht wahrhaben.«

Dog hatte vor lauter Entrüstung ihren Mundschutz abgenommen und stieß mit ihm in der Hand in Richtung der beiden Frauen.

»Und das Schlimmste ist«, fuhr sie, immer lauter werdend, fort, »dass dann solche Reporterinnen wie Sie möglicherweise Sympathien aufbringen für solche Pandemieleugner und das auch noch veröffentlichen. Das bestärkt doch die Abtrünnigen und Ungläubigen in ihrem heidnischen Glauben. Ja, heidnisch, weil sie grenzen- und zügellos weiterleben als hätten wir keinen Killer unter uns. Aber nicht mit mir, ich trete gegen diese Verräter und Verräterinnen an. Wer mit dem Virus auf Du und Du ist, den schmeiße ich aus meinem Blog hinaus. Wir sind mehr als 7 000 Freunde, aber ein paar faule Äpfel musste ich schon aussortieren. Und Ihre Aufgabe«, und damit ging sie einen Schritt auf Maria Steinke zu, »ist es, den Schrecken zu zeigen und nicht ihn zu verharmlosen. Die Leugner sind zu allem fähig.«

Sie war erschöpft nach diesem Ausbruch. Langsam setzte Dog wieder die Maske auf. Sie trat einen Schritt zurück und atmete tief durch.

»Sind Sie fertig?«, fragte nun Berger.

Dog nickte.

»Also haben Sie meine Mailanfrage doch erhalten. Warum tun Sie dann so, als würden Sie mich nicht kennen?«, fragte Maria. »So wie bei Ihnen das Adrenalin nach oben schießt, kommen Sie mir irgendwie unkontrollierbar vor. Haben Sie nicht schon jemand aus Ihrem Blog geworfen, weil er sagte, es gebe in der BG Tübingen noch freie Intensivbetten? Sagten Sie nicht, das sei passiert, weil man damit die Pandemie verharmlose? Haben Sie nicht Regeln aufgestellt, was man in Ihrem Blog schreiben darf zu Covid-19 und was nicht?«

Steinke übernahm.

»Nennt man Sie nicht Frau Xie Ping? So wie diesen Chinesen?«

Dog nickte eifrig.

»Ja, und das nehme ich als Kompliment. Ich lasse mir doch nicht von Besserwissern meine … ich meine unsere … ich meine die Pandemie kaputt reden. Ich will keinen Trost sehen in meinem Blog, keine Rettungshinweise, keine Entwarnung. Ich will die Pandemie in ihrer ganzen Schrecklichkeit erleben und das zusammen mit anderen, die genauso diese Panik genießen wie ich.«

»Sie wollen nicht, dass Corona nicht ganz so schlimm ist, wie manche behaupten?«

Die Frau zuckte regelrecht zusammen.

»Nein«, schrie sie, »auf keinen Fall. Corona ist furchtbar, schrecklich, tödlich, unbeherrschbar, unleugbar. Alle, die etwas anderes behaupten, werfe ich aus meinem Blog – auch wenn ich am Ende alleine da stehe. Aber das ist nicht so, in meinem Blog sind alle Paniker der Stadt versammelt, die springen nicht ab.«

Steinke und Berger schüttelten beide ungläubig den Kopf. Aber das fiel Dog in ihrer Ekstase gar nicht auf. Sie zitterte am ganzen Körper und schien für einen Moment nichts davon wahrzunehmen, was um sie herum passierte.

»Und Sie«, fuhr sie dann plötzlich fort, und zeigte mit ihrem Mittelfinger auf Maria Steinke, »haben die Aufgabe, die Bevölkerung aufzurütteln und allen klarzumachen, dass wir in Todesgefahr schweben. Sie schreiben doch über Corona und was es mit uns anstellt. Sie müssen die Coronaleugner, die Quertreiber, die militanten Nicht-Maskenträger und Ungeimpften – die müssen sie an den Pranger stellen. Die sind so militant, dass sie sogar übergriffig werden. Sie beleidigen, sie greifen an, sie werfen Steine in die Häuser. Das müssen Sie schreiben. Das muss in Ihre Reportage hinein – dass diese Querdenker militant und aggressiv sind.«

Steinke tat so, als würde sie diesen Vorschlag überdenken. Dazu legte sie gekonnt die Stirn in Falten und den Zeigefinger an die Unterlippe. Ganz die Pose der Reflektierenden. Schließlich schien sie zu einem Entschluss gekommen zu sein.

»Sie meinen also, dass ich ganz sicher sein kann, dass mir ein Querdenker einen Stein ins Zimmer geworfen hat. Dass man mich mundtot machen wollte. Dass das ein Mordanschlag war?«

Dog nickte heftig.

»Was denn sonst? Ein Stein von der Größe – wenn der trifft, dann ist Schluss, basta, finito.«

»Dann müsste man den also mit einer versuchten Mordanklage vor Gericht stellen, oder zumindest versuchter Totschlag?«

»Ja, klar, was denn sonst.«

Maria Steinke deutete auf die Polizistin an ihrer Seite.

»Na, dann bin ich ja froh, dass ich eine Bekannte von der Mordkommission mitgebracht habe. Die kann die Sache jetzt genau untersuchen, und dann jagen wir die Verbrecher. Sie wollen uns bestimmt dabei helfen.«

Dog war irritiert. Deutlich irritiert. Mit großen Augen starrte sie Berger an. Sie schien sich mit einem Mal unwohl zu fühlen. Dann schaute sie auf ihre Uhr und schüttelte den Kopf.

»Oh je, ist es schon so spät«, sagte sie dann, »ich sollte langsam gehen. Dann wünsche ich noch gutes Gelingen bei der Aufklärung. Ich hoffe, sie schnappen die Kerle.«

Sie schlug den Mantel zu und wollte verschwinden. Aber Berger zog sie am Ärmel und hielt sie fest.

»Ich dachte, Sie wollten uns unterstützen.«

»Ja, ja, klar, aber nicht heute. Morgen unterstütze ich Sie, und übermorgen, und so weiter. Aber jetzt muss ich gehen.«

Steinke stellte sich vor Dog hin.

»Sagen Sie mal, Dog Alina, wessen Fingerabdrücke würden wir wohl finden, wenn wir den Stein untersuchen? Haben Sie eine Ahnung?«

Blitzschnell drehte die Frau sich um und wollte wegrennen. Aber Berger hatte mit so etwas gerechnet und stellte ihr geschwind ein Bein. Dog stolperte darüber und fiel auf den Boden. Dort blieb sie ein paar Augenblicke bewegungslos liegen. Dann stand sie langsam auf und klopfte sich, als sie wieder aufrecht zum Stehen kam, ihre Kleidung ab.

»Dreckig hier, da könnte man auch mal wieder für Ordnung sorgen«, meinte sie.

»So wie Sie unter den denen, die nicht Ihre Panik teilen, Frau Blockwartin, oder?«

Dog schniefte.

»Das verstehen Sie nicht«, meinte sie zu den beiden Frauen, »endlich habe ich einmal etwas für mich gefunden mit dem Blog. Ich bin erfolgreich. Und niemand kann mich rauswerfen, keiner kann mir was vorschreiben und ich kann alle tyrannisieren, und die merken es nicht einmal. Das ist doch traumhaft. Aber was passiert, wenn Corona vorbei ist?

Deshalb muss ich mich jetzt schon darauf vorbereiten und mir meine Follower heranziehen.«

»Aber warum taten Sie denn so, als hätten andere den Stein geworfen? Querdenker oder Leugner oder Menschen mit Verstand.«

Dog seufzte, als müsse sie einem kleinen Kind etwas erklären, was dieses eigentlich wissen sollte. Das »Überlastete-Lehrer-Syndrom«.

»Wenn Sie glauben«, erklärte sie dann ganz sachlich, »dass die Querdenker jetzt militant gegen Sie vorgehen, dann werden Sie ganz sicher einen Artikel schreiben, in dem das auch vorkommt. Damit haben wir die Spinner im Sack. Dann sind sie endgültig in der rechten gewaltbereiten Ecke. Und wir können uns in meinem Block darin sonnen, dass wir auf der richtigen Seite stehen. Alles Marketing, Sie verstehen. Und Dienst am Menschen, weil wir die Panik schüren, die uns schützen wird.«

Fassungslos schüttelte Berger den Kopf.

»Und jetzt haben Sie genau das Gegenteil erreicht. Jetzt muss ich Sie anklagen und ihren Blog stilllegen lassen. Das alles wegen Ihrem kranken Fanatismus.«

»Können wir uns nicht einigen, irgendwie«, bettelte die Frau mit dem Blog, »ich könnte ja die Polizei ganz furchtbar loben für ihren Einsatz. Das lesen immerhin fast 8000 Tübinger, das ist doch nicht schlecht für das Image. Sie haben ja ohnehin nicht das beste.«

Das klang schon leicht triumphierend.

»Nun werden Sie mal nicht frech«, platzte Berger der Kragen, »wenn ich mit Ihnen fertig bin, haben Sie gar kein Image mehr, sondern eine Zelle mit einem Klo in der Ecke und einer Nazi-Zellengenossin. Ich bringe Sie jetzt nämlich zu den Kollegen und dann geht es in U-Haft – und zwar heute noch.«

Berger war kurz davor gewesen, Dog eine zu scheuern, aber Steinke hatte sie zurückgehalten. Dog war nun tatsächlich erschrocken, sie war kreidebleich geworden. Ihr schien jetzt erst klar geworden zu sein, was ihr blühen könnte. Berger hakte sie unter und schob sie vor sich her über den Fußweg entlang der Neckarmauer. Plötzlich blieb Dog abrupt stehen. Berger lief auf sie auf und stieß sich ihre Nase an Dogs Schulter.

»Aua«, rief sie, »das ist tätlicher Angriff.«

»Ich kann Ihnen vielleicht helfen«, sagte Dog. Sie drehte sich zu der Polizistin hin und starrte ihr aus nächster Nähe ins Gesicht. Berger zuckte zurück, aber Dogs Gesicht mit der Nase vorne draus folgte ihr, bis sie fast mit den Spitzen zusammenstießen.

»Ihr habt doch diesen Toten, diesen Ortmann«, sagte Dog, »den man in der Platane erledigt hat. Ich könnte euch vielleicht etwas dazu erzählen. Ich meine, nicht zum Mord, aber zu Ortmann, dem Schlawiner.«

Steinke und Berger sahen sich erstaunt an. Dann wandten sie sich beide der Bloggerin zu. Die stand mittlerweile aufrecht vor ihnen, die Hände in die Hüften gestützt. Ein Bild selbstgerechter Überlegenheit.

»Sie wissen etwas zu Ortmann? Und zu seinem Tod?«

Dog Alina nickte selbstgefällig. Sie hatte Oberwasser. Und sie wusste das.

»Tja«, sagte Dog, und grinste dabei, »so ein Blog hat eben seine guten Seiten. Und vor allem für die Administratorin und Chefin kommen da manchmal ganz ungeheure Nachrichten herein. Die nehme ich dann gleich unter Verschluss, ehe sie andere lesen. Man braucht ja immer ein paar Asse im Ärmel, das zahlt sich irgendwann aus. Heute zum Beispiel.«

Berger stieß der Frau den Zeigefinger gegen die Brust.

»Hören Sie auf mit dem Gelaber, spucken Sie endlich aus, was Sie wissen.«

»Was gibt es für mich dafür? Was ist mit meinem Blog? Und mit dem Steinwurf? Wir müssten uns da zuerst einigen.«

Sie grinste ein rotzfreches Grinsen.

Berger seufzte. Sie wusste, sie saß in der Falle. Sie war Pragmatikerin – wenn ihnen die Informationen der Frau in dem Fall weiterhalfen, musste sie eben auf einen Kompromiss eingehen und die Frau gehen lassen. Aber andererseits war Berger auch nachtragend. Und das wiederum versprach, dass Dog Alina noch nicht endgültig vom Haken war.

»Okay«, sagte sie, »wir vergessen Stein und Blog. Sie kommen aber jetzt mit den Infos rüber. Und nur wenn die etwas taugen, kommt unser Handel auch zustande.«

Dog lächelte selbstzufrieden. Eine Ausgeburt an Arroganz und Dünkel. Bei diesem Anblick war Berger klar: Gleichgültig was immer die Frau ihr jetzt erzählte – sie würde dafür sorgen, dass Dog Alina tief fiel.

»Um es kurz zu machen«, sagte diese in dem Augenblick, »Ortmann war ein mieser Erpresser. Ich weiß von mindestens zwei Personen, denen er Kohle aus der Tasche gezockt hat. Und zwar durch knallharte Erpressungen. Wäre doch gelacht, wenn man darunter nicht den Täter finden würde.«

Triumphierend stand Dog vor der Journalistin und der Polizistin.

»Gibt es eigentlich eine Belohnung für die Ergreifung des Killers? Ich meine, ich mache ja quasi Ihre Arbeit, da müsste doch etwas herausspringen.«

Berger schüttelte den Kopf. Im Grunde war sie fassungslos darüber, wie Dog Alina sich ruckzuck wieder in Führung brachte und sich als Alphatier aufführte. Und sie war ausgesprochen frech und unverschämt. Eine Blockwartin halt mit ungetrübtem Verhältnis zu Unterdrückung und Gewissenlosigkeit.

»Bevor Sie jetzt völlig abheben, würde ich sagen«, griff jetzt Maria Steinke ein, »Sie legen endlich mal los mit dem, was Sie zu wissen glauben. So ein paar dunkle Andeutungen reichen da nämlich nicht aus.«

Dog hob abwehrend die Hände.

»Schon gut«, sagte sie, »das ist mir schon klar, habe ja genügend Krimis gesehen und gelesen. Ich sage erst mal, wie der Kontakt zustande kam. Eines Tages bekam ich auf meine PN eine Mail, in der danach gefragt wurde, ob wir auch die Entdeckung schwererer persönlicher Verfehlungen veröffentlichen würden. Es würde sich dabei um Tübinger handeln, also sei unser Portal »Wenn du ein Tübinger bist« doch genau das richtige. Na ja, eigentlich machen wir das nicht, es sei denn, es handelt sich um Coronagegner. Aber ich war neugierig, Also schrieb ich ihm, das hänge von der Verfehlung ab. Der Absender war ein gewisser Ortmann. Ich habe gleich mal recherchiert, wer das ist. Und ein paar Leute gefragt. Währenddessen kam schon die Antwort. Ortmann schrieb, ein Patient habe ihm während einer Sitzung berichtet, er habe seine Stieftochter unsittlich berührt. Das könne man doch theoretisch öffentlich machen, fragte er in seiner Mail. Ich schrieb ihm, ob er denn Beweise habe. Und wenn, dann solle er doch zur Polizei gehen. Er sei gar nicht daran interessiert, die Geschehnisse zu veröffentlichen, sondern er wolle bloß drohen. Das sei doch in Ordnung, oder? Da war natürlich klar, wohin die Sache läuft.«

Dog Alina machte eine Pause. Sie holte eine Karotte aus ihrer Tasche und biss davon ab. Sie kaute so laut, dass die Spatzen, die aus dem Baum hinter ihr davonflogen, wahrscheinlich einfach ihre Ruhe haben wollten.

»Und weiter«, wurde Berger ungeduldig.

»Na, jedenfalls habe ich ihn gebeten, er solle doch mal so einen Bericht schicken, damit ich beurteilen könne, ob wir die Richtigen für eine Veröffentlichung wären. Und tatsächlich kam kurz darauf eine Mail mit der Geschichte von dem Mann mit seiner Stieftochter. Es war das Gesprächsprotokoll wie bei einer Therapiesitzung.«

»Wie wollen Sie das beurteilen können«, fragte Berger.

Dog lachte kurz und trocken.

»Ich bin die Weltmeisterin in Therapie. Ich habe meine halbe Jugend beim Psychotherapeuten verbracht. Also kommen Sie mir nicht so.«

»Okay, wusste ich ja nicht – also weiter.«

Nach kurzem Räuspern nahm Dog den Faden wieder auf.

»Er hat mir dann auch noch einen zweiten dieser Berichte geschickt. Da ging es nur darum, dass einer Kleptomane war, obwohl er an der Spitze eines Tübinger Unternehmens stand. Er klaute alles, was bei drei nicht unter dem Ladentisch verschwunden war. Bei beiden waren die Namen nicht angegeben. Mit war schon klar, dass es da um Erpressung ging. Und wenn ich das in meinem Tübingen-Blog brachte, war das noch besser, als es halt nur irgendwo ins Netz zu stellen. Ich fragte den Mann, was für mich dabei herausspringe. Nix, schrieb Ortmann, außer dem Ruhm, eine Sauerei aufgedeckt zu haben.«

Sie schwieg und schaute die beiden Frauen interessiert an. Gerade so, als wolle sie sich ein Lob abholen. Oder gestreichelt werden wie ein alter Stallhase.

»Und eines Tages, gerade mal eine Woche später«, fuhr Dog Alina fort, »waren wir auf dem Marktplatz ein paar Fotos schießen für unseren Blog.«

»Ah«, unterbrach Berger, »reden wir hier von den Bildern mit Menschen auf dem Marktplatz, die zu dicht nebeneinanderstanden und keine Maske trugen?«

»Exakt«, stimmte Dog stolz zu, »das waren klasse Bilder. Damit haben wir es den Maskenverweigerern echt gezeigt. Aber egal – jedenfalls sind wir danach draußen beim Wein-Beck gesessen und haben einen Tübinger Roten gesüpfelt. Da sehe ich diesen Ortmann. Das Gesicht kannte ich schon lange, ich wusste nur nie, dass das Ortmann ist. Der Kollege mit den Fotos hat mich auf ihn aufmerksam gemacht. Ich habe dem Ortmann zugewunken, aber er tat so, als würde er mich nicht kennen.«

»Könnte ja auch sein. Ebenso, wie Sie nur seinen Namen ohne Gesicht kannten, kann es ihm mit Ihnen gegangen sein.«

»Genau das dachte ich auch. Also bin aufgestanden, sobald der Fotograf weg war und zu ihm hingegangen. Er saß da alleine und hat in einem Buch gelesen. Nietzsche. Also sprach Zarathustra. Völlig abgedreht, der Typ. Also sagte ich ihm, wer ich bin. Er nimmt die Maske ab und guckt mich erstaunt an. Dann schiebt er die Maske wieder über das Gesicht und liest weiter. Ich nehme meine Maske ab und sage ihm noch mal, wer ich bin. Er nickt bloß und liest weiter. Ist Ihnen wohl unangenehm, mich hier zu treffen in aller Öffentlichkeit. Für einen Erpresser ja nicht gerade ein Wunschkonzert. Erpresser?, fragt er. Dann legt er tatsächlich das Buch beiseite und guckt mich ganz blöde an. In dem Augenblick kam so ein komischer Typ dazu, so ein halber Gnom. Ganz merkwürdig, ein Freund von Ortmann. Die sagt, ich sei ein Erpresser, sagt Ortmann zu dem Gnom. Der guckt mich ganz blöde an, dann fängt er an mich zu beschimpfen. Aber wissen Sie, was dabei komisch war – und das fällt mir jetzt erst ein – der Kerl hat mich mit meinem Namen beschimpft. Also mit meinem Nick aus dem Blog. Der kannte mich also. Ich habe dann nur noch gesagt, dass er seine Opfer ohne mich erpressen soll, und dass er mir nie mehr schreiben soll. Sonst würde ich ihn anzeigen. Polizei und so. Dann bin ich gegangen.«

»Und?«, fragte Steinke, »hat er noch mal geschrieben?«

Sie schüttelte den Kopf.

»Nein, das nicht. Aber ich habe noch mal nachgeschaut. Die Mailadresse des Absenders war jedes Mal Ortmanns Adresse. Ich habe das auch mit seiner Homepage verglichen, das steht die gleiche Adresse drin. Also muss die von ihm stammen. Außerdem – er hat ja die ganzen Unterlagen zu den Patienten mitgeschickt, die können bloß von Ortmann stammen. Der Typ hat seine Patienten im großen Stil erpresst, da bin ich sicher.«

Alle drei schwiegen eine Weile. Dog Alina holte erneut ihre Karotte heraus und biss ab. Ihr Handy klingelte. Sie nahm es ans Ohr. Und nannte den Namen der Anruferin. Dann hörte sie zu.

»Ich würde sagen drei Tage, das müsste reichen.« Wieder hörte sie der Anruferin zu. »Okay, schreib das rein, ich bringe dann vielleicht später noch einen Kommentar. Bis nachher.«

Sie schnaubte laut, als sie das Smartphone wieder in die Tasche gleiten ließ.

»Ist was?«, fragte Berger – und bereute die Frage umgehend.

»Querulanten«, beschied Dog Alina, »da hat eine im Blog geschrieben, Masken seien im Freien sinnlos, man könne getrost einen Spaziergang machen oder auch in der Stadt bummeln, ohne dass man sich infiziert. Jetzt lasse ich die Frau sperren.«

»Aber sie hat doch recht«, meinte Steinke erstaunt.

Dog grinste.

»Nicht in meiner Welt. In meiner Welt wird sie drei Tage aus unserem Blog ausgeschlossen wegen Verharmlosung.

Solche Aussagen kosten Leben. Und Mitglieder in meinem Blog. Meine Leute sollen sich darauf verlassen können, was wir meinen und schreiben und was wir zulassen. – Was ist jetzt mit der Geschichte mit dem Stein? Ich konnte Ihnen doch mit der Erpressergeschichte helfen, oder? Also können wir den Steinvorfall vergessen – alles, was Recht ist.«

Die beiden Frauen sagten nichts dazu. Aber das wiederum schien Dog gar nicht zu gefallen.

»Na hören Sie mal«, sagte sie, und wurde dabei erstmals etwas lauter, »es ist doch klar, dass der Killer im Kreis der Erpressten zu suchen ist. Sonst gibt es ja keinen Grund, den Typen umzubringen, der war doch bloß eine arme Sau. Sie gehen die Namen der Erpressten durch – und voilà, da haben Sie den Killer. Und dann bitte ein Dankesschreiben an mich, das ich in meinem Blog veröffentlichen kann. Das wäre doch was, nicht wahr?«

Die Frau war aufgeblüht. Die Ideen sprudelten. Ihr schräges Denken schien die Kontrolle über sie zu bekommen.

»Und dann treten Sie beide unter großem Brimborium in die Gruppe ein. Da machen wir eine Online-Live-Geschichte daraus. Ich mache Sie zu Tübinger Helden.«

»Jetzt reicht es«, wurde Berger unwirsch, »zunächst überprüfen wir sowieso, wie weit Ihre Geschichte stimmt. Und dass Sie uns benachrichtigt haben, ist nur staatsbürgerliche Pflicht. Für die bedanken wir uns auch. Aber Sie sollten das jetzt nicht zu hoch aufhängen. Im Grunde sind Sie verpflichtet, uns alles zu erzählen, was Sie von einem Verbrechen wissen. Das haben Sie jetzt gemacht. Zwar aufgrund von Druck, aber immerhin.«

Dog war ganz offensichtlich enttäuscht. Sie zog einen Schmollmund, den sie sich wohl in einem Film abgeschaut hatte.

»Na gut, wie Sie meinen. Kann ich jetzt gehen?«

Dogs gute Laune war im Eimer. Huldvoll hob Berger die Hand und deutete ins Vage.

»Wie Sie wollen, aber halten Sie sich zu unserer Verfügung«, sagte Steinke schnell.

Zügig drehte Dog sich um und verschwand über die Neckarmauer.

»Den Satz wollte ich schon immer mal sagen«, sagte Steinke lachend,

»Dabei habe noch nicht mal ich ihn jemals verwendet, und ich bin schon etliche Jahre bei der Kripo«, meinte Berger grinsend.

»Und wie geht es jetzt weiter?«, fragte Steinke.

»Jetzt«, erklärte Monika Berger langsam, »muss ich mit unserem Chef sprechen. Ich denke, diese Blockwart-Tussi hat uns trotz allem bei dem Fall weitergeholfen.«

Maria Steinke nickte langsam.

»Aber trotzdem – ungestraft will ich sie nicht davonkommen lassen«, sage sie dann.

»Keine Angst, uns fällt da schon noch was ein.«

Im Klinikum galt Maskenzwang. Christian Löffler zog seine FFP2-Maske aus der Tasche, die völlig zerknüllt war. Er strich sie glatt, so gut es ging, und zog sie dann über. Kollege Franz Wasmaier wartete bereits auf den Hauptkommissar.

»Langsam werden Sie mir unheimlich«, sagte Löffler, »das ist ja schon wie Hase und Igel, Sie mit Ihrem Fahrrad – und ich bin der Igel.«

Wasmaier grinste.

»Bei den Umwegen, die man in Tübingen mittlerweile mit dem Auto fahren muss, ist man mit dem Rad halt häufig schneller. Reicht das als Trost?«

»Gehen wir hinein zu dem Mann. Raiser heißt er, Sven Raiser. Haben Sie mal recherchiert, was das für ein Typ ist?«

Der Kollege nickte. Er holte sein Smartphone aus der Tasche. Nach kurzem Suchen hatte er alle Daten zu Raiser gefunden, die er zuvor gesammelt hatte. Er begann, sie Löffler auf dem Weg zum Eingang in die BG-Klinik vorzulesen.

Raiser war 37 Jahre, Lehrer am Gymnasium für Deutsch und Geschichte. Bis auf ein paar Strafzettel fanden sich keine Einträge in seiner Polizeiakte.

»Ich habe noch andere Daten zu ihm gefunden«, sagte Wasmaier vorsichtig, und schaute Löffler an, »aber ich weiß nicht, ob Sie die wissen wollen.«

»Woher stammen sie denn?«

Wasmaier schwieg und schaute in die Luft. Löffler wartete noch eine Weile. Aber von Wasmaiers Seite aus kam nichts mehr. Löffler gab sich einen Ruck.

»Na schön, machen Sie schon, bleibt ja unter uns und es dient der guten Sache.«

Wasmaier schaute wieder intensiv auf sein Smartphone, während sie zur Eingangstüre des Klinikums kamen. Sie blieben beide stehen.

»Also«, eröffnete der Polizist seinen Rapport, »man hat ihn eine Weile vom Staatsschutz beobachten lassen, weil er, nun ja, – zu viel vom Dritten Reich erzählte. Auch im Unterricht. Er sei, ich zitiere, »sehr euphorisch gewesen«, wie ein Schüler erzählte. Und während der aktuellen Pandemie wiederum habe er gegen die Maßnahmen der Regierung gewettert. Vor allem gegen die Schulschließungen. Man rechnet ihn der Querdenkerszene zu.«

Löffler zog die Augenbrauen hoch.

»Ich bin auch gegen Schulschließungen. Und ich bin kein Querdenker. Reicht das inzwischen aus, um beobachtet zu werden?«

Wasmaier zuckte nur mit den Schultern. Dann fuhr er fort.

»Und bei den Schulbehörden wurde er außerdem angezeigt, weil er angeblich bestimmte Schüler benachteilige. Und zwar die, deren Familien wohlhabend sind. Er sehe sich als eine Art Robin Hood der Umverteilung. Der Bildungsumverteilung. Das stand tatsächlich so in der Akte. Und dann gab es noch den Vorwurf des Rassismus – er habe einen ganzen Volksstamm beleidigt.«

»Welchen denn?«

»Keine Ahnung, das steht hier nicht.«

Löffler seufzte kurz, dann bewegte er sich auf die Eingangstüre zu, stieß sie auf, trat ein und Wasmaier folgte ihm. Die Frau an der Rezeption wies ihnen den Weg und kurz darauf standen sie am Krankenbett von Raiser. Er sah aus wie eine Figur in der alten US-Serie »MASH.« Auch hier wurden die unglaublichsten Verbände angelegt. Um Kopf und Hals waren bei Raiser Mullbinden gewickelt, seine Hände steckten in weißem Zellstoff, seine Nase war ebenfalls verbunden. Er lag ruhig unter der Bettdecke und schaute die beiden Kommissare neugierig an.

»Können Sie sprechen?«, fragte Löffler den Verletzten.

Der nickte stumm.

»Dann sagen Sie mal was«, forderte Wasmaier ihn auf.

»Wer sind Sie?«, kam es aus dem Mund des Bandagierten.

»Ah, sehr gut, wir können Sie bestens verstehen«, rief Wasmaier laut und betont deutlich.

»Ich habe nichts an den Ohren«, sagte der Mann ruhig, »Sie können normal reden. Also – wer sind Sie?«

Löffler übernahm das Gespräch.

»Ich bin Hauptkommissar Löffler, das ist mein Kollege Wasmaier. Kripo Tübingen. Tötungsdelikte. Wir behandeln die eine oder andere Mordsache.«

Raiser blickt stumm vom einen zum anderen Kommissar.

»Aber ich lebe doch noch«, sagte er dann, und wirkte leicht verunsichert, »oder denke ich das nur? Wissen Sie mehr als ich?«

Löffler lachte.

»Sie sind wohl bestens gelaunt, trotz Ihres Dilemmas. Umso besser. Wir wollen von Ihnen nämlich etwas zu einer bestimmten Telefonnummer wissen. Zu Ihrer Handynummer, genauer gesagt. Die fanden wir nämlich im Portemonnaie einer toten Frau. Und da fragen wir uns natürlich, wie die zu Ihrer Nummer kommt. Das verstehen Sie doch? Also, ganz direkt: Woher kennen Sie Sara Kessler?«

Der Patient schloss die Augen und tat so, als denke er gewissenhaft nach. Dann öffnete er die Augen wieder und schien irgendwie betrübt zu sein. Er wog sogar den Kopf ein wenig hin und her, obwohl ihn das Mühe zu kosten schien.

»Dazu kann ich Ihnen leider gar nichts sagen. Vielleicht mal eine Schülerin von mir? Aber nein, Schülernamen vergesse ich nicht. Der Name sagt mir also rein gar nichts. Vielleicht versuchen Sie es mal bei einem Lehrerkollegen?«

Raiser schloss ermattet die Augen.

»Herr Raiser«, fuhr Löffler ungerührt fort, »Sie sind doch ein Mensch mit sozialem Gewissen. Das hat man uns wenigstens so erzählt. Und wir haben eben eine tote, eine ermordete Frau gefunden mit Ihrer Telefonnummer. Eine Frau, die von ihrem Mann ständig gedemütigt und verprügelt wurde. Und jetzt brauchen wir einfach Ihre Hilfe, wenn wir den Schuldigen finden wollen.«

Der Patient grinste.

»Gute Tour von Ihnen, mir mit der sozialen Mitleidswelle zu kommen. Klappt nur nicht, weil ich die Frau gar nicht kenne. Sonst«, fuhr er süffisant fort, »würde ich Ihnen natürlich gerne helfen. – Kann ich jetzt wieder meine Ruhe haben, immerhin hat man mich schwer verletzt.«

Löffler wurde ganz offensichtlich ungeduldig.

»Na schön«, sagte er brüsk, »dann reden wir mal von diesem Überfall. Geht uns ja eigentlich nichts an, Sie leben ja noch. Trotzdem – wer ist das denn gewesen? Haben Sie eine Ahnung, wer Sie überfallen hat?«

»Ich habe mir die Unterlagen der Kollegen dazu angeschaut«, fuhr Wasmaier fort, »es scheint so, als sei das eine ganze Gruppe gewesen, die Ihnen das angetan hat. Sie sagten allerdings, Sie hätten niemand erkannt. Kann man das glauben?«

Raiser starrte ihn an.

»Ist mir doch egal, ob Sie das glauben. Das kümmert Sie doch gar nicht, Sie sind doch für Morde zuständig.«

Löffler trat einen Schritt vor, sodass der Mann im Bett heftig zusammenzuckte.

»So, mein Lieber«, sagte der Hauptkommissar, »jetzt ist Schluss mit dem Theater. Eine ermordete Frau hatte Ihre Telefonnummer in ihrer Tasche versteckt. Wenn wir jetzt die Telefondaten überprüfen, werden wir herausfinden ob und wann die Frau Sie angerufen hat. Und da mit dem Mord an der Frau auch noch andere Morde zusammenhängen, bringe ich Sie von hier schneller ins Gefängniskrankenhaus als Sie einem Schüler eine Sechs geben können. Ist das klar? Und jetzt will ich Antworten. Und ich scherze nicht.«

Der sichtbare Teil von Raisers Gesicht war ganz rot geworden. Während Löfflers Ansage war er immer weiter in sein Kopfkissen zurückgesunken. Erst als er sicher war, dass der Polizist zu Ende war, hob er den Kopf wieder ganz leicht nach oben.

»Ich habe ja verstanden«, sagte er dann mit erschöpfter Stimme, »und ich sage auch, was ich weiß. Das mit dem Überfall – das waren Schüler, da bin ich ganz sicher. Es gibt ein paar, die haben mich auf dem Kieker. Die fühlen sich benachteiligt bei den Noten, dabei sind sie einfach nur strunzdumm. Aber die Eltern sind reich, und aus den Kindern soll was werden. Doch mit dem Druck werden die Deppen auch nicht gescheiter. Und dann drehen sie halt durch.«

»Und das ist mit Ihnen passiert?«

Raiser nickte.

»Haben Sie den Kollegen keine Namen genannt?«

Der Geschlagene schüttelte den Kopf.

»Wollen Sie nicht, dass man sie bestraft? Immerhin können Sie von Glück reden, dass man Sie nicht völlig ins Koma geprügelt hat.«

»Nee, das lohnt sich nicht, ich bin sowieso bald …«

Als habe er bemerkt, dass er gerade dabei war, eine Rieseneselei zu begehen, brach er abrupt ab und schloss die Augen. Er spielte spontan den erschöpften Verletzten. Vielleicht war er ja ein guter Lehrer, ein guter Schauspieler war er nicht.

»Wir hören«, sagte Wasmaier nach einer kurzen Pause, »und wir würden gerne auch das Ende des Satzes hören. Denn wir glauben, dass es jetzt erst richtig spannend wird. Also, Herr Raiser, wie sehen denn Ihre Pläne aus, wenn Sie hier heraus sind?«

Der nuschelte nur etwas vor sich hin.

»Deutlicher bitte, ich verstehe nichts«, ließ Wasmaier nicht nach.

»Ich werde mich erholen, und dann wieder arbeiten gehen, ganz einfach.«

Wasmaier trat näher an Raisers Bett.

»Sagen Sie mal, wo waren Sie denn vorgestern Abend, so gegen 20 Uhr? Ich frage nur, weil irgendwann zu diesem Zeitpunkt in der Platanenallee in Tübingen ein Mann getötet wurde. Und auf irgendeine Art und Weise sind da einige Menschen in diese Sache verstrickt. Und da frage ich doch gleich mal Sie: Wissen Sie was darüber? Sagt Ihnen der Name Ortmann etwas? Was haben Sie mit der toten Frau zu tun?«

Raiser stöhnte genervt.

»So viele Fragen auf einmal. Wenn ich es Ihnen sage – ich kenne die Frau nicht. Ich kenne auch keinen Ortmann. Und in der Allee war ich nicht. An dem Tag habe ich lange in der Schule gesessen und Arbeiten korrigiert. Zu Hause habe ich keine Ruhe, weil meine Frau dauernd Sex will.«

Die beiden Kommissare schauten sich betreten an.

»Das war ein Witz, Leute«, sagte da Raiser, »kommt wieder runter. Mir geht es bald besser und dann gehe ich wieder arbeiten.«

Dem Mann im Krankenbett schien es plötzlich deutlich besser zu gehen.

»Sagen Sie mal«, fiel es Löffler auf ein Mal ein, »warum hat man Sie eigentlich wegen Rassismus angeschwärzt? Haben Sie ein paar Schüler beleidigt, und jetzt gab es dafür eine Abreibung.«

Der Mann schüttelte langsam den Kopf.

»So einfach war das nicht, es ging nicht um einzelne Schüler.«

»Na hören Sie mal, so mir nichts, dir nichts wird keiner wegen so was angezeigt.«

Jetzt grinste der Mann sogar – auch wenn es ein schräges und verzerrtes Grinsen war, das von den Verbänden eingezwängt wurde.

»Es geht Sie zwar nichts an, und ich frage mich, woher Sie darüber überhaupt Bescheid wissen – aber ich erzähle es Ihnen trotzdem. Ich habe im Unterricht einen Ausflug in die amerikanische Literatur gemacht, und da von Mark Twain und Tom Sawyer erzählt. Und von dem bösen Indianer-Joe. Und ich sagte, er habe nichts gehabt von einem edlen Indianerhäuptling wie Winnetou. Das ist es dann gewesen.«

Raiser schwieg. Die Kommissare warteten, bis es weiterging. Aber Raiser lag ermattet in seinem Bett.

»Und dann«, konnte Wasmaier nicht länger warten, »wie ging es dann weiter?«

Wieder grinste Raiser.

»Sie haben mich gemeldet, die Schüler. Bei der Schulleitung. Wegen dem Indianer und dem Indianerhäuptling. Das wäre rassistisch und kolonialistisch. Das heiße Native Americans. Indianer gehe gar nicht. Das hielt ich erst für einen Scherz. Aber den Schülern und der Schulleitung war das Ernst. Sie wollten, dass ich mich entschuldige. Ich fragte, bei wem ich mich entschuldigen solle. Bei den Indianern in den USA? Bei Mark Twain? Bei den Schülern, die doch eigentlich Tübinger waren und keine Apachen? Oder vielleicht bei allen Indianerhäuptlingen dieser Welt? Das wusste die Schulleitung auch nicht so recht. Also haben sie das Thema erst mal verschoben. Sie wollten ein Gutachten bei einem Verein einholen, der Indianer, aber nicht Indianerhäuptlinge, europaweit vertritt. Darauf warten wir heute noch. Die Indianer haben gar kein Interesse daran, die verstehen nicht mal so recht, was wir von ihnen wollen.«

Er schwieg, die Geschichte war zu Ende und die Kraft Raisers ebenso.

»Herr Raiser«, ließ Wasmaier nicht locker, »sind Sie ganz sicher, dass Sie von Schülern ins Krankenhaus geprügelt wurden? Und nicht von einer dritten Person. Vielleicht von einer Person, die etwas von Ihnen haben wollte, und sie gaben es nicht heraus?«

Aber der Mann im Krankenbett öffnete nicht einmal mehr die Augen.

Er schnarchte ganz leise.

Wasmaier zuckte mit den Schultern und schaute zu seinem Chef.

Der gab ihm ein Zeichen, dass es Zeit war zu gehen.

Leise verließen sie das Krankenzimmer.

Im Flur blieben sie einen Moment stehen.

»Der Mann lügt wie eine Elster«, sagte Wasmaier erbost.

»Elstern klauen, die lügen nicht. Aber egal – Sie haben recht, wir müssen an Raiser dranbleiben. Am liebsten würde ich ihn bewachen lassen, ich könnte mir vorstellen, dass es noch jemand gibt, der mit ihm ein Hühnchen zu rupfen hat. Aber bei dem Personalengpass – no way, da kriegen wir niemand.«

Sie gingen zu ihrem Wagen zurück.

»Und jetzt?«, fragte Wasmaier, ehe er einstieg.

Löffler grinste.

»Haben Sie Ihre Laufsachen dabei? Wie wäre es dann mit einem kleinen Läufchen zum Hirschauer Baggersee?«

Berger hatte Maria Steinke zu Hause abgesetzt, und war dann ins Präsidium gefahren. Dort war keiner, außer Heim im Urwald. So setzte sie sich hin und las die bisher vorliegenden Akten zum Fall Ortmann von vorne bis hinten durch. Sie griff zum Telefonhörer, als sie an die Stelle kam, als der Mann von der KTU die Blätter einer Platane bei der toten Sara Kessler fand.

»Sagt mal«, meinte sie zum Kollegen am anderen Ende, »gibt es denn schon ein Ergebnis zu dem Blattvergleich mit den Platanen?«

»Blattvergleich?«

Sie wurde ungeduldig. Sie war außerdem noch hoch aggressiv nach der Begegnung mit der Corona-Aktivistin.

»Ja, Blattvergleich. Ihr habt Blätter von den Bäumen in der Platanenallee und eines von einem Mordopfer. Stimmen die überein?«

»Ah, darum geht es. Ja, das war eine interessante Arbeit. Da konnten wir auch mal zeigen, welche Bandbreite wir hier abdecken. Wenn ich überlege, dass …«

»Ich brauche keine Führung durch euer Labor, sorry«, unterbrach die ungeduldige Berger den Schwärmer, »wir haben es eilig, eigentlich will ich nur wissen, ob das Blatt von der Frau und die Blätter der Alleebäume identisch sind.«

Schweigen am anderen Ende. Der Mann war eindeutig beleidigt. Offensichtlich war er zwischen Gekränktheit und Professionalität hin und her gerissen. Bis sich das entschieden hatte, schwieg er einfach.

»Glch«, kam dann durch den Hörer.

»Wie bitte?«, fragte die überraschte Kommissarin nach.

»Ich sagte, die beiden Blätter stammen aus der *gleichen* Location. Das Blatt, das man bei der Frau fand, hatte sie aus der Allee mitgebracht. Eindeutig.«

Berger lächelte stumm vor sich hin.

Ein Erfolg, dachte sie, eine erste Spur, die sie vielleicht weiterbringen konnte. Und das wegen so einem bescheuerten Blatt, das man in 90 von 100 Fällen nicht beachtet hätte. Okay, es war nicht ihr Verdienst, die Kollegen hatten da ganze Arbeit geleistet. Apropos Kollegen.

»Danke vielmals, Kollege«, sagte sie in ihr Smartphone, »und entschuldige, dass ich so blöd war, gerade. Aber wir stehen ein wenig unter Druck wegen zweier Morde, da kann man schon mal seine gute Erziehung vergessen.«

»Ach, das macht doch nichts, ich verstehe das. Ich kann dir mal erklären, was wir unternehmen mussten, um die Blätter abzugleichen, das war nämlich eine höchst filigrane Arbeit. Also zuerst …«

»Nein, nein, wir müssen ja nicht gleich übertreiben«, sagte Berger hastig und drückte ihren Gesprächspartner weg.

Sie setzte sich an ihren Schreibtisch. Was also bedeutete das für den Mord in der Allee? Die Kessler war vor Ort, das war klar. Wenn man dann auch noch die Zeugenaussagen der beiden Studenten heranzog, die eine schwarze Frau oder zumindest eine schwarze Person gesehen haben wollten – nun, da kamen keine großen Zweifel mehr auf. Aber hatte sie auch direkt mit dem Mord an Ortmann zu tun? Sie und noch zwei weitere Personen, die man beobachtet hatte. Klar schien auf jeden Fall, dass eine Tasche fehlte, Ortmanns Tasche. Darin musste sich etwas befunden haben, was die drei auf jeden Fall haben wollten. Vermutlich Geld. Aber jetzt war die Frau tot. Musste sie wegen der Tasche sterben? Und wer waren die beiden anderen? Wenn man Löffler und Wasmaier glaubte, dann handelte es sich bei einem der beiden eindeutig um Jens Pflüger. Und wenn man die Spur weiter verfolgte, könnte der dritte Mann der eben erst zusammengeschlagene Lehrer Sven Raiser sein. Das Telefon läutete.

»Hier isch a ganz uffgregte Frau am Telefon«, sagte Klaus Maier vom Polizeidienst. »Sie sagt was von nem Toten. Bei ihr um die Ecke rum. Ond was von ihrem Kend, des soll den Toten gfunde han. Soll i durchstelle?«

»Ja, klar, machen Se mal«, sagte Berger. Kurz danach erklang eine aufgeregte Stimme am Telefon. Eine Frau sagte etwas, laut und schrill. Aber die Töne kamen derart schnell, dass man nicht verstehen konnte, was die einzelnen Worte bedeuteten. Berger wartete eine Weile, lauschte dem Redefluss wie einer Meditation. Schließlich gab es eine Gesprächspause. Entweder holte die Frau Luft, oder sie bereitete sich auf den nächsten Redeschwall vor.

Berger nutzte die Gelegenheit.

»Wissen Sie was«, sagte sie, »sagen Sie mir doch mal Ihre Adresse, dann komme ich vorbei und Sie machen eine richtige Aussage. Wie bei der SOKO Stuttgart. Die Serie kennen Sie bestimmt. Das wäre doch was.«

Schon 15 Minuten später parkte Berger ihren Wagen vor einem Mehrfamilienhaus in der Eckenerstraße. Es handelte sich um eine Sackgasse, die gleich rechts hinter dem Kindergarten begann, der im Eckhaus untergebracht war. Die Frau wartete bereits an der Eingangstür ins Haus. Als Berger auf sie zukam, streckte sie ihre Hand aus, zog sie aber schnell wieder zurück.

»Man darf sich ja gar nicht mehr die Hand geben«, sagte sie, »das ist doch inzwischen wegen Corona verboten.«

Berger lachte.

»Ich komme ohne Waffen«, sagte sie, »da müssen wir uns nicht die Hände schütteln, das sieht man auch so. Und was das Sehen betrifft: Sie sagten am Telefon, Ihr Sohn habe einen toten Mann entdeckt. Wo ist denn Ihr Sohn, und vor allem – wo ist der Tote?«

Die Frau drehte sich nach hinten und rief laut ins Innere des Hauses.

»Diiieter, komm mal her.«

Im Hintergrund hörte man eine Türe schlagen und eilige Fußtritte.

»Er heißt Dieter – wissen Sie warum?«

Berger schüttelte den Kopf.

»Nein, ich habe keine Ahnung. Aber für unsere heutigen Zeiten ein eher ungewöhnlicher Name. Ich denke, der wird erst in ein paar Jahrzehnten wieder modern. Das haben Namen so an sich. Abgesehen von Adolf vielleicht.«

Die Frau rückte näher an die Polizistin heran, achtete aber trotzdem auf Abstand.

»Sie wissen schon, wer aus der Eckenerstraße, also aus dieser Straße stammt, oder?«

Die Polizistin dachte einen Augenblick nach, dann schüttelte sie den Kopf.

»Ich kannte ja bis heute nicht mal den Namen der Straße«, sagte sie dann, »da werde ich wohl kaum wissen, welche Tübinger Größe von hier stammt. Ein Fußballer vielleicht? Oder der Bischof in Rottenburg?«

Die Frau schüttelte den Kopf. Sie schien etwas traurig zu sein über die Antworten der Kommissarin. Vielleicht war sie jetzt von der Polizei insgesamt enttäuscht, überlegte Berger. Sie wunderte sich darüber, dass manche Menschen tatsächlich glaubten, Polizisten hätten ein geheimes Wissen, das sie nur abzurufen brauchten.

»Dann will ich es Ihnen sagen«, flüsterte sie, während ihr Sohn sich neben sie stellte und die Polizistin neugierig ansah, »hier in der Straße ist Dieter Thomas Kuhn geboren und aufgewachsen. Da vorne ist sein Elternhaus.«

Sie zeigte vage in Richtung Innenstadt.

»Sie wissen aber schon«, flüsterte nun auch Berger, ohne zu wissen warum, »dass er eigentlich Thomas heißt und der Dieter nur angehängt ist.«

Die Frau zuckte zurück.

»Denken Sie, ich bin blöde? Das ist ja gerade der Witz. Noch einen Thomas hat die Welt nicht gebraucht, aber einen Dieter schon. Der Name ist alleine wegen seiner Exotik ein Bringer.«

Berger zuckte mit den Schultern. Sie wollte das Thema loswerden.

»So«, sagt sie zu dem Jungen, der noch immer neben seiner Mutter stand und an seinem Smartphone herumfummelte, »du hast also einen toten Mann entdeckt. Wo liegt der denn? Kannst du ihn mir zeigen?«

Der Junge hielt ihr wortlos sein Smartphone hin. Sie nahm es und schaute auf das Display. Dort sah sie einen Menschen am Boden liegen. Er lag mit dem Gesicht zum Boden. Sie blätterte im Display. Es tauchten weitere Bilder auf. Eines war von der Seite, ganz dicht neben dem Kopf aufgenommen. Es war tatsächlich ein Mann, der da lag. Der Junge hatte ihn von allen Seiten fotografiert.

»Wann hast du das aufgenommen?«, fragte Berger.

»Vorhin.«

»Und wo?«

Der Junge zeigte nach Westen, in Richtung zum ehemaligen »Integrata«-Gebäude und heutigen Jobcenter.

»Liegt der Mann noch da? Ich meine – jetzt?«

»Ich habe ihn nicht mitgenommen.«

»Dieter«, rief die Mutter, »so redet man nicht mit der Polizei.«

»Sie fragt mich was, ich habe geantwortet«, sagte der Junge völlig abgeklärt.

Berger sah sich Dieter etwas genauer an. Es war ein Spitzbubengesicht. Sie hätte jede Wette angenommen, dass er es faustdick hinter den Ohren hatte. Und dass seine Mutter nicht unbedingt das umfassendste Bild ihres Jungen besaß. Nicht mehr, zumindest.

»Also, mein Junge, dann bringst du mich jetzt mal zu dem Mann und wir gucken mal, was da passiert ist. Okay?«

Dieter nickte. Dann ging er Richtung Polizeiauto. Er wartete an der Beifahrertür.

»Soll ich mitkommen?«, fragte die Mutter.

Die Kommissarin winkte wortlos ab und stieg in ihren Wagen. Der Junge setzte sich auf den Beifahrersitz. Sein Blick galt dem Smartphone. Die Polizistin beachtete er kaum.

»Wo lang?«, fragte Berger unwirsch, nachdem sie auf eine Meldung des Jungen gewartet hatte.

»Vorne links«, brummelte der, ohne vom Handy aufzusehen, »dann die nächste rechts, 200 Meter geradeaus, dann rechts ran fahren und in den Hof hinein, falls das Tor geöffnet ist.«

Während der ganzen Zeit hatte er kein einziges Mal das Handy aus den Augen gelassen. Er hing völlig gebannt am Display.

»Was machst du eigentlich mit deinem Handy, dass du dauernd da reinschaust?«

»Ich habe die Bilder von dem toten Mann an ein paar Kumpels verschickt. Wann sieht man schon mal eine echte Leiche, außer auf einer Beerdigung, wenn man den Sarg noch offen lässt.«

Blitzschnell griff Berger nach dem Gerät und riss es Dieter aus der Hand.

»Spinnst du«, rief sie, »du kannst doch keine Tatortfotos von Leichen verschicken. Das ist Behinderung einer polizeilichen Untersuchung. Außerdem ist das eine Sauerei – was sollen denn die Angehörigen von dem Toten denken. Und es hilft dem Täter, wenn er die Bilder sieht. Echt, wie blöde muss man eigentlich sein.«

Dieter war einigermaßen ungerührt.

»Ich bin doch erst elf, ich darf blöde sein. Ich will mein Handy zurück. Du kannst es mir nicht wegnehmen. Es ist meins.«

»Es ist ein Beweismittel, also wird es konfisziert. Punkt.«

»Wir sind da«, sagte Dieter.

Das Tor zu dem Platz war offen. Im Schritttempo fuhr die Kommissarin auf das alte und heruntergekommene Gebäude zu. Unmittelbar davor hielt sie an und beide stiegen aus. Berger wartete auf den Jungen, der die Tür ins Innere aufstieß. Dann folgte sie ihm.

»Bist du öfter hier?«, fragte sie.

Er schüttelte den Kopf.

»Nein, was soll ich da, es ist doch langweilig, so einen alten Schuppen anzugucken. Früher dachte ich mal, man könne da ein paar Sachen finden, die man dann verkaufen kann. Aber da ist nichts, es ist völlig leer. Also, so leer, dass das, was da ist, wertlos ist.«

»Und warum warst du dann gerade gestern da?«

»Da ist so ein Kerl rumgelaufen, der da nicht her gehört. Ich wollte mal sehen, was der da macht. Also habe ich ihn aus der Ferne beobachtet. Und dann bin ich hin zu ihm.«

»Du hast den nicht gekannt?«

Der Junge schüttelte den Kopf und schaute gierig auf sein Smartphone, das Berger noch immer in der Hand hielt. Als sie das bemerkte, ließ sie es in ihrer Jackentasche verschwinden.

»Und dann, wie ist es weiter gegangen, was ist danach passiert?«

Der Junge überlegte kurz.

»Ich weiß nicht«, sagte er dann, »ob ich das alles sagen soll, ohne dass ich was dafür bekomme. Das sind ja wahrscheinlich wertvolle Informationen.«

Inzwischen waren sie im Inneren des Gebäudes und hielten auf die Türen am entgegengesetzten Ende des Eingangs zu. Es war düster in dem großen Raum, der einst eine Riesenlagerhalle gewesen sein mochte. Jetzt war davon nicht mehr viel zu sehen. Nur ein paar Hochregale standen noch dicht an die Wände gedrängt.

»Das ist Staatsbürgerpflicht«, sagte Berger lapidar zu dem Jungen, »je früher du das lernst, desto besser. – Sind wir hier richtig? Geht es da lang?«

Dieter nickte resigniert – kein Geschäft zu machen, sollte das wohl bedeuten.

Als die Kommissarin die Türe aufstieß, sah sie den Toten sofort auf dem Boden liegen. Und sie sah das viele, geronnene Blut. Das hatte man auf dem Handyfoto des Jungen so gar nicht erkennen können. Sie blieb an der Türe stehen. Der Junge hatte vermutlich schon genug Spuren zerstört, jetzt musste sie vermeiden, noch weiter in dem Raum herumzutrampeln. Sie nahm ihr eigenes Handy aus der Tasche.

»Heim«, sagte sie, nachdem die Kollegin abgenommen hatte, »schicke alles her, was man für ein Tötungsdelikt braucht. Ich bin im Schleifmühleweg, gleich hinter dem Jobcenter. Mein Wagen steht im Hof, es ist ein Lagergebäude, kann man nicht übersehen. Sie sollen sich beeilen, ich warte.«

Dieter hatte ihr aufmerksam zugehört.

»Kann ich zugucken, wenn die ganzen Bullen hier rummachen?«, fragte er, »da kann ich ja gleich mal sehen, ob das wie in den Filmen ist.«

»Nein, mein Lieber, keine Chance, du hast hier schon genug durcheinandergebracht. Wir erwarten die Kollegen jetzt mal schön draußen vor der Tür. Geh du schon mal raus, ich komme nach.«

Der Junge blieb stehen.

»Ohne mich hättet ihr den Typen hier niemals gefunden«, blaffte Dieter trotzig, »da kommt außer der Frau keine Sau rein, und der Kerl wäre hier vermodert. Nächstes Mal halte ich den Mund.«

Berger wollte gerade zu der Leiche hingehen. Dann hielt sie mitten im Schritt inne und wäre fast hingefallen.

»Frau? Welche Frau? Davon hast du nichts erzählt.«

»Eigentlich habe ich sowieso noch nichts erzählt. Aber mich fragt ja auch niemand. Keine Ahnung, wie ihr Mörder findet und überführt.«

Berger überlegte kurz.

»Okay«, sagte sie dann, »ich gehe jetzt mal kurz zu der Leiche und du wartest vor der Türe auf die Polizisten und die Ärzte und die Spurensicherung und auf alles, was sonst noch kommt. Danach setzen wir beide uns zusammen und du erzählst mir alles. Einverstanden?«

»Und mein Handy?«

»Ich lasse die Bilder von einem Kollegen löschen, dann kannst du es wieder haben.«

»Aber euch ist schon klar, dass die Bilder im Netz sind, und dass es egal ist, ob sie noch auf meinem Handy sind oder nicht.«

»Das sollen die Kollegen entscheiden. Also geh vor die Türe und warte.«

Sie schob den Jungen in die große Halle zurück und schaute zu, wie er sie langsam schlurfend durchquerte. Dann ging sie vorsichtig zurück in den kleinen Raum mit der Leiche.

Mist, meine Kandidaten kommen mir abhanden. Wer hätte auch ahnen können, dass irgendwelche Typen diesem Lehrer schier den Schädel einschlagen. Dabei könnte ich wetten, dass er genau weiß, wo das Geld – mein Geld! – steckt. Dieser Kellner, Jens Pflüger, hat es sicher nicht versteckt. Aber er wird wissen, wo es ist. An den komme ich jedenfalls besser heran als an den Lehrer im Krankenhaus. Der hat sich ja schon fast in die Hose gemacht, als ich ihn angerufen habe. Und so, wie die Polizei hier agiert, hat er denen auch nichts von der Sache in der Allee und der geklauten Tasche gesagt.

Das heißt: Die Kohle ist noch im Spiel.

Ich muss jetzt mit dem Kellner reden.

Er muss alles sagen, was er weiß. Vielleicht brauche ich dann diesen Raiser gar nicht mehr. Soll er doch im Krankenhaus verrotten. Und wenn er dann herauskommt, ist sein Geld weg.

Das Gesicht würde ich gerne sehen.

Okay, Pflüger also. Er wird mir sicher keine Probleme bereiten. Aber er ist vorsichtig geworden durch meinen Anruf. Er weiß, wozu ich fähig bin.

Die tote Sara Kessler ist ihm eine Warnung.

Ich muss in seine Wohnung.

Vielleicht wird es unschön, wenn ich eine Information aus ihm herauspressen muss.

Das geht nicht irgendwo im Freien oder am Neckarufer. Da braucht man schon eine Wohnung, aus der nicht jeder Schmerzensschrei nach draußen dringt. Aber ich bin kein Einbrecher. Ich habe keine Ahnung, wie man eine Wohnungstüre gewaltsam öffnet. Ich muss immer über den Trick lachen mit der Scheckkarte. Ich habe das vor Jahren einmal probiert, als mich ein Wohnungsnachbar, der den Schlüssel im Innern vergessen hatte, bat, ich solle es doch mit meiner Karte probieren. Habe ich. Aber das Scheißding ist abgebrochen und ich konnte mich um eine neue Karte kümmern.

Pflüger muss mir die Türe selbst öffnen.

Ich muss als Vertrauensperson auftauchen. Aber wenn es heutzutage an der Haustüre läutet, sind die Menschen viel misstrauischer geworden als früher. Sogar im Tübingen der Gutmenschen.

Aber mein Einfall ist gut. Das könnte funktionieren.

Wenn man einen alleinstehenden Mann besucht, dann gibt es nur eine funktionierende Einlassformel.

Ich warte, bis eine der Bewohnerinnen aus der Haustüre tritt.

Schnell springe ich dazu und lächle sie an.

»Darf ich?«

Sie hält mir die Türe auf und ich gehe hinein.

Als ich an der Wohnungstür von Pflüger läute, höre ich kurz darauf Schritte, die sich der Türe nähern. Ich spüre förmlich die Blicke Pflügers durch den Spion.

Dann geht die Türe auf. Na also, klappt doch.

»Was wollen Sie«, fragt er, »wer sind Sie?«

Mit dem Messer an seiner Kehle dränge ich ihn von der Tür zurück in den Flur. Mit dem Fuß stoße ich die Tür zu. Ich dränge ihn weiter bis in seine Küche. Er stiert mich die ganze Zeit über mit seinen angstgeweiteten Augen an. Aber er bekommt keinen Ton mehr über seine Lippen.

Ich drücke ihn auf einen Küchenstuhl. Dann trete ich hinter ihn, immer das Messer an der Kehle. Blitzschnell, ehe der Mann überhaupt weiß, was passiert, drücke ich seine Hände hinter seinem Rücken zusammen und schlinge Kabelbinder um seine Handgelenke. Ich ziehe sie zu, er schreit auf, aber das ist sinnlos.

Er kann seine Hände nicht mehr bewegen.

Dann stelle ich mich vor ihm auf.

»Wir haben miteinander telefoniert«, sage ich.

»Wir? Aber das kann nicht sein.«

Ich lächle ihn an.

»Ich weiß, nach dem Gespräch hätten Sie jemand anders erwartet. Aber ich habe dieses Outfit gebraucht, damit ich in Ihre Wohnung komme und außerdem kann mich so niemand wiedererkennen.«

Er sieht mich ängstlich an.

»Mir ist aber immer noch nicht klar«, sagt er leise, »was genau Sie von mir wollen. Wieso fesseln Sie mich überhaupt und warum reden wir nicht einfach zusammen bei einem Kaffee. Ich verstehe diese Gewalt nicht.«

Ich schlage ihm ins Gesicht. Mit der Rückhand.

»Das ist Gewalt«, sage ich, »nicht das Fesseln. Und wenn Sie mehr davon vermeiden wollen, beantworten Sie jetzt ein paar Fragen. Können wir so vorgehen?«

Er nickte stumm. In dem Flow, in dem ich inzwischen war, hätte ich ihn gerne weiter geschlagen, hätte ihm gerne wehgetan. Ich spürte förmlich diese Aggression, die mich schon bei der Frau, bei Sara Kessler, überkommen hatte. Und eigentlich auch schon bei Ortmann. Bei ihm hatte alles begonnen. Und jetzt befand ich mich hier, am Neckarspitz, in einer fremden Küche, und war drauf und dran, einen Menschen, den ich noch nie zuvor gesehen hatte, zu foltern. Alles wegen Geld. Nein, es war nicht bloß das Geld. Es ging ja um etwas ganz anderes. Das Geld war ja nur wichtig, um dieses andere zu erreichen.

Tatsächlich war er redselig. Dieser Pflüger.

Aber er hatte das Geld nicht.

Hatte keine Ahnung, wo es sich befand. Das wusste nur dieser Lehrer, dieser Sven Raiser. Der Kerl, der im Krankenhaus lag. Was immer ich auch mit Pflüger anstellte – es kam immer die gleiche Antwort: Raiser weiß, wo die Kohle steckt. Sie hätten ihm vertraut, weil er Lehrer sei.

Warum er glaube, ausgerechnet einem Lehrer vertrauen zu können, fragte ich den Kellner. Er wusste darauf keine Antwort. Ob er denn keine Angst habe, dass der ihn um das Geld betrüge und sich das Geld unter den Nagel riss. Nein, diese Idee sei ihm nicht gekommen. Sie drei, also auch die Kessler, seien ja ehrliche Leute und würden sich nicht bescheißen.

Was sollte ich sagen. Das gegenseitige Vertrauen der Typen war irgendwie rührend.

Was er denn mit dem Geld vorhatte, fragte ich meinen Gefangenen.

Eine Kneipe im Süden. An einem Strand. Oder in Strandnähe wenigstens. Und dann nur noch in der Sonne leben.

Bisschen jobben, bisschen nach dem Rechten sehen in der Kneipe. Hauptsache was Eigenes mit freier Zeiteinteilung. Nicht so wie hier in Deutschland und in Tübingen. Maloche, keine Anerkennung, keine Kohle und Scheißwetter.

Ich hätte dem Kerl am liebsten sofort den Mund gestopft. Wegen Verblödung, Realitätsverlust und Klischeegelaber. Als müsste man im Süden nicht arbeiten. Vor allem, während die anderen am Strand sich sinnlos betrinken, muss man ausgerechnet in *der* Sonne malochen, die die Urlauber genießen. Wie blöd musste man eigentlich sein, um das nicht zu kapieren.

Na, da kam ich ja gerade rechtzeitig, um Pflüger vor einem großen Fehler zu bewahren, wenn ich ihm das Geld abzog.

Er sagte mir Sven Raisers Adresse.

Mehr wusste er von dem Kerl gar nicht.

Und dem vertraute er mehr als eine halbe Million an.

Das machte einen schon fassungslos, ehrlich.

Na schön, ich hatte, was ich wollte. Ich schaute mich noch einmal in Pflügers Wohnung um. Hatte ich etwas angefasst? Hatte ich irgendeine Spur hinterlassen? Hatte ich meine Handschuhe ausgezogen und es irgendwie vergessen?

Nein, ich war sicher, in dieser Wohnung würde nichts auf mich hindeuten.

Jetzt blieb bloß noch eines übrig.

Pflüger.

Es machte einen schon melancholisch, wenn man auf ihn zutrat, und einen diese hoffnungsfrohen Augen musterten.

Aber das Leben konnte gnadenlos sein.

Christian Löffler und Franz Wasmaier waren schnell vor Ort, nachdem die Kollegin Berger es ihnen am Smartphone berichtet hatte. Sie parkten direkt vor dem Eingang zu der Halle, die inzwischen von den Kollegen mit rot-weißem Band abgesperrt war.

Berger empfing die beiden mit dem jungen Dieter an ihrer Seite.

»Das ist er«, sagte sie zu Löffler, als er vor ihr stand.

Sie schob den Jungen in die Richtung ihres Chefs.

»Hallo, mein Junge, ich bin Christian und du bist also der Dieter, der für so viel Aufregung sorgt.«

Der sah von seinem Handy auf und suchte erst mal den Weg zurück aus seiner virtuellen Welt. Dann steckte er das Handy ein und musterte Löffler.

»Sie sind also der Boss hier, richtig?«, fragte er.

Löffler nickte.

»Ja, so was Ähnliches bin ich schon. Du siehst also, dass es uns wichtig ist, was du erzählt hast. Sonst wäre ich ja wohl kaum hier.«

Der Junge grinste.

»Nicht schlecht, auch mal im Mittelpunkt zu stehen, muss ich ehrlich zugeben. Ist immer noch besser, als sich dauernd prügeln, damit einen die Mädchen angucken.«

Löffler zupfte den Jungen an seiner Jacke und zog ihn zu sich her.

»Unter uns gesagt«, flüsterte er, und hielt seinen Mund dicht an das Ohr des Jungen, »die Mädchen finden das gar nicht gut, dieses Prügeln. Nicht die jedenfalls, die echte Klasse haben. Nur mal so als Tipp von mir.«

»Sie sehen ja auch klasse aus«, erwiderte Dieter, »ich wette, sie brauchten gar nichts zu tun, um im Mittelpunkt zu stehen. Richtig?«

Löffler nickte ergeben.

»Ja, das kann schon sein. – Aber nun mal zu deiner Entdeckung. Du scheinst ja den Toten getroffen zu haben, ehe er tot war, richtig?«

Der Junge nickte.

»Und was ist da passiert? Erinnerst du dich genau daran? Erzähl doch mal, das ist wichtig.«

Der Junge wusste natürlich, dass er gerade der große Star war. Und das genoss er. Löffler verstand das und war geduldig. Denn natürlich brannte der Junge darauf, das zu erzählen, worauf sie hier warteten. Endlich war es so weit – er konnte nicht mehr an sich halten.

»Ich bin hier ein bisschen rumgelaufen, und dann habe ich den Typ herumstreunen sehen. Mir war klar, dass er nicht hierher gehört. Also habe ich ihn angesprochen. Da war er mächtig verlegen und durcheinander. So ein Ungetüm von Mann – und schon so eine einfache Frage machte ihn fertig. Na sauber.«

Dieter prüfte das Ergebnis seiner Worte und schaute in die Gesichter der Polizisten. Er schien zufrieden damit und fuhr fort.

»Jedenfalls fragte er mich, ob ich mich hier auskenne. Ich sagte ja. Dann fragte er mich, ob ich einen gewissen Ortmann kenne. Kannte ich aber nicht. Simon Ortmann. Oder eine Frau, eine kleine Frau, die sich hier herumtreibe. Ich meine, ich kannte die Frau nicht direkt, aber ich sah sie schon mal aus dem Gebäude hier kommen. Diesen Mann, Ortmann, kenne ich nicht. Habe ich noch nie gehört.«

»Und wer ist die Frau, diese kleine Frau?«

Der Junge schniefte. Er fühlte sich wohl bei einer Unwissenheit ertappt. Das schien ihm unangenehm zu sein.

»Das weiß ich nicht«, musste er zugeben, »aber sie war immer alleine hier. Manchmal hatte sie blonde Haare, manchmal dunkle oder rote Haare. Ganz komisch.«

Löffler und Berger schauten sich kurz an. Dann schüttelte Berger den Kopf.

»Na schön«, fuhr Löffler fort, »was hat der Mann, der tote Mann, denn dann gemacht?

»Nichts, er hat mir ein paar Euro gegeben, dann habe ich mich vom Acker gemacht. Er stand einfach bloß da und hat das Gebäude hier angeglotzt. Als ich eine Stunde später noch mal vorbeikam, war er jedenfalls verschwunden.«

»Und wie hast du ihn dann gefunden?«

Der Junge bekam diesen gewissen Blick, den Löffler bestens kannte. Der Blick bedeutete, dass der Junge überlegte, ob er die ganze Wahrheit sagen konnte, ohne dass er Schwierigkeiten bekam. Der Hauptkommissar beugte sich zu dem Jungen hinunter.

»Alles, was du jetzt sagst«, flüsterte er Dieter ins Ohr, »bleibt unter uns. Sag einfach, wie es gewesen ist. Wir brauchen die Wahrheit, sonst nützt uns die ganze Aussage von dir nichts. Okay?«

Dieter nickte.

»Ich dachte mir, ich schaue mal, was die Frau in dem Gebäude macht«, fuhr er fort. »Also eher wollte ich wissen, ob es da was gab, was ich brauchen konnte. Vielleicht sogar Schmuck, wer weiß. Es war immerhin eine Frau. Also bin ich erst mal eine Weile dagestanden, bis ich sicher war, dass niemand in dem Lager ist. Dann bin ich reingegangen. Ich war echt ganz leise. Und als ich die Tür zu dem Raum hier aufgestoßen habe, sah ich gleich den Typen auf dem Boden liegen. Ich habe gar nicht erst nachgeschaut, es war gleich klar, dass der hinüber ist. Also habe ich erst mal den Raum durchsucht, vielleicht war ja was Brauchbares da, das ich verkaufen könnte. Sie wissen schon – Ebay und so.«

Löffler schüttelte den Kopf. Der Junge war schon ein echter Satansbraten, kalt bis ins Mark. Er befürchtete, dass hier einer vor ihm stand, dem er nicht zum letzten Mal in offizieller Mission begegnete.

»Du hast wichtige Spuren zerstört durch dein Herumgelaufe«, sagte der Hauptkommissar, merkte aber gleich, dass das dem Jungen völlig gleichgültig war. Der zuckte auch tatsächlich nur mit den Schultern.

»Aber ich habe trotzdem etwas gefunden«, triumphierte der Junge, »ich bin in die alte Toilette gegangen, weil ich mal musste. Ich wollte ja nicht mit nassen Hosen die Bullen rufen. Und da lag das hier auf dem Boden.«

Er zog einen Nassrasierer aus seiner Hosentasche. Der sah nagelneu aus, kein Rost und kein Schmutz auf dem silberglänzenden Handstiel und auf der Klinge.

»Der muss nämlich von der Tussi kommen, und zwar ganz aktuell. Weil – ich war ja schon früher immer wieder auf dem Klo da, und da habe ich noch nie einen Rasierer gesehen. Vor allem keinen neuen, wie den da. Na ja, ich kann mit dem nichts anfangen, und er ist ja eigentlich auch nichts wert, ehrlich gesagt. Also können Sie ihn haben.«

Er hielt ihn Wasmaier hin und der nahm ihn vorsichtig mit einem Teil seines Schals und ließ ihn dann in seine Tasche gleiten.

»Wir brauchen nachher noch deine Fingerabdrücke«, sagte er zu dem Jungen, »damit wir deine Abdrücke beim Test ausschließen können.«

Dieter hob dazu nur nachlässig die Schulter.

»Klar, kenne ich, ist keine große Sache.«

Oh Gott, dachte Löffler, was für Typen kommen da auf uns zu in den nächsten Jahren. Pseudo-cooles Gequatsche, Besserwisser und alle völlig abgebrüht.

»Und an was erinnerst du dich sonst noch?«, fragte Wasmaier, »es muss ja nicht heute gewesen sein. Uns interessiert auch, was dir in den letzten Tagen oder Wochen aufgefallen ist. Irgendwelche auffälligen Leute, komische Aktionen, Autos oder einfach nur Lärm, der aus dem Gebäude kam.«

Dieter dachte einen Augenblick nach. Dazu schloss er tatsächlich die Augen und hob den Kopf zum Himmel. Dann, nach etlichen Sekunden, wandte er sich wieder an die Polizisten.

»Manchmal«, sagte er dann, »hab ich da auch einen Mann gesehen. Aber bisher dachte ich immer, der sei von der Stadt oder so und guckt nach dem Rechten. Aber irgendwas war komisch. Jetzt weiß ich auch was.«

Er machte eine Pause. Eine dramaturgische Pause. Eine Pause, die Löffler auf die Palme brachte.

»Wenn du nicht sofort weiterredest«, sagte er ganz ruhig, aber in einem Ton, der einen Eisbären in die Sahara gejagt hätte, »dann verliere ich meine Geduld. Und das willst du nicht.«

Da wurde sogar Dieter blass.

»Ist schon gut. Also – was mir aufgefallen ist, wenn ich so richtig nachdenke: Ich habe den Mann vom Amt oder woher der auch war, immer nur hineingehen sehen, aber nie wieder heraus. Ich meine, klar, er könnte auch ewig drin geblieben sein und sich dann nach Stunden herausgeschlichen haben – aber mal ehrlich – was macht das denn für einen Sinn?«

»Und du kanntest den auch nicht?«

Dieter schüttelte den Kopf.

»Eigentlich nicht«, meinte er, »aber dann hat er mich auch wieder an jemand erinnert. Keine Ahnung an wen, ehrlich. Aber irgendwie dachte ich immer, der geht so, wie jemand den ich kenne.«

»Denk mal genau nach, das ist wichtig. Du kannst uns helfen. Und das willst du doch, oder?«

Wasmaier grinste den Jungen dabei an und der grinste zurück. Dann kniff Dieter die Augen zusammen, ein Zeichen dafür, dass er sich jetzt konzentrierte. Die Polizisten warteten geduldig, Wasmaier rollte die Augen. Löffler lächelte.

»Die Frau«, rief Dieter plötzlich.

Die beiden Kommissare zuckten vor Schreck zusammen.

»Junge, was ist los mit dir?«, fragte Wasmaier, »warum erschreckst du uns?«

Dieter war ganz aufgeregt. Sein Gesicht war rot angelaufen.

»Der Mann«, sagte er, »der Mann hat denselben Gang wie die Frau. Als wären sie Geschwister. Oder sonst wie verwandt. Wie Klone, verstehen Sie?«

»Oder wie ein und dieselbe Person?«, fragte Löffler.

Der Junge schnippte mit dem Finger.

»Genau. Als wären sie eineiige Zwillinge. Der Mann könnte auch die Frau sein. Oder die Frau der Mann. Also, ich meine, sie könnten …«

Dieter stockte. Er wusste nicht so recht, wie er sich ausdrücken sollte.

»Sie könnten«, half Löffler dem verwirrten Jungen weiter, »ein und dieselbe Person sein. Erst in Männer- und danach in Frauenkleidern. Meinst du das?«

Der Junge nickte heftig.

»Es könnte also sein«, sagte Löffler zu seinem Kollegen, »dass der Mann in das Gebäude geht, sich umkleidet, und dann als Frau wieder herauskommt. Es ist vielleicht jemand, der im falschen Körper lebt, und heimlich seiner eigentlichen Natur nachgeht. Er – oder sie – ist nicht geoutet, niemand weiß es bislang.«

»Und als dieser Tote da drin, dieser Oliver Burkert, ihm auf die Schliche kommt, legt er ihn um. Einfach so. Ist das möglich?«

Löffler zuckte mit den Schultern.

»Warum nicht? Vielleicht wollte er ihn erpressen. Manche Leute haben heute noch immer Probleme mit diesen Gendergeschichten. Ist ja im Grunde egal, welches Geschlecht du hast, aber es gibt noch immer genügend Wahnsinnige, die damit nicht klarkommen.«

»Redet keiner mehr mit mir«, mischte sich Dieter ein, »dann kann ich ja gehen. Ich habe immerhin noch einiges vor heute.«

»Hausaufgaben machen?«, fragte Wasmaier und grinste dabei.

»Wer zu einem Schulabschluss Hausaufgaben braucht, hat verloren«, sagte der Junge.

»Große Klappe, der Bursche«, meinte Wasmaier in Richtung Löffler, und deutete mit dem Daumen auf Dieter.

Löffler lachte.

»Und ob. Hör zu, Dieter, du gehst jetzt zu dem Kollegen da drüben«, deutete Löffler auf einen uniformierten Beamten bei einem Polizeiauto, »und dort wird er deine ganze Geschichte aufschreiben, du setzt dann deinen Namen darunter – und dann erst kannst du gehen. Alles klar, verstanden?«

Dieter nickte. Dann marschierte er zu dem Beamten hin. Löffler gab ihm ein Zeichen, deutete auf den Jungen und machte die Bewegung des Schreibens. Der Mann nickte und nahm Dieter in Empfang.

»Simon Ortmann also«, sagte Löffler dann zu seinem Kollegen. »Was, zum Teufel, hat unser Toter mit dem Toten hier zu tun? Das kann doch nicht zusammenhängen, wie soll das denn gehen?«

»Keine Ahnung«, zuckte Wasmaier mit den Schultern, ich dachte, wir kennen alle in dem Spiel. Aber das hier – das kann ich mir nicht erklären.«

Löffler dachte kurz nach.

»Brainstorming. Wir treffen uns alle im Präsidium. Wir holen noch Berger dazu, am besten auch den Staatsanwalt, auch wenn der nicht viel Ahnung hat. Aber vielleicht brauchen wir seine Hilfe bei den Durchsuchungen. Und außerdem kann er die Pressearbeit übernehmen, nach der Sauerei hier. Sonst müssen wir uns damit herumärgern.«

Wasmaier nickte.

Er kletterte auf sein Rad, nachdem er die Kopfhörer über die Ohren gestülpt hatte. Er benachrichtigte Berger mit dem Handy. Löffler ging langsam zu seinem Wagen. Er blieb einen Augenblick stehen, wirkte unschlüssig. Dann stieg er ins Auto und fuhr los. Er bewegte sich Richtung Nordstadt, zu den Kliniken. Manchmal brauchte er das – alleine sein und zu sich kommen. Oder zu sich kommen, während er bei Stammler saß, dem verletzten Kollegen. Den besuchte er und setzte sich eine Weile neben ihn ans Bett.

Stammler schaute ihn meist nur an, wenn er sich zu ihm setzte. Das Sprechen machte ihm ohnehin noch Mühe nach seiner schweren Verletzung. Nach dem Stich in die Brust hatte er Glück gehabt, dass er noch am Leben war. Aber eine lange Reha stand ihm bevor. In zwei Wochen würde er verlegt in eine Rehaklinik am Bodensee. Stammler hatte keine Familie mehr, seine Frau lebte getrennt von ihm und auch mit den Kindern gab es keinen Kontakt. Und seine Lebensgefährtin war vor ein paar Monaten im Pool der Löffler-Villa ertrunken. Einfach so. So waren Löffler, dessen Vater und die Kollegen so etwas wie seine Ersatzfamilie geworden.

Und jetzt lag er, dem Tod von der Schippe gesprungen, im Krankenhaus und erholte sich von dem Mordanschlag.

Für Löffler war der Besuch bei Stammler so etwas wie eine Meditation. Er fühlte sich danach gereinigt. Selbst wenn er während seines Besuches mit Stammler kein Wort gesprochen, sondern sich nur zu ihm gesetzt hatte, fühlte er sich wie nach einem tiefen, erholsamen Schlaf.

Selbst Heim war aus ihrem Dschungel herausgekommen. Sie hatte den Kollegen und der Kollegin Kaffee gemacht. Und sogar vier Schneckennudeln beim Café Il Centro geholt.

»Welche Erfolgsmeldungen wollen Sie mir verkünden?«, fragte Oberstaatsanwalt Marek Bürger die Polizisten und rieb sich erwartungsfroh die Hände. Er war von seinem Kumpel Löffler gewohnt, dass der am Ende immer Erfolg hatte.

»Das kannst du am Ende selbst beurteilen«, sagte der, »jetzt fassen wir erst mal zusammen, was wir bisher wissen. Denn eigentlich tappen wir noch ziemlich im Dunkeln. Wir haben viele Enden, die aber irgendwie nicht zusammenpassen.«

Bürger sah mit einem Mal sehr bekümmert aus.

»Das hört sich aber gar nicht gut an«, sagte er leise, und fast meinte man, er beginne gleich zu weinen.

Doch Löffler, aber auch die anderen, abgesehen vom Neuen, Wasmaier, kannten das schon von ihm. Bürger war die Kümmernis in Person. Aber man sollte sich nicht täuschen lassen. Man wurde nicht als Leidender und Duckmäuschen einfach mal so Oberstaatsanwalt. Deshalb war Löffler auch froh, dass gerade er, ein alter Freund der Familie, das Amt innehatte. Natürlich würde auch der Oberstaatsanwalt sich im Zweifelsfall für die eigene Karriere entscheiden, wenn es mal ganz dicke kommen sollte. Aber Löfflers Vertrauensvorsprung bei Bürger war derart groß, dass der Kommissar weitgehend Narrenfreiheit hatte. Die hatte er aber nicht nur wegen der freundschaftlichen Verpflichtungen. Die hatte er vor allem deshalb, weil er in seinem Beruf höchst erfolgreich war.

»Es begann mit dem Mord in der Platanenallee«, begann Löffler, und schaute in die Runde, »als Simon Ortmann getötet wurde. Unsere Zeugen haben drei Menschen von der Stelle, an der die Leiche lag, weglaufen sehen. Wir sind ziemlich sicher, dass keiner der drei etwas mit dem Mord zu tun hat. Das war eine andere Person. Denn die drei haben offensichtlich etwas mitgehen lassen, was dem Toten gehört hat, vermutlich ziemlich viel Geld. Aber das wollte der Killer nicht auf sich beruhen lassen, er hat Ortmann ja deswegen umgebracht. Also tötet er Marie Kessler, eine der drei. Wir wissen, dass noch weitere zwei übrig sind, einer ist im Krankenhaus, dem anderen ist das Geld wichtiger als sein Leben.«

Löffler machte eine Pause. Er nickte Wasmaier zu.

»Dann passiert etwas Merkwürdiges«, fuhr der Kollege fort, »ein Mann erkundigt sich bei einem Jungen nach diesem Simon Ortmann, draußen in der Weststadt, dort, wo der Zoo früher war …« Er hielt einen Augenblick inne. »Das mit dem Zoo hat man mir erzählt«, sagte er dann, und wurde rot im Gesicht, »ihr habt den wahrscheinlich alle gekannt und alle Tiere.«

Die anderen lachten.

»Es gab keine Tiere«, erklärte Monika Berger grinsend, »das war eine Kneipe und später eine Art Musik-Club.«

»Okay«, sagte Wasmaier, »jedenfalls erkundigt sich dieser Oliver Burkert nach dem Toten und nach einer Frau. Und kurz darauf findet man ihn ermordet in einer der Lagerhallen dort.«

Dann schwieg Wasmaier und schaute zu Löffler hin. Aber der sagte nichts.

Der Oberstaatsanwalt ertrug die Stille nur kurz.

»Und wer ist es nun gewesen?«, fragte er seltsam zusammenhanglos.

Selbst Löffler, der ihn schon eine ganze Weile kannte, musste ein Lachen unterdrücken.

»Was genau meinst du denn, Marek«, fragte er den Oberstaatsanwalt, »wer das mit Ortmann gewesen ist, das mit dem Burkert oder wer die Frau umgebracht hat?«

Der Mann schien verwirrt.

»Reden wir hier etwa von drei Tätern?«

»Oder Täterinnen«, warf Annemarie Heim ein.

»Täterinnen?«

»Ja klar, oder trauen Sie einer Frau keinen Mord zu?«

Bürger schluckte und wusste nicht so recht weiter.

Löffler griff ein.

»Das können wir ein anderes Mal besprechen«, sagte er, »aber grundsätzlich sind Frauen natürlich auch Killerinnen vor dem Herrn.«

Er grinste in die Runde. Das Thema war durch.

»Na schön«, übernahm nun Berger, »welche Spur haben wir überhaupt? Ich sehe da nichts.«

Schweigen machte sich breit. Bürgers Gesicht wurde leer.

»Wir wissen von dem Mann«, sagte Löffler in die Stille, »und von einer Frau, die mit Ortmann zu tun hatten und wir wissen, dass das für diesen Burkert den Tod bedeutet hat. Das ist die wichtigste Spur. Sie wird uns ganz bestimmt zu der Lösung führen.«

Der Oberstaatsanwalt fing plötzlich an zu zappeln. Sein Gesicht rötete sich und er rieb seine Hände aneinander.

»Na also«, meinte er dann, »das hört sich doch schon ganz gut an. Ich hatte schon die schlimmsten Befürchtungen. Ich muss nachher zur Presse wegen des Toten draußen beim Zoo. Da kann ich doch locker behaupten, wir arbeiten an einer Spur.«

»Ja«, antwortete Löffler, »kannst du. Aber keinen Ton zu Ortmann und der toten Frau. Keiner sollte wissen, dass die beiden wahrscheinlich zusammenhängen. Okay?«

Bürger nickte und erhob sich aus seinem Stuhl.

»Tolle Truppe«, sagte er in die Runde, als er zur Türe ging, »tolle Truppe. Und jetzt bringt mir noch den Killer. Oder die Killerin, gell Frau Heim. Bis bald.«

Als er die Türe hinter sich schloss, gab es ein allgemeines Aufatmen.

»Also, was tun wir jetzt?«, fragte Berger die Kollegen.

Löffler stand auf.

»Sie, Berger, kommen mit mir. Und Wasmaier, Sie bringen mir diesen Kellner vom Neckarbogen her. Es ist mir egal, ob er Angst hat oder nicht, wir lassen uns jedenfalls nicht mehr verarschen.«

Wasmaier schniefte.

»Dann muss ich ja mit dem Auto fahren, um ihn abzuholen.«

Löffler blieb auf seinem Weg nach draußen stehen und drehte sich zu seinem Kollegen um.

»Sie können ihn auch auf den Fahrradlenker setzen, wenn er mitmacht. Aber ehrlich – gehen Sie mir jetzt nicht auf die Nerven.«

Er verließ den Raum. Berger war schon vorgegangen. Sie wartete am Wagen auf ihren Chef.

»Wohin fahren wir eigentlich? Oder soll das ein Rendezvous werden?«

Sie klimperte dazu mit den Wimpern.

Löffler lachte.

»Ein anderes Mal ganz sicher«, neckte er sie, »aber nicht in Ihren Arbeitsklamotten.«

»Ist das nicht ein wenig herabwürdigend gegenüber einer Frau?«, fragte Berger, während sie in den Wagen stieg.

Löffler tat, als würde er nachdenken.

»Na ja, ich bin eher der altmodische Typ«, sagte er dann, »ich lege halt wert auf Äußerlichkeiten. Typisch Mann halt.«

Er fuhr los.

»Und wohin fahren wir wirklich?«

»Wir fahren zu den Eltern von Franz Mark. Das hätten wir schon viel früher machen sollen. Er sagte doch, er wohnt eigentlich noch zu Hause, nur manchmal käme er bei Ortmann unter.«

»Sie wissen, wo sie wohnen?«

»Ja, klar, seine Eltern kennen meine. Ich war als Junge ein paar Mal da, aber mit dem Franz hatte ich nie was zu tun. Er war viel jünger als ich. Und er galt als äußerst merkwürdig.«

»Wie merkwürdig?«

»Na ja, er musste sich immer beweisen. Er kletterte einmal zum Beispiel über den Balkon auf das Dach des Hauses und dann auf den First. Um die 12 Meter hoch, vielleicht auch mehr. Und da balancierte er dann, und unten standen die Erwachsenen und baten ihn, doch herunterzukommen und mit dem Mist aufzuhören. Da stand er einfach auf dem Dach, breitete die Arme aus und rief, er sei der Größte, und wenn er wolle, könne er fliegen.«

Berger schüttelte den Kopf.

»Und – konnte er fliegen?«

Löffler schaute sie überrascht an, dann lächelte er.

»Na ja, ehe die Feuerwehr kam, war er wieder unten. Seine Eltern haben ihn in seinem Zimmer eingesperrt und ihn zwei Tage drin gelassen. Hat mir mein Vater erzählt.«

»Scheißleben, der musste doch einen Hau wegkriegen.«

»Er war dann irgendwie ein paar Jahre untergetaucht. Internat, schätze ich mal, aber so genau weiß ich das nicht. Ich hatte den, ehrlich gesagt, schon komplett vergessen, bis er uns neulich begegnet ist.«

Eine Weile fuhren sie schweigend hoch in die Nordstadt, vorbei an Waldhäuser-Ost in die Waldhäuser Straße. Vor einem großen, frei stehenden Haus am Ende der Straße hielt Löffler an und parkte den Wagen.

»Hier wohnen sie«, sagte er, und deutete nach draußen.

Anerkennend nickte Berger in die Richtung.

»Ein toller Kasten«, meinte sie dann, »das ist ja ein halbes Schloss. Wie viele Kinder haben die denn?«

Löffler war aber schon ausgestiegen und blieb vor der Villa stehen. Rechts vom Haus zum Wald hin lag ein riesiger Garten. Auf einem der Bäume konnte man ein Baumhaus sehen. Jetzt, im Winter, lag es wie ein dunkler Schatten auf dem Geäst. Schaute man in die Tiefe des Gartens, erkannte man den Einstieg in einen Swimmingpool und ein Sprungbrett. Das Becken war abgedeckt. Der Eingang in den Vorgarten zur eigentlichen Haustüre hin war ein Rundbogen. Im Frühjahr und Sommer ging man wahrscheinlich unter einem Blumenkranz hindurch wie ins Allerheiligste einer Kirche.

Löffler wartete vor der Haustüre auf Berger.

»Wir kommen jetzt aber überraschend«, meinte die Kommissarin zu ihrem Chef. »Und was ist, wenn niemand zu Hause ist?«

»Die Familie geht doch nicht mehr weg, die sind alle im Ruhestand und bleiben im Haus. Ist doch logisch, woanders ist es für die eher schlechter. Hier haben sie doch alles, was sie brauchen.«

Löffler drückte die Türklingel. Ein sanftes Summen erklang. Sie warteten eine Weile, dann hörte man Schritte hinter der Türe. Langsam, stückweise, wurde die Türe lautlos geöffnet. Zuerst sah man eine Hand, dann konnte man den Kopf eines Menschen erkennen.

Als die Türe geöffnet war, stand Herbert Mark vor ihnen, der Hausherr.

Er war ein Mann sicher hoch in den Siebzigern. Das Haar schlohweiß, zumindest dort, wo es noch wuchs. Denn im Grunde hatte er eine Glatze, aber die Haare, die an den Seiten wuchsen, waren lang und lagen auf den Schultern des Mannes.

Mark musterte die beiden neugierig. Und ein wenig misstrauisch.

»Wo haben Sie Ihr Arbeitsgerät?«, fragte er dann.

»Arbeitsgerät?«, fragte Berger.

»Ja, Ihr Werkzeug, Steine, Mörtel, was weiß ich. Und wie sind Sie überhaupt angezogen, wir machen hier doch keine Modenschau.«

Löffler ging auf Mark zu, ganz langsam.

»Herr Mark, ich bin es, kennen Sie mich noch?«, fragte er den Mann.

Mark trat noch ein wenig dichter an Löffler heran. Er schaute auf und musterte das Gesicht des Hauptkommissars. Dann lachte er plötzlich.

»Der kleine Löffler«, sagte er, »und jetzt ist es der große Löffler. Christian, nicht wahr, du bist Christian.«

Löffler nickte.

»Und was machst du hier? Was willst du? Soll das ein Besuch sein?«

»Wen hast du denn erwartet?«, fragte der Polizist, »wollen Sie Ihr Wohnzimmer renovieren oder ein neues Bad einbauen?«

Mark winkte resigniert ab. Er wandte sich um, gab den beiden ein Zeichen und sie folgten ihm ins Innere des Hauses.

Hinter einer breiten Glastür öffnete sich ein großer Saal, eine Empfangshalle, wie man es aus Filmen kennt, in denen englische Herrenhäuser eine Rolle spielen. Oder ein Sklavenhalterhaus aus den Südstaaten in »Vom Winde verweht.«

Zu beiden Seiten wand sich eine halbrunde Treppe nach oben. Dort war eine Balustrade, die von Palmen gesäumt war. Das Runddach bestand aus Glas, sah man nach oben, blickte man in den grauen Winterhimmel. Gegenüber der Glastür, durch die man den Raum betrat, schaute der Besucher durch eine Glaswand in einen riesigen Wintergarten, und durch dessen Fenster wiederum auf einen Garten hinter dem Haus. Berger blieb einfach stehen und ließ den Anblick auf sich wirken.

Mark schenkte dem Erstaunen der Besucherin keine Aufmerksamkeit. Vermutlich war er den Eindruck, den das Haus auf Erstbesucher machte, längst gewohnt. Er steuerte auf ein Couch-Ensemble zu, das in der linken hinteren Ecke des Empfangssaals stand. Löffler folgte ihm. Er kannte das Haus, war früher häufig hier gewesen. Dennoch überraschte ihn die Größe und die Finesse des Gebäudes und seiner Räume nach so langer Zeit, die er nicht mehr zu Besuch war.

Die beiden Männer setzten sich gegenüber in die Ledersessel, während Berger noch immer im Raum stand und nach oben schaute.

»Sie ist beeindruckt«, sagte Löffler, und deutete auf seine Kollegin.

Mark hob nur kurz die Schultern.

»Was bedeutete denn dein Besuch?«, fragte er. »Dienstlich – nehme ich an.«

Löffler nickte.

»Ist es wegen Franz?«

Man bemerkte, dass ihm die Frage nicht leichtfiel.

Löffler nickte erneut stumm.

»Ja, ja, das ist der rote Faden in meinem Leben«, sagte Herbert Mark leise, »da kann ich ja froh sein, dass das meine Frau nicht mehr so richtig erlebt.«

»Oh, das tut mir leid«, sagte Löffler, »ich habe nicht gewusst, dass sie gestorben ist.«

»Nein, nicht verstorben, nur so etwas ähnliches. Sie ist dement. Sie erkennt uns alle nicht mehr. Mich nicht, auch nicht Mark, wenn er mal zu Hause ist. Aber wir wollen ihn auch nicht mehr hier haben.«

»Er ist Ihr Sohn.«

Der Mann lachte trocken.

»Ja, das ist richtig«, sagte er stockend, »dagegen kann ich mich nicht wehren. Aber ich wehre mich dagegen, ihn länger im Haus zu behalten. Die Handwerker, die ich erwarte, sollen dafür Sorge tragen.«

»Handwerker? Dafür Sorge tragen? Was soll das denn heißen?«

Inzwischen war Berger zu ihnen gestoßen und setzte sich ebenfalls in einen der Ledersessel. Neugierig folgte sie dem Gespräch der beiden Männer. Der Hausherr dachte kurz nach.

»Na, ist ja egal, dir kann ich das ja erzählen, jetzt ist eh schon alles egal. Ich habe den Maurer bestellt, damit er eine Wand einzieht und die Zimmertüre von Franz zumauert. Er darf sich hier im Haus nicht mehr aufhalten, nicht einmal mehr in seinem ehemaligen Kinderzimmer. Er soll hier endgültig verschwinden.«

Die Polizisten schauten sich an. Beiden konnte man ansehen, dass sie erst mal überlegen mussten, ob sie richtig gehört hatten. Oder ob hinter Marks Worten ein schlechter Scherz verborgen stand.

»Sie wollen tatsächlich sein Zimmer zumauern lassen?«, fragte Löffler dann nach. »Er soll also für alle Zeiten ausgesperrt bleiben aus Ihrem Haus, richtig?«

Mark nickte.

»Aber was hat er denn – entschuldigen Sie, wenn ich nachfrage, aber … ich meine, was hat er denn Schlimmes angestellt? Seinen Sohn einfach aus dem Haus zu mauern ist nun wirklich eine merkwürdige Maßnahme.«

»Sehr merkwürdig«, wiederholte eine konsterniert wirkende Monika Berger.

Herbert Mark bekam ein trauriges Gesicht. Löffler überlegte einen Augenblick, ob er den Mann in den Arm nehmen und trösten sollte.

»Ich kann nicht darüber reden«, sagte Mark schließlich. »Aber er hat schreckliche Dinge mit sich und anderen angestellt. Er hat sich sogar einmal selbst verstümmelt. Alles war voll mit Blut. Ein anderes Mal …«

Der Mann brach ab.

Alle schwiegen.

»Wir sind tatsächlich wegen Franz gekommen«, sagte dann Löffler in die Stille, »er könnte uns vielleicht weiterhelfen bei einem Mordfall. Ein Freund von ihm, Ortmann heißt der, wurde getötet. Und Franz hat zeitweise bei ihm gewohnt.«

Mark nickte langsam.

»Ich habe es verfolgt. Auch diesen Ortmann. Er war ein paar Mal hier bei uns. Er war so etwas wie ein Schamane. Oder ein Voodoo-Mann. Er sagte allerdings, er wäre Wegbegleiter für verirrte Menschen in dieser Welt. Esoterisches Gefasel. Ich dachte ja, er wolle Geld. Aber eigentlich kam er nicht deshalb.«

»Nein? Wieso kam er dann?«

»Er wollte uns warnen. Uns alle. Vor Franz. Er würde überkochen. Oder überlaufen. Oder so ähnlich. Und wir sollten aufpassen.«

Aus der Ferne hörte man ganz leise klassische Musik. Mark schwieg und schloss die Augen. Er lauschten der Musik, als wenn sonst kein Mensch mehr im Raum wäre. Die beiden Polizisten beobachteten ihn, vermieden es aber, ihn anzusprechen. Dann öffnete der Hausherr die Augen und schaute sich um. Sein Blick wirkte, als käme er von einer langen Reise zurück.

»Gustav Mahler«, sagte er, »die Fünfte Symphonie, das Adagietto.«

»Ich kenne es«, antwortete Löffler leise, »zuletzt habe ich es in dem Film ›Tod in Venedig‹ gehört. Es ist eine Sehnsuchtsmelodie.«

»Ja«, antwortete Herbert Mark, »aber ich weiß nie, ob ich mich dabei nach dem Tod oder nach dem Leben sehnen soll. – Also, was ist nun mit diesem Ortmann?«

»Er ist tot – und Franz kannte ihn bestens«, nahm Löffler den Faden wieder auf. Er war sein Kunde, wie Sie wissen. Haben Sie denn eine Ahnung, wie das Verhältnis der beiden genau war? Wir verstehen das nicht so recht.«

Mark winkte müde mit der rechten Hand.

»Sie waren nur ein paar Mal zusammen hier. Aber ich glaube, Ortmann hatte Angst vor Franz. Alle hatten irgendwie Angst vor ihm, wenn sie ihn eine Weile kannten. Er ist so kompromisslos, er hat so wenig Empathie. Es sei denn, es geht um ihn selbst. Dann sprudeln die Gefühle über. Selbstliebe, also extremer Narzissmus und gleichzeitig Selbsthass. Hass auf andere. Hass auf alles. Als seine Mutter ihn nicht mehr erkannte …«

Herbert Mark stoppte. Er redete nicht weiter. Saß da und schaute auf die Türe gegenüber. Plötzlich wirkte er schwach, zittrig. Löffler schaute zu Berger. Die spannte die Muskeln, bereit, gleich aufzuspringen, falls ihr Gastgeber vom Sessel gleiten sollte.

»Sprechen Sie nur«, sagte Löffler nach einer Weile des Schweigens. »Wir hören gerne zu, deshalb sind wir hier. Sie kennen mich doch. Sie dürfen mir vertrauen. Nicht als Polizist, aber als ein alter Freund der Familie.«

Mark nickte langsam, dann griff er nach der Hand des Kommissars und hielt sie fest.

»Als meine Frau ihn nicht mehr erkannte«, fuhr Mark dann fort, »konnte er das nicht verstehen. Er dachte, sie mache das absichtlich. Nicht nur, dass sie ihn nicht mehr erkennen wolle, brüllte er sie an. Sie sei auch an seinem anderen Elend schuld. Wer habe ihn denn zu dem Stück Mensch gemacht, das er eigentlich gar nicht sei. Sie solle ihn anschauen, und ihm das erklären.«

Der Mann machte eine Pause.

»Ich stand daneben und war wie gelähmt. Und plötzlich geht er auf seine Mutter los, drückt ihr das Kopfkissen auf das Gesicht und will sie ersticken. Meine Frau zappelt. Ich stand nur da und schaute zu. Dann kam der Pfleger dazu. Er riss Franz zurück und warf ihn zu Boden. Dann kümmerte er sich um meine Frau. Und ich nahm die Vase auf dem Beistelltisch und habe sie auf den Kopf meines Sohnes geschlagen.«

Alle schwiegen.

»Und was passierte dann?«, fragte schließlich Berger.

»Er hat mich verklagt wegen Körperverletzung.«

»Wie ging es aus?«

Der alte Mann grinste einen Moment still vor sich hin.

»Er hat verloren. Aber dann wurde es besser. Seitdem er mit Ortmann herumzog, kam er nur noch selten hier ins Haus. Aber ich wusste genau, dass wieder etwas passieren würde, nachdem Ortmann uns hier aufgesucht hat.«

»Es ist ja noch nichts passiert«, unterbrach ihn Löffler, »also nichts, was mit Ihnen und der Familie etwas zu tun hat.«

»Nur Ortmann ist tot, meinst du, oder?«

Löffler war verlegen.

»Nein, so war das nicht gemeint. Es ist nur so, dass wir den Mord und Franz nicht in Verbindung bringen können.

Es gibt ja nicht mal ein Motiv. Es sei denn, Sie wissen mehr als wir.«

Herbert Mark sah Löffler erstaunt an.

»Wie sollte ich etwas wissen über meinen Sohn? Ich kenne den doch kaum. Er steht nur hier vor der Türe, wenn er schlafen will, wenn er Geld braucht oder wenn er sonst nirgends unterkommt. Aber wenn du wirklich nach einem Grund suchst, warum er jemanden umbringen könnte, kann ich dir zwei sagen. Entweder es geht ihm ums Geld oder es ist reine Mordlust.«

»Sie meinen, er würde für Geld töten?«, war Berger erstaunt, »bei all dem Luxus hier. Er braucht doch nur eine Ihrer Ming-Vasen zu verkaufen und schon hat er die Kohle.«

Mark schaute etwas irritiert auf die Polizistin. Dann wandte er sich an Löffler.

»Du weißt ja, Christian, wir geben nicht an und protzen auch nicht. Bei uns im Haus gibt es wenig, was man einfach mal so zu Geld machen könnte. Jedenfalls haben wir nichts, das einen auf einen Schlag reich macht. Oder einen richtig großen Betrag bringt. Aber Franz brauchte einen großen Betrag.«

»Wofür? Wollte er verschwinden? Das Land verlassen? Oder zumindest die Stadt?«

Mark schüttelte den Kopf.

»Nein, das nicht, es ging um etwas anderes. Ortmann wollte es uns auch nicht sagen, als er hier auftauchte. Er meinte, es sei etwas Existenzielles. Etwas, was nur im Kopf unseres Sohnes existiere. Es gehöre zu seinem Narzissmus. Aber es sei eine gefährliche Sache. Mehr wollte er nicht sagen.«

»Und was ist das mit der Mordlust?«, fragte Berger

Man spürte, wie der Mann mit sich kämpfte. Vielleicht fiel ihm ein, dass er über seinen Sohn sprach. Mordlust und der eigene Sohn?

»Ich glaube«, begann Herbert Mark dann zögernd, »also ich habe das Gefühl, aus all dem, was ich herausgehört habe, nach all dem denke ich, dass er, nun ja, seine Sinne irgendwie verloren hat. Er sagte zu mir, nachdem er am Boden lag und der Pfleger ihn festhielt, da sagte er, er würde uns alle umbringen. Und mich als Ersten. Wenn er erst mal alles geregelt habe, dann wären wir dran.«

»Wenn er alles geregelt habe? Was wollte er denn regeln?«

Mark schüttelte etwas ratlos den Kopf.

»So genau hat er es nicht gesagt. Ich weiß nur, dass er Geld brauchte. Und dass Ortmann da eine Rolle spielte. Und ich weiß auch, dass er in letzter Zeit mit dem nicht mehr so zufrieden war. Der habe zu viele Skrupel, hat Franz mal gesagt. Und dann hat er sich selbst geschlagen. Stell dir das vor: Er steht vor mir und schlägt sich ins Gesicht, auf die Brust und in seine Weichteile. Richtig stark schlug er zu. Ich konnte ihn nicht davon abhalten. Sonst hätte er am Ende mich geschlagen. Ganz sicher sogar.«

Löfflers Handy läutete. Er zog es aus der Tasche und schaute auf das Display. Dann hielt er es ans Ohr. Er lauschte schweigend. Berger schaute ihm neugierig zu, während Herbert Mark etwas zusammengesunken in seinem Sessel saß. Löffler steckte das Handy ein.

»Was ist denn los?«, fragte Berger, nachdem Löffler weiterhin schwieg.

Löffler winkte mit der Hand ab. Sie solle ihn in Ruhe nachdenken lassen. Dann erhob er sich aus seinem Sessel.

»Ehe wir gehen«, sagte er zu dem Hausherrn, »noch eine Frage – haben Sie eine Ahnung, wo Franz sich aufhält? Oder wo er sein könnte?«

Mark schien wieder zu erwachen.

»Nein«, antwortete er, »wenn er nicht bei den Ortmanns ist, dann weiß ich nicht, wo er steckt.«

»Ortmanns? Wieso Ortmanns? Gibt es da mehrere?«

»Aber ja«, nickte der alte Mann, »die Frau gibt es. Bei der war er ständig, um sich Rat zu holen. Dabei hatte die mit Ortmann eigentlich nichts mehr zu tun, die sind doch getrennt. Aber Franz hat sie oft besucht. Keine Ahnung, was da gelaufen ist.«

Löffler schaute zu seiner Kollegin. Aber die schüttelte auch bloß den Kopf. Irgendetwas war da schiefgelaufen, schienen die Blicke der beiden Polizisten zu sagen.

»Welchen Rat konnte sie ihm denn geben?«, fragte Berger.

»Das weiß ich nicht, es sei eine Frauensache, hat er mir mal gesagt. Aber nicht so, wie ich denke, meinte er. Das war alles sehr merkwürdig.«

Es klingelte an der Tür.

»Das sind jetzt ganz bestimmt die Handwerker«, sagte Herbert Mark und stand aus seinem Sessel auf. »Jetzt mache ich alles dicht, was zu Franz gehört. Der wird sich wundern, wenn er noch jemals wieder in das Haus kommt.«

Er marschierte Richtung Haustüre, die Kommissare blieben zurück.

»Was ist denn passiert?«, fragte Berger,· »Sie waren ja käseweiß im Gesicht. Gibt es jetzt Maskenpflicht auf der Toilette, auch wenn man alleine ist? Oder unter der Dusche?«

Löffler lächelte.

»Nein, ganz so schlimm ist es nicht. Kennen Sie die Rosenheim Cops? Die Serie? Da könnte ich jetzt nämlich die Frau Stockl zitieren.«

»Oh nein, ich weiß, was Sie meinen.«

»Ja, es gebat a Leich«, sagte Löffler mit bayrischem Dialekt, »der Kollege Wasmaier hat mich angerufen. Er ist gerade vor Ort, hat den Toten, glaube ich, auch gefunden.«

»Jens Pflüger?«

»Ja. Zu Hause getötet. In der eigenen Wohnung. Der Kollege hat jetzt den ganzen Apparat verständigt. Er kümmert sich um alles.«

»Und wir?«

»Wir sollten uns mal mit Frau Ortmann unterhalten.«

»Ja, das denke ich auch.«

Als sie zum Ausgang marschierten, kam ihnen ein Handwerkertrupp entgegen. Vorne draus Herbert Mark, der sie zum Zimmer seines Sohnes führte.

Er wirkte aufrichtig bekümmert.

»Glücklich schaut er nicht aus«, sagte Berger, und deutete auf den Hausherrn.

»Das würdest du vermutlich auch nicht, wenn du das Zimmer deines Sohnes zumauern ließest.«

Schweigend gingen sie zum Auto.

»Und jetzt auf zur nächsten glücklichen Familie«, sagte Berger beim Einsteigen und verdrehte dabei die Augen.

Wasmaier war etwas überfordert. Er musste sich noch nie ganz alleine um eine Leiche kümmern, die man ermordet in einem Appartement entdeckt hatte. Bisher hatten sich immer Kollegen oder Kolleginnen mit ihm gemeinsam um die ganze Vorgehensweise an einem Tatort gekümmert. Falls das überhaupt der Tatort war, dieses Zimmer in der Wohnung von Jens Pflüger. Doch der Gerichtsmediziner klärte das gleich.

»Der Mann wurde in dem Stuhl stranguliert«, sagte er zu Wasmaier und deutete auf den Toten hinter sich, »erst hat man ihn gefesselt, dann mit einem Seil den Hals zusammengezogen. Das Seil hängt noch immer um den Hals. Da gibt es nicht viel zu interpretieren.«

Wasmaier schaute dem Gerichtsmediziner, Uwe Weiss hieß er, über die Schulter und sah den Kopf des Toten, der nach vorne auf die Brust hing.

Wenn alles so klar ist, dachte er, was mache ich dann hier. Da gibt es doch nichts zu entdecken, bloß Leichen angucken. Er wusste nicht so recht, was von ihm verlangt wurde. Er versuchte, sich an die Polizeischule zu erinnern, an den ersten Toten, den er mit seinem Chef Löffler zusammen angeschaut hatte, an das, was da unternommen wurde. Na gut, dachte er, also alles von der Pike auf. Doch dazu musste er sich den Toten genauer anschauen. Okay, seufzte er lautlos in sich hinein, dann beiße ich halt in den sauren Apfel des Leichen-Guckens.

Während Weiss sich mit den Kollegen unterhielt, stellte sich Wasmaier zu Pflüger, der in seinem Stuhl, wie eine Puppe aussah, die man achtlos in die Ecke geworfen hatte. Seine Hände waren mit Kabelbindern zusammengeschlossen, sein Oberkörper war vornübergebeugt.

»Kann ich ihn berühren?«, fragte Wasmaier.

Weiss nickte ihm zu.

Wasmaier hob Pflügers Kopf. Jetzt konnte man den scharfen Einschnitt am Hals sehen, der ganz offensichtlich von einem dünnen Seil herrührte. Es war ein enger Kanal, der sich in den Hals grub. Nur wenig getrocknetes Blut war an den Rändern zu sehen. Vielleicht hatte schon ein kurzer Ruck mit dem Seil genügt, um das Leben des jungen Mannes zu beenden. Mit einem Schlag war alles vorbei.

»Hat man das Seil gefunden oder womit immer man ihn stranguliert hat?«, fragte er in Richtung Weiss.

Der zuckte nur mit den Schultern. Dann deutete er auf einen der Kollegen.

»Frag doch mal bei der KTU, die haben schon einiges eingesammelt, ich habe nur Blut, Schweiß und Tränen.«

Wasmaier grinste. Humor bei der Arbeit, Humor bei *der* Arbeit – das nahm etwas die Strenge aus der Situation.

Sein Handy läutete. Er holte es aus der Tasche. Löffler rief an. Will der mich jetzt überprüfen, überlegte Wasmaier misstrauisch.

»Wir kommen später zum Tatort«, hörte er die Stimme seines Chefs. »Wir machen einen kleinen Umweg. Und wie schaut es bei euch aus?«

»Na ja«, zögerte Wasmaier, »ich weiß nicht so recht. Der Pflüger ist halt tot. Erdrosselt. In seinem Stuhl. Bisher haben wir noch keine Spuren, aber wir sind ja auch noch mitten in der Tatortsuche. Also ich meine, wir suchen noch weiter am Tatort. Mal sehen, was wir finden.«

Schweigen am anderen Ende.

»Brauchen Sie Hilfe?«, fragte Löffler dann.

Der Polizist zögerte.

»Na ja, ich weiß nicht, ich denke, ich komme mit den Kollegen hier zu Recht. Uwe Weiss von der Gerichtsmedizin ist vor Ort, der macht das richtig gut. Falls ich Fragen habe, kann der mir bestimmt helfen. Aber ganz ehrlich«, und Wasmaiers Stimme senkte sich jetzt, »ich wäre schon froh, wenn einer von euch beiden herkommt. Die Sache hier ist etwas unübersichtlich – um ganz offen zu sein.«

Im Hintergrund hörte er, wie sich Löffler und Berger unterhielten.

»Na schön«, kam dann Löffler wieder, »wir kommen kurz vorbei, ich lade Berger ab und sie beide können dann alles Weitere klären. Okay? Wir sind in ein paar Minuten da.«

Löffler legte auf.

Auch wenn er es nicht gerne zugab – Wasmaier war erleichtert. Okay, er kam aus der Großstadt München, aber wenn man München genauer kannte, war klar, dass die bayrische Hauptstadt nichts anderes war als eine Ansammlung von neun Stadtteilen, neun Dörfern, die unter dem Namen München firmierten. Also quasi neun Käffer, die sich aufmantelten, wie sein Vater immer sagte. Der sein »Minga« nichtsdestotrotz liebte. Doch wenn man nun erwartete, dass einer polizei- und fallgestählt aus dem Großstadtdschungel München herauskam – weit gefehlt. Denn anders, als die TV-Serien einen glauben machen wollten, war es nix in München mit Mord- und Totschlag. Da passierte kaum was. Die Verbrecher dort waren digital unterwegs, nicht mit Pistole, Messer oder Axt. Datenklau ja, vielleicht auch groß angelegte Betrügereien zulasten von Banken oder großen Unternehmen. Doch Blut floss da nicht, höchstens ein paar Milliarden Euro nach Nassau. Oder auf eine Kanalinsel. Oder in digitale Knete.

Dann fiel Wasmaier etwas ein.

»Sagen Sie mal«, fragte er den nächstbesten Polizisten, der neben ihm stand, »wer hat den Toten eigentlich gefunden? Der wird sich ja nicht selbst gemeldet haben.«

Der Kollege grinste.

»Nein, das hat er bestimmt nicht.«

Wasmaier wartete.

»Na?«, fragte er dann erneut, »und wer hat ihn nun gefunden?«

»Das weiß ich nicht«, meinte der Kollege schulterzuckend.

»Und wer weiß es?«

»Keine Ahnung, fragen Sie doch mal den Weiss oder die KTU.«

Wasmaier seufzte. Irgendwie war das nicht sein Tag. Er fühlte sich sehr unglücklich. Vielleicht sollte er einfach warten, bis Berger kam. Aber dann würde sie ihn fragen, wer den Toten gefunden hatte, und dann hätte er keine Antwort. Nein, das ging nicht. Das zumindest musste er herausfinden.

Musste sich herantasten, denn eigentlich hätte das eine seiner ersten Fragen sein müssen. Er ging durch die Wohnung, drückte sich an den Kollegen vorbei, die alle irgendwie beschäftigt waren. In der Küche, am Tisch, der beim Fenster stand, saß ganz alleine eine junge Frau.

»Gehören Sie hier irgendwie dazu?«, fragte der Polizist vorsichtig, »ich meine, sind Sie auch Spurensucherin, also bei der KTU oder bei der Gerichtsmedizin?«

Die Frau wandte sich Wasmaier zu. Sie schien geweint zu haben.

»Nein«, sagte sie leise, »ich habe Sie angerufen. Also die Polizei. Nachdem ich Jens gefunden habe in seinem Stuhl.«

Dabei deutete sie vage hinter sich, irgendwo hin, ohne den Kopf zu bewegen.

»Ach, Sie haben den Toten gefunden?«

Wasmaier war erleichtert. Zumindest konnte er nun so tun, als habe er seine Polizeiarbeit korrekt erledigt. Er zog einen Stuhl heran und setzte sich der Frau gegenüber.

»Mein Name ist Wasmaier«, sagte er, und streckte der Frau die Hand hin, »ich bin Kommissar hier bei der Mordkommission. Also im Bereich Fallanalyse. Tatortuntersuchung machen die anderen hier in den weißen Schutzanzügen.«

Die Frau nahm seine Hand und schüttelte sie ohne großes Engagement.

»Äh, wer sind Sie, wohnen Sie hier mit Jens Pflüger zusammen? Sind Sie seine Frau oder so was?«

Es dauerte, bis Wasmaiers Worte bei der Frau ankamen.

»So was.«

Wasmaier wartete. Aber die Frau schaute stumm durch das Küchenfenster nach draußen in die diesige Winterlandschaft.

»Geht es auch etwas genauer?«

Der Polizist war allmählich genervt. Keine Sau half ihm, keiner und keine unterstützte ihn, niemand übernahm hier mal die Leitung, und dann kam so eine blöde Zeugin oder was immer sie war und hatte schlagartig die Stimme verloren.

Die Frau murmelte etwas, aber es war so leise und in Richtung Wand gemurmelt, dass Wasmaier kein Wort verstand.

»So«, sagte er beherzt, und erhob sich aus seinem Stuhl, »wenn Sie hier keinen normalen Satz herausbekommen, dann geht es jetzt mal ins Polizeipräsidium. Dort können sich die Kollegen um Sie kümmern, notfalls in einer Zelle. Kommen Sie, wir gehen.«

Die Frau blieb einfach sitzen. Es schien, als sei sie in eine andere Welt abgedriftet. Saß bloß stumm da und starrte nach draußen. Der Kommissar war einigermaßen ratlos. Dann bewegte er sich auf die Frau zu. Tippte ihr auf die Schulter und räusperte sich laut. Als sie noch immer nicht reagierte, schüttelte er an ihrer Schulter. Sie drehte den Kopf und schaute Wasmaier an. Ihre Augen sagten, dass sie von weit her in die Küche Jens Pflügers zurückgefunden hatte.

»Was wollten Sie wissen?«, fragte sie mit fester Stimme.

Der Kommissar atmete tief durch.

»Eigentlich«, sagte er dann, »habe ich Sie nur gefragt, wer Sie eigentlich sind. Und was Sie hier in Pflügers Wohnung gesucht haben. Und wie Sie hereinkamen. Und ob Ihnen etwas aufgefallen ist, als Sie die Wohnung betraten …«

»Halt, halt«, rief die Frau und wedelte mit den Armen, »wie wäre es, wenn wir eine Reihenfolge einhielten? Eine Frage nach der anderen.«

Wasmaier lächelte.

»Sie haben recht«, sagte er dann, »wir gehen jetzt Schritt für Schritt vor, und das erste, was mich interessiert – wer sind Sie und wie heißen Sie? Gut so?«

Die Frau lächelte tatsächlich. Zumindest sah es so aus, wie Wasmaier meinte.

»Ich bin die Schwester von Jens. Ich heiße Gerda und wollte ihn besuchen. Und dabei habe ich ihn entdeckt.«

Offensichtlich brachte das Reden darüber ihr wieder das Bild des leblosen Bruders vor Augen. Denn für einen Moment schloss sie die Augen und atmete heftig ein und aus, wohl, um sich zu beruhigen. Dann schaute sie wieder zu Wasmaier.

Die sieht ja verdammt gut aus, dachte der inzwischen, und wurde alleine bei dem Gedanken daran rot im Gesicht. Er blickte zu Boden. Dann wandte er sich wieder der Frau zu.

»Waren sie denn verabredet?«, fragte er, »ich meine – kommen Sie regelmäßig vorbei oder war das heute Zufall?«

Sie schüttelte bedächtig den Kopf.

»Nein, ich habe das ganz spontan gemacht. Ich war um den Weg, einkaufen, und da dachte ich, ich schau mal bei ihm vorbei.«

»Es gab also keinen bestimmten Grund, dass Sie ihn besuchten?«

»Sag ich doch.«

»Ich habe nur laut gedacht«, entfuhr es dem Kommissar, der sich irgendwie ertappt fühlte. »Wir müssen alles ganz genau wissen, es könnte sein, dass da noch ganz andere Sachen eine Rolle spielen.«

»Ach ja«, sagt die Frau und wirkte plötzlich höchst aufmerksam, »was für Sachen denn? Ist mein Bruder denn in etwas dringehangen? Hat er Mist gebaut? Muss ich etwas wissen?«

Wasmaier schwieg. Er überlegte, ob er ihr einen Köder hinwerfen sollte, eine Kleinigkeit erzählen von der Geschichte in der Allee, dem Geld, den Toten. Nur etwas, damit diese Gerda gesprächig wurde. Aber nein, entschied er sich, das wäre unprofessionell und auch nicht der richtige Weg. Vielleicht sollte er überhaupt warten, bis die Kollegin kam und die Befragung ihr überlassen.

»Könnte er denn in etwas verstrickt gewesen sein?«, fragte er vorsichtig.

Die Frau überlegte kurz.

»Also, ganz ehrlich«, begann sie dann, »ich weiß nichts konkretes, aber als ich zum letzten Mal mit ihm telefoniert habe, gestern war das, da kam mir einiges komisch vor. Vielleicht war das auch der Grund, weshalb ich mich heute so spontan bei ihm melden wollte.«

»Was war denn so komisch an ihm?«

»Na ja, so richtig kann ich das gar nicht beschreiben, es war mehr ein Gefühl, das ich hatte. Aber dann sprach er davon, dass er auswandern wolle, dass das aber schnell gehen müsse, denn manches könne er jetzt nicht mehr regeln, dazu sei zu viel passiert. Ich dachte, er meint seinen Ex-Chef damit, mit dem er dauernd im Clinch lag. Ich wusste ja, dass Jens von einer Strandkneipe träumte. Irgend so ein Rest-Hippie-Mist unserer Eltern. Aber dann sagte er, er habe das Geld. Und das kam mir komisch vor. Jedenfalls war das alles ziemlich wirr, und ich wollte mal Genaueres darüber wissen. Deshalb kam ich ganz unbewusst wahrscheinlich in seine Wohnung.«

Der Polizist überlegte eine Weile. Währenddessen kam Monika Berger in den Raum. Sie schaute sich kurz um und nickte Wasmaier zu. Dann lehnte sie sich gegen die Wand, beobachtete das Treiben der Spurensicherung und schien das Gespräch zwischen Gerda Pflüger und Wasmaier gar nicht zu beachten.

»Sie haben aber keine Ahnung, woher er das Geld hatte, oder?«

Die Frau schüttelte den Kopf.

»Ich wusste ja auch gar nicht, ob er überhaupt Geld hat. Seit Corona ist er abgebrannt, er durfte ja nicht arbeiten. Oder bloß manchmal ein bisschen. Das hat ihn deprimiert und außerdem in die Armut getrieben. Zeitweise durften die Menschen ja nicht mal mehr zu zweit ins Freie, nur alleine. Geschweige denn, dass es offene Gastronomie gab. Woher also sollte er das Geld haben?«

»Wir haben nichts gefunden bisher«, sagte Wasmaier vorsichtig. Er wollte der Frau nichts von ihrem Verdacht sagen, dass ihr Bruder in eine ziemlich kriminelle Sache verwickelt war. Sie wussten ja selbst noch nicht allzu viel.

»Kennen Sie denn die Freunde Ihres Bruders?«, fragte plötzlich Monika Berger. Sie tauchte neben Wasmaier auf und zeigte ihren Ausweis.

»Berger von der Mordkommission, eine Kollegin von Herrn Wasmaier.«

Einen Moment schien Gerda Pflüger verwirrt, dann schüttelte sie den Kopf.

»Nein, nicht so richtig. Eigentlich hatte er gar keine. Keine so richtigen, meine ich. Wir sind ja von München hergezogen vor ein paar Jahren. Es war uns zu teuer da. Und da war es nicht leicht, gleich viele Freundschaften zu schließen. Also für mich schon eher, aber mein Bruder war manchmal zu … zu … zu wählerisch vielleicht.«

Berger grinste leicht, obwohl sie versuchte, das Verziehen ihrer Mundwinkel zu verhindern.

»Sie meinen also, die Leute mochten ihn nicht, weil er ein Arsch war.«

Wasmaier schaute sie völlig entgeistert an. Als wollte er sie fragen, ob sie noch ganz dicht sei. Dann seufzte er bloß vernehmbar und schaute aus dem Fenster. So, als ginge ihn das alles hier nichts mehr an.

Doch die Schwester schien nicht beleidigt oder angefressen zu sein. Sie legte die Stirn in Falten und dachte nach.

»Das wäre schon möglich«, sagte sie dann etwas unsicher, »merkwürdig war er schon. Je schlechter es ihm ging, finanziell meine ich, desto arroganter wurde er. Aber klar, das war sein Schutzschild, wer ist schon gerne ein Loser.«

»Gab es denn gar keinen oder keine, die mit ihm länger zusammen waren? Mit denen er sich abgegeben hat und die keinen Groll auf ihn haben«, fragte Wasmaier, der wieder am Gespräch teilnehmen wollte. Ihm leuchtete inzwischen schon ein, wie unprofessionell er sich verhalten hatte. Und das nagte mächtig an ihm.

»Wir wollen ganz ehrlich zu Ihnen sein«, übernahm gleich Berger wieder, »wir suchen jemand, der mit Ihrem Bruder gemeinsam eine Straftat begehen würde. Einen Kumpan, sozusagen, mit dem er ein Ding dreht. Zum Beispiel einen Diebstahl begeht.«

Die Frau erschrak. Dann schüttelte sie den Kopf.

»Nein, das macht er nicht. Er kennt niemand, der kriminell ist. Glaube ich zumindest. Und er selbst hat noch nie was geklaut. Nicht mal einen Kaugummi beim Banknachbarn in der Schule. Das weiß ich genau. Er hat so einen nämlich mal in der Schule verpfiffen. Das war, als gerade die sozialen Medien am Aufkommen waren. Ein Vierteljahr später musste er die Schule wegen der Anfeindungen verlassen. Er ging dann auf das Gymnasium im Nachbarort.«

»Schöne Geschichte. Aber Menschen ändern sich. Auch Ihr Bruder. Wir glauben nämlich, dass er sehr wohl etwas auf dem Kerbholz hatte. Sagen Ihnen die Namen Sven Raiser oder Sara Kessler etwas?«

Gerda Pflüger überlegte eine Weile.

»Nein«, sagte sie, »nie gehört. Haben sie etwas mit meinem Bruder zu tun? Haben sie ihn etwa … umgebracht?«

Wasmaier schüttelte heftig den Kopf.

»Nein, nein, das nicht. Aber die Frau, Sara Kessler ist ebenfalls tot. Und der Mann ist schwer verletzt im Krankenhaus. Und wir denken, es ist ein bisschen viel Zufall im Spiel, dass das alles so gleichzeitig passiert.«

»Zumal wir wissen«, ergänzte Berger, »dass alle drei sich kannten. Und sie sich sogar vor Kurzem noch getroffen haben. Denken Sie also nach, ob Ihnen dazu etwas einfällt. Sie wollen doch, dass wir den Mörder Ihres Bruders finden, oder?«

Die Frau stand auf. Stellte sich direkt vor Berger.

»Wenn ich Ihnen sage, dass ich die Leute nicht kenne und auch sonst nicht weiß, mit wem mein Bruder verkehrte, dann ist das so. Wenn Sie dauernd weiter fragen, werden Sie keine andere Antwort von mir hören. Warum also hören wir hier nicht auf? Und Sie fangen den Mörder mit dem, was Sie bisher haben.«

Wasmaier und Berger sahen sich an. Dann zuckte der Bayer mit den Schultern.

»Na schön«, sagte er dann, »lassen wir es. Aber versprechen Sie mir eines – denken Sie darüber nach, was Ihnen noch einfallen könnte zu Ihrem Bruder und seinem Umgang. Und falls es da noch etwas gibt – hier, ich gebe Ihnen meine Karte.«

Damit reichte er ihr seine Visitenkarte, die sie einsteckte, ohne darauf zu schauen. Dann ließ sie sich in den Stuhl zurückfallen und blickte wieder schweigend aus dem Fenster.

»Sie können mich jederzeit anrufen«, sagte Wasmaier, leicht zögernd. »Ich meine, Tag und Nacht, wann immer Ihnen etwas einfällt. Auch sonst können Sie mich anrufen.«

Gerda Pflüger drehte ihren Kopf langsam Richtung Kommissar. Sie lächelte.

»Flirten Sie mit mir, Herr Polizist?«

Sie betrachtete erstmals die Visitenkarte.

»Ah, Herr Wasmaier, Franz. Bayrisch, oder? Hört man auch am Dialekt. Machen Sie mich etwa an? Mein Bruder wurde gerade getötet.«

Wasmaier lief puterrot an. Er schaute sich langsam um. Sie beide waren alleine, Berger hatte den Raum verlassen. Wenigstens das, dachte Wasmaier halbwegs erleichtert. Er spürte, wie seine Gesichtshaut brannte.

»Sie brauchen gar nicht so verlegen zu sein«, meinte die Schwester, nun eher belustigt, »unter normalen Umständen wäre das eine reizvolle Situation für uns beide. Aber ich denke, wir verschieben das Ganze um ein paar Tage oder Wochen. Ich habe ja Ihre Karte. Einverstanden?«

Wasmaier nickte heftig. Viel heftiger, als er ursprünglich wollte. Aber zur Freude kam die Erleichterung über die offensichtliche Bereinigung der Situation dazu. Er drehte sich um und verließ den Raum. Nebenan war die Spurensicherung dabei, ihre Gerätschaften, ihre Koffer, Taschen und viele undefinierbare Gegenstände zu verpacken. Für sie gab es wohl nichts mehr am Tatort zu tun.

»Was jetzt?«, fragte Wasmaier, als ihm Berger begegnete, die ebenfalls dem Abrücken der Spurensicherung zusah.

»Die Kollegen sind gerade dabei, alle Nachbarn zu befragen, ob ihnen jemand begegnet oder aufgefallen ist. Das kann dauern. Wir sollten zurückfahren ins Kommissariat. Die Herumsteherei hier bringt uns auch nicht weiter. Es sei denn, du willst mit deiner neuen Freundin noch ein Kaffeekränzchen abhalten.«

Berger grinste ihn an.

»Lass uns gehen«, sagte Wasmaier.

Beim Verlassen der Wohnung sah er noch mal zurück. Gerda Pflüger saß noch immer auf ihrem Stuhl. Sie winkte ihm schüchtern zu.

Löffler hatte sich überlegt, ob er auf dem Weg zum Weißdornweg rasch beim Kollegen Stammler im Krankenhaus vorbeischauen sollte. Doch er entschied sich, direkt zu dem Hochhaus zu fahren, das so dominant den Tübinger Norden beherrschte. Es gab da auch ein Einkaufszentrum. Früher konnte man dort zum Friseur gehen, Zeitungen, Tabak und Schreibwaren kaufen und eine Bank war da. Im Erdgeschoss lagen zwei Supermärkte. Vor den Geschäften war eine Freifläche. Totes Gelände, wenn man ehrlich war. Aber eine Stadtteilinitiative veranstaltete dort kleine Konzerte, Lesungen, manchmal einen Markt. Aber neuerdings versauten die Eigentümer der Immobilien ihnen das – sie verboten ihnen einfach, dort alle paar Wochen mal zwei Stunden am Nachmittag eine kleine Band oder eine Sängerin auftreten zu lassen. Die Anwohner waren fassungslos, aber die Eigentümer scherte das überhaupt nicht. So konnte man einen Stadtteil natürlich auch verkommen lassen, hatte Löfflers Vater gesagt.

Als der Hauptkommissar vor der Wohnung der Kratzers stand, hörte er laute Stimmen aus dem Innern. Geschrei. Schreie. Etwas fiel zu Boden und zersplitterte.

Löffler klingelte und pochte abwechselnd gegen die Türe. Mit der geballten Faust schlug er dagegen. Er klopfte ein Stakkato auf die Kunststofftüre. Im Innern der Wohnung erstarb das Geschrei. Es war plötzlich mucksmäuschenstill.

Löffler wartete, hielt die Luft an, hörte Schritte, die sich offensichtlich der Türe näherten. Sie öffnete sich. Nur einen kleinen Spalt. Kaum eine Hand hätte durch den engen Schlitz gepasst. Der Hauptkommissar entdeckte ein Auge durch den Türspalt. Das Auge starrte ihn an. Schweigend.

Dann: »Wer sind Sie, was wollen Sie? Verschwinden Sie, ich bin beschäftigt. Gehen Sie, sonst rufe ich die Polizei.«

Löffler zog seinen Ausweis aus der Tasche.

»Schon da, auch ungerufen. Ich bin Hauptkommissar, mein Name ist Christian Löffler. Und Sie sind wohl die Hausherrin, Daniela Kratzer. Richtig?«

Er hielt seinen Ausweis an den Spalt.

»Ich war schon einmal hier und habe Ihren Sohn besucht«, erklärte Löffler dem Auge hinter dem Spalt. »Sie waren arbeiten. Aber jetzt sind Sie ja zu Hause. Wir sollten uns einmal unterhalten, vielleicht können Sie mir etwas Wichtiges berichten.«

Das Auge zwinkerte.

»Etwas Wichtiges? Wozu?«

»Sie haben Ihren Mann verloren. Immerhin.«

»Mir egal.«

»Keine Trauer?«

Die Frau schniefte.

»Manche Menschen haben Weinkrämpfe, wenn ihr Hamster hustet, und Ihnen scheint es egal zu sein, dass der Vater Ihres Sohnes tot ist.«

Löffler vernahm heftiges Atmen hinter der Tür. Von dem Auge und der Frau, zu dem es gehörte, stammte dieses Atmen jedenfalls nicht. Also stand jemand hinter der Tür, direkt neben Daniela Kratzer. Wahrscheinlich die Stimme, die Löffler zuvor gehört hatte. Er versuchte einen Augenblick, die Situation einzuordnen. Nach den Tönen zu urteilen, die aus der Wohnung gedrungen waren, war die Person hinter der Türe keine freundliche. Löffler musste reagieren.

Völlig überraschend trat der Polizist mit dem Fuß gegen die Wohnungstüre. Diese sprang auf, Daniela Kratzer wurde davon nach hinten gegen die Wand in dem engen Korridor des Eingangsbereiches geschleudert. Die Türe prallte gegen einen festen Gegenstand. Dieser Gegenstand hatte eine Stimme. Und diese ließ einen lauten Schmerzensschrei von sich hören. Aber da stand der Kommissar bereits neben dem

Träger der Stimme, der sich den Kopf und die Nase hielt. Er hatte beide Hände darübergelegt und stand gebückt da. Blut tropfte auf den Fußboden.

Eine ganze Weile verharrte Markus Zug in dieser Stellung.

Der Geldeintreiber war es vermutlich nicht gewohnt, dass es auch für ihn mal etwas auf die Mütze geben konnte.

Löffler stellte sich vor den Mann. Er behielt ihn zwar im Auge, beobachtete dabei aber auch Daniela Kratzer. Die lehnte noch immer etwas benommen an der Wand. Schließlich richtete sie sich auf und betastete ihren verlängerten Rücken und ihre Schulterblätter. Offensichtlich war alles in Ordnung. Denn sie bewegte sich langsam auf Löffler und Zug zu. Auf einmal griff sie nach dem Bild mit dem Rahmen an der Wand, die Toiletten- und Badezimmerzugang trennte. Sie schwang den Rahmen über ihrem Kopf und zerschmetterte ihn dann im Nacken von Markus Zug. Der brüllte wie am Spieß und ging in die Knie vor Löffler. Es sah fast so aus, als bete er den Kommissar an.

»Die schlägt mich«, brüllte Zug, »die bringt mich um. Polizist, tun Sie was dagegen, schützen Sie mich vor dem Monster.«

Er selbst schützte sich mit beiden Händen gegen weitere Schläge.

Kopfschüttelnd sah Löffler auf den vor ihm Knienden hinab. Unglaublich, dass dieser Schläger schon nach so einer kleinen Gegenwehr zum sabbernden Feigling wurde. Das bestätigte nur einmal mehr, dass man sich einfach nur solchen Typen entgegenstellen musste, dann konnte man sie manchmal ganz gut in Schach halten.

Er wartete noch einen Moment, dann griff er Zug unter die Achsel und zog ihn hoch. Mühsam erhob sich der schwere Mann. Als er stand, schob Löffler ihn einfach durch den kleinen Raum Richtung Wohnzimmer. Es war das Zimmer Diegos, das er noch vom vorigen Besuch kannte. Dort saß bereits Daniela Kratzer in einem der Sessel und beobachtete die beiden Männer. Der Kommissar drückte Zug auf den anderen Sessel und stand nun zwischen Kratzer und dem Geldeintreiber.

»So, Herrschaften«, sagte er dann, »was ist hier los? Klartext bitte, ich sage Ihnen allen gleich, dass ich Adrenalin habe bis zu den Haarspitzen und dass sich das irgendwann Raum schafft, wenn mir nur noch einer oder eine querkommt. Das heißt: Die Wahrheit, sonst nix.«

Zug stöhnte in seinem Sessel. Er rieb sich mit der Hand über die lädierte Nase.

»Sie haben mich verletzt«, sagte er stöhnend, »das zeige ich an, das ist Polizeigewalt.«

»Wenn ich noch ein Wort höre, das mir nicht gefällt, dann werden Sie erfahren, was Polizeigewalt ist«, sagte Löffler. Seine Stimme zitterte dabei leicht. Zug sah auf, als hörte er die Gefahr, die hinter diesen Worten lag.

»Ich meine ja bloß«, sagte er dann, »ist halt ein bisschen blöd gelaufen.«

Daniela Kratzer meldete sich.

»Blöd gelaufen ist hier gar nichts«, rief sie dem Mann im Sessel entgegen, »du wolltest das Geld aus mir herausprügeln, das Geld, das mein Ex versteckt haben soll. Ausgerechnet bei mir. Wie blöd muss man eigentlich sein, wenn man das vermutet.«

Zug schniefte laut.

»Ich bin nicht blöde, ich weiß nur, dass ihr mir Geld schuldet, vor allem dein verkommener Sohn. Und die Kohle will ich. Ich bin mir ganz sicher, dass der Ortmann Kohle gebunkert hat. Das habe ich doch schon vor ein paar Wochen aus dem Zwerg raus geprügelt, der immer bei ihm unterschlüpft. Der wusste bloß selbst nicht, wo das Geld steckt.

Also habe ich die Füße erst mal stillgehalten. Aber jetzt ist Schluss, jetzt will ich meine Kohle haben. Und da ist es mir egal, ob die Scheißbullen da im Raum stehen oder nicht. Das Geld steht mir zu.«

Am Schluss überschlug sich Zugs Stimme förmlich.

»Von mir gibt es gar nichts mehr, keinen Cent«, ertönte plötzlich eine Stimme aus dem Badezimmer.

Erstaunt schaute Löffler auf die Türe, die aufging. Heraus kam Diego. Man merkte gleich, dass er mit dem linken Bein humpelte. Aber was als Erstes auffiel – und das trotz des etwas düsteren Lichts in dem Vorraum hinter der Eingangstüre –, war, dass er eine Platzwunde unterhalb des rechten Auges hatte. Auch seine Lippe war aufgesprungen. Getrocknetes Blut lag auf ihr, wie Löffler feststellte, als der junge Mann näher humpelte. Man hatte ihm wohl ganz ordentlich zugesetzt.

»War er das?«, fragte Löffler, und deutete mit dem Kopf Richtung Zug.

Diego nickte.

»Verprügelt hat er ihn, meinen Diego«, rief die Mutter mit schriller Stimme, »und ich konnte ihm nicht helfen, auf mich hat er ja auch eingeschlagen.« Sie weinte laut, spuckte dann auf Markus Zug und rannte in die Küche.

Löffler folgte ihr.

»Hören Sie, Frau Kratzer«, sagte er zu der Frau, die gegen den Herd gelehnt dastand, »können Sie mir sagen, wieso dieser Franz Mark Sie dauernd besucht hat? Was wollte er von Ihnen?«

Die Frau schaute ihn überrascht an.

»Wofür Sie sich alles interessieren«, sagte sie dann, »das ist schon merkwürdig. Der Franz ist ganz einfach nicht richtig in der Birne. Aber er hat mich um weiblichen Rat gefragt, und da habe ich mich halt hie und da mit ihm unterhalten. Gerne habe ich das nicht gemacht. Eigentlich hatte ich ständig Angst, dass er irgendwie durchdreht. Aber dann ist nichts passiert.«

»Hat er Sie dafür bezahlt? Oder hat Ihr Mann, der Ortmann, Ihnen Geld gegeben?«

Sie lächelte.

»Schlau kombiniert«, sagte sie dann, »der Ortmann hat mir tatsächlich Kohle gegeben. Ich sollte mich dafür mit dem Mark auseinandersetzen. Er könne es nicht mehr, meinte Simon.«

»Und worüber haben Sie so geredet?«

»Das war ja das Merkwürdige«, fuhr sie nach einer kurzen Pause fort, »er quatschte bloß darüber, wie Frauen fühlen, wie sie denken, wie sie sich schminken und wie sie ihre Kleidung auswählen. Er wollte sogar, dass ich mit ihm shoppen gehe. Habe ich auch gemacht, Ortmann hat dafür ordentlich bezahlt.«

Zug hatte das Spucken von Kratzer ignoriert. Er war den beiden in die Küche gefolgt und blieb in der Türe stehen. Er schien nun zusehends verwirrter zu werden. So recht wusste er offensichtlich nicht mehr, wie er die Situation zu beurteilen hatte. Also drehte er wieder um, ließ sich in den Sessel im Wohnzimmer plumpsen und brütete vor sich hin. Auch Löffler war zurück ins Wohnzimmer gegangen. Zug lehnte sich währenddessen einfach in seinem Sessel zurück und guckte auf die Wand gegenüber. So saß er eine Weile da, während der Polizist ihn stumm beobachtete und Diego Kratzer ebenfalls dastand wie eine steinerne Statue. Dann ertönte ein Gebrüll, die Küchentür wurde aufgerissen und Daniela Kratzer stürmte heraus. Über ihrem Kopf schwang sie ein langes Küchenmesser, das sie fest mit der Faust umschloss. Sie stürzte sich auf Markus Zug, holte mit der Messerhand aus und wollte zustechen. Aber Löffler gelang es, den Unterarm der Frau festzuhalten. Dieser Widerstand brachte sie zum Taumeln, zum Stolpern und sie fiel auf Zugs Schoß. Das Messer hatte sie losgelassen, es fiel auf den Boden und Löffler kickte es schnell unter die Couch.

Zug brüllte.

»Das Aas beißt mich, aua«, schrie er, und zerrte am Hinterkopf der Frau.

Diese hatte sich tatsächlich in der Hüfte des Mannes festgebissen und trommelte gleichzeitig mit den Fäusten auf seine Brust.

Löffler wehrte mit der linken Hand die Schläge der Frau ab, mit der rechten griff er ihr in die Haare und versuchte, den Kopf vom Unterkörper des Geldeintreibers wegzureißen. Aber das gelang nicht, denn die Frau hatte sich regelrecht festgebissen. Und Zug saß einfach nur da und brüllte.

Der Hauptkommissar griff unter dem Oberkörper der Frau durch und tastete seine Hand vor bis zu deren Kiefer. Als er es zwischen den Fingern spürte, drückte er kräftig von beiden Seiten, sodass er die beiden Kieferknochen wie ein Schraubstock zusammenpresste. Langsam öffnete die Frau den Mund, der Kiefer bewegte sich, und rasch riss Löffler ihren Kopf mit einem Ruck nach hinten. Ihr Körper folgte dem Kopf, und sie lag mit dem Rücken auf dem Boden. Zug brüllte noch immer. Diego stand nach wie vor wie ein ausgestopftes Huhn im Raum und starrte auf die Szene, die sich nur ein paar Meter von ihm entfernt abspielte.

Die Situation beruhigte sich.

Zug stöhnte nur noch leise. Daniela Kratzer lag ganz ruhig auf dem Boden und stöhnte ebenfalls. Im Regal saß eine Katze, die Löffler zuvor nicht bemerkt hatte. Sie stierte in den Raum und hob dabei ihren buschigen Schwanz. Dann legte sie sich hin und schloss die Augen.

Eine Weile war es ganz still in der Wohnung. Nur das Atmen der vier war zu vernehmen. Die Hausherrin hatte sich inzwischen aufgerichtet und saß im Schneidersitz mit gesenktem Kopf auf dem Boden.

»So«, sagte Löffler, dem die ganze Sache allmählich auf den Keks ging, in die Stille, »jetzt kommen wir mal zur Sache. Vielleicht erklärt mir jemand, was hier passiert ist. Am besten du«, fuhr er fort und deutete auf Diego, »ich glaube, wegen dir ist die Sache eskaliert. Ist das so?«

Diego schien aus einer anderen Welt zurückzukommen. Er stierte den Polizisten an, als entdecke er einen Elefanten im Raum. Dann schüttelte er den Kopf und streckte die Hand aus und deutete mit dem Finger auf seine Mutter.

»Von ihr wollte er das Geld haben«, flüsterte er fast, »er hat gedroht, ihr einen Finger abzuschneiden, wenn sie ihm nicht sagt, wo mein Vater sein Geld versteckt hat. Als wenn sie das wüsste. Warum leben wir wohl zusammen in so einem Loch? Ich wohne noch bei meiner Mutter – hallo? In meinem Alter. Und dann kommt dieser Büffel in unsere Wohnung und prügelt auf alles ein, was ihm im Weg steht.«

Der Büffel in seinem Sessel stöhnte.

»Du hast Schulden bei mir«, sagte er mit dünner Stimme.

»Das Geld kannst du dir abschminken«, antwortete der Junge, »von mir bekommst du keinen Cent mehr. Nach dem Auftritt hier, bringe ich dich erst mal in den Knast, du Schläger-Arsch.«

Zug wollte sich erheben. Aber mit einem Stöhnen fiel er wieder zurück in den Sessel.

»Nun mal alle ganz ruhig«, übernahm Löffler wieder, »wie kommen Sie denn darauf«, wandte er sich an den Schläger, »dass Ortmann seiner Frau Geld gegeben haben soll?«

Der Mann saß mit geschlossenen Augen im Sessel und schien zu schlafen.

»Ortmann hatte sicher Geld«, flüsterte er dann doch, »und wo sollte es sonst sein, wenn nicht bei seiner Alten. Der hatte doch keine Freunde, niemand, dem er vertrauen konnte. Und ich weiß ganz sicher, dass einige Kohle bei Ortmann gelandet ist. Die haben die Kunden von ihm doch nach Strich und Faden erpresst. Da sind große Summe geflossen. Und wo sind die jetzt?«

Zug war mittlerweile ganz aufgeregt. Er stemmte sich erneut hoch, und dieses Mal kam er zum Stehen. Obwohl er kaum gehen konnte, versuchte er, sich erneut auf die noch am Boden sitzende Hausherrin zu stürzen. Dabei kam er aber ins Straucheln und probierte, sich noch mit einem Satz zu retten. Dabei fiel er mit dem Oberkörper auf das Regal hinter Kratzer und weckte die Katze auf. Die fauchte und hieb blitzschnell mit ihrer Kralle gegen Zugs Gesicht. Der schlug um sich, um die Katze abzuwehren. Die war vom Regal gesprungen und auf dem Boden gelandet. Aber durch den eigenen Schwung ins Leere prallte Zug ebenfalls auf den Boden und fiel auf die Katze, die nicht mehr schnell genug ausweichen konnte.

Es gab einen letzten grausamen, schrillen Schrei. Löffler, Diego, die Mutter – alle blieben sie wie erstarrt stehen oder sitzen. Als sei ihnen das Blut und alle anderen Flüssigkeiten im Körper schlagartig gefroren. Nur Zug begann plötzlich Schreie von sich zu geben. Er bewegte sich auf dem Boden Richtung Küche, robbte förmlich durch das Zimmer.

Zurück blieb ein dunkler Gegenstand auf dem Boden. Etwas Fellartiges lag da, ohne sich zu bewegen.

Es war die Katze. Sie war mausetot. Etwas Flüssiges lief aus ihrem Mund. Und sie sah seltsam platt aus. Wie eine dicke bunte Blume, die man zwischen zwei Buchseiten geklemmt hatte, und die jetzt flach war wie eine Flunder.

»Was haben Sie gemacht«, flüsterte Ortmanns Frau. Sie sprach so leise, dass man es nur schwer verstehen konnte.

Dabei richtete sie ihren ausgestreckten Zeigefinger auf die Katze, die mitten im Zimmer lag.

»Jerry Garcia ist tot«, flüsterte Daniela Kratzer.

Die anderen schauten sich an. Diego Kratzer schniefte, Zug zog den Rotz durch die Nase hoch. Löffler ging langsam in Richtung Katze und blieb dann direkt vor ihr stehen. Er berührte sie leicht mit dem Fuß, um sie zu bewegen. Daniela Kratzer beobachtete die Aktion neugierig. Als die Katze sich nicht rührte und auch keinen Ton von sich gab, bildete sich eine Träne an ihrem rechten Auge. Sie ging in die Knie und strich dem Tier über das Fell.

»Wie heißt die Katze noch mal?«, wollte Löffler wissen, nachdem die Frau sie eine Weile gestreichelt hatte.

»Jerry Garcia, wie der Musiker von Grateful Dead. Der Gitarrist.«

Diego hatte ihm geantwortet. Seine Mutter war immer noch mit dem Tier beschäftigt. Löffler stellte sich sicherheitshalber zwischen sie und Zug, der noch immer ziemlich abwesend am Boden saß.

»Ich kann nichts dafür«, sagte der in die Stille, »ich wollte der Katze nichts tun, sie hat sich einfach unter mich gelegt. Ich bin Fan von Grateful Dead, ich würde Jerry Garcia niemals etwas Schlimmes antun.«

Zug jammerte fast, und versuchte dabei auf die Beine zu kommen. Als es ihm schließlich gelungen war, lehnte er sich unsicher gegen die Wand. Er war kreidebleich. Löffler wunderte sich, wie dieser Oberproll und kleine Gangster so sehr zerfallen konnte. Es schüttelte Zug förmlich, als wenn er Fieber hätte.

»Was ist denn los mit Ihnen?«, fragte der Kommissar.

»Ortmann ist schuld«, antwortete er.

»Woran ist Ortmann schuld, ich dachte Sie kennen ihn nicht so gut.«

»Doch«, sagte Zug kopfnickend, »ich war mal Kunde bei ihm.«

»Sie waren sein Patient?«

»Kunde, nicht Patient, es gab keine Patienten bei ihm. Patient klingt nach Krankheit, aber er wollte keine Kranken behandeln. Hat er gesagt.«

Diego lachte laut.

»Und das sagt er ausgerechnet zu dir. Du bist ja völlig wahnsinnig, dich kann man nur einliefern und anketten, alles andere hilft da nichts.«

Daniela Kratzer gab einen markerschütternden, schmerzvollen Schrei von sich. Dann warf sie sich auf den Boden und begrub die Katze unter sich.

»Wovon redet ihr«, schrie sie, »hier ist ein Tier gestorben, mein Jerry, und ihr redet über Kunden, Patienten, Ketten. Sprecht vom Leben, vom Tod und von meinem Jerry Garcia. Was soll ich jetzt tun, ohne ihn. Ich hatte nur noch Jerry in meinem einsamen Leben. Und der wurde jetzt heimtückisch ermordet.«

Diego hüstelte laut.

»Du hast doch noch mich, Mama, mich, deinen Sohn. Wir schaffen das schon, wir zwei.«

Daniela Kratzer hielt inne mit ihrem Schmerzensschrei. Sie sah ihren Sohn ganz ruhig an.

»Jerry Garcia wäre mir lieber, der bescheißt mich nicht und geht mir nicht auf die Nerven.«

Dann wandte sie sich wieder ihrem toten Kater zu. In der Zwischenzeit hatte Zug sich etwas beruhigt. Er zitterte nicht mehr und sein Gesicht war nicht mehr ganz so weiß. Etwas ziellos bewegte er sich langsam durch das Wohnzimmer. Dann blieb er vor dem Panoramafenster stehen, das die Sicht frei gab auf Waldhausen und den Schönbuch fast bis nach Herrenberg.

»Hören Sie«, sagte Löffler, und trat neben ihn, »erzählen Sie mir die Geschichte mit Ortmann. Warum waren Sie bei ihm?«

Zug starrte durch das Fenster, vor dem ein schmaler Balkon lag. Er war übersät mit leeren Kisten, Pappkartons und Plastiktüten. Lange sagte Zug nichts und Löffler ließ ihn gewähren.

»Es war wegen meiner Minderwertigkeit«, sagte er dann leise, »ich habe das nicht mehr ausgehalten.«

»Was genau meinen Sie?«

Man spürte, wie der Geldeintreiber mit sich rang. Doch schließlich hatte er sich entschieden.

»Ich musste immer alles mit meinen Fäusten machen. Mit meiner Kraft, mit meinen Muckis«, begann er, »dabei habe ich doch genauso viele graue Zellen wie jeder andere auch, oder?«

Er schaute Löffler gespannt an. Der Hauptkommissar nickte eifrig.

»Eben. Und eines Abends stand ich in einer Bar am Hauptbahnhof am Tresen und schlotzte meinen Whisky, als dieser Ortmann neben mir stand. Er hat mich gleich angequatscht, und normalerweise gibt es bei mir gleich aufs Maul, wenn man mir schräg kommt. Und der Kerl hat mir gleich gesagt, ich würde aussehen wie ein Schläger, aber das sei nicht schlimm, wenn man kein Schläger sei. Ob ich denn einer wäre. Der Kerl sah eh aus wie ein Verrückter, und solchen Menschen tut man eigentlich nichts. Also habe ich erst mal abgewartet, wie das weiter geht.«

Zug schwieg. Man sah ihm förmlich an, wie er in seinen Erinnerungen stöberte.

»Er sagte, er könne mir helfen«, fuhr er dann fort, »mit ein paar Sitzungen bei ihm könne man Wunder bewirken.«

»Wunder bewirken?«

»Ja«, betonte Zug, »genau das hat er gesagt. Und irgendwie, eine halbe Flasche Whisky später, saß ich bei ihm in seiner Wohnung und laberte ihn zu.«

Inzwischen hatte Daniela Kratzer ihre Katze auf die Liege gebettet und ein schmales Kissen unter das Köpfchen geschoben. Dann stand sie davor und betrachtete das tote Tier. Diego stellte sich neben sie und beide hielten stumme Andacht. Löffler und Zug beobachteten sie beide. Schließlich seufzte Zug und schüttelte den Kopf.

»Die sind total irre« flüsterte er Löffler zu.

»Und wie ging es nun mit Ortmann und Ihnen weiter?«

Zug wandte sich wieder dem Kommissar zu.

»Der Mann war ehrlich gut«, sagte er, und nickte dazu mit dem Kopf, »ich war ein paar Mal bei ihm, und er hat mir klar gemacht, dass ich zwar weiterhin Menschen verprügeln könnte, aber ich sollte mich nicht dabei erwischen lassen. Und es müsste sich für mich lohnen. Also keine sinnlosen Schlägereien, es musste am Ende etwas für mich herausspringen.«

»Also ein bezahlter Schläger?«

Zug schüttelte energisch den Kopf.

»Nein, nein, gar kein Schläger, sondern ein Mann, der seine Interessen durchsetzt. Mit den Mitteln, die ihm zur Verfügung stehen. Also konnte ich weiterhin prügeln, aber mit Bedacht. Ich konnte zeigen, dass ich mir beim Prügeln etwas überlegte. Dass ich meine grauen Zellen benutzte.«

»So wie Hercule Poirot?«

Löfflers Gegenüber starrte ihn ratlos an.

»Wie was? Wollen Sie mich verarschen? Mir ist das ernst gewesen. Und das ist es noch. Ich prügle nur noch, wenn es mir etwas bringt. Das hat mir Ortmann gezeigt.«

»Und was ist dann aus Ihnen beiden geworden? Haben Sie ihn bezahlt? Was wollte er denn von Ihnen haben für diese, nun ja – Behandlung?«

Zug lächelte. Er fand langsam wieder zurück in sein Leben. Die tote Katze jedenfalls schien vergessen. Obwohl im Hintergrund Daniela Kratzer noch immer schluchzte. Und ihr Sohn leise auf sie einsprach. Vielleicht sprachen sie auch ein gemeinsames Gebet für Jerry Garcia.

»Er wollte«, fuhr der umgemodelte Schläger mit einem Grinsen fort, »dass ich ihn bewache. Dass ich so eine Art Leibwächter für ihn spiele. Also nicht immer, nur manchmal. Zu besonderen Anlässen. Also immer dann, wenn Geld im Spiel war. Oder wenn die kleine Giftkröte ihn begleitete.«

»Giftkröte?«

Der Hauptkommissar hörte wieder aufmerksam zu. Aus dem Dunst der Worte Zugs wirkte »Giftkröte« wie ein Alarmruf.

Zug ruderte mit den Armen wie eine Windmühle. Er begann, sich aufzuregen.

»Hören Sie«, sagte Löffler ganz ruhig, um Zug wieder auf Normaltemperatur zu holen, »erzählen Sie mir ganz einfach, was passiert ist. Es ist doch alles vorbei, kein Grund, noch immer an die Decke zu gehen.«

Der Schläger nickte heftig. Er atmete durch die Nase aus und ein. Das klang, als sei er am Ersticken. Doch es half. Er beruhigte sich. Und er konnte wieder reden.

»Es war dieser Giftzwerg, dem der Ortmann nicht traute. Der pennte immer in so einem Kabuff unter der Treppe. Alleine wenn ich schon an seine schrille Stimme denke, wenn er immer wieder mal auf Frau machte. Dann keifte er. Wie er sich halt eine Frau vorstellte, die keift. Dabei wollte er ja selbst eine sein. Das habe ich selbst gehört.«

»Reden Sie von diesem Franz Mark? Dem Mitbewohner oder Patienten oder Freund oder was immer er für Ortmann gewesen ist?«

Zug nickte.

»Genau von dem. Oder von der. Genau wusste man nicht, mit wem man es zu tun hatte. Das heißt, an den Klamotten war zu erkennen, ob ich mit Franz Mark oder mit Franziska Mark gesprochen habe. Dabei war das alles Schwachsinn. Hat Ortmann gesagt. Er meinte, der Typ sei verrückt, und nicht Trans. Der wolle bloß seinen Eltern einen einschenken. Und allen anderen auch, die ihn ein Leben lang übersehen hätten. Aber der Typ war echt aggressiv. Ein Zwerg, aber aggressiv wie eine Klapperschlange.«

Für einen Augenblick schloss Löffler die Augen. Er beschwor das Bild Marks hervor. Und er erinnerte sich an die Worte seines Vaters. Klar, all das zusammen genommen zeichnete durchaus das Bild eines Durchgeknallten. Eines Psychopathen. Eines Menschen, der unberechenbar war. Aber aus ihm gleich einen Mordverdächtigen machen? War er nicht eher Opfer als Täter?

Zug hatte geschwiegen und den Polizisten neugierig beobachtet.

»Kennen Sie den Typen«, fragte er dann, »so wie Sie gerade geguckt haben, erzähle ich Ihnen nichts ganz Neues, oder?«

»Ja«, bestätigte Löffler, »ich habe ihn im Verlaufe der Ermittlungen getroffen. Aber er schien eher harmlos trottelig als gefährlich zu sein.«

Zug lachte hämisch. Dann zog er seinen Ärmel der linken Hand hoch. Löffler konnte eine etwa zehn Zentimeter lange Narbe sehen, die sich tief in die Haut gefräst hatte.

»Das stammt von dem Wahngeistigen«, sagte Zug, und deutete auf die rot leuchtende Narbe, »mit dem Messer ist er auf mich los. Dabei wollte ich bloß Ortmanns Geld im Tresor verstauen. Aber der Kerl dachte, ich wollte mich aus dem Staub machen mit der Kohle und plötzlich hatte er ein

Messer in der Hand. Das sei sein Geld, hat er gebrüllt, für ihn sei die Kohle bestimmt und dafür, dass er endlich zu dem werde, was er schon immer gewesen sei. Als ich ihm einen Vogel gezeigt habe und weitergehen wollte, ist er mit dem Messer auf mich los und hat mich am Arm erwischt. Ich habe geblutet wie eine abgestochene Sau. Ich habe ihm meine Faust in die Fresse gesetzt und er ist gegen die Wand geflogen. War dem aber egal. Er ist wieder aufgestanden und hat weiter mit dem Messer gefuchtelt. Der Typ war nicht zu bändigen. Am Ende habe ich ihm das Messer abgenommen und ihn mit einer Schnur gefesselt und in seinen Kabuff geworfen. Der Ortmann hat nur die Augen verdreht, als er dazukam. Als ich ihn fragte, wie es denn mit dem Typen weitergehen soll, meinte er bloß, das soll ich ihm überlassen. Danach bin ich nie mehr hingegangen. Wozu auch, ich weiß ja jetzt, wo es lang geht.«

Daniela Kratzer tauchte neben Löffler auf. Sie trug jetzt ihre Katze auf den Armen, über den Körper hatte sie ein Tuch gelegt, der Kopf mit den geschlossenen Augen blieb frei. Sie streckte das Tier dem Kommissar entgegen.

»Hier, der Beweis, die Leiche. Die werden Sie für die Anklage brauchen.«

»Welche Anklage?«

»Tiermord. Tötung einer Katze. Eines schutzbefohlenen Tiers. Und ich verklage ihn zusätzlich, diesen Killer, wegen der seelischen Grausamkeit mir gegenüber.«

Löffler legte seine Hand auf Kratzers Unterarm.

»Frau Kratzer«, sagte er ruhig, »lassen Sie es bleiben, machen Sie sich nicht unglücklich mit der Sache. Das war ein Unfall, ich war selbst dabei. Sie können dafür niemand verklagen. Beerdigen Sie Ihren Jerry Garcia oder lassen Sie ihn verbrennen und vergraben ihn in einer Urne. Dann können Sie auch angemessen trauern. Aber die Sache vor

Gericht oder zur Polizei zu bringen – das wird Ihnen nicht helfen.«

Ihr Sohn schob die Frau langsam Richtung Balkon.

»Komm«, sagte er, »lass uns nach draußen gehen, wir stellen uns in den Wind. Die Kälte wird uns guttun. Sie wird uns beim Nachdenken helfen. Lass uns überlegen, was wir mit der Katze tun.«

Die Mutter folgte Diego bereitwillig. Es schien, als seien ihre Kräfte erschöpft.

»Hören Sie, Zug«, wandte Löffler sich an den Mann, »kommen Sie zu uns auf die Wache und erzählen Sie das alles meinen Kollegen. Wir schreiben alles auf, das könnte wichtig sein.«

»Ich bin doch kein Spitzel.«

Der Kommissar schaute ihn erstaunt und höchst überrascht an.

»Ein was?«, fragte er.

Zug wurde rot im Gesicht.

»Sorry, aber ich wollte diesen Satz schon immer mal sagen.«

Löffler lächelte.

»Ich hab's vernommen, er kommt ins Protokoll.«

Es war einfach, in das Krankenhaus zu kommen. Ich habe mich dafür entschieden, als Ärztin zu gehen. Ich bin nicht so groß, da nimmt man mir die Frau problemlos ab. Natürlich habe ich meine blonde Perücke auf. Und unter der Corona-Maske kann man ohnehin nicht viel erkennen. Ein weißes, gestärktes Arztkittelchen und ein paar Gesundheitslatschen – fertig ist die Göttin in Weiß. Ich hatte vorher angerufen. Ohne Bedenken sagte mir die Frau am Empfang, auf welchem Zimmer dieser Lehrer, dieser Sven Raiser liegt. Die wollten nicht mal wissen, wer ich bin.

Ich grüßte die Frau, die am Eingang hinter der Glaswand saß und einen Computer-Bildschirm vor sich hatte. Ein einfaches Kopfnicken, ein leichtes Zuwinken mit der Hand, eine FFP2-Maske – fertig war die akzeptierte Ärztin im Dienst. Ich bewegte mich durch die langen Gänge des Klinikums. Ich konnte ja niemand fragen, wo es langgeht. Station E2. Da kommen also die Opfer von Schlägereien hin.

Ich folgte den Stationsanzeigen, die von der Decke hingen.

Ja, Station E2, Pfeil links.

Manche Patienten, die mir entgegenkamen, grüßten mich mit einem Kopfnicken. Ich lächelte dann zurück. Dabei vergaß ich völlig, dass man das unter der bescheuerten FFP2-Maske gar nicht sehen konnte. Auch der eine oder andere Kollege oder Kollegin begegneten mir. Die meisten hoben kurz den Arm und hasteten weiter. In diesem Riesenapparat kannte man sich nicht.

Mir war das recht. So konnte sich später niemand an mich erinnern.

Ich öffnete die Türe zur Station. Der Gang war leer. Ich suchte nach der richtigen Zimmernummer. Nach dem Zimmer, in dem Sven Raiser lag.

Er war das letzte Hindernis zwischen mir und meinen Wünschen. Nach meinem größten Wunsch – meinem einzigen. Wenn er mir das Versteck des Geldes gesagt hatte, würde mein Leben beginnen.

Mein Schritt in die Zukunft.

Löffler hatte während der Rückfahrt die Telefonnummer Herbert Marks von Heim abgerufen. Er rief an und der ältere Herr war am Apparat.

»Herr Mark, Löffler hier, ich habe vorhin vergessen etwas zu fragen. Haben Sie noch eine Minute für mich?«

Offensichtlich dachte der Mann nach.

»Ja, schon, aber nicht noch mal herkommen, am Telefon muss ausreichen.«

»Klar, das geht schon. Meine Frage ist: Wie ist das mit Franz und den Frauen? Hat er Probleme mit seinem Geschlecht? Sie hatten doch so was angedeutet.«

Langes Schweigen am anderen Ende.

»Ich weiß nicht, ob ich das mit dir besprechen sollte«, kam es schließlich zögernd aus dem Hörer.

»Herr Mark«, sagt Löffler drängend, »wir wissen jetzt schon so viel, jetzt sollten Sie uns den Rest auch noch erzählen. Ich will nicht dramatisieren, aber es geht um Menschenleben. Aber eigentlich glaube ich, dass Ihnen das schon lange klar ist.«

Wieder langes Schweigen am anderen Ende.

Dann: »Ja, es stimmt, er bildet sich ein, im falschen Körper geboren worden zu sein. Das Thema beschäftigt ihn seit zwei Jahren. Ganz plötzlich. Als wir ihm sagten, dass das bloß eine Spinnerei sei, hat er seine Mutter geschlagen. Dann ging er auf mich los. Mit einem Schürhaken von unserem offenen Kamin.«

»Ist er immer so aggressiv?«

»Ja, meistens. Das hängt von seinen Spinnereien ab. Als er vor ein paar Jahren plötzlich mit der Geschichte kam, man habe ihn im Krankenhaus nach der Geburt verwechselt, fing es an. Er sagte, wir seien Fremde für ihn und wir sollten uns ab heute in Acht nehmen. Er betrachte uns als Feinde.«

Der Mann schwieg.

Löffler hörte sein heftiges Atmen am anderen Ende. Vielleicht weinte er auch leise. Der Polizist gab ihm Zeit.

»Feinde, das muss man sich mal vorstellen«, sagte Mark dann leise.

»Und wie ging es weiter?«, fragte Löffler.

»Zu Hause trug er nur noch Frauenkleider. Mit uns hat er nicht mehr geredet. Dann traf er diesen Ortmann. Regelrecht gewohnt hat er bei dem zeitweise. Dann kam er eines Tages und wollte Geld von uns haben. Viel Geld. Zuerst wollte er nicht sagen, wozu. Dann, als ihm klar wurde, dass ich nicht nachgeben würde, verriet er, Ortmann habe ihm gesagt, was ihn glücklich mache – und das sei der richtige Körper, der Körper, in dem er sich wohl fühle. Er wollte eine Geschlechtsumwandlung machen. Irgendwo im Ausland.«

Wieder brauchte Mark eine Pause.

»Ich habe ihm kein Geld gegeben, weil das alles bloße Spinnerei war. Ich habe Ortmann angerufen. Wollte wissen, was er dazu sagt. Der Mann war ganz vernünftig. Ich meine – für einen durchgeknallten Spinner war er ganz okay.«

»Was hat er denn erzählt?

Herbert Mark schniefte.

»Das sei nur eine Phase«, fuhr er dann fort, »mein Sohn würde sich schon wieder fangen. Mit seiner Hilfe. Dann wollte er ebenfalls Geld. Ich habe ihm nichts gegeben. Ein paar Tage danach tauchte ein Filmchen bei uns auf. In meiner Mail. Franz raste darin wie ein Berserker durch eine Wohnung, riss sich die Kleider vom Leib, stach mit einem Messer auf sich ein, bis er blutete. Es war eine Art Anfall, wie ich es bei ihm zuvor nicht gesehen hatte. Dann wollte er sich sein bestes Stück abschneiden. Aber da kam Ortmann und nahm ihm das Messer weg. Dann war der Film zu Ende.«

Ich stand vor dem Zimmer von Sven Raiser.

Ich fühlte mich wie Ali Baba, der vor der großen Schatzhöhle steht mit all den Herrlichkeiten darin. Mein »Sesam öffne dich« war ein kleiner Stoß gegen die Türe, dann öffnete sie sich.

Raiser lag alleine in einem Zweibettzimmer. Sein Bett stand hinten, am Fenster. Von da aus konnte man direkt in einen Park sehen. Ein weitläufiger Erholungsort, wenn das Wetter schön war.

Raiser schien zu schlafen.

Jedenfalls kam von ihm keine Reaktion, als ich ins Zimmer trat und mich ihm näherte. Ich blieb einen Moment stehen, um zu lauschen. Alles war ganz ruhig und still. Auch vom Gang draußen drang kein Ton ins Innere.

Wir waren unter uns.

Ich stellte mich neben ihn, schaute von oben auf sein Gesicht herab. Er hatte die Augen geschlossen. Ich beugte mich nach vorne, brachte mein Gesicht zu seinem. Nur wenige Zentimeter waren wir auseinander. Ich konnte sein Atmen hören. Zum Glück ist er nicht schon tot, dachte ich, sonst wäre alles vergeblich gewesen. Alleine bei dem Gedanken begann ich zu schwitzen. Ich richtete mich auf. Ging um das Bett herum. Vielleicht hatte er mich dabei gehört, denn als ich erneut neben ihm stand, blinzelte er mich an.

»Wer sind Sie denn?«, ertönte es leise.

»Ich bin Ihre neue Ärztin.«

Raiser hüstelte. Dabei schloss er die Augen. Als er sie wieder öffnete, schien sein Blick klar geworden zu sein. Auch seine Stimme klang gefestigt.

»Niemals«, sagte er, »Sie sind keine Ärztin. Was für ein Clown sind Sie denn? Haben Sie das Krankenzimmer verwechselt? Hat Ihnen die Corona-Impfung das Gehirn verschwurbelt?«

Raiser schien plötzlich bestens gelaunt. Dabei lag er, mit Verbänden an den Gliedmaßen und am Kopf, wie ein Häufchen Elend in dem blütenweißen Bett. Die gute Laune des Mannes ärgerte mich. Aber es lag an mir, sie ihm zu verderben.

Deshalb war ich hergekommen.

Zum Test schlug ich mit der Faust ganz leicht auf sein linkes Auge. Sein lauter Schmerzensschrei irritierte mich. Ich hatte doch nicht stark zugeschlagen.

»Sind Sie irre?«, brüllte der Verletzte, »Sie bringen mich ja um.«

Bei diesen Worten musste ich lachen. Ein Arm des Verletzten steckte in einem Gips, im anderen steckte eine Kanüle. Viel Gegenwehr war da nicht zu erwarten. Ich sollte jetzt damit beginnen, mich meiner Aufgabe zu widmen. Bei allem Vergnügen, das es mir bereitete, diesen hilflosen Deppen hier vor mir zu sehen, wissend, dass er mir völlig ausgeliefert war – obwohl mich das erregte, war ich nicht deshalb her gekommen. Raiser musste mir sein Geheimnis verraten.

Herbert Mark brauchte eine Pause. Löffler gab sie ihm. Er sah, dass die Kollegin Berger ihn anrief.

»Jetzt beruhigen Sie sich«, sagte er zu Mark, »ich rede eben mal mit meiner Kollegin, dann melde ich mich wieder. Bleiben Sie am Telefon.«

Er drückte ihn weg und holte sich Bergers Anschluss auf das Handy.

»Was gibt es Neues bei Ihnen, ich habe gerade Marks Vater am Telefon.«

»Jens Pflüger jedenfalls ist mausetot, das steht fest. Wir haben mit der Schwester geredet. Aber da kam nichts Neues dazu zu dem Mann. Er hat irgendwie eine große Geldsumme erwartet, aber sie weiß nicht woher.«

»Nein, aber wir wissen es«, sagte Löffler, »und jetzt wird es langsam eng.«

»Eng?«

»Eng.«

»Eng? Wieso?«

»Wir wissen, dass der tote Ortmann einen Batzen Geld bei sich hatte. Drei Menschen schauten zu, als man ihn umbrachte, wer immer das auch gewesen ist. Wir gehen davon aus, dass die drei sich die Kohle gekrallt haben und teilen wollten. Inzwischen sind aber zwei von ihnen tot. Bleibt also nur noch Sven Raiser übrig. Und der liegt derzeit im Krankenhaus.«

Berger antwortete nicht gleich.

»Ich habe es verstanden«, meinte sie dann, »dieser Raiser ist der Einzige, der noch wissen könnte, wo das Geld ist. Und der ist jetzt der Nächste auf der Liste des Mörders. Also nichts wie in die Klinik, wir müssen den Mann bewachen.«

Sie hatte bereits aufgelegt, noch ehe Löffler etwas sagen konnte.

Der holte wieder Herbert Mark in die Leitung.

»Ich bin wieder zurück, Herr Mark«, sagte der Hauptkommissar, »wie ging es denn weiter mit Franz. Haben Sie ihm von dem Film erzählt?«

»Oh Gott, nein, natürlich nicht. Wer kann seinem eigenen Sohn so etwas zeigen? Ich jedenfalls hätte das nicht über mich gebracht.«

»Na ja, das war doch starke Tobak, meinen Sie nicht?«

Man hörte ein heftiges Atmen. Offensichtlich versuchte der Vater sich zu fangen.

»Jedenfalls haben wir begriffen«, fuhr Mark schließlich fort, »dass Franz Probleme hat. Dass es ihm nicht gut geht.«

»Nicht gut geht? Na hören Sie mal, Herr Mark, das hört sich eher an, als sei Ihr Sohn komplett wahnsinnig geworden – wenn ich das so deutlich sagen darf. Der ist gemeingefährlich und Sie hätten dafür sorgen müssen, dass er Hilfe bekommt. Man hätte ihn wegschließen müssen, so einfach ist das.«

»Aber er ist mein Sohn.«

»Na und, deshalb kann er trotzdem ein gemeingefährlicher Irrer sein.«

Eine Weile schwieg der alte Mann.

Löffler hatte bereits Fahrt aufgenommen Richtung Krankenhaus. Er war nervös. Fürchtete, er und Berger könnten zu spät kommen. Dass ich auch nicht gleich auf die Idee gekommen bin, den Mann zu schützen, warf er sich vor, während er über den Nordring fuhr. Es war nicht mehr weit zum Krankenhaus.

»Er ist halt mein Sohn«, hörte er leise an seinem Ohr. Er war froh, Herbert Mark jetzt nicht gegenüber zu sitzen. Vielleicht hätte er es nicht ertragen, diesen Mann als zerknirschten, zusammengefallenen, schuldbewussten alten Mann zu sehen, für den eine Welt zusammengebrochen war, als er sich die Wahrheit eingestehen musste: Sein Sohn war ein Wahnsinniger, und er als Vater hatte nichts dagegen unternommen. Eine Familientragödie.

Wo haben Sie das Geld versteckt?« Raiser schaute mich überrascht an.

»Welches Geld?«, fragte er nach einer kleinen Pause.

Ich lächelte. Dann zog ich das Messer aus der Tasche.

»Euer Trio hat sich schon ziemlich gelichtet«, sagte ich, »und wenn ich richtig liege, kann jetzt nur noch einer davon das Geld haben. Die beiden anderen würden das auch so sehen. Aber sie können nichts mehr sehen. Wie wäre es also, wenn wir uns das ganze Intermezzo ersparen, und Sie mir einfach das Geldversteck verraten?«

Raiser schloss die Augen. Ich beobachtete ihn. Gab ihm Zeit, um die Realität zu durchdenken, in der er sich befand. Irgendwie hatte ich während der vergangenen Tage unablässig das Gefühl, dass die drei Zeugen meiner Auseinandersetzung mit Ortmann sich in einer Parallelwelt wähnten.

Sie hatten wohl ernsthaft geglaubt, mit der Nummer durchzukommen. Sie waren wohl zu sehr in ihre Wünsche, ihre Lebensträume verstrickt, um zu erkennen, dass es für sie kein Happy End geben konnte. Nicht so lange jedenfalls, wie ich an dem Spiel beteiligt war. Denn ich hatte ebenfalls eine klare, allerdings andere Vorstellung von einem Happy End. Ich kitzelte den Mann vor mir mit der Spitze meines Messers an der Kehle.

»Also, wo ist das Geld?«

Berger bog links ab, Richtung BG-Klinikum. Sie musste an einer Schranke anhalten und einen Knopf drücken, der sie mit dem Pförtner irgendwo im Haus verband.

»Kriminalpolizei«, sagte sie, als eine schnarrende Stimme nach ihrem Namen fragte. »Öffnen Sie die Schranke, schnell, ich muss dringend ins Klinikum.«

Die Schranke ging hoch und sie fuhr mit dem Wagen eine kleine Steigung hoch und stellte das Auto auf einem Parkplatz ab, der für Rettungswagen reserviert war. Sie sprang aus dem Auto, öffnete die Türe, die zu der Ambulanz führte und rannte ins Innere.

»Maske«, tönte es ihr entgegen.

Eine Krankenschwester tauchte vor ihr auf und wedelte mit dem Zeigefinger.

»So kommen Sie hier nicht rein, haben Sie den Aushang nicht gelesen – Maskenpflicht. FFP2. Und zwar schnell.«

»Ich bin von der Kripo Tübingen«, sagte die Kommissarin, und hob ihren Ausweis hoch, »ich muss dringend zu einem Patienten. Er schwebt in Gefahr.«

»Alle Patienten schweben in Gefahr, wenn Sie ohne Maske hier herkommen. Corona macht vor niemand Halt.«

»Wenn Sie mich nicht gleich hier durchlassen, dann werden Sie feststellen, dass Covid ein Schnupfen ist verglichen mit mir. Also …«

Erschrocken sprang die Frau beiseite. Berger orientierte sich an den Wegweisern, die unter der Decke in den lange Gängen hingen. Irgendwann landete sie am Haupteingang, hatte die Orientierung vollkommen verloren. Sie ging zum Informationsstand. Fragte nach Raiser. Der Mann hinter der Scheibe schaute sie seltsam an, dann strich er sich über den Mund.

»Maske?«

»Ich bin von der Kripo, und ich will ein Verbrechen verhindern. Also lassen Sie mich mit der Maske in Ruhe und sagen mit endlich, wo Sven Raiser liegt. Oder ich verhafte Sie wegen unterlassener Hilfeleistung.«

»Schon gut«, wehrte der Mann ab, »ist mir doch egal, wenn Sie hier Viren verbreiten, ich halte mich nur an meine Vorschriften. Und das heißt: Ohne Maske sage ich Ihnen gar nichts. Und jetzt können Sie mich verhaften.«

Er kreuzte die Arme vor der Brust und lehnte sich in seinem Stuhl zurück. Berger kochte. Die Kommissarin überlegte für einen Moment sogar, einfach ihre Waffe zu zücken und sie auf den Mann zu richten.

»Ich habe keine Maske dabei, sie liegt im Auto«, sagte sie schließlich.

Der Mann grinste.

»Da kann ich aushelfen. Für Leute wie Sie, haben wir immer eine Reserve zur Verfügung.«

Er griff unter seinen Tisch und zog eine weiße FFP2-Maske hervor. Die schob er unter dem Glas durch und Berger griff sie sich. Der Mann wartete, bis sie sie über Nase und Mund gezogen hatte.

»So, und jetzt sagen Sie doch mal, was Sie von mir wissen wollen.«

Sven Raiser schaute mich völlig regungslos an. Das Messer an seiner Kehle schien er überhaupt nicht zu realisieren, oder er ignorierte es einfach. Langsam verzogen sich seine Mundwinkel, er begann leise zu lächeln.

»Was ist los mit Ihnen«, fragte ich ihn, »gibt es einen Grund lustig zu sein? Sagen Sie doch mal, dann kann ich mitlachen.«

Jetzt lachte er mich breit an.

»Können Sie«, sagte er leise und mit müder Stimme, »so doof sein, mir etwas anzutun, ehe ich Ihnen Informationen über das Geld gegeben habe?«

Er hatte den Schwachpunkt in meinem Plan erkannt. Töten konnte ich ihn erst, wenn er gesagt hatte, was er wusste. Alles zuvor waren nur leere Drohungen.

Aber Schmerzen. Die konnte ich ihm zufügen.

Ich ritzte leicht die Haut an der Seite seines Halses auf. Etwas Blut floss heraus und tropfte auf das blütenweiße Betttuch. Das jedenfalls reichte nicht, um das Grinsen aus seinem Gesicht zu wischen.

»Du arme Sau«, sagte Sven Raiser, »von mir erfährst du gar nichts.«

Ich holte aus und schlug ihm ins Gesicht.

»Schön blöd, wenn man so knapp vor seinem Ziel steht und dann alles den Bach runtergeht, nicht wahr?«

Der Schlag schien ihn zu belustigen und mutiger und zuversichtlicher und aufmüpfiger gemacht zu haben. Er schien bester Dinge. Und er machte mich nervös. Ich fühlte mit einem Mal, dass ich möglicherweise scheitern könnte. Es kam mir vor, als zerrinne meine letzte Hoffnung zwischen meinen Fingern.

»Solange du noch hier bist«, sagte ich ganz leise, und wollte dabei bedrohlich klingen, »werden wir viel Spaß haben. Und am Ende wirst du mir sagen, was ich wissen will.«

Ich griff nach der Wasserflasche, die auf dem Beitisch stand, und schmetterte sie mit Wucht auf seinen Arm. Man hörte, dass der Knochen knirschte, vielleicht brach.

Raiser atmete nur schwer, spitz. Dann lächelte er mich an.

»Ich habe so viele Schmerzmittel in mir, dass mir das hier gar nichts ausmacht. Du hättest warten sollen, bis ich clean bin. Aber dafür ist es jetzt zu spät. Du arme Laus.«

Er sprach langsam, wie im Schlaf. Aber das Grinsen, das Lächeln wollte nicht aus seinem Gesicht verschwinden. Er machte sich eindeutig lustig über mich. Er verarschte mich. Er hielt mich hin und machte mich zum Deppen.

»Rede nicht so mit mir«, presste ich zwischen meinen Lippen heraus, »ich habe wegen der Sache schon zwei deiner Freunde getötet. Verstehst du – getötet. Das muss man erst mal hinbringen. Und es macht mir auch nichts aus, die Zahl zu erhöhen. Kapierst du das?«

Raiser lächelte selig.

»Mach doch, Laus, dann erfährst du nichts. Tja, wo ist wohl das ganze Geld? Vielleicht in meinem Kleiderschrank zu Hause? Oder vergraben im Garten? Vielleicht ist es auch in meinem Fach in der Schule? Vielleicht habe ich aber auch vergessen, wo es sich befindet, immerhin habe ich ein paar Schläge auf den Kopf bekommen, da vergisst man leicht mal was.«

Ich kochte innerlich.

Ich wusste, dass ich diesen Mann töten würde. Sobald er mir das Versteck verraten hatte, würde ich ihn langsam sterben lassen. Ich zitterte in den Kniekehlen und stützte mich auf dem Nachttisch neben dem Krankenbett ab.

»Du brauchst die Kohle wohl dringend«, fuhr Raiser unbarmherzig fort, »aber ich fürchte, das kann ganz enttäuschend für dich enden. Was willst du überhaupt mit dem Geld machen? Auswandern? Weibliche Haute Couture kaufen für deinen Zwergenkörper? Arme Laus.«

Erneut schlug ich ihn mit der Flasche. Dieses Mal auf sein Bein, das sich unter der dünnen Decke abzeichnete. Einmal, zweimal schlug ich zu. Raiser zuckte nicht einmal zusammen. Er schaute eher neugierig auf seine Beine, dann schaute er mich an. Er grinste.

»Wow, welche Leistung. Einen Verletzten zu verprügeln. Was für eine Flasche bist du eigentlich. Du bist einfach eine feige Sau.«

Er grinste. Ich spürte, wie mir das Blut in das Gesicht schoss. Ich schwitzte. Ich verlor die Kontrolle. Langsam griff ich wieder zu dem Messer, das in meinem Hosenbund steckte. Ich zog es heraus. Langsam, ganz langsam, damit Raiser es sehen konnte. Dann trat ich näher an ihn heran.

Ich hob das Messer über meinen Kopf.

»Und was ist mit dem Geld?«, fragte Raiser mich plötzlich.

Es war, als würden diese Worte mich aus einer Art Trance lösen. Ich trat einen halben Schritt zurück. Der Mann im Krankenbett beobachtete mich. Ich musste schlau sein.

»Hören Sie«, sagte ich ganz ruhig, »warum sollen wir uns das Leben unnötig erschweren. Sie sagen mir, wo Sie das Geld versteckt haben, ich lasse Sie am Leben und marschiere ganz locker aus diesem Zimmer hinaus und hole die Kohle. Und wir werden uns nie mehr begegnen. Ist das kein guter Kompromiss?«

Raiser hüstelte. Er hatte sich verschluckt. Ich wartete, bis es vorbei war.

»Und was ist mir den Toten? Mit Ihren Toten? Haken wir die einfach als »nice to have« ab und denken nicht mehr daran?«

»Das kann schonmal passieren in der Hektik, das war ja nichts Persönliches, ich kannte die ja gar nicht.«

Erneut lächelte der Mann mich an.

»Gegenvorschlag – Sie stellen sich der Polizei, ich übergebe denen das Geld und Sie gehen in den Bau. Dann sehen wir uns ganz sicher nie mehr. Na, was halten Sie davon?«

Mein Kopf kam durcheinander. Ich konnte keinen klaren Gedanken mehr fassen. Es war, als sei mein Gehirn in ein Nebelfeld geraten.

»Wir waren doch schon beim Du«, sagte ich, und stieß Raiser mein Messer in die Seite. Er zuckte leicht zusammen. Sein Kopf bewegte sich leicht. Er drehte ihn so, dass er auf seine Hüfte schauen und zuschauen konnte, wie das Betttuch sich rot färbte von dem Blut.

»Blut«, sagte er dann ganz leise.

Dann schloss er die Augen als wolle er gleich einschlafen.

»He«, rief ich, und schüttelte ihn gleichzeitig an der Schulter, »nicht einpennen, wir müssen noch reden. Du weißt schon, du musst mir noch sagen, wo das Geld ist. Dann lasse ich dich einschlafen, bald bist du wieder wie neu.«

Er lächelte mit geschlossenen Augen. Nur seine Mundwinkel verzogen sich. Ich erwartete, dass er lauthals losprustete. Das machte mich wütend. Sehr wütend. Mit dem Messer stach ihn erneut in die Seite, nur viel tiefer. Raiser zuckte erneut zusammen, gab aber keinen Ton von sich.

»He, du Fatzke«, sagte ich, »du kannst mich nicht verarschen. Ich will sofort wissen, wo die Kohle ist. Wehe, du redest nicht. Ich kann dir nur sagen, deine beiden Freunde haben geredet. Und jetzt sind sie beide tot. Also, ich mache hier keine Sprüche.«

»Fuck you«, hörte ich die Lippen Raisers formulieren.

Eine heiße Wut kam über mich. Ich hob das Messer und stach zu. In diesem Augenblick öffnete sich die Türe zum Krankenzimmer. Im Rahmen stand eine Frau. Spontan dachte ich, dass ich gerne so aussehen würde wie sie.

Der Mann an der Rezeption hatte ihr die Station gesagt. E2. Und er hatte ihr sogar beschrieben, wie sie dahin kam. Das war trotzdem noch höchst kompliziert, sich durch die endlosen Gänge mit Abzweigungen, Aufzügen, Treppenhäusern und unübersichtlichen Schildern Richtung E2 zu bewegen. Dann hatte sie es geschafft. Sie stieß die Türe zur Station auf und bewegte sich entlang der Patientenzimmer, suchte die passende Zimmernummer.

Niemand war auf dem Gang zu sehen. Es war wie ausgestorben, nur das Ticken, das Klackern und der Rhythmus, der dumpfe Klang von Geräten begleitete sie wie Hintergrundmusik.

Es war das vorletzte Zimmer im Gang. Davor stand ein Stuhl, gleich neben der Tür. Darauf lagen ein paar Zeitschriften. Berger schaute sich um. Noch immer war keine Menschenseele zu sehen.

Sie öffnete die Tür zum Krankenzimmer.

Als sie eintrat starrte sie in das Gesicht einer Frau. Blonde Haare, nicht sehr groß und gekleidet wie eine Ärztin.

»Oh, störe ich«, fragte sie die Frau, »platze ich in die Visite?«

Die Frau starrte sie stumm an. Mit großen Augen, denen die Überraschung über die unerwartete Störung anzusehen waren.

»Soll ich wieder gehen?«, fragte Berger, und wollte sich zur Türe hindrehen.

Dann entdeckte sie das Messer in der Hand der Frau.

Sie schaute auf das Messer, das lose in der Hand der Frau zu liegen schien. Dann sah sie hoch, den Arm entlang, über die Brust in das Gesicht der Frau in Weiß. Die schaute zurück und schien zu lächeln. Bergers Blick fiel auf den Mann im Bett, auf Raiser. Und sie entdeckte das rote Betttuch, das blutrote Tuch an Raisers Seite.

Sie war verwirrt. Alles in ihrem Kopf kam durcheinander. Wie gelähmt blieb sie einfach stehen und wartete einfach darauf, dass etwas passierte.

Die Frau mit dem Messer ging langsam auf sie zu. Dabei hob sie das Messer in Höhe ihres Bauches. Die Spitze zeigte auf Berger.

Dann standen sich beide Frauen gegenüber – die großgewachsene Berger und die kleine Frau im Arztkittel. Diese legte die Messerspitze ganz sanft auf Bergers Bauch und zog sie zu sich her. Langsam gingen beide zu Raisers Bett. Die Frau schob Berger vor sich her. Dort blieben sie stehen, die Frau hatte Bergers Unterarm umklammert, als wollte sie sie stützen.

»Sie kennen Raiser, oder?«, fragte die Frau dann.

Die Polizistin nickte stumm. Dann schüttelte sie den Kopf.

»Nein«, sagte sie tonlos, »nicht persönlich, nur den Namen.«

Dann schaute Berger der Frau ins Gesicht.

»Aber ich kenne Sie, oder?«, sagte sie, »aber damals waren Sie noch ein Mann und wohnten in der Ammergasse. Richtig? Hießen Sie nicht Franz Mark? Damals? Mark ohne c am Ende.«

Mark lächelte.

»Tja, das war in einem anderen Leben, sozusagen. Jetzt habe ich keinen Namen mehr. Ich werde mir einen überlegen müssen wenn alles vorbei ist.«

»Vorbei? Was sollte denn vorbei sein?«

Berger hatte sich vorsichtig ein paar Zentimeter nach hinten bewegt, kaum merklich. Aber sie hatte ihre Fassung wieder gewonnen. Sie war bereit. Ihr Körper war bereit für die Gefahr, die von dieser skurrilen Gestalt ausging, die doch so gefährlich zu sein schien. Aber sie bemerkte auch, dass Mark sie nicht aus den Augen ließ. Er war zwar kleingewachsen, aber er schien kräftig zu sein. Und er hatte das Messer. Und er kam näher zu ihr.

»Du bist schön, richtig schön«, sagte er, und schnurrte dabei wie eine Katze nach einem Leckerli. Als er dicht vor ihr stand, drückte er das Messer gegen ihren Bauch und mit der anderen Hand griff er ihr ins Haar. Er ließ es durch seine Finger gleiten.

»Ich werde auch später nicht so schön sein wie du«, fuhr er fort, »aber das ist nicht so schlimm. Jetzt muss ich erst mal so werden wie du.«

Allmählich begriff Berger, wovon Mark sprach.

»Und wie soll das gehen, da brauchen Sie doch professionelle Hilfe«, meinte sie, »eine Klinik, Ärzte, Spezialisten. Wo soll das denn alles passieren?«

Mark grinste sie an, sein Gesicht war nur wenige Zentimeter von ihrem entfernt.

»Habe ich alles geplant, jetzt fehlt bloß noch das Geld.«

Damit wandte er sich um und starrte auf Raiser.

»Bloß noch dieser Dreckskerl da hinten macht Probleme, er will mir nicht sagen, wo er die Kohle von Ortmann versteckt hat.«

»Aber was war denn mit Ortmann, ich dachte er wollte Ihnen helfen. Das war doch sein Geld, wollte er es Ihnen nicht geben?«

Man spürte förmlich, wie sich in dem Körper Marks etwas auflud, wie er wütend wurde, aggressiv, wie Ärger in ihm hochkam.

»Dieser Blödmann, erst verspricht er mir, mich zu unterstützen und wir ziehen die Erpressungen durch. Dann überlegt er es sich anders. Sie werden es nicht glauben – er wollte die Erpresserkohle zurückgeben. Den Erpressten. Am Ende hat er an seine eigene Heiligkeit geglaubt, der Mann ist förmlich wahnsinnig geworden.«

»Und dann ist alles aus dem Ruder gelaufen, nicht wahr?«

Irgendwie betrübt schüttelte Mark langsam den Kopf.

»Schade, dass es so auseinander gehen musste mit uns beiden. Eine Weile war er wie ein Bruder oder eine Schwester zu mir. Wir hatten beide so etwas Wildes, Kriminelles, etwas Abnormales. Ich fand das toll, aber er hat darunter gelitten. Ist ja auch blöd, wenn du dich für einen Abgesandten der Weltretter aus dem All hältst, und dein Geld durch Erpressung verdienst.«

Mark stockte. Dann lachte er glucksend vor sich hin.

»Hihi, war eine schöne Zeit.«

Berger hatte sich inzwischen wieder etwas von ihm weggeschoben.

»Und wie geht es jetzt weiter? Ohne Geld und so?«

Sie stellte fest, dass sie einen Fehler begangen hatte. Sie hatte Mark in die Realität zurückgeholt. Er war wieder ein Gegner im Hier und Jetzt.

»Du da«, rief er plötzlich, und ging einen Schritt auf Raiser zu, während er Berger am Arm mit sich zog.

Raiser war die ganz Zeit über stumm in seinem Bett gelegen. Als sie zu ihm hintraten, hatte er die Augen geöffnet.

»Hör mir zu«, rief Franz Mark noch immer, »ich will jetzt wissen, wo das Geld ist.«

Raiser lächelte.

»Und wenn nicht?«, fragte er leise.

Mark überlegte kurz.

»Dann«, sagte er mit ausgesprochen fieser Stimme, während er die Messerspitze an Bergers Hals drückte, »bringe ich die Dame hier um.«

Dabei grinste er erst Raiser und dann Berger an. Die Polizistin zweifelte keine Sekunde daran, dass Mark das ernst meinte. Sie verkrampfte innerlich. Tausend Gedanken schossen ihr durch den Kopf, aber keiner davon zeigte auch nur eine Spur, die zu ihrer Rettung führen könnte.

Hauptkommissar Löffler hatte von unterwegs den Kollegen Wasmaier in die BG bestellt. Er selbst fuhr mit dem Wagen direkt vor den Eingang und sprang aus dem Auto, eilte durch die große Eingangstüre und ging schnurstracks zur Rezeption.

Ein Mann saß hinter der Scheibe und schaute auf einen Bildschirm zu seiner linken. Als Löffler an der Scheibe stand, schaute er nicht einmal auf.

»Hören Sie«, sagte Löffler scharf, »ich muss wissen, wo ein gewisser Sven Raiser liegt. Aber schnell. Polizei.«

Der Mann reagierte nicht einmal. Löffler schlug mit der flachen Hand gegen die Scheibe. Wie von der Tarantel gestochen sprang der Mann auf und starrte durch die Scheibe direkt in Löfflers Gesicht.

»Sind Sie noch ganz dicht?«, brüllte der Mann wutentbrannt, »Sie sind hier in einem Krankenhaus – und wo ist überhaupt Ihre Maske.«

Blitzschnell bewegte der Hauptkommissar sich zur Seite, öffnete dort die Tür, die in das Kabuff des Mannes führte und stand plötzlich neben ihm. Er stieß ihn so heftig gegen die Seite, dass der gegen seinen Stuhl prallte und dann auf ihn plumpste und zum Sitzen kam. Löffler versetzte dem Stuhl einen Tritt und auf seinen Rollen schwebt der gleichsam durch den engen Raum und stieß heftig gegen die Wand.

»So«, sagte der Polizist zu dem Mann im Stuhl, »und jetzt sofort die Station von Raiser. Und Sie bringen mich hin. Und das zügig. Sonst verhafte ich Sie wegen Beihilfe zum Mord, ist das klar?«

Der Mann nickte heftig. Schweiß lief ihm über das Gesicht.

»E2«, sagte er schnell, »da war gerade schon jemand da, eine Frau. Die wollte auch da hin.«

»Los, avanti, bringen Sie mich zu der Station, ich habe keine Zeit.«

Der Mann wälzte sich aus dem Stuhl und rannte förmlich zum Ausgang, Löffler folgte ihm.

»Hier geradeaus, es ist nicht weit. Kommen Sie.«

Und beide rannten den Gang entlang, zum Aufzug, Richtung Station E2.

Der Hauptkommissarin Monika Berger rann der Schweiß in den Kragen ihrer Bluse. Es war heiß in dem Krankenzimmer. Aber das war nicht der Grund für ihren Schweißausbruch, es war eher das spitze Messer an ihrem Hals.

»Und wenn ich lüge«, murmelte Raiser, der langsam immer schwächer zu werden drohte. »Sie wissen ja gar nicht, ob das stimmt. Deshalb ist Ihre Drohung eigentlich ziemlich blöde.«

Dann schloss Raiser für einen Moment vor Erschöpfung die Augen. Berger schaute auf Mark.

Dessen Gesicht war auf einmal völlig leer. Als sei es zur Maske geronnen. Als habe er einen Geist gesehen. Oder den Teufel, der ihn abholen wollte.

»Sie haben recht«, sagte er dann leise, »die Sache ist verfahren, und ich sehe gerade keine Lösung. Und ich sehe mich an einem Abgrund stehen, in den ich falle. Aber ich werde jedenfalls nicht alleine fallen.«

Dann machte er einen raschen Schritt auf Raiser zu, der noch immer mit geschlossenen Augen in dem Bett lag. Mark stieß ihm das Messer mit voller Wucht in die Brust. Zweimal. Dreimal. Das Blut ergoss sich von der Brust auf die Bettdecke und tropfte an der Seite des Bettes langsam auf den Boden. Berger war erstarrt. Dann stand Mark wieder dicht bei ihr, das Messer baumelte in seiner Hand in Höhe der Oberschenkel. Er lächelte die Polizistin an, dann deutete er auf den offensichtlich toten Raiser und nickte dazu mit dem Kopf. Er schaute zu ihr hin, als wolle er ihren Beifall für seine Tat.

»Haben Sie schon einmal einen Menschen getötet?«, fragte er in den Raum.

Berger antwortete nicht gleich. Mitten in ihrem Schweigen spürte sie, wie sich die Messerspitze in ihre Hüfte bohrte.

»Nein, sagte sie. Sie spürte die Angst, vor dem was kam, deutlich in sich aufsteigen. So fühlt sich also Todesangst an, überlegte Berger. Und wischte den Gedanken sofort beiseite. Sie fühlte sich sonst, als würde sie in ein leeres Grab blicken.

»Ich schon«, sagte ganz ruhig der Mann neben ihr, der fast einen halben Kopf kleiner war als sie. »Aber das musste ich tun, deshalb fühlte es sich auch richtig an. Das mit dem Raiser hier – das war irgendwie komisch. Aus dem Affekt heraus – sagt man so? Ich habe mich aufgeregt über ihn. Und jetzt sind die anderen Toten auch nichts mehr wert, weil ich mein Ziel nicht erreicht habe.«

»Ihr Ziel?«

»Ja, das Geld, das viele Geld, das ich so dringend brauche für meine Operation. Damit ich eine Frau bin. Also, eigentlich bin ich das ja, aber halt nicht so richtig. Nicht so wie Sie.«

Er schaute sie an und drückte dabei das Messer stärker gegen ihren Körper.

Löffler stand vor dem Krankenzimmer von Raiser. Der Mann von der Rezeption war zurückgeblieben. Er stand am Eingang der Station und beobachtete Löffler. Der drückte energisch die Klinke und öffnete die Türe.

Als er eintrat blickte er in zwei erstaunte Gesichter.

Was er sah: Berger stand neben einer Ärztin, einer kleinen Frau, und die hielt ein Messer auf seine Kollegin gerichtet. Und hinter den beiden, rechts davon, stand ein Krankenbett, das rot war vor Blut und wenn er auf den Boden schaute, schaute er in eine Blutlache.

Aber er konzentrierte sich auf die beiden Personen, die direkt vor ihm standen. Er sah in Bergers Gesicht. Sie war blass. Tatsächlich schienen ihre Augen zu flackern. Das hatte der Hauptkommissar noch nie an ihr gesehen.

Sie hatte Angst. Fürchterliche Angst.

Etwas an der Ärztin, an der Frau in Weiß, irritierte Löffler. Er wusste nicht genau, was es war. Er konzentrierte sich auf sie. Aber er wollte auch das Schweigen brechen, dieses merkwürdige Momentum, in dem alle drei verharrten.

»Was ist denn hier los?«, fragte er. Es sollte so klingen, als frage er nach der Uhrzeit – lapidar, unaufgeregt, normal.

Die Ärztin lachte laut.

»Löffler«, sagte sie dann, »immer unterwegs, immer im Dienst und immer ein Störenfried.«

Jetzt erst erkannte der Polizist, was ihm nicht gleich aufgefallen war.

»Mark, Franz Mark«, rief er erstaunt, »was machst du denn hier im Arztkittel? Und was soll die Perücke, hast du dich verkleidet? Die Fasnet hat doch noch gar nicht angefangen.«

Blitzschnell änderte Mark die Richtung des Messers, die Spitze zeigte in Richtung Löffler.

»Sei bloß vorsichtig, was du hier sagst«, zischte er, und das klang tatsächlich gefährlich und unberechenbar. »Es kann euch beiden schnell genauso gehen wie dem Typen da hinten im Bett, diesem Raiser.«

»Was ist mit ihm?«, fragte Löffler. Er wusste die Antwort, die Blutspuren waren eindeutig. Aber ihm war auch klar, dass er das Gespräch am Laufen halten musste. Wer redet, tötet nicht, dachte er – und hoffte gleichzeitig, dass er recht behielt damit.

»Was mit ihm ist? Er ist mausetot. Das ist mir im Affekt passiert, das ist sonst nicht meine Art. Aber er hat mich geärgert.«

»Bringst du jeden um, der dich ärgert?«, fragte Löffler kumpelhaft grinsend.

Mark lachte.

»Kleinen Witz gemacht, was?«

Zwar lachte dieser komische Zwerg im Arztkittel, aber es war nichts lustig daran. Es klang aggressiv, unstet, unberechenbar. Man wurde automatisch vorsichtig, wenn man dieses Lachen hörte.

»Na ja«, fuhr Löffler fort zu reden, »wenn die Sache nun für dich gelaufen ist, können wir ja alle den Raum verlassen und nach Hause gehen. Komm, Franz, ich fahre dich heim.«

Löffler tat so, als wolle er gehen und warte bloß noch auf Mark.

»So nicht, mein Freund«, klang es da aus Marks Richtung. »Ich bestimme, wann das hier zu Ende ist. Und ich sage dir, es ist nicht zu Ende. Wenn du anderer Meinung bist, kannst du gerne dabei zuschauen, wie es für deine Kollegin hier gleich zum Ende wird. Und das für immer. Haben wir uns verstanden, du blöder Bulle.«

Noch beim Reden drückte er das Messer gegen den Hals von Berger, die den Kopf nach hinten neigen musste, damit er ihr nicht ins Fleisch schnitt.

Löffler blieb stehen. Die Gedanken schwirrten ihm wirr durch den Kopf. Keiner wollte ihm sagen, wie es weiterging, was er tun sollte. Wie soll ich mit so einem Durchgeknallten, mit einem Wahnsinnigen reden, wenn der nicht reden *will*, überlegte er. Trotzdem – ihm musste es gelingen, das Messer außer Reichweite seiner Kollegin zu bringen. Das Messer in der Hand dieses Irren war wie eine Bombe die tickte. Plötzlich schlug die Zimmertür auf. Franz Wasmaier stand im Eingang und starrte die anderen mit weit aufgerissenen Augen an.

Alle waren wie erstarrt.

»Do leckst mi«, sagte dann Wasmaier. »Was ist denn da los? He, du Depp, willst du nicht meine Kollegin loslassen? Was ist das denn, mit dem Messer auf eine Frau loszugehen? Unterste Schublade, sag ich dir, ganz unten.«

Mark lief rot an im Gesicht. Seine Hand mit dem Messer zitterte.

Mit einem heftigen Stoß drückte er Berger von sich weg, raste mit dem erhobenen Messer auf Wasmaier zu und stach auf ihn ein. Der versuchte, sich mit den Unterarmen zu schützen. Aber die Klinge schnitt seine Arme durch das Jackett und das Hemd auf. Dabei schrie der Angreifer wild, gab Töne von sich, die keine Wörter waren, die eher klangen wie von einem Tier.

Löffler, in den bei dem Geschrei wieder Leben kam, schnappte sich den Stuhl am Esstisch, hob ihn hoch und stieß mit den Füßen gegen Mark. Er traf ihn an der Brust, in die Seite, an den Rippen. Mark schrie noch lauter und Wasmaier ging zu Boden. Löffler holte mit dem Stuhl aus und schmiss ihn auf den Mann im Arztkittel. Er traf ihn mit voller Wucht. Mark wurde gegen den Türrahmen geschleudert, aber er blieb stehen. Die blonde Perücke war ihm vom Kopf gerutscht und lag auf dem Boden. Rasch bückte er sich, hob sie auf und klemmte sie sich unter den Arm. Dann drehte er sich um und rannte aus dem Zimmer.

Löffler musste sich entscheiden. Das tat er: Er kniete sich zu Wasmaier und hob dessen Kopf an. Der Verletzte hatte die Augen geöffnet. Auch Berger kniete neben dem Kollegen. Aus ihrer Wunde am Hals tropfte ein wenig Blut auf den Polizisten. Aber das kümmerte niemanden.

»Haben Sie Schmerzen?«, fragte Löffler.

Wasmaier nickte stumm.

Löffler gab der Kollegin ein Zeichen und die erhob sich rasch und rannte auf den Gang vor dem Zimmer. Dann verschwand sie.

»Sie holt einen Arzt«, sagte der Hauptkommissar.

Wasmaier nickte mit geschlossenen Augen, während Löffler damit begann, zuerst das Jackett des Kollegen aufzuknöpfen und dann dessen Hemd. Dabei sah er die Messerspuren im oberen Bereich des Torsos. Auch an der Seite konnte er die Stiche erkennen, aus denen jetzt zähes Blut floss.

Endlich hörte er schnelle Schritte und kurz darauf stand ein Arzt im Zimmer. Der schob Löffler rigoros zur Seite und schaute Wasmaiers Wunden an.

»Glück gehabt«, sagte der Arzt leise und mehr zu sich selbst, »das kriegen wir hin.«

Er fühlte Wasmaiers Puls, dann legte er vorsichtig die Stichwunden frei. Manche davon waren recht tief, die Haut klaffte auseinander, als der Arzt die Wunden untersuchte. Löffler fragte sich, wie schnell Mark zugestochen haben musste, angesichts der Vielzahl der Stiche. Dann erschrak er. Der Täter, was war mit dem Täter? Was war mit Mark? Der Hauptkommissar stand ruckartig auf. Berger zuckte dabei zusammen.

»Wir müssen Franz Mark verfolgen. Der ist gemeingefährlich, man kann ihn keinesfalls einfach so durch die Stadt laufen lassen. Nicht in seinem Zustand.«

Die Kollegin nickte. Dann deutete sie auf die Türe.

»Gehen wir.«

»Haben Sie Ihre Waffe dabei?«

Berger klopfte auf ihre Hüfte.

Hannes Wössner war einigermaßen erstaunt, als er aus dem Schaufenster seines Tabakwarenladens blickte. Vor dem Geschäft ging ein Arzt, geschminkt und mit verschobener blonder Perücke auf dem Kopf vorbei. Er kannte die Gestalt da draußen. Aber nicht als blonde Ärztin oder was immer sich für ein Geschlecht dahinter verbarg – das war Franz Mark, derangiert und von allen guten Geistern verlassen. Schnell rannte Wössner durch seinen Laden, öffnete die Türe und schaute auf die Straße.

Mark war verschwunden.

Ganz offensichtlich war er auf dem Weg in Simon Ortmanns Wohnung. War das jetzt ein Einbruch oder konnte dieser Mark da so einfach rein, nur weil er mal Patient oder Freund des Ermordeten war? Hannes Wössner fragte sich, ob er Löffler anrufen sollte. Ja, dachte er dann, das mache ich. Im Hinterkopf hatte er auch, dass es dann irgendwie Kino umsonst gab für ihn. So ein Polizeieinsatz im Realen – das war doch spannend, überlegte er. Eine nette Abwechslung.

Löffler war gleich am Handy.

»Du Christian, da ist einer in Ortmanns Wohnung, darf der das?«

»Reden wir von Franz Mark?«, kam die schnelle Antwort.

»Spielverderber, ich wollte dich raten lasen. Aber ja, den meine ich. Und ganz merkwürdig ist ja, dass er im Outfit eines Arztes oder einer Ärztin hier aufkreuzt. Gehört das zu einer Demo? Irgendwas mit Corona? Hat man Experimente mit Impfstoffen an Mark gemacht und er ist geflüchtet?«

»Nichts davon. Hannes, pass auf, wir sind unterwegs. Geh bloß nicht hin zu dem Kerl, halte dich fern, die Sache ist gefährlich, das ist kein Spaß. Warte bis wir kommen. Und falls er bis dahin wieder weg will, dann melde dich gleich bei mir, okay?«

»Mann, das klingt ja wirklich spannend. Kann ich Selfies machen, wenn ihr ihn abführt?«

Löffler lachte. Dann legte er auf.

Hannes Wössner blieb vor seinem Laden stehen, lehnte sich gegen die Hauswand und rauchte eine Zigarette. Ist ja Werbung für meinen Laden, dachte er bei jeder Kippe, die er qualmte. Gerade als er sich, als Marketingmaßnahme, eine weitere Zigarette anzünden wollte, raste Löfflers Auto vom Haagtorparkplatz her in die Ammergasse herein. Er bremste hart genau vor »Tabak Schrade«, Wössners Laden. Beide

Polizisten, Löffler und seine Kollegin Berger, stürzten aus dem Wagen und blieben vor Hannes Wössner stehen. Der war so erschrocken, dass er sogar die Zigarette abbrach, die er sich gerade in den Mund schieben wollte.

»Seid ihr noch ganz dicht«, schrie er Berger an, die dichter bei ihm stand als ihr Kollege, »das ist polizeiliche Bedrängung, oder wie immer das heißt. Was rückt ihr mir so auf die Pelle, der Typ sitzt doch im Nebenhaus.«

Löffler zog ihn zu sich her.

»Brülle hier nicht so rum«, sagte er ganz ruhig, »wir wollen nur wissen, ob Franz Mark immer noch in der Wohnung ist.«

Der Tabakwarenhändler nickte.

»Ist er alleine?«

Wieder ein Nicken.

»Dann gehen wir jetzt rein«, sagte Löffler zu seiner Kollegin, »aber vorsichtig, sehr vorsichtig. Der Mann wird ja langsam zum Massenmörder.«

Hannes hatte zugehört.

»Reden wir vom gleichen Typen?«, fragte er vorsichtig, »von so einem kleinen Loser, der nichts gebacken kriegt? Und der soll ein Massenmörder sein? Ihr spinnt doch.«

»Goebbels war auch klein, und er hat sogar gehinkt«, meinte Berger im Gehen, »und war der vielleicht kein Massenmörder?«

»So ein blöder Vergleich«, rief Wössner ihr nach.

Auch Löffler sah Berger etwas erstaunt an.

»Wie sind Sie denn drauf heute – Goebbels und Mark, was für ein Vergleich.«

»Ja sorry, mir fiel halt nichts Besseres ein.«

Sie stiegen die Treppen zu Ortmanns Wohnung hoch. Leise, Stufe um Stufe, achteten darauf, dass die nicht knarrten, wenn sie auftraten. Sie kamen an der Wohnungstüre an. Warteten kurz, atmeten durch, schauten sich an. Dann nickten sie sich gegenseitig zu. Löffler drückte gegen die Türe. Sie war verschlossen. Auch die niedergedrückte Türklinke brachte keinen Erfolg. Berger hob ratlos die Schultern.

Von innen hörte man eine Stimme.

»Ich weiß, dass ihr da draußen seid, ich bin doch nicht blöde«, sagte Franz Mark so laut, dass die beiden Polizisten vor der Türe das hören konnten.

»Hilfe«, rief eine andere Stimme.

Löffler und Berger schauten sich erstaunt an.

»Ist da jemand bei dir?«, fragte der Hauptkommissar, und klopfte gegen die Tür.

Man hörte lautes Lachen.

»Ja«, sagte Mark, »eine kleine Ratte hat sich hier versteckt. Sie wollte wohl ihre Nase in Dinge stecken, die sie nichts angehen. Und dabei alles mitnehmen, was nicht niet- und nagelfest ist.«

Die Polizisten vor der Türe hörten dumpfe Schläge und dann ein hohes Quieken. Dann war Ruhe.

»Habt ihr das gehört, das war das Quieken einer kleinen Ratte, der man auf die Finger schlägt, weil sie Dinge anfasst, die ihr nicht gehören.«

Erneut hörte man einen Schlag und dann ein Geheul – ein Mensch hatte Schmerzen, eindeutig.

»Das ist der kleine Ortmann«, flüsterte Berger.

Löffler nickte.

»Diego. Irgendwie ist er in die Wohnung gekommen. Wahrscheinlich wollte er sich ein paar Sachen holen. Oder nach Geld suchen.«

Wieder erklangen Schmerzensschreie von drinnen.

»Wir müssen etwas tun«, sagte die Kommissarin leise.

Berger und Löffler polterten beide gegen die Türe, schlugen heftig auf das Holz ein. Aber nichts passierte, die Türe war stabil und Mark dachte wohl nicht daran, sie zu öffnen.

»Hör zu Franz«, rief Löffler schließlich, »das muss ein Ende haben. Jetzt. Das führt doch zu nichts mehr. Lass dir helfen. Mit deinen Problemen hast du vor Gericht gute Chancen, dass man dich mit Gefängnis verschont. Aber lass jetzt den Jungen in Ruhe.«

Eine Weile war es ruhig. Löffler konnte sein eigenes Atmen hören.

»Und was wollt ihr dann mit mir anfangen? Mich in die Klapsmühle stecken? Da war ich schonmal dank meiner Eltern. Da geh ich nicht mehr hin. Eigentlich gehe ich gar nirgends mehr hin, wenn ich es genau überlege.«

In diesem Augenblick kam Hannes Wössner die Treppe hochgeschlichen. In der Hand schwenkte er einen Schlüssel, der an einer Schnur hing, in der anderen hielt er eine Zigarette.

»Den hat Ortmann bei uns deponiert«, flüsterte er, »falls er mal seinen vergessen oder verloren hat. Oder falls es brennt und er nicht zu Hause ist. Oder wegen sonst irgendwas. Könnt ihr den gebrauchen?«

Dabei grinste Wössner und wedelte mit dem Türschlüssel. Dann gab er ihn Löffler. Der steckte ihn vorsichtig, um ja keinen Lärm zu machen, in das Schloss. Keiner atmete, sogar Wössner behielt den Rauch der Zigarette in der Lunge. Dann öffnete der Hauptkommissar langsam die Türe. Berger hielt die Hand an der Waffe an ihrer Hüfte. Die Kommissare sahen niemand im Flur stehen. Löffler deutete mit dem Finger zum Wohnzimmer, Berger nickte. Dann holte sie ihre Waffe aus dem Holster.

Die Polizisten schlichen zum Wohnzimmer, aus dem es hell in den dunklen Flur schien.

Als sie gemeinsam in der Türöffnung standen, sahen sie die beiden.

Franz Mark saß auf der Couch. Auf dem Boden vor ihm lag Diego Kratzer. Mark hatte seine Füße auf dessen Rücken abgesetzt. In der Hand hielt er das Messer, das er zuvor schon im Krankenhaus benutzt hatte. Etwas Blut war auf dem Teppich zu sehen. Sie stammten wohl von den kleinen Stichen in den Rücken Kratzers. Sie schienen nicht sehr tief zu sein. Mark hatte ihn wohl nur quälen, nicht aber ernstlich verletzen wollen.

»Da seid ihr ja«, sagte Mark zur Begrüßung.

Er schien bestens gelaunt. Aber genau das machte Löffler Sorgen. Ein gut gelaunter Psychopath, hatte er gelernt, ist ein besonders gefährlicher Psychopath. Wenn die gute Laune umschlug in Aggression, war das unaufhaltsame Explosion. Und in diesem Augenblick war der kleine Ortmann mittendrin.

Löffler deutete auf Diego Kratzer.

»Was hast du denn mit dem vor?«, fragte er.

Mark trug noch immer die verrutschte Perücke auf dem Kopf. Er sah aus wie eine betrunkene Dragqueen. Auch den Arztkittel trug er noch, die Blutspritzer leuchteten hell vor dem weißen Hintergrund. Er war barfuß, die Schuhe hatte er offenbar irgendwo ausgezogen.

»Mit dem?« Mark schaute zu Boden und schien jetzt erst zu bemerken, dass da Kratzer lag und er seine Füße auf ihm abgestellt hatte.

»Kollateralschaden.«

Dabei stieß er das Messer ein paar Zentimeter in die Schulter des Jungen. Der schrie auf, blieb aber liegen. Mark drückte ihn mit den Füßen fest gegen den Boden.

Löffler war klar, dass er die Situation beenden musste. Er überlegte, ob er sie mit der Waffe zu einem Ende bringen sollte. Ein sauberer Schuss und Schluss war. Er könnte das mit der Todesgefahr für Diego Kratzer begründen. Berger neben ihm schien ähnliche Gedanken zu haben – der Hauptkommissar sah, dass sie langsam die Waffe aus dem Holster zog. Löffler beschloss, noch zu warten. Er schüttelte ganz leicht den Kopf in Richtung seiner Kollegin. Es gab noch Fragen, die zu klären waren.

»Aber warum das alles, Mark, was ist denn so plötzlich passiert mit dir?«

»Plötzlich? Nix mit plötzlich. Alles von langer Hand geplant. Alles mit Ortmann zusammen. Und das war alles schon in trockenen Tüchern, ehe Ortmann plötzlich durchdrehte. Er sagte, er habe eine Erleuchtung gehabt. Und zu einem Erleuchteten passe es nicht, unehrlich zu sein. Unehrlich – so ein Scheiß. Wir haben ein paar durchgeknallte Spinner ein wenig erpresst. Das ist doch nicht weiter tragisch. Es diente ja auch einem guten Zweck.«

Der Mann begann sich in Rage zu reden. Löffler beschloss, etwas Ruhe in die Erzählung zu bringen. Ein nervöser, euphorischer Spinner war irgendwann schwer zu bremsen.

»Na ja«, meinte der Hauptkommissar bedächtig, »es hat ja keine Armen getroffen, nehme ich mal an. Da kann man so was schon mal machen.«

»Siehst du, das sagte ich auch«, rief Mark triumphierend, »ist doch nichts Schlimmes dabei.«

Doch dann erinnerte er sich an Unangenehmes.

»Aber Ortmann wollte davon nichts mehr wissen«, quäkte er förmlich. Er wurde regelrecht wütend. »Dabei hatte er mir versprochen, dass wir gemeinsam meine Operation durchstehen. Immerhin hat er mich ja überhaupt erst auf die Idee gebracht.«

»Auf welche Idee?«

Mark schaute erstaunt.

»Weiß du das nicht?«, fragte er, »ich bin im falschen Körper geboren. Siehst du nicht, wie klein ich bin? Hast du mich nicht auch dauernd schräg angesehen, weil ich partout nicht wachsen wollte? Ortmann hat mir erklärt, warum das so ist. Ich bin im Körper einer Frau. Also eigentlich. Ich bin zwar im Körper eines Mannes, aber eine Frau. Jedenfalls ist mein Körper nicht der, der zu mir gehört. Hör auf, mich durcheinander zu bringen.«

Mark war ganz rot geworden vor lauter Aufregung. Er schwitzte. Er begann wieder, die Haut des Körpers unter seinen Füßen mit leichten Stichen zu durchbohren. Jedes Mal gab es dazu einen Schmerzensschrei Diegos.

»Ganz ruhig Franz«, sagte Löffler, und hob dabei die Hände, als wolle er ihn segnen. »Sag mir lieber, was in der Allee passiert ist.«

Mark schaute verwirrt. Dann erinnerte er sich.

»Ah ja, die Allee. Ortmann wollte an dem Abend das erpresste Geld an die Leute zurückgeben. Kannst du dir das vorstellen? Alles zurückgeben, was wir uns in der ganzen Zeit erarbeitet haben. Ich hatte schon einen Termin in den USA. Renommierte Klinik, spezialisiert auf Geschlechtsumwandlung. Sauteuer. Meine vorbereitende Medizin nehme ich schon seit Wochen. Und dann kommt Ortmann und sagt »Ätsch, ätsch, alles zurück auf Anfang. Aber nicht mit mir.«

»Du hast ihm das Geld weggenommen?«

Unwirsch trat Mark mit dem Fuß auf Kratzers Rücken.

»Nichts habe ich, ich kam nicht dazu. Erst hat Ortmann sich gewehrt, dann habe ich ihn abgestochen. Aber der Depp flog auf das Geld und sein Körper lag darauf. Und dann kamen die drei Typen von allen Seiten auf mich zugelaufen. Da musste ich ohne die Kohle abdampfen. So war das.«

Während Marks Erzählung war Berger immer näher an den Mann gerückt. Sie war bereits so dicht bei ihm, dass ein langer Sprung schon genügt hätte, um nach dem Messer zu greifen, das mit der Spitze auf den Boden zeigte.

»Übrigens«, sagte Franz Mark ganz ruhig in Richtung Löffler, »wenn die Frau da drüben noch einen Zentimeter näher kommt, steche ich meinen Freund hier auf dem Boden ab. Einfach so. Sag ihr das.«

Löffler nickte stumm in Richtung Berger.

Die trat einen Schritt zurück.

»Und was ist mit all den anderen Menschen, die auf der Strecke blieben? Mensch, Franz, das kannst du doch nicht machen. Du bist doch ein cleveres Kerlchen gewesen früher, du weißt doch, dass man andere Menschen nicht einfach umbringen kann.«

Franz Mark lachte.

»Klar weiß ich das. Aber einfach so war das nicht. Schließlich wollte ich das Geld zurück, und die wussten, wo ich es finde. Das ist doch ein guter Grund, oder nicht?«

»Ja, aber nur für Ihr krankes Gehirn«, rief Berger ihm wütend zu. »Wegen so einer OP bringt man doch keine Menschen um. Und außerdem glaube ich, dass das ganze eh eine Projektion ist. Verstehen Sie das? Projektion? Sie sind gar nicht im falschen Körper, nur ihr Gehirn ist falsch verdrahtet. Dafür hat Ihr Kumpel Ortmann gesorgt. Alles, was in Ihrem Leben schief lief – alles, alles, wie man so hört –, das schieben Sie jetzt irgend einem Mysterium in die Schuhe. Im falschen Körper – so ein Mist. Klar gibt es das, aber auf Sie trifft das nicht zu, da wette ich.«

Mark war glühend rot geworden im Gesicht als er Bergers Worte hörte. Völlig überraschend sprang er auf, machte einen heftigen Satz Richtung Berger und erwischte sie am Oberarm. Er wäre gefallen, aber er konnte sich an Bergers Arm festhalten und dann seinen Unterarm um ihren Hals legen.

Löffler stand bewegungslos daneben, gerade mal eineinhalb Meter entfernt. Aber er hatte nicht eingreifen können.

Alles ging zu schnell. Unwillkürlich griff er zu seiner Waffe, ließ dann aber die Hände sinken. Was hätte er mit ihr anfangen sollen? Auf wen sollte er schießen?

Diego Kratzer hatte sich derweil stöhnend erhoben. Überall auf seinem Körper, auf seiner Kleidung, zeichneten sich Blutflecke ab. Er sah sich erstaunt um. Er begriff die Situation nicht gleich. Doch als er Mark mit Berger, eng umschlungen beide, weil Mark sie ganz fest zu sich hergezogen hatte – als er die beiden entdeckte, schloss er daraus, dass der Wahnsinnige ihm endlich nicht mehr im Nacken saß.

Mit einem lauten Schrei raste der Junge durch das Zimmer, zur Türe, raus aus der Wohnung. Man hörte, wie er die Treppen hinunter stolperte. Dann war Ruhe.

Diego Kratzer hatte sich in Sicherheit gebracht.

Alle im Raum schienen darauf zu warten, bis wieder Stille einkehrte.

Berger ächzte nach einiger Zeit laut. Mark drückte ihr die Luft ab. Er lockerte seinen Griff.

»Ich will ja nicht, dass du erstickst«, meinte er fast fürsorglich, »so eine schöne Frau. So hätte ich werden können, wenn Ortmann das Geld nicht geschnappt hätte und es zurückgeben wollte. Ich hätte meine Zähne richten lassen, meine Lippen, meine Nase, einfach alles.«

»Das hätte dir gar nichts geholfen«, krächzte Berger.

Löffler hoffte inständig, dass seine Kollegin endlich die Klappe hielt. Bemerkte sie nicht, dass Widerspruch oder Kritik den Mann, der ihren Hals umschlang, nur noch aggressiver und gefährlicher machte?

»Ich hatte schon alles arrangiert«, berichtete dieser, plötzlich wieder ganz ruhig und sachlich, »eine Klinik in den USA, an der Ostküste. Spezialisiert auf Mann-zu-Frau-Genderdysphorie. Davor eine Hormontherapie und so weiter. Alles nur vom Feinsten.«

»Und was passiert, wenn du bemerkst, dass es ein Fehler war, die OP zu machen?«

Er drückte den Unterarm heftig gegen Bergers Hals.

»Das ist kein Fehler«, kreischte er, »das ist die Natur. Egal, was ihr alle sagt, ich habe recht, ich will eine Frau sein und jetzt lasst mich alle in Ruhe.«

Er schien gar nicht mehr zu bemerken, dass er Berger fest an sich presste. Er bewegte sie wie eine Puppe, die irgendwie zufällig in seinen Arm geraten war. Noch immer hielt er das Messer in der anderen Hand.

»Und wo ist das Geld jetzt?«, fragte Löffler, während er sich verzweifelt überlegte, wie er sich dem Wahnsinnigen nähern konnte, ohne dass ein Drama passierte. Er musste so dicht an ihn heran kommen, dass er nach dem Messer greifen konnte. Die Waffe erst machte ihn wirklich gefährlich.

»Das Geld? Keine Ahnung, Raiser ist ja gestorben, ehe er es mir sagen konnte.«

»Gestorben? Du hast ihn gekillt. Wie blöde bist du eigentlich – den einzigen Menschen zu töten, der weiß, wo das Geld steckt. Deine OP jedenfalls kannst du dir jetzt abschminken.«

Löffler war selbst überrascht, wie diese Worte aus ihm heraussprudelten. Auch Mark schaute einigermaßen verdutzt.

»Ja«, meinte er dann mit verwandelter, mit leiser, bedächtiger Stimme. »Im Grunde war jetzt alles umsonst. Komisch, da werde ich zu einem Monster, und am Ende stehe ich in einem See mit Blut und gehe darin unter. Alles, was ich tat, war irgendwie sinnlos.«

Sein Arm wurde schlaff. Er löste sich von Bergers Hals. Die nutzte die Gelegenheit und zog ihren Kopf weg, machte einen schnellen Schritt und brachte sich damit außerhalb der Reichweite Franz Marks. Doch den schien das nicht mehr zu interessieren. Er war in seinen Gedanken offenbar mit anderem, wichtigerem beschäftigt.

Berger ging zu Löffler hin, der sie mit ausgebreiteten Armen empfing. So standen beide eine Weile da – bewegungslos, sich sortierend, wie zwei Menschen, die sich für einen Augenblick sammeln müssen, ehe wieder die Realität über sie herrschte.

Diese Realität hatte Mark mit Macht ergriffen. Denn der zog sich plötzlich die Hose unter dem offenstehenden Arztkittel herab und hieb mit dem Messer auf seine Geschlechtsteile ein. Er bearbeitete seinen Unterkörper mit der scharfen Klinge, Hautfetzen flogen zu Boden, Blut spritzte nach allen Seiten. Teile eines Penis lagen auf dem Boden, während Mark, messerschwingend, irre, unverständliche Laute ausstieß. Dann sank er zu Boden. Er fiel nun tatsächlich in ein Meer aus Blut. Er lag da, und zuckte mit dem Körper.

Löffler machte einen Satz in Richtung Franz Mark. Mit der Schuhspitze kickte er ihm das Messer aus der Hand. Es flog gegen die Wand, aber es war ohnehin bereits zu spät. Berger hatte mittlerweile mit dem Handy den Notarzt gerufen. Löffler kniete neben Mark, der auch aus Wunden aus dem Bauch blutete. Der Hauptkommissar griff, als er den Oberkörper Marks aufrichtete, in eine schmierige Lache aus hellem Blut. Noch immer strömte es aus Franz Marks Körper. Aber es waren nur noch Rinnsale.

Löffler griff an die Halsschlagader des Wahnsinnigen, während er ihn aufrecht hielt. Er spürte bereits keine Schläge, kein Pochen mehr.

Franz Mark hatte sein Leben auf Ortmanns Fußboden ausgehaucht.

Auf dem Fußboden des Mannes, den er nur wenige Tage zuvor selbst getötet hatte.

Aua«, rief Franz Wasmaier.

Seine Kollegin hatte ihn leicht am Unterarm berührt, nachdem sie den Kommissar beim Umdrehen, als sie in ihr Büro wollte, übersehen hatte. Wasmaier trug seine rechte Hand eng an den Körper gepresst, eine Schlinge um den Hals hielt sie in waagrechter Stellung.

»Nun stell dich nicht so an, die Verletzungen sind doch eine Lappalie«, meinte Monika Berger grinsend, »für einen Hauptkommissar ist das doch eher eine Auszeichnung. Wie eine Kriegsverletzung, geholt beim Dienst gegen das Verbrechen in den Straßen.«

Wasmaier lachte mit verzerrtem Gesicht.

»So toll schaust du auch nicht aus«, sagte er, und deutete auf Bergers Hals, »wenn man dich nicht kennt, könnte man glauben, du wolltest dich strangulieren.«

Tatsächlich hatte die Kommissarin deutliche Spuren von der Attacke des toten Franz Mark am Hals. Außerdem sah man deutlich eine Schnittspur von dessen Messerangriff im Krankenhaus.

»Ich habe meinen Schal vergessen«, so die Polizistin, »und der kommt erst weg, wenn alle Spuren beseitigt sind.«

»Welche Spuren?«, hörten sie Christian Löfflers Stimme, der gerade in den Dienstraum der Kommissare trat. Er kam vom Oberstaatsanwalt, der den gesamten Fall noch einmal brühwarm von ihm erzählt haben wollte.

»Na die, die uns dieser Fall hinterlassen hat«, sagte Berger. »Irgendwie hat jeder sein Pläsierchen davongetragen dieses Mal.«

Löffler schaute zu Boden, dann musterte er sich von den Füßen bis zu seinen Händen und der Brust.

»Kann man so nicht sagen«, erklärte er schließlich grinsend, »ich kann nichts an mir entdecken. Sie alle müssen einfach vorsichtiger sein.«

Wasmaier und Berger warfen sich schnelle Blicke zu.

»Ich habe mich wohl verhört«, begann dann Berger mit inzwischen hochrotem Kopf, »wir riskieren unser Leben und dann müssen wir uns das auch noch vorwerfen lassen. Nächstes Mal mache ich gar nichts mehr, dann können Sie sehen, wo Sie bleiben. Da hört sich doch alles auf.«

Löffler behielt sein Grinsen bei.

»Leute«, sagte er dann, »ich mache mich nur lustig. Ich habe dem Oberstaatsanwalt von dem Einsatz erzählt, und bei der Pressekonferenz wird das alles gewürdigt. Ich komme da gar nicht vor.«

»Und was ist mit dem Geld?«, fragte Berger, »wo ist es abgeblieben?«

Löffler zuckte mit den Schultern.

»Das weiß niemand, es ist verschwunden. Irgendeiner der drei hat es versteckt – oder alle drei gemeinsam. Ich glaube nicht, dass wir es jemals finden werden. Vielleicht entdeckt es eines Tages jemand per Zufall. Aber ich befürchte, dass wir dann davon nichts erfahren werden.«

Wasmaier schlug sich mit der linken Hand gegen die Stirn.

»Mist, das habe ich ganz vergessen – Oliver Burkert, dieser Hulk, wurde tatsächlich auch von Mark getötet. Die Spuren am Tatort wurden ausgewertet. Alles ganz eindeutig. Dieser Burkert kam dem Mark wohl auf die Spur, als der sich in seiner Art Kleiderkammer in dem leeren Gebäude umgezogen hat. Das war es für ihn.«

»Dann gehen Sie zum Oberstaatsanwalt, hinterlassen Sie die Nachricht in seinem Büro. Persönlich. Nicht anrufen. Er ist Old-school. Analog sagt man wohl.«

Wasmaier verließ den Raum, drückte die Türe dabei vorsichtig auf, um seinen verletzten Arm nicht anzustoßen.

Annemarie Heim war schon im Feierabend.

Löffler und Berger standen alleine im Zimmer.

»Das war ein wirklich schlimmer Anblick für mich«, sagte Löffler leise, »als Sie da standen und der Wahnsinnige mit dem Messer herumfuchtelte und Ihnen fast die Kehle eindrückte.«

Berger schaute ihn stumm an.

»Vielleicht bedeuten Sie mir noch mehr, als ich dachte«, fuhr er fort.

Berger lächelte.

»Das hoffe ich doch«, sagte sie.

Dann zog sie Christian Löffler am Unterarm und deutete mit dem Kinn zur Tür.

»Dann laden Sie mich jetzt zum Essen ein«, sagte sie, »das Thema gefällt mir. Aber bei einem schönen Menü kann man noch viel intensiver darüber reden.«

Werner Bauknecht

… ist in Tübingen geboren. Er hat in München erfolgreich Soziologie, BWL und Politik studiert. Nach Aufgaben als IT-Trainer und Leiter Controlling in einem Stuttgarter Unternehmen arbeitet er seit 2000 als Journalist und Autor. Er schreibt Theaterstücke, Krimis und Romane und wohnt mit seiner Familie in Wurmlingen.

»Tatort Platanenallee« ist der sechste Regionalkrimi des Autors mit Kommissar Christian Löffler.

Dieser Kriminalroman spielt an realen Schauplätzen. Alle Personen und Handlungen sind frei erfunden. Sollten sich dennoch Ähnlichkeiten mit lebenden oder verstorbenen Personen ergeben, so sind diese rein zufällig und nicht beabsichtigt. Manche Personen allerdings gibt es tatsächlich – sie wissen Bescheid, dass sie in diesem Buch vorkommen.

Product footprint
CO_2 Neutral
PBN-CFMCP-015258
www.preferredbynature.org

Titelbild: © Barbara Honner
Gestaltung: PMP Agentur für Kommunikation, Reutlingen
Lektorat: Bernd Weiler
Schlusskorrektorat: Sabine Tochtermann
Satz: Uhl + Massopust, Aalen
Druck und Bindung: FINIDR, s.r.o. | Tschechische Republik
ISBN 978-3-96555-176-3